Guerreiro domado

Karen Marie MONING

Guerreiro domado

Tradução
Monique D'Orazio

1ª edição
Rio de Janeiro-RJ / Campinas-SP, 2017

VERUS
EDITORA

Editora
Raïssa Castro

Coordenadora editorial
Ana Paula Gomes

Copidesque
Lígia Alves

Revisão
Érica Bombardi

Capa, projeto gráfico e diagramação
André S. Tavares da Silva

Fotos da capa
RazzleDazzleStock/Shutterstock (casal)

Título original
To Tame a Highland Warrior

ISBN: 978-85-7686-619-0

Copyright © Karen Marie Moning, 1999
Todos os direitos reservados.
Edição publicada mediante acordo com Dell Books, selo da Random House,
divisão da Penguin Random House LLC.

Tradução © Verus Editora, 2017
Direitos reservados em língua portuguesa, no Brasil, por Verus Editora. Nenhuma parte desta
obra pode ser reproduzida ou transmitida por qualquer forma e/ou quaisquer meios (eletrônico ou
mecânico, incluindo fotocópia e gravação) ou arquivada em qualquer sistema ou banco de dados
sem permissão escrita da editora.

Verus Editora Ltda.
Rua Benedicto Aristides Ribeiro, 41, Jd. Santa Genebra II, Campinas/SP, 13084-753
Fone/Fax: (19) 3249-0001 | www.veruseditora.com.br

CIP-BRASIL. CATALOGAÇÃO NA FONTE
SINDICATO NACIONAL DOS EDITORES DE LIVROS, RJ

M754g

Moning, Karen Marie, 1964-
Guerreiro domado / Karen Marie Moning ; tradução Monique
D'Orazio. - 1. ed. - Campinas, SP : Verus, 2017.
23 cm.   (Highlanders ; 2)

Tradução de: To Tame a Highland Warrior
ISBN 978-85-7686-619-0

1. Romance americano. I. D'Orazio, Monique. II. Título.
III. Série.

17-43792

CDD: 813
CDU: 821.111(73)-3

Revisado conforme o novo acordo ortográfico

*Para Rick Shomo, o extraordinário Berserker,
e Lisa Stone, a extraordinária editora*

Uma lenda celta

Reza a lenda que o poder do Berserker — força, proeza, virilidade e astúcia sobrenaturais — pode ser comprado ao preço corrente da alma de um homem.

Nas colinas de urzes das Highlands, o deus viking Odin se esconde em lugares sombrios, ouvindo o clamor amargo de um homem, brutalizado além da resistência mortal, invocando sua ajuda.

Diz a lenda que, se o mortal for digno, o sopro primordial dos deuses encontra seu coração e o torna um guerreiro invencível.

As mulheres sussurram que o Berserker é um amante incomparável; reza a lenda ainda que há uma única companheira verdadeira para ele. Como o lobo, ele ama apenas uma vez e ama para sempre.

No alto das montanhas da Escócia, o Círculo dos Anciãos diz que o Berserker, uma vez invocado, nunca pode ser destituído — e, se o homem não aprender a aceitar os instintos primitivos da besta interior, ele morrerá.

A lenda fala de um tal homem...

Prólogo

A própria morte é preferível a uma vida de vergonha.
BEOWULF

CASTELO MALDEBANN
HIGHLANDS ESCOCESAS
1499

Os gritos *tinham* que parar.

Ele não podia suportá-los por nem mais um minuto, ainda que soubesse que era impotente para salvar aquelas pessoas. Sua família, seu clã, seu melhor amigo Arron, com quem cavalgara pelos campos de urzes no dia anterior, e sua mãe — ah, mas sua mãe era outra história; o assassinato dela tinha sido o presságio dessa... dessa... barbárie...

Ele se virou, amaldiçoando a si mesmo pela covardia. Se não podia salvá-los nem morrer com eles, pelo menos lhes devia a honra de gravar aqueles eventos na memória. Para vingar as mortes.

Uma de cada vez se necessário.

A vingança não traz os mortos de volta. Quantas vezes seu pai dissera isso? Um dia Gavrael acreditara naquelas palavras, acreditara *nele*, mas isso fora antes de ter encontrado seu poderoso, sábio e maravilhoso pai prostrado ante o corpo de sua mãe naquela manhã, a camisa manchada de sangue, uma adaga gotejando em seu punho.

Gavrael McIllioch, filho único do *laird* de Maldebann, estava imóvel diante da Fenda de Wotan, no alto de um penhasco íngreme, observando o vilarejo de Tuluth, que preenchia o vale centenas de metros abaixo. Perguntava-se como é que seu dia se tornara tão amargo. O dia anterior fora um belo dia, cheio dos prazeres simples de um rapaz que no futuro governaria aquelas montanhas verdejantes. Então, uma nova manhã tinha rompido e, com ela, seu coração. Depois de encontrar o pai ao lado do corpo dilacerado de Jolyn McIllioch, Gavrael correra para o santuário da densa floresta das Highlands, onde passou boa parte do dia, oscilando loucamente entre a raiva e o sofrimento.

Algum tempo depois, no entanto, raiva e sofrimento haviam recuado, deixando-o estranhamente alheio à realidade. Ao entardecer, ele refez seus passos até o Castelo Maldebann para confrontar seu soberano com acusações de assassinato, em uma derradeira tentativa de encontrar um sentido no que vira, como se algum sentido pudesse ser encontrado. Agora, porém, sobre o outeiro muito acima de Tuluth, o garoto de catorze anos, filho de Ronin McIllioch, percebeu que seu pesadelo apenas começara. O Castelo Maldebann estava sitiado, o vilarejo era consumido pelas chamas, as pessoas corriam desesperadamente entre colunas de labaredas e pilhas de mortos. Gavrael observou, impotente, um garotinho circundar uma cabana e ser surpreendido pela lâmina de um McKane. Gavrael se encolheu; eram apenas crianças, mas crianças podiam crescer e buscar vingança, e os fanáticos McKane nunca deixavam que as sementes do ódio fincassem raízes e gerassem frutos venenosos.

À luz do fogo que engolia as cabanas, ele podia ver que os McKane estavam em considerável superioridade numérica em relação a seu povo. O distinto tartan verde e cinza do odiado inimigo tomava aquele lugar em proporção de uma dúzia para cada McIllioch. *É quase como se eles soubessem que estaríamos vulneráveis*, pensou Gavrael. Mais da metade dos McIllioch estava fora, no norte, por ocasião de um casamento.

Gavrael detestava ter catorze anos. Embora fosse alto e robusto para a idade, com ombros que sugeriam uma força excepcional por vir, ele sabia que não era páreo para os robustos McKane. Eram guerreiros de corpo poderosamente desenvolvido, alimentados por um ódio obsessivo. Treinavam sem cessar, existiam apenas para a pilhagem e para a matança. Gavrael não teria mais importância para eles do que um filhote tenaz ganindo para um urso. Poderia saltar para a batalha lá embaixo, mas morreria de forma tão inconsequente como o garoto morrera instantes antes. Se tivesse que morrer naquela noite, ele jurava que sua morte teria um significado.

Berserker, o vento parecia sussurrar. Gavrael inclinou a cabeça, ouvindo. Não apenas seu mundo estava sendo destruído como agora ele também escutava vozes. Sua sanidade também lhe falharia antes que aquele dia terrível chegasse ao fim? Ele sabia que a lenda dos Berserkers era simplesmente isto: uma lenda.

Suplique aos deuses, sibilaram os galhos farfalhantes dos pinheiros.

— Certo — murmurou Gavrael. Como ele fazia desde que ouvira a história assustadora aos nove anos de idade? Certamente não havia Berserkers. Tratava-se de uma lenda tola para assustar crianças travessas e fazê-las se comportar.

Ber... ser... ker. Dessa vez o som foi mais claro, alto demais para ser apenas imaginação.

Gavrael girou no lugar e procurou entre as gigantescas rochas atrás dele. A Fenda de Wotan era uma tumba de rochedos e pedras em posições estranhas, que projetavam sombras monstruosas sob a lua cheia. Rumores diziam que se tratava de um lugar sagrado, onde os líderes tribais do passado se encontravam para planejar guerras e traçar destinos. Era um lugar que poderia fazer um adolescente quase acreditar no demoníaco. Ele ouviu com atenção, mas o vento carregava apenas os gritos de seu povo.

Uma pena que as histórias pagãs não fossem verdadeiras. As lendas afirmavam que os Berserkers podiam se mover a uma velocidade tal que pareciam invisíveis ao olho humano até o momento do ataque. Possuíam sentidos absurdos: a precisão olfativa de um lobo, a sensibilidade auditiva de um morcego, a força de vinte homens, a visão penetrante de uma águia. Os Berserkers outrora tinham sido os guerreiros mais temidos e destemidos a um dia caminhar pela Escócia, quase setecentos anos antes. Eram o exército de elite viking de Odin. Segundo a lenda, podiam assumir a forma de um lobo ou de um urso com a mesma facilidade com que voltavam a ser homens. E eram marcados por uma característica em comum: ímpios olhos azuis que reluziam como carvões em brasa.

Berserker, o vento pareceu suspirar.

— Berserkers não existem — Gavrael informou à noite, em tom sinistro. Não era mais o garoto tolo que tinha se enfeitiçado pela ideia de possuir uma força indestrutível; não mais o jovem que um dia desejara oferecer sua vida imortal em troca de poder e controle absolutos. Além disso, seus olhos eram castanho-escuros, e sempre tinham sido. Nunca a história registrara um Berserker com tal característica.

Invoque-me.

Gavrael encolheu-se. O último fragmento de sua mente traumatizada tinha sido uma ordem, inegável, irresistível. Os pelos de sua nuca se eriçaram e a pele se arrepiou. Nenhuma vez, em seus anos de brincar de invocar um Berserker, ele havia se sentido tão estranho. Seu sangue pulsava espesso nas veias, e ele se sentiu oscilando na beira de um abismo que o seduzia tanto quanto lhe causava repulsa.

Gritos encheram o vale. Criança após criança tombava enquanto ele permanecia ali, no alto do campo de batalha, incapaz de alterar o curso dos acontecimentos. Faria qualquer coisa para salvá-los: trocar, vender, roubar, assassinar... *qualquer coisa.*

Lágrimas escorreram por seu rosto vendo uma garotinha de cachos loiros gemer e expirar. Não haveria braços maternos para ela, nem pretendentes galantes, nem casamento, nem bebês; nem mesmo uma respiração da vida preciosa. O sangue manchava a frente de sua túnica, e ele o fitava, hipnotizado. Seu universo estreitou-se em um túnel de visão no qual o sangue que florescia no peito dela se tornou um redemoinho vasto e escarlate, sugando-o para baixo e para baixo...

Algo dentro dele se rompeu.

Ele jogou a cabeça para trás e uivou, as palavras ricocheteando nas rochas da Fenda de Wotan.

— Ouça-me, Odin. Eu invoco o Berserker! Eu, Gavrael Roderick Icarus McIllioch, ofereço minha vida; não, a minha alma, por vingança. Eu invoco o Berserker!

A brisa moderada se tornou de repente violenta, fustigando as folhas e levantando terra no ar. Gavrael ergueu os braços para proteger o rosto dos objetos voadores afiados como agulhas. Galhos, que não eram páreo para o vendaval feroz, desprendiam-se das árvores e golpeavam o corpo dele, como se fossem lanças desferidas caoticamente pelas árvores. Nuvens negras movimentavam-se no céu noturno, momentaneamente obscurecendo a lua. O vento sobrenatural penetrava os canais de rocha na Fenda de Wotan, abafando por um breve instante os gritos que vinham do vale lá embaixo. Subitamente, a noite explodiu em um clarão ofuscante de azul, e Gavrael sentiu seu corpo... se transformar.

Ele rosnou, exibindo os dentes, ao sentir algo irrevogável se transformar dentro de si.

Percebia agora uns doze cheiros diferentes vindos da batalha do vale — o odor metálico da ferrugem do sangue, do aço e do ódio.

Podia ouvir sussurros no acampamento dos McKane no horizonte distante.

Ele viu pela primeira vez que os guerreiros pareciam se mover em câmera lenta. Como tinha falhado em notar aquilo antes? Seria absurdamente fácil deslizar ali e destruir todos enquanto se moviam com dificuldade, como se estivessem sobre areia molhada. Tão fácil destruir. Tão fácil...

Gavrael sugou rápidas lufadas de ar, estufando o peito, antes de descer em disparada rumo ao vale. Ao mergulhar na carnificina, um riso ecoou da bacia rochosa que aconchegava o vale. Só se deu conta de que vinha de seus próprios lábios quando os McKane começaram a tombar sob sua espada.

❦

Horas mais tarde, Gavrael desabou sobre os restos incandescentes de Tuluth. Não havia mais McKane: tinham perecido ou fugido. Os aldeões sobreviventes cuidavam dos feridos e caminhavam cautelosamente ao redor do jovem filho de *laird* McIllioch.

— Quase três vintenas de pessoas você matou, rapaz — sussurrou um velho de olhos brilhantes quando Gavrael passou. — Nem mesmo seu pai na flor da idade podia fazer algo assim. Você é muito mais furioso.

Gavrael lhe lançou um olhar assustado. Antes que pudesse perguntar o que o velho queria dizer com aquele comentário, o homem se dissolveu em uma espiral bruxuleante de fumaça.

— Você derrotou três com um único golpe de espada, rapaz — gritou outro.

Uma criança enlaçou os braços nos joelhos de Gavrael.

— Você salvou a minha vida! Você salvou! — gritou o menino. — Aquele velho McKane teria me devorado no jantar. Obrigado! Minha mãe também agradece.

Gavrael sorriu para o menino, depois se voltou para a mãe, que fez o sinal da cruz e não parecia nem remotamente grata. O sorriso dele se desvaneceu.

— Eu não sou um monstro...

— Eu sei o que você é, rapaz. — O olhar dela nunca deixou o seu. Para os ouvidos de Gavrael, aquelas palavras eram ríspidas e condenatórias. — Sei exatamente o que você é, e não pense que serei convencida do contrário. Suma daqui agora! Seu pai está em apuros. — Ela apontou um dedo trêmulo para a última fileira de cabanas em chamas.

Gavrael estreitou os olhos contra a fumaça e oscilou para a frente. Nunca se sentira tão exausto em toda a vida. Caminhando desajeitadamente, deu a volta em uma das poucas cabanas ainda de pé e parou de repente.

Seu pai estava curvado no chão, coberto de sangue, a espada abandonada ao lado do corpo, sobre a terra.

Sofrimento e raiva disputavam a supremacia no coração de Gavrael, deixando-o estranhamente vazio. Enquanto encarava o pai, a imagem do sangue da mãe surgiu no primeiro plano de sua mente, e a última de suas ilusões juvenis se desfez em pedaços; aquela noite dava à luz tanto um guerreiro extraordinário como um homem de carne e osso e defesas incomensuráveis.

— Por quê, pai? Por quê? — Sua voz falhou asperamente. Nunca veria a mãe sorrir de novo, nunca a ouviria cantar, nunca assistiria ao seu enterro... pois abandonaria Maldebann assim que o pai respondesse, para não desferir sua raiva residual sobre ele. E depois, o que se tornaria? Ninguém melhor do que seu pai.

Ronin McIllioch gemeu. Lentamente, abriu os olhos em fendas encrostadas de sangue e observou o filho. Um fio de sangue escarlate lhe escorria dos lábios quando ele se esforçou para falar.

— Nós... nascemos... — As palavras pairavam no ar, consumidas por uma tosse profunda e feia.

Gavrael agarrou o pai pela camisa, a despeito da expressão dolorosa de Ronin, e o sacudiu violentamente. Ele teria a resposta que queria antes de partir; descobriria que loucura levara o pai a matar sua mãe, ou seria torturado a vida toda por perguntas sem resposta.

— O que foi, pai? Fale! Me diga por quê!

Os olhos injetados de Ronin procuraram os de Gavrael. Seu peito subia e descia à medida que ele inspirava lufadas rápidas e curtas de ar. Com uma estranha sugestão de comiseração, ele disse:

— Filho, não podemos evitar... os homens do clã McIllioch... sempre nasceram... assim.

Gavrael encarou o pai com horror.

— Diz isso para mim? Acha que pode me convencer de que sou louco como o senhor? Eu não sou como o senhor! Não acredito em suas palavras. O senhor mente. *Mente!* — Gavrael levantou-se com um salto e se afastou, apressado.

Ronin McIllioch se forçou a se erguer sobre os cotovelos, e sua cabeça virou bruscamente diante das evidências da selvageria de Gavrael: os restos mortais dos guerreiros McKane que tinham sido literalmente dilacerados.

— Foi você quem fez isso, filho.

— Eu *não* sou um assassino brutal! — Gavrael observou os corpos mutilados, não de todo convencido das próprias palavras.

— É parte de... ser um McIllioch. Você não pode evitar, filho.

— Não me chame de filho! Eu nunca mais vou ser seu filho. E não sou parte da sua loucura. Eu não sou como o senhor. Eu *nunca* vou ser como o senhor!

Ronin afundou de volta no chão, murmurando coisas incoerentes. Gavrael deliberadamente tapou os ouvidos. Não ouviria as mentiras de seu pai nem mais um minuto. Deu-lhe as costas e observou o que sobrara de Tuluth. Os aldeões sobreviventes se agrupavam em pequenos grupos, em silêncio absoluto, observando-o. Desviando o rosto da cena da qual ele sempre se lembraria com reprovação, seu olhar mirou a pedra escura do Castelo Maldebann. Esculpida e incrustada na encosta da montanha, a fortaleza se elevava sobre o vilarejo. Houve um tempo em que ele não desejava nada mais do que crescer e ajudar a governar Maldebann ao lado do pai, para um dia assumir o posto de líder do clã. Ele desejara sempre ouvir a risada linda e melodiosa de sua mãe enchendo os salões espaçosos, ouvir a resposta grave de seu pai enquanto os dois se divertiam e conversavam. Ele sonhara responder com sabedoria às questões de seu povo; sonhara se casar e ter filhos. Sim, houve um dia em que ele acreditava que tudo aquilo iria passar. Mas, em menos tempo do que tinha levado para a lua cruzar o céu de Tuluth, todos os seus sonhos e seus últimos resquícios humanos foram destruídos.

Gavrael levou boa parte de um dia para arrastar seu corpo baqueado de volta para o santuário das densas florestas das Highlands. Ele nunca poderia voltar para casa. Sua mãe estava morta; o castelo, saqueado; e os aldeões o haviam observado com pavor. As palavras de seu pai o assombravam — *Nós nascemos assim.* Assassinos capazes de matar até mesmo os que eles diziam amar. Era uma doença da mente, pensou Gavrael, uma enfermidade que seu pai disse que ele também carregava no sangue.

Mais sedento do que jamais estivera, Gavrael se arrastou para o lago aninhado em um pequeno vale além da Fenda de Wotan. Ele desabou e ficou por algum tempo sobre a gramínea macia, e, quando já não estava mais se sentindo zonzo e fraco, arrastou-se para a frente com os cotovelos. Uniu as mãos em concha e se inclinou sobre a piscina transparente e cintilante, mas paralisou, hipnotizado pelo seu reflexo na água ondulante.

Olhos azul-gelo o encaravam de volta.

DALKEITH-UPON-THE-SEA
HIGHLANDS ESCOCESAS
1515

𝒢rimm se deteve diante das portas abertas do gabinete e olhou para a noite. O reflexo das estrelas salpicava o oceano inquieto como minúsculos pontinhos de luz coroando as ondas. Normalmente ele considerava tranquilizador o som do mar quebrando contra as rochas; nos últimos tempos, porém, parecia lhe causar uma inquietação indagativa.

Ao retomar a caminhada de um lado para o outro, ele vasculhou possíveis motivos para sua ansiedade, mas continuou de mãos vazias. Fora sua a decisão de permanecer em Dalkeith como o capitão da guarda dos Douglas quando, dois anos antes, ele e seu melhor amigo, Falcão Douglas, partiram de Edimburgo e abandonaram o serviço ao rei Jaime. Grimm adorava a esposa de Falcão, Adrienne — quando ela não estava empenhada em casá-lo com alguém —, e era devotado ao filho pequeno dos dois, Carthian. Ali, se não era exatamente feliz, ele sentia contentamento. Pelo menos até recentemente. Então, o que estava mexendo com ele?

— Você vai fazer buracos no meu tapete favorito andando desse jeito, Grimm. E o pintor nunca vai conseguir terminar este retrato se você não se sentar — brincou Adrienne, despertando-o do devaneio melancólico.

Grimm suspirou e passou a mão pelo cabelo grosso. Distraído, mexeu em uma parte da têmpora, torcendo mechas em uma trança, ao mesmo tempo em que contemplava o mar.

— Você não está procurando uma estrela para fazer um desejo, está, Grimm? — Os olhos negros de Falcão Douglas dançavam com divertimento.

— Tudo menos isso. Se a sua esposa perniciosa se importar em me dizer que tipo de feitiço jogou sobre mim com os desejos inconsequentes dela, eu ficaria feliz em ouvir a qualquer momento. — Há algum tempo Adrienne Douglas fizera um desejo a uma estrela cadente, mas se recusava veementemente a dizer para qualquer um deles qual era esse pedido até ter certeza absoluta de que tinha sido ouvido e concedido. A única coisa que ela admitia era tê-lo feito em nome de Grimm, o que o enervava consideravelmente. Embora não se considerasse um homem supersticioso, ele já tinha visto ocorrências estranhas no mundo a ponto de saber que, só porque alguma coisa parecia improvável, decerto não fazia dela impossível.

— Assim como eu, Grimm — ironizou Falcão. — Mas ela também não quer me contar.

Adrienne riu.

— Qual é a de vocês dois? Não me digam que guerreiros destemidos como vocês sofrem um momento sequer de preocupação por causa do desejo inofensivo feito por uma mulher.

— Não considero inofensivo nada do que você faz, Adrienne — Falcão respondeu, com um sorriso irônico. — O universo *não* se comporta normalmente quando você é parte da questão.

Grimm deu um sorriso pálido. De fato, não se comportava. Adrienne, nascida no século vinte, havia sido lançada através dos tempos para o passado, vítima da maquinação perversa de um ser vingativo do povo das fadas, para destruir Falcão. Coisas impossíveis aconteciam ao redor de Adrienne, motivo pelo qual ele queria saber que diabo de pedido ela havia feito. Gostaria de estar preparado para quando se abrissem as portas do inferno.

— Sente-se, Grimm, por misericórdia — insistiu Adrienne. — Quero esse retrato finalizado até o Natal, pelo menos, e Albert vai levar meses para pintar a partir dos rascunhos.

— Só porque o meu trabalho é a absoluta perfeição — disse o pintor, ofendido.

Grimm virou as costas para a noite e retomou seu assento ao lado de Falcão, diante do fogo.

— Ainda não entendo o sentido disso — murmurou Grimm. — Retratos são para moças e crianças.

Adrienne bufou.

— Contratei um pintor para imortalizar dois dos homens mais magníficos que meus olhos já viram. — Ela desferiu um sorriso deslumbrante para ambos, e Grimm revirou os olhos, sabendo que faria qualquer coisa que a adorável Adrienne desejasse quando ela sorria daquele jeito. — E tudo o que eles sabem fazer é resmungar. Fiquem sabendo: um dia vocês vão me agradecer por isso.

Grimm e Falcão trocaram olhares espirituosos e retomaram a pose que, ela insistia, exibiria o físico musculoso e beleza morena de ambos em sua melhor forma.

— Certifique-se de colorir os olhos de Grimm nesse mesmo tom de azul tão vivo — ela instruiu Albert.

— Como se eu não soubesse pintar — murmurou ele. — *Eu* sou o artista aqui. A menos, é claro, que milady deseje que eu teste as suas habilidades na obra.

— Pensei que você gostasse dos *meus* olhos. — Falcão estreitou os olhos negros para Adrienne.

— Eu gosto. Eu me casei com você, não casei? — provocou ela, sorrindo. — O que posso fazer se a criadagem de Dalkeith, até a mais jovem ama, de doze anos, desfalece só de ver os belos olhos do seu melhor amigo? Quando elevo minhas safiras à luz do sol, elas têm exatamente a mesma aparência. Reluzem com o fogo azul iridescente.

— E os meus, o que são? Insignificantes nozes negras?

Adrienne riu.

— Homem tolo. Quando o conheci, foi assim que eu descrevi seu coração. E pare de mexer as mãos, Grimm — ela repreendeu. — Ou por acaso há uma razão para você querer as tranças nas têmporas nesse retrato?

Grimm ficou imóvel, depois tocou lentamente o cabelo, sem acreditar.

Falcão o encarava fixamente.

— O que aflige sua mente, Grimm? — perguntou ele, curioso.

Grimm engoliu em seco. Não tinha nem se dado conta de que havia feito as tranças de guerra no seu cabelo. Um homem só usava tranças de guerra durante as horas mais negras de sua vida — quando estava de luto pela perda de um amigo ou se preparava para a batalha. Até o momento, ele as usara duas vezes. O que será que estava pensando? Grimm fitou o chão com o olhar perdido, confuso, incapaz de verbalizar seus pensamentos. Ultimamente, estava obcecado pelos fantasmas do passado, memórias jogadas violentamente em uma cova rasa muitos anos antes, e enterradas debaixo de um relvado fino de negações. Entretanto, em seus sonhos, os cadáveres de sombras caminhavam novamente, deixando para trás um rastro de mal-estar que permanecia grudado nele durante todo o dia.

Grimm ainda enfrentava dificuldade para responder quando um guarda irrompeu pelas portas e entrou no gabinete.

— Milorde. Milady. — O guarda assentiu com deferência para Falcão e Adrienne ao entrar no cômodo às pressas. Aproximou-se de Grimm com uma expressão sombria no rosto. — Isto acaba de chegar para o senhor, capitão.

— Colocou um pedaço de pergaminho de aparência oficial nas mãos de Grimm. — O mensageiro insistiu que era urgente e que deveria ser entregue em mãos apenas.

Grimm virou a mensagem lentamente na mão. O escudo elegante de Gibraltar St. Clair estava pressionado em cera vermelha. Memórias suprimidas tomaram conta dele: *Jillian*. Ela era a promessa da beleza e da alegria que ele nunca poderia ter, uma memória relegada à mesma cova rasa e inútil que agora parecia determinada a regurgitar seus mortos.

— Pois bem. Abra isso, Grimm — Adrienne incitou.

Devagar, como se segurasse um animal ferido que pudesse se voltar contra ele arreganhando dentes afiados, Grimm rompeu o selo e abriu a missiva. Rígido, leu uma ordem sucinta de três palavras. Por reflexo, sua mão se fechou em punho, amassando o velino.

Levantou-se e se virou para o guarda.

— Prepare meu cavalo. Vou partir dentro de uma hora. — O guarda assentiu e saiu do gabinete.

— E então? — questionou Falcão. — O que diz?

— Nada que você precise resolver, Falcão. Não se preocupe. Não lhe diz respeito.

— Qualquer coisa que diga respeito ao meu melhor amigo diz respeito a mim — afirmou Falcão. — Então me passe aqui. O que foi?

— Eu disse que não foi nada. Deixe estar, homem. — A voz de Grimm continha um tom de alerta que teria contido as mãos de qualquer homem. Falcão, porém, não era um homem qualquer, e se moveu de forma tão inesperada para arrebatar o pergaminho de suas mãos que Grimm não reagiu com a velocidade necessária. Com um sorriso travesso, Falcão recuou e desamassou o pergaminho. Seu sorriso se alargou e ele piscou para Adrienne.

— "Venha por Jillian", é o que diz. Uma mulher, hein? A conspiração se intensifica. Achei que você tivesse renegado as mulheres, meu volúvel amigo. Então, quem é Jillian?

— Uma mulher? — exclamou Adrienne, deleitando-se. — Uma jovem casadoura?

— Parem com isso, vocês dois. Não é assim.

— Então por que estava tentando manter em segredo, Grimm? — pressionou Falcão.

— Porque há coisas que você não precisa saber a meu respeito, e levaria muito tempo para eu explicar. Como não tenho tempo de sobra para contar a história completa, vou lhe mandar uma mensagem daqui a alguns meses — ele tergiversou, com ar indiferente.

— Você não vai se safar dessa tão facilmente, Grimm Roderick. — Pensativo, Falcão coçou a sombra de barba em seu maxilar teimoso. — Quem é Jillian, e como você conhece Gibraltar St. Clair? Pensei que tivesse vindo para a corte diretamente da Inglaterra. Pensei que não conhecesse ninguém na Escócia com exceção daqueles que conheceu na corte.

— Não lhe contei exatamente a história toda, Falcão, e não tenho tempo para isso agora, mas vou explicar assim que me estabelecer.

— Vai me dizer agora, ou eu vou com você — ameaçou Falcão. — O que significa que Adrienne e Carthian irão também. Portanto, ou você me conta, ou se prepare para ter companhia, e nunca se sabe o que pode acontecer quando Adrienne vem junto.

Grimm fez uma careta.

— Você sabe bem como ser um estorvo, Falcão.

— Implacável. Formidável — Adrienne concordou docemente. — Pode desistir, Grimm. Meu marido nunca aceita um "não" como resposta. Acredite em mim. Disso eu sei.

— Ora, Grimm, se não pode confiar em mim, em quem você confiaria? — ele insistiu. — Aonde você vai?

— Não é uma questão de confiança.

Falcão apenas esperou com um olhar de expectativa no rosto, e Grimm sabia que ele não tinha a intenção de ceder. Falcão pressionaria e importunaria até que, por fim, faria exatamente de acordo com suas ameaças — iria junto —, a menos que Grimm lhe desse uma resposta satisfatória. Talvez já fosse hora de ele admitir a verdade, embora as probabilidades fossem tais que, uma vez que ele fizesse isso, não seria mais bem-vindo em Dalkeith.

— Vou para casa... mais ou menos — Grimm finalmente confessou.

— *Caithness* é a sua casa?

— Tuluth — Grimm murmurou.

— 20 —

— O quê?

— Tuluth — Grimm repetiu, sem inflexão na voz. — Eu nasci em Tuluth.

— Você disse que tinha nascido em Edimburgo!

— Eu menti.

— Por quê? Você me disse que sua família inteira estava morta! Isso também era mentira?

— Não! Todos estão mortos mesmo. Não menti sobre isso. Bem... a maior parte não era mentira — ele corrigiu, às pressas. — Meu pai ainda está vivo, mas não falo com ele há mais de quinze anos.

Um músculo pulsou no maxilar de Falcão.

— Sente-se, Grimm. Você não vai a lugar algum até me contar tudo, e eu suspeito que seja uma história que já devia ter sido revelada há muito tempo.

— Não tenho tempo, Falcão. Se St. Clair disse que era urgente, minha presença era necessária em Caithness semanas atrás.

— Que relevância Caithness tem em tudo isso, ou para você? Sente-se. Fale. *Agora.*

Sentindo que não havia possibilidade de escapar daquilo, Grimm colocou-se a andar de um lado para o outro e começou sua história. Contou-lhes que, aos catorze anos, deixou Tuluth na noite do massacre e perambulou sem rumo pelas florestas das Highlands por dois anos, usando suas tranças de guerra e odiando a humanidade, odiando seu pai, odiando a si mesmo. Pulou as partes brutais — o assassinato da mãe, a fome que suportou, as repetidas tentativas de tirar a própria vida. Contou-lhes que, aos dezesseis anos, encontrou abrigo com Gibraltar St. Clair; que havia mudado seu nome para Grimm, a fim de se proteger e de proteger aqueles que ele amava. Falou que os McKane o haviam encontrado de novo em Caithness e atacado sua família adotiva. E, finalmente, em tom de confissão muito temida, revelou seu verdadeiro nome.

— O que você acabou de dizer? — Falcão perguntou, inexpressivo.

Grimm respirou fundo, enchendo os pulmões, e expirou, com raiva.

— Eu disse Gavrael. Meu verdadeiro nome é Gavrael. — Só existia um Gavrael em toda a Escócia; nenhum outro homem voluntariamente assumiria o fardo desse nome e da maldição que ele implicava. Grimm se preparou para a explosão de Falcão. Não precisou esperar muito.

— McIllioch? — Falcão estreitou os olhos, incrédulo.

— McIllioch — Grimm confirmou.

— E Grimm?

— Grimm é o acrônimo de meu nome, Gavrael Roderick Icarus McIllioch. — O sotaque das Highlands de Grimm soou tão evidente ao redor desse nome que foi quase um rosnado ininteligível de Rs e Is e Ks secos. — Se você pegar a primeira letra de cada nome, aí está. G-R-I-MM.

— Gavrael McIllioch era um Berserker! — Falcão rugiu.

— Eu avisei que você não sabia muito sobre mim — Grimm respondeu, o ar sombrio.

Cruzando o gabinete em três longas passadas, Falcão se deteve de repente a centímetros do rosto de Grimm e o observou atentamente, como se pudesse desvelar algum traço eloquente do monstro que deveria ter traído aquele segredo anos antes.

— Como eu não desconfiei? — murmurou Falcão. — Por anos me perguntei sobre alguns dos seus talentos... peculiares. Pelos malditos santos, eu devia ter adivinhado pelos seus olhos...

— Muita gente tem olhos azuis, Falcão — zombou Grimm.

— Não como os *seus*, Grimm — apontou Adrienne.

— Isso explica tudo — Falcão respondeu lentamente. — Você não é humano.

Grimm se encolheu.

Adrienne lançou um olhar sombrio para o marido e enlaçou seu braço no de Grimm.

— É claro que ele é humano, Falcão. Ele só é um humano... com um quê a mais.

— Um Berserker. — Falcão balançou a cabeça. — Um inconveniente Berserker. Sabe, dizem que William Wallace era um Berserker.

— E que vida adorável ele teve, não? — respondeu Grimm, amargo.

<hr />

Grimm partiu a cavalo pouco tempo depois, sem responder a mais questionamentos e deixando Falcão imensamente insatisfeito. Partiu às pressas, pois as memórias estavam voltando com vontade própria e com fúria. Grimm sabia que tinha de ficar sozinho quando a totalidade das lembranças finalmente o invadisse. Já não controlava seus pensamentos sobre Tuluth. Diabos. Nem controlava pensamento algum, não conseguiria nem se tentasse.

Tuluth, em sua memória, era um vale enfumaçado, nuvens tão espessas de negror que seus olhos ardiam por conta do odor forte e acre dos lares e da carne em chamas. Crianças gritando. *Oh, Cristo!*

Grimm engoliu em seco e incitou Occam em galope pelas montanhas. Agora era imune à beleza da noite das Highlands, perdida em outra época, cercada apenas pela cor do sangue e pela escuridão desolada que desfigurava a alma — com um ponto radiante de dourado.

Jillian.

Ele é um animal, pai? Posso ficar com ele? Por favor? É um bicho glorioso!

Em sua mente, tinha dezesseis anos, baixando os olhos para enxergar uma garotinha dourada. As lembranças o inundaram, respingando vergonha mais espessa que o mel grosso de um favo. Ela o encontrara na floresta, vasculhando o terreno feito um bicho.

Ele seria mais feroz do que a minha Savanna TeaGarden, pai!

Savanna TeaGarden era sua cadelinha, vinte quilos de um filhote de lébrel irlandês.

Ele vai me proteger bem, pai. Eu sei que vai!

No instante em que ela disse as palavras, ele fez o voto silencioso de fazer exatamente isso, sem nunca sonhar que um dia a promessa significaria protegê--la de si mesmo.

Grimm esfregou o maxilar barbeado e lançou a cabeça ao vento. Por um breve instante, sentiu o ar no cabelo emaranhado outra vez, a terra e o suor de suas tranças de guerra, os olhos ferozes transbordando de ódio. E a garota doce e pura confiara nele só de olhar.

Ah, mas ele a dissuadira disso rapidamente.

2

Gibraltar e Elizabeth St. Clair cavalgavam em direção à casa do filho nas Highlands havia mais de uma semana quando Gibraltar finalmente confessou seu plano. Ele não teria contado nada, mas não suportava a ideia de ver a esposa aborrecida.

— Ouviu isso? — Elizabeth perguntou ao marido, acusadora, mudando o curso da égua e se aproximando para acompanhá-lo em um passo relaxado. — Ouviu?

— Ouvir o quê? Não ouvi nada. Você estava longe demais — ele brincou.

— Chega, Gibraltar. Já estou farta!

Gibraltar ergueu uma sobrancelha inquisitória.

— O que foi, amor? — Corada pela afronta, a esposa assim era ainda mais sedutora do que quando calma. Ele não conseguia deixar de provocá-la delicadamente apenas para desfrutar do espetáculo.

Elizabeth jogou a cabeça rapidamente.

— Já estou farta de ouvir os homens falarem sobre a nossa filha impecável, santa e não casada. Quase uma solteirona, Gibraltar.

— Você andou ouvindo a conversa alheia de novo, não foi, Elizabeth? — ele perguntou, a voz mansa.

— Ouvindo a conversa alheia, as conspirações alheias. Se estão discutindo sobre a minha filha, nem que sejam os guardas — ela gesticulou na direção deles, irritada —, eu tenho todo o direito de ouvir. Nossos temidos protetores, os mesmos, devo ressaltar, que são homens feitos e sadios, que andam elogiando as virtudes dela. Só que por *virtudes* eles não estão falando dos seios ou das curvas adoráveis, mas do temperamento doce, da paciência, da vocação para o claustro, pelo amor de Deus. Por acaso ela proferiu alguma palavra sobre essa inclinação repentina a se devotar à vida de freira? — Sem esperar por uma resposta, Elizabeth puxou as rédeas da montaria e encarou o marido. — Eles falam e falam que ela não tem defeitos, mas nenhum diz uma palavra sequer sobre fornicar com ela.

Gibraltar riu e fez seu garanhão parar ao lado da égua que a esposa montava.

— Como se atreve a achar graça nisso?

O homem balançou a cabeça. Seu olhar reluzia. Só mesmo Elizabeth para se ofender porque os homens não falavam em seduzir sua única filha.

— Gibraltar, preciso lhe pedir seriedade por um instante. Jillian tem vinte e um anos, e nenhum homem tentou cortejá-la com intenções sérias. Eu juro que ela é a moça mais primorosa de toda a Escócia, e os homens a rodeiam em silêncio com jeito reverente. Faça *alguma* coisa, Gibraltar. Estou ficando preocupada.

O sorriso dele se desvaneceu. Elizabeth estava certa. Já não era mais questão de riso. Gibraltar havia chegado a essa conclusão por si só. Não era justo deixar Elizabeth continuar se preocupando quando ele havia tomado providências para acalmar os temores de ambos.

— Já cuidei disso, Elizabeth.

— O que você quer dizer? O que você fez desta vez?

Gibraltar a observou atentamente. No momento não estava completamente certo sobre o que iria aborrecer mais Elizabeth: a preocupação prolongada com o estado solteiro da filha, ou os detalhes do que ele havia feito sem consultá-la. Um momento singularmente masculino de reflexão o convenceu de que ela ficaria deslumbrada pela ingenuidade dele.

— Cuidei para que três homens visitassem Caithness em nossa ausência, Elizabeth. Quando voltarmos, ou Jillian já terá escolhido um deles, ou um deles a terá escolhido. Mas eles não são o tipo de homem que desiste em face de uma pequenina resistência. Também não são o tipo de homem que acredita nas "histórias de convento".

A expressão horrorizada de Elizabeth esvaziou a pose convencida do marido.

— Um deles vai escolhê-la? Está dizendo que um desses homens que você selecionou pode colocar a reputação dela em risco se ela não escolher?

— Seduzir, Elizabeth. Não colocar a reputação em risco — Gibraltar protestou. — Eles não a arruinariam. Todos são *lairds* honrados, respeitáveis. — A voz dele aprofundou-se em um tom persuasivo. — Selecionei esses três

25

baseado em parte no fato de que também são muito... er... — Procurou uma palavra que fosse inócua o suficiente para não alarmar a esposa, pois os homens escolhidos podiam ser patentemente alarmantes. — ... masculinos. — Seu sutil aceno de cabeça tinha a intenção de lhe acalmar as preocupações. Um fracasso. — Exatamente o que Jillian precisa — ele garantiu.

— Masculinos! Você quer dizer truculentos canalhas inveterados! Provavelmente, ainda por cima, dominadores e brutais. Não me falte com a verdade, Gibraltar!

Gibraltar soltou um suspiro profundo. Todas as esperanças de persuasão sutil haviam caído por terra.

— Tem uma ideia melhor, Elizabeth? Francamente, acho que o problema é que Jillian nunca conheceu um homem que não se sentisse intimidado por ela. Garanto a você que os homens que eu convidei não vão se sentir nem remotamente intimidados. Cativados? Sim. Intrigados? Sim. Brutalmente persistentes? Sim. Precisamente o que uma mulher Sacheron precisa. Um homem que seja másculo o suficiente para fazer *alguma coisa* a respeito disso.

Elizabeth St. Clair, nascida Sacheron, mordiscou o lábio inferior em silêncio.

— Você sabe como tem ansiado para ver o nosso novo neto — ele a relembrou. — Vamos só prosseguir com a nossa visita e ver o que acontece. Eu prometo que nenhum dos homens que escolhi vai fazer mal a um fio de cabelo da cabeça de nossa preciosa filha. Eles podem bagunçá-lo um pouco, mas vai ser para o bem dela. Já está mais do que na hora de nossa impecável Jillian receber um chacoalhão.

— Você espera que eu simplesmente vá e a deixe com três homens? Com *aqueles* homens?

— Elizabeth, aqueles homens são o único tipo de homem que não vai venerá-la como santa. Além do mais, um dia eu já fui esse tipo de homem, se você se lembra. É preciso um homem incomum para a nossa filha incomum. Elizabeth — ele acrescentou, com mais gentileza —, eu desejo encontrar para ela esse homem incomum.

Elizabeth suspirou e soprou uma mecha de cabelo de sobre o rosto.

— Imagino que você tenha o direito — ela murmurou. — Ela realmente não conheceu um homem que não a adorasse desse jeito. Eu me pergunto: como você acha que ela vai reagir quando conhecer?

— Suspeito que ela possa não saber o que fazer de início. Pode deixá-la muito abalada, mas aposto que um dos homens que eu selecionei vai ajudá-la a entender as coisas — disse Gibraltar.

A ansiedade derrotou o desânimo de Elizabeth instantaneamente.

— Já chega. Simplesmente vamos ter que voltar. Não posso estar em mais nenhum lugar quando sei que minha filha vai experienciar essas coisas de mulher pela primeira vez na vida. Só Deus sabe o que alguns homens vão tentar ensinar para a minha filha, ou como ele vai tentar ensiná-la, sem mencionar o quanto ela certamente ficará chocada. Não posso estar fora fazendo visitas quando minha filha está sendo intimidada e enganada a abandonar suas virtudes de donzela. Não vou admitir! Vamos ter que voltar para casa. — Ela olhou com expectativa para o marido, esperando um aceno de concordância.

— Elizabeth. — Gibraltar disse seu nome em tom muito baixo.

— Gibraltar? — Já o tom dela foi cauteloso.

— Nós não vamos voltar. Vamos visitar o nosso filho, assistir ao batizado do nosso neto e passar alguns meses lá, como planejado.

— Jillian por acaso sabe o que você fez? — perguntou Elizabeth, a voz gélida.

Gibraltar balançou a cabeça.

— Não há uma suspeita sequer naquela cabecinha bonita.

— E quanto aos homens? Você acha que eles irão contar?

Gibraltar deu um sorriso malicioso.

— Não contei para eles. Simplesmente exigi que comparecessem. Mas Hatchard sabe e está preparado para informá-los no momento adequado.

Elizabeth ficou chocada.

— Você não falou a ninguém a não ser a nosso homem de armas?

— Hatchard é um homem sábio. E ela precisa disso, Elizabeth. Ela precisa encontrar seus próprios caminhos. Além do mais — ele provocou —, que tipo de homem se atreveria a pôr em risco a virtude de donzela de uma moça se a mãe dela a estiver rondando?

— Mas ora! Minha mãe, meu pai, meus sete irmãos e meus avós presentes não impediram você de atentar contra a minha. Ou de me raptar.

Gibraltar riu.

— Você lamenta por eu ter feito isso? — Elizabeth lhe mostrou um olhar cheio de significado por baixo dos cílios, que lhe assegurou o contrário.

— Então veja bem, às vezes um homem sabe o que fazer, não acha, querida?

Ela não respondeu por um momento, mas Gibraltar não se importou. Ele sabia que Elizabeth confiava a ele a própria vida. Ela só precisava de algum tempo para se acostumar ao plano e aceitar o fato de que sua filha carecia de um empurrãozinho amoroso para sair do ninho.

Quando Elizabeth enfim falou, a resignação havia amortecido suas palavras:

— Quais três homens você escolheu sem as minhas considerações sensatas e sem o meu consentimento?

— Bem, há Quinn de Moncreiffe. — O olhar de Gibraltar não se desviou do rosto dela.

Quinn era loiro, belo e ousado. Navegara como pirata do rei antes de herdar seus títulos e agora capitaneava uma flotilha de navios mercantes, a partir da qual conseguira triplicar a fortuna já considerável de seu clã. Gibraltar havia pego Quinn para criar quando era um rapazinho, e Quinn sempre fora o favorito de Elizabeth.

— Bom homem. — O arquear de uma sobrancelha perfeitamente dourada traiu a admiração relutante de Elizabeth pela sabedoria do marido. — E?

— Ramsay Logan.

— Ah! — Os olhos da mulher se arregalaram. — Quando o vi na corte, ele estava paramentado de preto dos pés à cabeça. Tão perigosamente atraente quanto um homem pode ser. Como é possível que nenhuma mulher o tenha fisgado até agora? Prossiga, por misericórdia, Gibraltar. Isso está se mostrando um tanto promissor. Quem é o terceiro?

— Estamos ficando muito para trás em relação aos guardas, Elizabeth. — Gibraltar apressou-se a desviar do assunto. — As terras altas andam pacíficas ultimamente, mas os cuidados nunca são demais. Devemos alcançá-los. — Ele se reposicionou na sela, agarrou as rédeas da esposa e a incitou a seguir.

Elizabeth fez cara feia ao puxar as rédeas da mão dele.

— Vamos alcançá-los depois. Quem é o terceiro?

Gibraltar encolheu-se e observou os guardas, que estavam sumindo da vista ao longe, dobrando uma curva no caminho.

— Elizabeth, não podemos nos demorar. Você não faz ideia...

— O terceiro, Gibraltar — sua esposa repetiu.

— Você está especialmente bela hoje, Elizabeth — elogiou ele, usando uma voz sedutora. — Já lhe falei isso? — Quando as palavras não evocaram resposta nenhuma além de um olhar direto e fixo, ele enrugou a testa. — Eu mencionei três? — A expressão de Elizabeth ficou mais fria.

Gibraltar expeliu um suspiro de frustração. Murmurou um nome e incitou a montaria a avançar.

— O que você acabou de dizer? — ela chamou atrás dele e fez a égua acompanhar o ritmo.

— 28 —

— Diabos, Elizabeth! Desista! Vamos apenas cavalgar.

— Repita o que disse, por favor, Gibraltar. — Houve outra resposta ininteligível. — Não entendo uma única palavra quando você resmunga — Elizabeth insistiu docemente.

Doce como o canto de uma sereia, ele pensou, *e letal exatamente na mesma proporção.*

— Eu disse Gavrael McIllioch. Está bem? Agora, por favor, podemos mudar de assunto? — Ele girou o garanhão bruscamente, saboreando o fato de que, pelo menos por enquanto, deixara Elizabeth St. Clair o mais próximo de sem fala do que ela já tinha ficado antes.

Elizabeth encarou o marido com descrença.

— Querido Deus do céu, ele convocou o Berserker!

❧❦❧

No relvado íngreme de Caithness, Jillian St. Clair estremeceu apesar do calor do sol, que brilhava forte. Nenhuma nuvem pontuava o céu, e a sombra da floresta que margeava o limite ao sul do relvado estava pelo menos a dez metros dali — não perto o bastante para ser responsável por aqueles arrepios repentinos.

Uma sensação inexplicável de mau agouro percorreu sua nuca. Livrou-se rapidamente dela, sentindo raiva de sua imaginação hiperativa. Sua vida não era maculada por nuvens tanto quanto a extensão do céu azul; só estava com a imaginação fértil, nada mais.

— Jillian! Faça Jemmie parar de puxar o meu cabelo! — gritou Mallory, correndo na direção de Jillian em busca de proteção. A grama viçosa era salpicada por mais ou menos uma dúzia de crianças, que se reuniam todas as tardes para ganhar doces e histórias de Jillian.

Abrigando Mallory nos braços, Jillian olhou para o menino com reprovação.

— Há modos melhores de mostrar a uma moça que você gosta dela do que puxando o cabelo, Jemmie MacBean. E a minha experiência diz que as meninas cujo cabelo você puxa agora são as mesmas que cortejará depois.

— Eu não puxei o cabelo dela porque eu *gosto* dela! — O rosto de Jemmie ficou vermelho, e suas mãos se fecharam em punhos desafiadores. — Ela é uma *menina*.

— Sim, ela é. E uma menina muito graciosa, diga-se de passagem. — Jillian alisou os longos e exuberantes cabelos acobreados de Mallory. A menininha já mostrava promessas da linda mulher que se tornaria. — Mas agora me diga: por que você *puxa* o cabelo dela, Jemmie? — Jillian perguntou suavemente.

Jemmie chutou a grama com a ponta do pé.

— Porque, se eu a empurrar do mesmo jeito que faço com os meninos, ela provavelmente vai chorar — ele resmungou.

— E por que você precisa fazer algo assim com ela? Por que não pode simplesmente conversar?

— O que uma *menina* poderia dizer? — Ele revirou os olhos e encarou feio os outros garotos, exigindo apoio com seu olhar feroz.

Apenas Zeke não foi afetado pela provocação.

— A Jillian tem coisas interessantes para dizer, Jemmie — argumentou Zeke. — Você vem aqui todas as tardes para ouvi-la, e ela *é* uma garota.

— Isso é diferente. Ela não é uma menina. Ela... Bem, é quase como uma mãe para nós. A diferença é que é muito mais bonita.

Jillian afastou uma mecha de cabelo loiro do rosto, encolhendo-se por dentro. O que "mais bonita" já tinha feito de bom por ela? Ansiava ter filhos seus, mas filhos exigiam um marido, e um desses não aparecia no horizonte para ela, bonitos ou não. *Bem, você poderia parar de ser tão exigente*, sua consciência advertiu ironicamente.

— Devo contar uma história? — Ela mudou rapidamente de assunto.

— Sim, conte uma história, Jillian!

— Uma de amor! — pediu uma menina mais velha.

— Uma sangrenta — exigiu Jemmie.

Mallory torceu o nariz para ele.

— Conte uma fábula. Eu adoro fábulas. Elas nos ensinam coisas boas, e alguns de nós — ela fulminou Jemmie com o olhar — precisam aprender coisas boas.

— Fábulas são bobas...

— Não são, não!

— Uma fábula! Uma fábula! — gritaram as crianças.

— Uma fábula vocês terão. Vou contar a vocês a discussão do Vento com o Sol — disse Jillian. — É a minha favorita dentre todas as fábulas. — As crianças correram para o assento mais perto dela e se acomodaram para ouvir a história. Zeke, o menor deles, foi empurrado para trás do grupo.

— Não aperte os olhos, Zeke — Jillian repreendeu delicadamente. — Aqui, aproxime-se. — Ela puxou o menino para seu colo e afastou o cabelo dos olhos dele. Zeke era o filho de Kaley Twillow, sua criada favorita. Ele havia nascido com uma visão tão fraca que mal enxergava além da mão. Estava sempre estreitando os olhos, como se um dia isso fosse criar um milagre e lhe fazer colocar o mundo em foco. Jillian não podia imaginar a tristeza de não conseguir enxergar claramente a linda paisagem da Escócia. Seu coração chorava pela deficiência de Zeke, que o impedia de participar das brincadeiras que as outras crianças adoravam. Ele era muito mais propenso a ser atingido por uma bexiga d'água do que acertá-la em alguém; então, para compensar, Jillian o havia ensinado a ler. Ele tinha que enterrar o nariz no livro, mas assim havia encontrado mundos para explorar que nunca poderiam ter sido vistos com seus próprios olhos.

Com Zeke aconchegado no colo, ela começou.

— Um dia, o Vento e o Sol estavam discutindo sobre quem era o mais forte, quando, de repente, viram uma cigana vindo pela estrada. O Sol disse: "Vamos decidir nossa disputa agora. Aquele de nós que conseguir fazer a cigana tirar o manto será considerado o mais forte". O Vento concordou com a disputa. "Você começa", disse o Sol, e se recolheu atrás de uma nuvem para não interferir. O Vento começou a soprar o mais forte que conseguia sobre a cigana, mas, quanto mais soprava, mais firme a cigana agarrava o manto sobre o corpo. Isso não impediu que o Vento desse tudo de si; ainda assim, a cigana se recusava a ceder o manto. Finalmente, o Vento desistiu. Então o Sol saiu e brilhou em toda a sua glória, e a cigana logo achou que estava calor demais para andar de manto. Removeu-o, jogou-o sobre o ombro e continuou sua jornada, assobiando alegremente.

— Viva! — comemoraram as meninas. — O Sol venceu! Nós também gostamos mais do Sol!

— É uma história estúpida. — Jemmie franziu o cenho.

— Eu gostei — Zeke protestou.

— Claro que sim, Zeke. Você é cego demais para enxergar guerreiros, dragões e espadas. Gosto de histórias com aventura.

— Essa história tinha uma mensagem, Jemmie. A mesma mensagem que eu queria passar sobre você puxar o cabelo da Mallory — Jillian disse suavemente.

Jemmie parecia perplexo.

— Tinha? O que o sol tem a ver com o cabelo da Mal?

Zeke sacudiu a cabeça, contrariado por Jemmie ser tão lerdo em entender.

— Ela estava nos dizendo que o vento tentou fazer a cigana se sentir mal, por isso ela precisou se defender. O sol fez a cigana se sentir bem, aquecida e segura o suficiente para caminhar livremente.

Mallory sorriu com adoração para Zeke, como se ele fosse o rapaz mais inteligente do mundo. Zeke continuou, em tom sério:

— Seja gentil com a Mallory e ela será gentil com você.

— De onde você tira suas ideias bobas? — Jemmie perguntou, irritado.

— Ele presta atenção, Jemmie — respondeu Jillian. — A moral da fábula é que a bondade tem mais efeito do que a crueldade. Zeke entende que não há nada de errado em ser gentil com as moças. Um dia você vai se arrepender por não ter sido mais atencioso. — *Quando Zeke acabar com metade das moças da aldeia desesperadamente apaixonadas por ele, apesar da visão fraca*, Jillian pensou, com divertimento. Zeke era um rapazinho bonito, e um dia seria um homem atraente com a sensibilidade única que os nascidos com alguma deficiência tendem a desenvolver.

— Ela está certa, rapaz. — Uma voz profunda se juntou à conversa quando um homem saiu montado em seu cavalo do abrigo das árvores próximas.

— Eu *ainda* lamento não ter sido melhor com as moças.

O sangue nas veias de Jillian gelou, e sua vida de céu limpo subitamente foi inundada de espessas e negras nuvens de tempestade. Certamente *esse* homem nunca seria tolo o suficiente para voltar a Caithness! Ela pressionou a bochecha nos cabelos de Zeke, escondendo o rosto, desejando que pudesse derreter no chão e desaparecer, desejando ter escolhido um vestido mais elegante naquela manhã; como sempre, desejando coisas impossíveis no que dizia respeito ao homem recém-chegado. Embora não ouvisse a voz dele havia anos, Jillian sabia quem era ele.

— Eu me lembro de uma moça com quem eu fui malvado quando garoto, e agora, sabendo o que sei, eu daria muito para desfazer tudo aquilo.

Grimm Roderick. Jillian sentiu os músculos se derreterem debaixo da pele, fundidos pelo calor daquela voz. Dois tons inteiros mais baixos do que qualquer outra voz que ela já ouvira. Modulada tão precisamente que transmitia uma intimidante autodisciplina, sua voz era a de um homem que estava sempre no controle.

Ela ergueu a cabeça e se virou para ele com olhos arregalados de choque e horror e com a respiração presa na garganta. Não importava como os anos o mudassem, ela sempre o reconheceria. Ele apeou e estava se aproximando, movendo-se com o típico misto de indiferente arrogância e graça de um conquistador, exalando confiança com a mesma naturalidade com que respirava. Grimm Roderick sempre foi uma arma ambulante, e seu corpo se desenvolvera e se aperfeiçoara para uma perfeição instintiva. Se Jillian se levantasse e tentasse a fuga pela esquerda, sabia que ele estaria lá antes dela. Se fosse recuar, ele estaria atrás. Se fosse gritar, ele cobriria sua boca antes que sequer terminasse de se preparar enchendo o peito de ar. Só uma vez ela viu uma criatura se movimentar com tal velocidade e poder reprimidos: um dos gatos da montanha, cujos músculos se flexionavam, prontos para a ação, caminhando sobre patas leves e ameaçadoras.

Jillian deu um suspiro trêmulo. Ele estava ainda mais magnífico do que costumava ser anos antes. Seus cabelos pretos tinham sido perfeitamente presos por um cordão de couro. O ângulo da mandíbula era ainda mais arrogante do que ela se lembrava — se é que fosse possível —, projetando-se ligeiramente para a frente, fazia seu lábio inferior se curvar em um sorriso sensual, não importava qual fosse a ocasião.

O próprio ar parecia diferente quando se estava próximo de Grimm Roderick; era como se o que havia em volta de Jillian recuasse até que nada existisse além dele. E ela nunca poderia confundir aqueles olhos com outros! Azul-gelo, zombeteiros, os olhos dele se cravaram nos de Jillian sobre a cabeça das esquecidas crianças curiosas. Ele a observava com uma expressão insondável.

Ela ficou em pé de repente, derrubando um assustado Zeke ao chão. Enquanto Jillian olhava fixamente para Grimm, as lembranças ressurgiam à superfície e ela quase se afogou na bile amarga da humilhação. Ela se lembrava com clareza demais do dia em que jurou que nunca mais falaria com Grimm Roderick. Tinha jurado nunca permitir que ele se aproximasse de Caithness — ou de seu coração vulnerável — enquanto ela vivesse. E ele se atrevia a aparecer agora? Como se nada tivesse mudado? A possibilidade de reconciliação foi instantaneamente esmagada sob os pesados calcanhares de seu orgulho. Ela não dignificaria a presença dele com gentilezas. Não seria boazinha. Não lhe concederia um grama de cortesia.

Grimm passou a mão pelo cabelo e respirou fundo.

— Você... cresceu, moça.

Jillian lutou para falar. Quando finalmente encontrou a língua, suas palavras pingavam gelo.

— Como se atreve a voltar aqui? Você não é bem-vindo. Saia da minha casa!

— Não posso fazer isso, Jillian. — A voz suave a enervou.

Com o coração acelerado, ela respirava fundo e devagar.

— Se você não sair por vontade própria, vou chamar os guardas para removerem você daqui.

— Eles não farão isso, Jillian.

Ela bateu palmas e exclamou:

— Guardas!

Grimm não se moveu um centímetro.

— Não vai adiantar, Jillian.

— E pare de falar meu nome assim!

— Assim como, Jillian? — ele parecia genuinamente curioso.

— Assim... assim... como se fosse uma oração ou algo do tipo.

— Como quiser. — Ele fez uma pausa de dois batimentos cardíacos, durante a qual ela ficou surpresa por ele ter capitulado à sua vontade, pois era certo que nunca tinha feito isso antes. Então ele acrescentou, com uma ressonância tão rouca na voz que deslizou para dentro do coração dela contra sua vontade. — Jillian.

Homem maldito!

— Guardas. Guardas!

Seus guardas chegaram correndo, depois pararam abruptamente, estudando o homem diante de sua senhora.

— Chamou, milady? — Hatchard perguntou.

— Remova esse canalha iníquo de Caithness antes que ele procrie... *crie* — ela corrigiu às pressas — espaço para sua depravação e insolência perversa dentro da minha casa — gaguejou no final.

Os guardas olharam dela para Grimm e não se moveram.

— Agora. Remova-o da propriedade imediatamente!

Quando os guardas continuaram sem se mover, os ânimos de Jillian se esquentaram um pouco mais.

— Hatchard, eu disse para fazê-lo ir embora. Pelos doces santos, jogue-o fora da minha vida. Escorrace-o do país. Ai de mim! Apenas o remova deste *mundo*, por favor, agora!

A tropa de guardas, boquiabertos, olhava para Jillian com espanto.

— Está se sentindo bem, milady? — Hatchard perguntou. — Devemos procurar Kaley para ver se a senhorita está com um pouco de febre?

— Não estou com um pouco de nada. Há um velhaco degenerado na minha propriedade e eu quero que ele saia — Jillian afirmou, com os dentes cerrados.

— Milady acabou de ranger os dentes? — Hatchard perguntou, boquiaberto.

— Perdão?

— Ranger os dentes. Falar entre os dentes cerrados...

— Vou gritar entredentes se vocês, trastes desobedientes, não tirarem este degenerado, viril... — Jillian pigarreou — *vil* e safado de Caithness.

— Gritar? — Hatchard repetiu, fracamente. — Jillian St. Clair não grita, não fala entredentes e certamente não tem ataques histéricos. O que diabos está acontecendo aqui?

— Ele é o diabo — Jillian vociferou, fazendo sinal para Grimm.

— Chame como quiser, milady. Ainda não posso tirá-lo daqui — disse Hatchard, pesadamente.

A cabeça de Jillian se sacudiu como se ele a tivesse golpeado.

— Está me desobedecendo?

— Ele não lhe desobedece, Jillian — Grimm disse, em voz baixa. — Ele obedece ao seu pai.

— O quê? — Jillian virou seu rosto pálido para o dele. Grimm ofereceu um pedaço de pergaminho amassado e sujo.

— O que é isso? — ela perguntou, friamente, recusando-se a se aproximar um centímetro mais que fosse.

— Venha e veja, Jillian — ele ofereceu. Seus olhos tinham um brilho estranho.

— Hatchard, tire isso dele.

Hatchard não se moveu.

— Eu sei o que diz.

— Bem, o que, então? — ela disse a Hatchard. — E como você sabe?

Foi Grimm quem respondeu:

— Diz: "Venha por Jillian"... Jillian.

Ele tinha feito aquilo de novo, acrescentando o nome dela depois de uma pausa, uma veneração rouca que a deixava estranhamente ofegante e assustada. Havia um aviso na forma como ele pronunciava o nome, algo que ela deveria entender, mas não conseguia captar totalmente a mensagem. Alguma coisa tinha mudado desde sua última briga tão amarga, algo nele, mas ela não conseguiu definir o quê.

— Venha por Jillian? — ela repetiu, sem entender. — Meu pai lhe mandou isso?

Quando ele confirmou com a cabeça, Jillian engasgou e quase começou a chorar. Aquele tipo de demonstração pública de emoção teria sido inédito para ela. Isso se ela não tivesse, há pouco segundos, feito algo tão inesperado e inédito quanto: falar entredentes e praguejar. Jillian girou nos calcanhares e correu para o castelo, como se todas as *banshees* da Escócia estivessem mordendo seus calcanhares, quando na verdade era o único e inigualável Grimm Roderick — o que era muito pior.

Lançando um olhar furtivo sobre o ombro, ela se lembrou tardiamente das crianças. Estavam paradas ali em um semicírculo, observando-a atentamente e sem acreditar. Ela saiu pisando duro, absolutamente envergonhada, e entrou no castelo. Bater a porta foi um pouco difícil, já que era quatro vezes mais alta do que ela, mas, no humor em que se encontrava, Jillian conseguiu.

3

— *Inconcebível!* — exclamou Jillian, furiosa, andando de um lado para o outro em seus aposentos. Tentou se acalmar, mas, relutante, concluiu que, até que se livrasse *dele*, ter calma não era possível.

Assim, ela explodia, andava, considerava quebrar coisas; mas a questão é que gostava de tudo o que havia em seu quarto e não tinha uma verdadeira vontade de quebrar nenhum de seus pertences. Mas e se ao menos pudesse colocar as mãos nele, ah — então ela teria quebrado uma coisa ou duas!

Aborrecida, murmurava baixinho enquanto tirava rapidamente as vestes. Jillian se recusava a ponderar seu ímpeto de trocar o conjunto de vestido simples e camisa que até uma hora antes estava perfeitamente adequado. Nua, aproximou-se do armário perto da janela, onde se distraiu momentaneamente ao avistar cavaleiros no pátio. Espiou pela abertura alta. Dois cavaleiros entravam pelo portão. Estudou-os curiosamente, inclinando-se sobre a janela. Como se fossem um, os homens levantaram a cabeça, e ela perdeu o fôlego. Um sorriso cruzou o rosto do loiro, dando a ela a impressão de que ele a enxergava na janela, coberta apenas pelo rubor de um ataque de nervos. Instintivamente, Jillian se agachou atrás do armário e apanhou um vestido de tom verde intenso, assegurando-se de que só porque ela podia vê-los claramente não significava que pudessem vê-la também. Certamente a janela refletia o sol e permitia pouca visão.

Quem mais estava chegando a Caithness?, ela se perguntava, zangada. *Ele* já era ruim o suficiente. Como se atrevia a aparecer ali? Além do mais, como seu pai se atrevia a convocá-lo? *Venha por Jillian.* Exatamente o que seu pai planejava com um bilhete como aquele? Ela contemplou o som possessivo das palavras e sentiu um calafrio lhe descer pela coluna. Por que Grimm Roderick responderia a uma missiva tão estranha? Ele a torturara incessantemente quando ela era criança e depois a rejeitara quando era uma jovem mulher. Ele era um dominador arrogante — que um dia tinha sido o herói de todas as suas fantasias.

Agora ele estava de volta a Caithness, e isso era simplesmente inaceitável. Independentemente das razões de seu pai para convocá-lo, ele tinha de ir embora e ponto-final. Se os guardas não o removessem dali, ela mesma o faria — ainda que significasse expulsá-lo na ponta da espada, e ela sabia exatamente onde encontrar uma. Havia uma espada gigantesca pendurada acima da lareira no Grande Salão que serviria muito bem.

Resoluta, com o vestido no lugar, Jillian saiu marchando de seus aposentos. Estava pronta para confrontá-lo, o corpo eriçado de indignação. Ele não tinha o direito de estar ali, e ela era a pessoa certa para lhe explicar isso. Ele partira uma vez, quando ela lhe implorou que ficasse; não poderia arbitrariamente decidir voltar agora. Puxando os cabelos para trás, Jillian os prendeu com uma fita de veludo e se dirigiu para o Grande Salão, movendo-se às pressas pelo longo corredor.

Parou de repente na balaustrada do lado de fora dos quartos, com vista para o salão, alarmada pelo barulho de vozes masculinas lá embaixo.

— O que a sua mensagem dizia, Ramsay? — Jillian ouviu Grimm perguntar.

As vozes flutuavam, perfeitamente audíveis, pelo espaço aberto do Grande Salão. As tapeçarias tinham sido removidas para limpeza, por isso as palavras reverberavam nas paredes nuas de pedra.

— Dizia que o senhor e a esposa deixariam Caithness e mencionava um antigo débito que eu tenho com ele. O senhor afirmava desejar que eu supervisionasse seu patrimônio enquanto ele não estivesse aqui para fazê-lo por si mesmo.

Jillian espreitou discretamente sobre a balaustrada e viu Grimm sentado com dois homens perto da lareira principal. Por um momento eterno, simplesmente não conseguiu tirar os olhos dele. Sentindo raiva, afastou o olhar e estudou os recém-chegados. Um dos homens estava largado na cadeira, recostado como se fosse o dono da fortaleza e de metade das terras circundantes. Em uma análise mais atenta, Jillian decidiu que ele provavelmente agiria como o dono de qualquer lugar que quisesse. Era um estudo de preto da cabeça aos

38

pés: cabelos pretos, pele bronzeada. Vestia um comprimento de lã negra que não se interrompia nem mesmo por um fio de cor. Definitivamente, o sangue das Highlands, ela concluiu. Uma cicatriz fina estendia-se do maxilar até logo abaixo do olho.

Ela desviou os olhos para o segundo homem.

— Quinn — Jillian sussurrou. Não via Quinn de Moncreiffe desde a época em que ele morava, assim como Grimm, sob o teto de seu pai, anos atrás. Alto, loiro e lindo de tirar o fôlego, Quinn de Moncreiffe tinha lhe oferecido conforto nas muitas ocasiões em que Grimm a rejeitara. Desde que o vira pela última vez, Quinn tinha amadurecido, se tornado um homem alto, de ombros largos, cintura estreita e longos cabelos loiros puxados para trás em uma trança.

— Parece que quase todos os homens da Escócia e de metade da Inglaterra estão em dívida com Gibraltar St. Clair por uma coisa ou outra — observou Quinn.

Ramsay Logan cruzou as mãos atrás da cabeça e se recostou na cadeira, assentindo.

— Verdade. Ele me salvou de boas enrascadas. Na mocidade, eu era propenso a pensar com a cabeça de baixo.

— Ora, então você acha que mudou, Logan? — Quinn provocou.

— Nem tanto que me impeça de lhe dar uma sova e deixá-lo inconsciente, De Moncreiffe — Ramsay revidou.

Ramsay Logan, pensou Jillian; ela estava certa sobre a linhagem dele. Os Logan eram, de fato, gente das Highlands. Ramsay certamente parecia um daqueles homens selvagens da montanha, cuja notoriedade só era ultrapassada por suas propriedades gigantescas. Eles eram um clã rico em terras, donos de uma grande porção do sul das Highlands. Jillian voltou os olhos para Grimm, apesar de suas melhores intenções. Ele relaxava em sua cadeira regiamente, com a postura de um rei e agindo como se tivesse todo o direito real de estar ali. Jillian estreitou os olhos.

Os cantos da boca de Grimm se contraíram de leve.

— É como nos velhos tempos, com vocês dois trocando farpas, mas me poupem de sua discórdia. Há um enigma aqui. Por que Gibraltar St. Clair convocou nós três para vir a Caithness? Eu não ouvi falar de nenhum problema aqui em anos. Quinn, o que sua mensagem dizia? Que ele precisava que você viesse em auxílio a Caithness em sua ausência?

Acima dos homens, Jillian franziu o cenho. Essa era uma boa pergunta — *por que* os pais dela trariam aqueles três homens a Caithness enquanto estavam fora para o batizado do neto? Hatchard, o homem de armas de Caithness, comandava uma poderosa força de guardas, e não havia problemas naquelas partes das Terras Baixas havia anos.

— Dizia que ele desejava minha vigilância sobre Caithness durante sua ausência, e, se eu não pudesse tirar um tempo longe dos meus navios para vir em auxílio dele, eu deveria vir por Jillian. Julguei a mensagem bastante estranha, mas tive a impressão de que ele estava preocupado com Jillian. Bem, verdade seja dita, senti saudades da moça — Quinn respondeu.

Jillian teve um sobressalto. O que o seu enganador pai estava aprontando?

— Jillian, a deusa-imperatriz em pessoa. — Ramsay desferiu um sorriso lupino.

As narinas de Jillian se dilataram, e sua coluna ficou rígida.

— O quê? — Grimm parecia perplexo.

— Ele está se referindo à muito elogiada reputação da Jillian. Você não parou nos estábulos quando chegou? — Quando Grimm sacudiu a cabeça em negativa, Quinn bufou. — Você perdeu muitos rumores. Os rapazes lá tagarelaram sem parar antes que tivéssemos a chance de apear. Eles nos advertiram para não contaminarmos a atitude "santa" da moça. A "deusa-imperatriz Jillian", foi como um dos rapazes a chamou, dizendo que apenas "rainha" era muito comum.

— Jillian? — Grimm pareceu desconfiar.

Jillian fitou o alto da cabeça dele.

— Malditos sejam — afirmou Ramsay. — Todos eles. Um rapaz me disse que ela é a segunda madona, e ele acredita que, se ela tiver filhos, certamente serão produto da intervenção divina.

— Devo dizer que qualquer intervenção com Jillian seria divina — interveio Quinn, sorrindo.

— Sim, entre aquelas coxas divinas que ela tem. Já viu moça mais bem-feita para satisfazer o prazer de um homem? — Ramsay colocou os pés sobre a lareira e se mexeu na cadeira, deixando as mãos caírem no colo.

As sobrancelhas de Jillian dispararam para a testa. Ela levou a mão à boca.

Grimm lançou um olhar intenso para Ramsay e Quinn.

— Espere um minuto; o que quer dizer com "coxas divinas"? Você nunca conheceu a Jillian, não é? Nem sabe que aparência ela tem. E, Quinn, você não a vê desde que ela era uma garotinha.

Quinn desviou o olhar, desconfortável.

— Ela tem cabelo dourado? — Ramsay retrucou. — Camadas e camadas, caindo em ondas até abaixo dos quadris? Face impecável, é mais ou menos dessa altura? — Sentado, ele segurou a mão um pouco acima da cabeça para demonstrar. — O quarto dela fica no segundo andar, voltado para o leste?

Grimm assentiu com cautela.

— Eu *sei* que aparência ela tem. Quinn e eu a vimos por uma janela quando entramos — informou Ramsay.

Jillian gemeu baixinho, esperando que ele não continuasse.

Mas Ramsay continuou:

— Se ela é a mulher que estava trocando de vestido, aquela com seios que um homem poderia...

As mãos de Jillian voaram de forma protetora para seu corpete. *É um pouco tarde para isso*, lamentou.

— Você *não* a viu se vestir — Grimm rosnou, lançando um olhar fulminante para Quinn só para a mensagem ficar clara.

— Não — Ramsay acrescentou, solícito —, nós a vimos despida. Emoldurada pela janela, com o sol se derramando sobre a pele rosada mais esplêndida que eu já vi. A face de um anjo, coxas macias e tudo dourado entre elas.

Um sentimento de enorme humilhação mergulhou Jillian em um rubor furioso desde o topo da cabeça até seus seios recém-vistos. Eles a tinham visto *mesmo*; ela inteira.

— É verdade, Quinn? — Grimm exigiu resposta.

Quinn assentiu, parecendo acanhado.

— Diabos, Grimm, o que esperava que eu fizesse? Desviasse o olhar? Ela é deslumbrante. Há muito tempo eu suspeitava que a mocinha iria desabrochar em uma mulher adorável, mas nunca tinha imaginado encantos tão primorosos. Embora Jillian sempre tenha me parecido uma irmã mais nova, depois que a vi hoje... — Ele balançou a cabeça e assobiou, expressando admiração. — Bem, os sentimentos podem mudar.

— Eu não sabia que Gibraltar tinha uma filha assim — Ramsay se apressou a acrescentar —, ou estaria farejando por aqui anos atrás...

— Ela não é o tipo para ser farejada por você. Jillian é mulher para casar — Grimm se exaltou.

— Sim, ela é mulher para casar, mulher para a vida inteira, mulher para ter na cama — Ramsay disse, friamente. — Os idiotas de Caithness podem se intimidar pela beleza dela, mas eu não. Uma mulher como aquela precisa de um homem de carne e osso.

Quinn disparou um olhar irritado para Ramsay e se levantou.

— Você está insinuando exatamente o quê, Logan? Se algum homem deve falar por ela, esse sou eu. Conheço Jillian desde que ela era criança. Minha mensagem mencionava especificamente "vir por Jillian", e, depois de vê-la, eu pretendo fazer *precisamente* isso.

Ramsay se levantou devagar, esticando a enorme estrutura corpórea até se elevar uns bons cinco centímetros acima da estatura de Quinn, que já tinha mais de um metro e noventa.

— Talvez a única razão pela qual minha mensagem não tenha sido redigida da mesma maneira é porque St. Clair sabia que eu nunca a vi. De qualquer forma, já é tempo de eu tomar uma esposa, e pretendo dar à linda garota uma opção além de pendurar a camisola (se é que ela usa uma, embora eu certamente não esteja reclamando) ao lado de algum fazendeiro comum das planícies.

— Quem está chamando quem de fazendeiro aqui? Eu sou um maldito comerciante e valho mais do que todas as suas vacas miseráveis, magricelas e peludas.

— Rá! Não é com as minhas vacas magrelas que eu ganho a minha riqueza, seu serviçal de planície...

— Sim, saqueando camponeses inocentes, é mais provável! — Quinn o interrompeu. — E o que diabos é um serviçal de planície?

— Nenhuma palavra que alguém do *planalto* saiba — Ramsay estrilou.

— Senhores, por favor. — Hatchard entrou no Grande Salão. Havia uma expressão preocupada em seu rosto. Tendo servido como homem de armas durante vinte anos, ele podia prever uma batalha a meio condado de distância, e aquela estava esquentando bem debaixo do seu nariz. — Não há necessidade de entrar numa briga por causa disso. Segurem a língua e se acalmem um pouco, pois tenho uma mensagem para vocês de Gibraltar St. Clair. E sentem-se. — Ele gesticulou para as cadeiras aglomeradas perto da lareira. — De acordo com a minha experiência, homens que se encaram raramente prestam atenção direito.

Ramsay e Quinn continuaram a fitar um ao outro.

Jillian ficou tensa e quase enfiou a cabeça nos vãos da balaustrada. O que seu pai tramava dessa vez? O sagaz e ruivo Hatchard era o conselheiro de maior confiança de seu pai e um amigo de longa data. As feições vulpinas eram um reflexo preciso de sua inteligência: ele era esperto e rápido como uma raposa. Seus dedos longos e finos tocaram o cabo de sua espada enquanto ele esperava impacientemente que os homens obedecessem a seu comando.

— *Sentem-se* — Hatchard repetiu, enfático.

Relutantes, Ramsay e Quinn se acomodaram em suas cadeiras.

— Fico feliz em ver que todos chegaram prontamente — Hatchard disse, num tom mais tranquilo. — Mas, Grimm, por que o seu cavalo está vagando pelo pátio fortificado?

Grimm respondeu em voz baixa:

— Ele não gosta de ser preso no estábulo. Algum problema com isso?

Tal homem, tal cavalo. Jillian revirou os olhos.

— Não, nenhum problema da minha parte, mas, se ele começar a comer as flores da Jillian, você pode ter um certo problema nas mãos. — Hatchard se acomodou em uma poltrona vazia, um ar divertido nos olhos. — Na verdade, suspeito de que você vá ter um certo problema nas mãos, não importa o que faça com o seu cavalo, Grimm Roderick. — Ele riu. — É bom ver você de novo. Já faz muito tempo. Talvez você possa treinar com meus homens enquanto estiver aqui.

Grimm assentiu com um movimento discreto.

— Então, por que Gibraltar nos convocou, Hatchard?

— Eu tinha planejado permitir que todos se acomodassem um pouco antes de transmitir a mensagem dele, mas acho que vocês já ganharam o direito de saber. St. Clair trouxe vocês aqui por causa da filha dele — Hatchard admitiu, coçando a curta barba vermelha com ar pensativo.

— Eu sabia — interveio Ramsay, presunçoso.

Jillian assobiou baixinho. *Como ele ousa?* Mais pretendentes, e entre eles o próprio homem que ela tinha jurado odiar até a morte. Grimm Roderick. Quantos homens seu pai lançaria contra ela antes de finalmente aceitar que ela não se casaria, a menos que encontrasse o tipo de amor que seus pais compartilhavam um com o outro?

Hatchard se recostou na poltrona e olhou para os homens.

— Ele espera que Jillian escolha um de vocês antes que ele retorne da visita, o que lhes garante até o final do outono para cortejá-la.

— E se ela não quiser? — Grimm perguntou.

— Ela vai querer. — Ramsay cruzou os braços sobre o peito, um retrato da arrogância.

— Jillian sabe disso? — Grimm perguntou, calmamente.

— E ela é dissimulada ou é inocente? — Quinn brincou.

— E, se ela é inocente, até que ponto? — Ramsay perguntou, malicioso.

— Eu, por exemplo, pretendo descobrir na primeira oportunidade.

— Por cima do meu cadáver, Logan — Quinn rosnou.

— Que assim seja. — Ramsay deu de ombros.

— Bem, seja lá o que ele pretendia, não acho que foi para vocês três se matarem por ela. — Hatchard deu um leve sorriso. — Ele simplesmente pretende vê-la casada antes de passar por outro aniversário, e um de vocês será o homem. E, não, Grimm, Jillian não sabe nada sobre isso. Provavelmente fugiria de Caithness imediatamente se tivesse a mais remota ideia do que o pai estava tramando. Gibraltar trouxe dezenas de pretendentes para Jillian no ano passado, e ela expulsou todos eles com uma diabrura ou outra. Ela e o pai gostavam de superar um ao outro em astúcia; quanto mais incomum o estratagema, mais inventiva era a reação de Jillian. Embora, devo dizer, ela sempre tenha lidado com as coisas com certa delicadeza e sutileza que só uma mulher da família Sacheron poderia ter. A maioria dos homens não fazia ideia de que tinha sido... hum... por falta de uma palavra melhor... enganada. Como seu pai, Jillian pode ser a própria imagem da decência e bons modos enquanto planeja um motim. Um de vocês deve cortejá-la e conquistá-la, pois vocês são as últimas esperanças de Gibraltar.

Impossível, Jillian argumentou silenciosamente em sua defesa, mas com uma convicção instável. Seu pai não faria isso com ela. Será que faria? Mesmo negando, ela viu surgir na mente os olhares longos e pensativos de seu pai antes de partir em viagem. De repente, a expressão um pouco culpada de Gibraltar, seus abraços de última hora antes que ele se fosse, fizeram sentido para Jillian. Pelos santos, por mais desapaixonadamente que combinasse suas éguas puro-sangue, seu pai a havia trancado nos estábulos com três garanhões de sangue quente e partido para fazer uma visita.

Digamos que sejam dois garanhões de sangue quente e um frio e arrogante, um pagão impossível, ela emendou em silêncio. Tão certo como o sol nascia e se punha, Grimm Roderick não se dignaria a tocá-la nem que fosse com as mãos de outra pessoa. Jillian curvou os ombros.

Como se de alguma forma ele tivesse lido a sua mente, as palavras de Grimm Roderick subiram, incitando mais daquela fúria incontrolável que ela sofria na presença dele.

— Bem, não precisam se preocupar comigo, rapazes, porque eu não me casaria com ela nem se fosse a última mulher de toda a Escócia. Portanto, cabe a vocês dois se fazerem de marido para Jillian.

Jillian apertou a mandíbula e fugiu pelo corredor antes que pudesse sucumbir a um desejo louco de se atirar sobre a balaustrada, uma catapulta feminina sibilante de unhas e dentes.

4

CASTELO MALDEBANN
HIGHLANDS, ACIMA DE TULUTH

— Milorde, seu filho está próximo.

Ronin McIllioch se levantou, os olhos azuis cintilando.

— Ele está vindo para cá? Agora?

— Não, milorde. Perdoe-me, não quis alarmá-lo — Gilles se corrigiu às pressas. — Está em Caithness.

— Caithness — repetiu Ronin, e trocou olhares com seus homens. Seus olhos refletiam preocupação, cautela e esperança inconfundíveis. — Tem alguma ideia de por que ele está lá?

— Não. Devemos descobrir?

— Despache Elliott. Ele se mistura bem. Discretamente, claro — disse Ronin. Em voz baixa, acrescentou: — Meu filho está mais perto do que chegou em anos.

— Sim, milorde. Acha que ele pode voltar para casa?

Ronin McIllioch sorriu, mas a expressão não alcançou seus olhos.

— O tempo ainda não é certo para o retorno dele. Ainda temos trabalho a fazer. Envie, junto com Elliott, o jovem que desenha. Quero imagens detalhadas.

— Sim, milorde.

— E, Gilles?

Gilles se deteve na entrada.

— Alguma coisa... mudou?

Gilles suspirou e balançou a cabeça.

— Ele ainda se chama de Grimm. E, até onde nossos homens foram capazes de verificar, nunca se preocupou em perguntar se o senhor ainda vive. Também nunca olhou para oeste, na direção de Maldebann.

Ronin inclinou a cabeça.

— Obrigado. Isso é tudo, Gilles.

Jillian encontrou Kaley fatiando batatas na cozinha. Kaley Twillow era uma mulher maternal de trinta e tantos anos; o corpo curvilíneo abrigava um coração igualmente espaçoso. Originalmente da Inglaterra, chegara a Caithness com a referência de um dos amigos de Gibraltar, quando o marido morreu. Criada, ajudante de cozinha, confidente no lugar de uma mãe conspiradora: Kaley fazia de tudo. Jillian afundou em uma cadeira e disse, sem prefácio:

— Kaley, estive pensando em uma coisa.

— E o que seria, querida? — a mulher perguntou, com um sorriso terno. Deixou a faca de lado. — Como regra geral, suas perguntas são bastante peculiares, mas sempre interessantes.

Jillian arrastou a cadeira mais perto do bloco de corte onde estava Kaley, para que os outros criados na cozinha ocupada não escutassem.

— O que significa que um homem "venha por uma mulher"? — ela sussurrou, conspiradora.

Kaley piscou rapidamente.

— Venha? — ela repetiu.

— Venha — Jillian confirmou.

Kaley apanhou a faca e a empunhou como se fosse uma pequena espada.

— Em que contexto você ouviu essa frase? — ela perguntou, agora ficando rígida. — Foi em referência a você? Era um dos guardas? Quem era o homem?

Jillian encolheu os ombros.

— Ouvi um homem dizendo que recebeu as seguintes ordens: "Venha por Jillian", e ele disse que planejou fazer exatamente isso, precisamente ao pé da letra. Eu não entendo. Ele já veio: ele já chegou.

Kaley pensou por um momento, depois riu, relaxando visivelmente.

— Não seria o poderoso e dourado Quinn, seria, Jillian?

O rubor de Jillian foi resposta suficiente.

Kaley calmamente pousou a faca outra vez sobre a tábua de corte.

— Quer dizer, querida moça — Kaley inclinou a cabeça para perto de Jillian —, que ele veio porque planeja se deitar com você.

— Ah! — Jillian se encolheu, os olhos arregalados. — Obrigada, Kaley. — Pediu licença mais que depressa e se foi.

Os olhos de Kaley cintilaram ao ver Jillian se afastar abruptamente da cozinha.

— Um belo homem. Moça de sorte

Enquanto corria para seus aposentos, Jillian fervilhava de ódio. Embora pudesse apreciar o desejo de seus pais de vê-la casada, era culpa deles tanto quanto dela que ainda estivesse solteira. Eles não tinham começado a incentivá-la ao matrimônio antes do ano anterior, e logo depois já despejaram uma saraivada de pretendentes sobre ela sem nenhum aviso prévio. Um por um, Jillian os havia desencorajado, convencendo-os de que era um ícone de virtude, inalcançável, que não poderia ser considerada para algum tipo de desejo carnal e mundano — uma mulher mais adequada para o claustro do que para o leito matrimonial, portanto. Declarar tal intenção tinha esfriado o ardor de vários de seus pretendentes.

Se a civilidade fria e a reserva frígida falhassem, ela sugeriria uma predisposição hereditária para a loucura que faria os homens baterem em retirada. Ela teve que recorrer a isso em apenas duas ocasiões; ao que parecia, sua encenação de moça pudica era bem convincente. *E por que não deveria ser?*, ela pensou. Nunca fizera nada particularmente ousado ou impróprio em toda a sua vida; era daí que adquirira reputação de... pessoa boníssima.

— Eca — ela informou à parede. — Grave isto em minha lápide: "Era uma pessoa boníssima, mas agora está morta".

Embora seus esforços para dissuadir os pretendentes tivessem sido bem-sucedidos, aparentemente não conseguiu impedir os pais de lhe planejarem casamentos; eles haviam convocado mais três pretendentes para Caithness e a abandonado a seus próprios esforços. Era de fato uma situação difícil. Jillian sabia que esses homens não eram do tipo que seriam dissuadidos por algumas palavras frias e um comportamento distante. E também não era provável que aceitassem as alegações de que Jillian tinha herdado a loucura de sua linhagem. Esses homens eram confiantes demais, ousados demais... Ah, *sinos do inferno*. Tirou a poeira de outras blasfêmias de infância. Eram masculinas demais para garantir qualquer paz de espírito a uma mulher. E, se ela não fosse cuidadosa, aqueles três homens poderiam fazê-la recuperar todos os epítetos de infância que havia aprendido saltitando nos calcanhares de Quinn e Grimm. Jillian estava acostumada a homens gentis e decorosos, homens castrados por suas próprias inseguranças, e não a touros destemidos cuja ideia era de que a insegurança se tratava de uma característica pertencente a uma fortaleza instável ou a madeiras fracas em uma fundação.

Dos três homens que atualmente invadiam sua casa, o único que ela poderia esperar persuadir a ter compaixão de sua presente situação era Quinn, e, mesmo assim, isso estava longe de ser uma certeza. O rapaz que ela conheceu fazia anos era bem diferente do homem formidável que ele havia se tornado. Até mesmo nos confins de Caithness ela ouvira falar da reputação de Quinn por toda a Escócia como um conquistador implacável, tanto em termos de comércio como de mulheres. Para completar, se a interpretação de Kaley pudesse ser confiável e se Quinn realmente estivesse fazendo uma insinuação de levá-la para a cama, o estilo reservado que ele tinha na juventude havia amadurecido e se transformado em possessividade viril.

Depois, havia o intrépido Ramsay Logan. Ninguém precisava convencer Jillian de que Ramsay, paramentado todo de preto, era um homem perigoso. O perigo gotejava de todos os seus poros.

Já Grimm Roderick era outra questão. Este certamente não a forçaria a se casar, mas sua mera presença já era ruim o suficiente. Ele era um lembrete constante dos dias mais dolorosos e humilhantes da vida de Jillian.

Os três bárbaros selecionados a dedo por seu próprio pai para seduzi-la e se casar com ela estavam acampados em sua casa. O que faria? Apesar de a ideia ter um apelo imenso, fugir não fazia muito sentido. Eles simplesmente viriam atrás dela, e Jillian duvidava de que chegaria a uma das casas de seu irmão antes que os homens de Hatchard a alcançassem. Além do mais, Jillian refletiu, *não* deixaria sua casa apenas para fugir *dele*.

Como seus pais poderiam fazer isso com ela? Pior ainda, como ela iria conseguir descer de novo? Não apenas dois homens a tinham visto nua em pelo, mas obviamente também estavam planejando colher a já bem madura — ou era o que seus pais haviam concluído sem pedir sua opinião — fruta de sua virgindade. Jillian apertou os joelhos em uma atitude protetora, baixou a cabeça sobre o colo e decidiu que as coisas não poderiam ficar muito piores.

Não foi fácil se esconder em seus aposentos durante o dia inteiro. Ela não era do tipo covarde. Também não era do tipo frívolo, e sabia que devia ter um plano antes de se sujeitar aos percalços das tramas nefastas dos pais. À medida que a tarde se desvanecia em noite e ela ainda não tinha sido atingida pelo raio de nenhuma inspiração, acabou descobrindo que estava era muito irritada. Odiava ficar aprisionada em seus aposentos. Queria se fazer de virginal, queria chutar a primeira pessoa que passasse na sua frente, queria visitar Zeke, queria comer. Pensara que alguém iria aparecer na hora do almoço, estava certa de que a leal Kaley viria para ver como ela estava caso não descesse para o jantar, mas as criadas nem sequer deram as caras para limpar o quarto ou acender a lareira. À medida que as horas passavam solitárias, a ira de Jillian aumentava na mesma proporção. Quanto mais irritada ficava, menos objetivamente considerava sua situação difícil. Concluiu então que simplesmente ignoraria os três homens e continuaria sua vida, como se não houvesse nada de errado.

Comida agora era sua prioridade. Tremendo de frio no ar gelado da noite, vestiu uma capa leve porém volumosa e puxou bem o capuz ao redor do rosto. Talvez, se encontrasse um dos brutamontes superdesenvolvidos, a combinação de escuridão e vestuário lhe concedesse o anonimato. Provavelmente não enganaria Grimm, mas os outros dois ainda não a tinham visto *com* roupa.

Jillian fechou a porta em silêncio e seguiu pelo corredor. Escolheu a escada dos criados e foi com cuidado pelos degraus mal iluminados e sinuosos. Caithness era enorme, mas Jillian tinha brincado em todos os recantos e conhecia bem o castelo; nove portas abaixo e à esquerda era onde ficava a cozinha, logo depois da adega. Espiou pelo longo corredor. Iluminado por lampiões a óleo, estava tudo deserto: o castelo permanecia silencioso. Onde se encontrava todo mundo?

Enquanto avançava, uma voz flutuou no meio da escuridão atrás dela.

— Perdão, moça, mas poderia me dizer onde encontro a adega? Ficamos sem uísque e não há nenhuma criada à vista.

Jillian congelou no meio de um passo, por um momento sem conseguir falar. Como era possível que todas as criadas desaparecessem e que o homem surgisse no exato instante em que ela decidia espreitar para fora de seus aposentos?

— Pedi para você ir embora, Grimm Roderick. O que ainda está fazendo aqui? — ela perguntou, friamente.

— É você, Jillian? — ele se aproximou, espiando pelas sombras.

49

— Tantas outras mulheres em Caithness exigiram a sua partida, a ponto de você ficar na dúvida sobre a minha identidade? — ela, perguntou docemente, mergulhando as mãos trêmulas nas dobras do manto.

— Eu não a reconheci debaixo do capuz até ouvir você falar. E, quanto às mulheres, você sabe como as mulheres por aqui se sentiam em relação a mim. Presumo que nada tenha mudado.

Jillian quase engasgou. Ele continuava tão arrogante como sempre. Ela tirou o capuz com um gesto exasperado. As mulheres todas se apaixonavam por Grimm quando ele morava ali, atraídas pela aparência um tanto sombria e perigosa, corpo musculoso e absoluta indiferença. Criadas se jogavam a seus pés, visitantes lhe ofereciam joias e acomodações. Tinha sido revoltante assistir.

— Bem, você está mais velho — ela se defendeu, debilmente. — E sabe que, quando um homem fica mais velho, sua aparência paga o preço.

A boca de Grimm se curvou de leve para cima, e ele deu um passo adiante na luz bruxuleante lançada pelo archote da parede. Pequenas linhas de expressão no canto de seus olhos eram mais claras do que seu rosto bronzeado pela vida nas Highlands. Verdade seja dita, aquilo o deixava mais bonito.

— Você está mais velha também. — Ele a observou, estreitando os olhos.

— Não é gentil reparar na idade de uma mulher. Eu *não* sou uma velha criada.

— Eu não disse que você era — ele afirmou suavemente. — Os anos fizeram de você uma mulher adorável.

— E? — exigiu Jillian.

— E o quê?

— Bem, vá em frente. Não me deixe na expectativa esperando a próxima coisa desagradável que você vai dizer. Só fale e acabe logo com isso.

— Que coisa desagradável?

— Grimm Roderick, você nunca me disse uma única coisa boa em toda a minha vida. Então, não comece a fingir agora.

A boca de Grimm se curvou para cima em um dos cantos, e Jillian se deu conta de que ele ainda odiava sorrir. Ele lutava contra isso, opunha-se, e raramente um sorriso rompia os confins de seu eterno autocontrole. Um desperdício e tanto, pois era mais bonito quando sorria, se é que isso era possível.

Ele se aproximou.

— Pare bem aí!

Grimm ignorou a ordem e continuou se aproximando.

— Eu disse *pare*.

— Ou você vai fazer o quê, Jillian? — A voz era suave e divertida. Ele inclinou a cabeça num ângulo preguiçoso e cruzou os braços sobre o peito.

— Ora, eu vou... — Ela se deu conta tardiamente de que não havia muito o que pudesse fazer para impedi-lo de ir aonde quer que desejasse, de qualquer forma que quisesse usar para isso. Grimm tinha duas vezes o seu tamanho: ela nunca seria páreo em termos físicos. A única arma que Jillian já tinha tido contra ele era sua língua afiada como navalha, por anos de prática defensiva contra aquele homem.

Ele encolheu os ombros com impaciência.

— Diga-me, moça, o que você vai fazer?

Jillian não deu nenhuma resposta, hipnotizada pela intersecção dos braços dele, as ondulações douradas do músculo flexionando-se ao menor movimento. Teve uma súbita visão do corpo dele inteiro estendido sobre o dela, seus lábios curvados, não com a condescendência enfurecedora de sempre, mas de paixão.

Ele se aproximou mais, até ficar a poucos centímetros dela. Jillian engoliu em seco e apertou as mãos dentro do manto.

Ele baixou a cabeça em direção à dela.

Jillian não poderia ter se movido nem se as paredes de pedra do corredor começassem a desmoronar ao seu redor. Se o chão de repente se abrisse debaixo de seus pés, ela teria ficado suspensa em nuvens de sonho e fantasia. Hipnotizada, contemplou os olhos brilhantes dele, fascinada pelos cílios negros sedosos, pelo bronzeado suave da pele, pelo nariz aquilino e arrogante, pelos lábios curvados e sensuais, pelo furinho no queixo. Ele se aproximou mais, sua respiração soprando no rosto dela. *Iria beijá-la? Era possível que Grimm Roderick fosse realmente beijá-la? Ele havia mesmo respondido aos chamados de seu pai... por ela?* Jillian sentiu os joelhos fraquejarem. Ele pigarreou e ela tremeu com expectativa. O que ele faria? Será que pediria permissão?

— Então onde, milady, eu suplico, fica a adega? — Os lábios dele lhe roçaram a orelha. — Acredito que esta conversa ridícula tenha começado quando eu disse que estávamos sem uísque e que não havia uma criada em lugar nenhum. Bebida, moça — ele repetiu com uma voz estranhamente rouca.

— Nós homens precisamos de uísque. Dez minutos se passaram e ainda não tive nenhum sucesso em encontrá-lo.

Beijá-la, é claro. Quando as martas se aconchegarem ao pé da lareira, como se fossem gatos adormecidos. Jillian olhou feio para ele.

— Uma coisa não mudou, Grimm Roderick, e nunca se esqueça disso. Eu ainda odeio você.

Jillian passou por ele, retirando-se mais uma vez para a segurança de seus aposentos.

5

No instante em que abriu os olhos na manhã seguinte, Jillian entrou em pânico. Será que ele tinha ido embora por ela ter sido tão odiosa? *Era para ele ter partido*, ela se lembrou, fechando a cara. Jillian *queria* que ele se fosse. Não queria? Ela franziu as sobrancelhas ponderando sobre a dualidade ilógica de seus sentimentos. Até onde podia se lembrar, sempre tinha sofrido dessa incerteza no que dizia respeito a Grimm: odiava-o em um momento e o adorava no seguinte, mas sempre queria que ele estivesse por perto. Se ele não houvesse sido tão cruel, Jillian poderia tê-lo adorado sem mudar de ideia, mas Grimm deixou dolorosamente claro que a adoração de Jillian era a última coisa que ele queria. E isso obviamente não tinha mudado. Desde que vira Grimm Roderick pela primeira vez, ela se sentiu irremediavelmente atraída por ele, mas, depois de anos sendo rejeitada, ignorada e finalmente abandonada, havia desistido de suas fantasias de infância.

Será que tinha mesmo? Talvez esse fosse precisamente o seu medo: agora que ele estava de volta, ela cometeria os mesmos erros de novo e se comportaria como uma tola adolescente diante do guerreiro magnífico que ele tinha se tornado.

Vestindo-se rapidamente, ela apanhou os sapatos e se apressou para o Grande Salão. Ao entrar, parou de súbito.

— Minha nossa — sussurrou. De alguma forma ela havia conseguido esquecer a presença dos três homens em sua casa, de tão consumida que estava pelos pensamentos em Grimm. Eles se reuniam perto do fogo, enquanto várias criadas limpavam dezenas de travessas e pratos da enorme mesa centrada no Grande Salão. No dia anterior, segura atrás da balaustrada do mezanino superior, Jillian foi tomada de surpresa pela constatação de como os três homens eram altos e grandes. Agora, a apenas alguns passos deles, ela se sentia como o salgueiro-anão em uma floresta de poderosos carvalhos. Cada homem contava pelo menos trinta centímetros de altura a mais do que ela. Era francamente intimidante, para uma mulher que não se intimidava com facilidade. Seu olhar foi vagando de um homem para o outro.

Se tivesse mais uns dois dedos de altura, Ramsay Logan poderia ser assustador. Quinn não era mais o filho franzino de um senhor das Terras Baixas, mas um *laird* poderoso por seus próprios méritos. E Grimm, o único homem a não olhar para ela, fitava o fogo atentamente. Ela se aproveitou de sua distração e lhe estudou o perfil com olhos ávidos.

— Jillian. — Quinn avançou para saudá-la.

Ela se forçou a desviar os olhos de Grimm e se concentrar no que Quinn estava dizendo.

— Bem-vindo, Quinn. — Jillian colou um alegre sorriso nos lábios.

— É muito bom vê-la de novo, moça. — Quinn pegou as mãos dela nas suas e sorriu. — Faz anos e... ora, mas os anos foram generosos com você. Está deslumbrante!

Jillian corou e olhou para Grimm, que não estava prestando atenção à conversa. Ela sufocou a vontade de chutá-lo e fazê-lo perceber que alguém a considerava adorável.

— Você também mudou, Quinn — ela disse, em tom alegre. — Não é de admirar que eu tenha ouvido seu nome vinculado a uma linda mulher atrás da outra.

— E onde é que você andou ouvindo essas coisas, moça? — Quinn perguntou num sussurro.

— Caithness não é exatamente o fim do mundo, Quinn. De vez em quando recebemos visitas aqui.

— E você perguntou sobre mim? — Quinn sondou, interessado.

Atrás dele, Ramsay pigarreou com impaciência.

Jillian lançou outro olhar furtivo para Grimm.

— É claro que sim. E meu pai sempre gosta de ouvir sobre os rapazes que ele criou aqui — acrescentou.

— Bem, embora eu não tenha sido criado aqui, seu pai me *pediu* para vir. Tem de valer para alguma coisa — Ramsay resmungou, tentando deixar Quinn à parte. — E, se esta besta puder recordar os bons modos, talvez me apresente à mulher mais linda de toda a Escócia.

— 54 —

Jillian achou ter ouvido Grimm sufocar um ruído. Seu olhar voou para ele, mas Grimm continuava sem mover um músculo e ainda parecia alheio à conversa.

Quinn bufou.

— Não que eu discorde da avaliação que ele faz de você, Jillian, mas cuidado com a língua desse highlander. Ele também tem uma bela reputação com as moças. — Relutante, ele se virou para Ramsay. — Jillian, quero que conheça...

— Ramsay Logan — Ramsay interrompeu, se forçando para a frente. — Senhor da maior fortaleza nas Highlands e...

— Uma ova — desdenhou Quinn. — Os Logan mal têm onde c... — ele se deteve e pigarreou. — Cozinhar.

Ramsay o empurrou para o lado e assumiu seu lugar.

— Desista, De Moncreiffe. Ela não está interessada em um sujeito das Terras Baixas.

— *Eu* sou das Terras Baixas — Jillian lembrou.

— Apenas por nascimento, não por escolha, e o casamento poderia corrigir isso. — Ramsay se aproximou de Jillian tanto quanto era possível sem pisar no pé dela.

— O povo das Terras Baixas é que é a porção civilizada da Escócia, Logan. E não chegue tão perto dela assim. Desse jeito vai jogá-la para fora do salão.

Jillian sorriu com gratidão para Quinn e, em seguida, encolheu-se quando Grimm finalmente a olhou de soslaio.

— Jillian — ele a saudou, baixinho, acenando com a cabeça mais ou menos na direção dela, antes de se voltar para o fogo de novo.

Como ele podia afetá-la com tamanha intensidade? O homem só precisava dizer o nome dela, uma palavra, e Jillian já não conseguia formar uma frase coerente. E havia tantas perguntas que desejava fazer — anos e anos de "porquês". *Por que você me deixou? Por que me odiou? Por que não podia me adorar como eu o adoro?*

— Por quê? — Jillian questionou, antes de perceber que tinha aberto a boca.

Ramsay e Quinn a observavam, intrigados, mas ela só tinha olhos para Grimm.

Jillian foi pisando duro até a lareira e cutucou Grimm no ombro.

— Por quê? Poderia só me dizer isso? De uma vez por todas, por quê?

— Por que o quê, Jillian? — Grimm não se virou.

Ela o cutucou mais forte.

— Você sabe de qual "por que" eu estou falando.

Grimm relutantemente olhou por cima do ombro.

— De verdade, Jillian, não tenho a menor ideia do que você está falando.
— Os olhos azul-gelo encontraram os dela, e, por um momento, Jillian pensou ter notado um flagrante aspecto desafiador neles. Foi um choque de realidade.

— Não seja ridículo, Grimm. É uma pergunta simples. Por que vocês três vieram a Caithness? — Jillian rapidamente recuperou os restos de seu orgulho. Eles não sabiam que ela tinha ouvido a conversa sobre o asqueroso plano de Gibraltar, e logo ela descobriria se algum deles seria honesto.

Os olhos de Grimm cintilaram estranhamente. Em outro homem, Jillian teria chamado aquilo de decepção, mas não no caso de Grimm. Ele a observou da cabeça aos pés, notando os sapatos presos com força na mão dela. Quando olhou para os dedos dos pés descalços, ela os encolheu debaixo do vestido, sentindo-se estranhamente vulnerável, como se tivesse seis anos novamente.

— Calce os sapatos, moça. Vai pegar friagem.

Jillian olhou feio para ele.

Quinn se dirigiu ao outro lado dela e ofereceu o braço para que ela se abaixasse e calçasse os sapatos.

— Ele tem razão. As pedras são frias, moça. Sobre o porquê disso tudo, seu pai nos convocou para ficarmos de olho em Caithness enquanto ele estiver fora, Jillian.

— Ah, é? — Jillian perguntou, docemente, acrescentando "mentiroso" à lista de nomes desagradáveis associados àqueles homens, na privacidade de seus pensamentos. Enfiou um pé em um sapato e depois o outro. Duvidava que Grimm se importaria se ela morresse de gripe. *Calce os sapatos*, ele ordenou, como se ela fosse uma criança bagunceira que não pudesse completar a simples tarefa de se vestir. — Espera-se algum tipo de problema nessas partes das planícies?

— É melhor prevenir do que remediar, moça — Ramsay respondeu, oferecendo a trivialidade acompanhada de seu sorriso mais encantador.

Prevenir uma ova, ela pensou, contrariada. Do jeito que estava, prevenir já não dava mais tempo, agora que estava cercada por guerreiros que já se inflamavam só de sentir o cheiro de uma mulher.

— Seu pai não queria correr o risco de problemas encontrarem Caithness na ausência dele, e, agora, vendo você, moça, eu entendo a preocupação —

Ramsay acrescentou, tranquilamente. — Eu também só selecionaria os melhores para protegê-la.

— Eu sou toda a proteção de que ela precisa, Logan — Quinn retrucou. Ele a pegou pela mão e a levou para a mesa. — Traga o desjejum para a dama — ele instruiu uma criada.

— Proteção do quê? — Jillian questionou.

— De si mesma, é mais provável. — A voz de Grimm era baixa, mas ecoou claramente pelo salão de pedra.

— O *que* você acabou de dizer? — Jillian perguntou, virando-se no assento. Qualquer desculpa para uma discussão com ele era uma desculpa bem-vinda.

— Eu disse proteção de si mesma, pirralha. — Grimm encontrou os olhos dela com seu olhar acalorado. — Você está sempre no caminho do perigo. Como quando foi embora com os ciganos. Não conseguimos encontrar você por *dois dias*.

Quinn riu.

— Pela lança de Odin, eu tinha me esquecido disso. Ficamos quase loucos de preocupação. Por fim, eu a encontrei ao norte de Dunrieffe...

— Eu a teria encontrado se você não tivesse insistido em ir tão para o sul, Quinn. Eu lhe disse que eles tinham partido para o norte — Grimm o lembrou.

Quinn lançou um olhar de soslaio para Grimm.

— Pelos sinos do inferno, homem, não fique remoendo isso. Ela foi encontrada, e é tudo que importa.

— Eu não estava perdida, para começar — Jillian informou. — Eu sabia exatamente onde estava.

Os homens riram.

— E não estou sempre me colocando em perigo. Eu só queria sentir a liberdade dos ciganos. Eu tinha idade suficiente...

— Você tinha treze anos! — Grimm exaltou-se.

— Eu estava totalmente no controle de mim mesma!

— Você estava se comportando mal como de costume — Quinn provocou.

— Jillian nunca se comporta mal — Kaley murmurou, ao entrar no salão e ouvir o fim da conversa. Ela colocou um prato fumegante de linguiças e batatas na frente de Jillian.

— Uma pena, se é verdade — ronronou Ramsay.

— Depois teve aquela vez em que ela ficou presa no chiqueiro. Lembra desse episódio, Grimm? — Quinn riu, e nem mesmo Grimm pôde lhe negar um sorriso. — Lembra como ela estava? Encurralada em um canto, tagarelando para tentar convencer a porca mãe a livrá-la daquela? — Quinn riu pelo nariz. — Juro que Jillian estava gritando mais alto do que a porca.

Jillian se levantou de repente.

— Basta. E pare de rir, Kaley.

— Eu já tinha me esquecido disso, Jillian. — Kaley deu uma risadinha. — Você não era nada fácil.

Jillian fez uma careta.

— Eu não sou mais criança. Já tenho vinte e tantos anos...

— E por que é que você ainda não casou, moça? — Ramsay se perguntou, em voz alta.

O silêncio tomou conta do lugar quando todos os olhos, incluindo os de várias criadas curiosas, se focaram em Jillian. Ela enrijeceu, o absoluto constrangimento manchando suas bochechas com um rubor rosado. Pelos santos, esses homens não tinham papas na língua. Nenhum de seus pretendentes anteriores teria ousado tamanho ataque frontal, ela se lembrou com exasperação, mas esses homens não eram como nenhum outro que ela já tivesse conhecido antes. Até mesmo Grimm e Quinn eram variáveis desconhecidas, perigosamente imprevisíveis.

— Bem, por que não se casou? — Quinn perguntou, em voz baixa. — Você é bonita, inteligente e tem muitas terras. Onde estão todos os seus pretendentes, moça?

Onde, de fato? Jillian refletiu.

Grimm virou-se lentamente da lareira.

— Sim, Jillian, diga-nos. *Por que* você não se casou?

Seus olhos voaram para os dele. Por um longo instante, Jillian foi incapaz de se libertar da armadilha do olhar dele e das emoções estranhas que ele incitava nela. Com um imenso esforço da sua vontade, ela desviou o olhar.

— Porque vou me juntar ao claustro. Meu pai não contou a vocês? — perguntou, alegremente. — Deve ser por isso que ele trouxe todos vocês aqui, para me escoltar em segurança até as Irmãs de Gethsemane quando chegar o outono. — Jillian cuidadosamente ignorou o olhar de reprovação de Kaley e afundou de novo no assento, atacando seu desjejum com um deleite recém-descoberto. Eles que engolissem essa. Se não queriam admitir a verdade, por que ela deveria fazê-lo?

— Claustro? — Quinn questionou após um silêncio atônito.

— O convento — ela esclareceu.

— Para se casar com o Cristo e com nenhum outro? — Ramsay gemeu.

— Isso mesmo — confirmou ela, mastigando um bocado de linguiça.

Grimm não disse uma palavra ao deixar o Grande Salão.

◦✍◗◔◖◍

Algumas horas mais tarde, Jillian perambulava pelo pátio fortificado externo, meio sem rumo, certamente sem a menor vontade de se perguntar onde um certo homem poderia ter ido, quando Kaley saiu da porta dos fundos do castelo no instante em que ela passava por ali.

— O claustro, é? Ora, Jillian — Kaley repreendeu.

— Por todos os santos, Kaley. Eles estavam contando histórias sobre mim!

— Histórias encantadoras.

— Histórias humilhantes. — As faces de Jillian ruborizaram.

— Histórias adoráveis. Verdadeiras, não as mentiras ultrajantes que você disse.

— Kaley, são homens — Jillian afirmou, como se isso explicasse tudo.

— E que homens, diga-se de passagem, moça. Seu pai traz a nata da região para você escolher um marido e você vai lá e diz que seu destino é o convento.

— Você sabia que meu pai os trouxe aqui para isso?

Kaley corou.

— Como você soube?

Kaley parecia envergonhada.

— Fiquei ouvindo do andar de cima, quando você estava espiando sobre a balaustrada. Você realmente devia parar de ficar tirando a roupa na frente da janela, Jillian — ela repreendeu.

— Eu não fiz de propósito, Kaley. — Jillian franziu os lábios e fechou o cenho. — Por um momento achei que papai e mamãe tinham contado a você, embora não tivessem contado a mim.

— Não, moça. Eles não contaram a ninguém. E talvez tenham pesado um pouco a mão, mas você pode abordar esse assunto de duas formas: pode ficar zangada e ressentida e arruinar suas chances, ou pode agradecer à Providência e ao seu pai por ter trazido aqui os melhores dos melhores, Jillian.

Ela revirou os olhos.

— Se esses homens são os melhores, então será o claustro com certeza.

— Ora, Jillian. Não lute contra o que é melhor para você. Escolha um homem e abandone toda essa hostilidade e teimosia.

— Não quero homem nenhum. — Jillian fervilhava de raiva.

Kaley a observou por um longo instante.

— O que você está fazendo, perambulando aqui fora, hein?

— Apreciando as flores. — Jillian deu de ombros, indiferente.

— Você não costuma cavalgar pelas manhãs e depois ir ao vilarejo?

— Isso não me apetece esta manhã. Por acaso é um crime? — Jillian exclamou, beligerante.

Os lábios de Kaley curvaram-se em um sorriso.

— Por falar em cavalgar, acredito ter visto aquele belo highlander Ramsay lá nos estábulos.

— Que bom. Espero que seja pisoteado. Embora eu não tenha certeza de que haja um cavalo alto o suficiente. Talvez ele pudesse se deitar na terra para facilitar.

Kaley analisou o semblante de Jillian com muita atenção.

— Quinn me disse que ele iria para a aldeia buscar um pouco de uísque com McBean.

— Espero que se afogue nele — Jillian respondeu e, em seguida, olhou para Kaley esperançosamente.

— Bem... — Kaley falou, arrastando a palavra. — Acho que é melhor eu voltar para a cozinha. É preciso cozinhar muita comida para todos esses homens. — A criada voluptuosa virou as costas e começou a se afastar.

— Kaley!

— O quê? — Kaley piscou inocentemente por cima do ombro.

Jillian estreitou os olhos.

— Essa cara de inocente não combina com você, Kaley.

— Essa cara de irritada não combina com você, Jillian.

Jillian corou.

— Desculpe. E então? — ela encorajou.

Kaley balançou a cabeça, rindo baixinho.

— Tenho certeza de que você não se importa, mas Grimm foi para o lago. Olhou para mim como se planejasse lavar umas coisas.

No momento em que Kaley sumiu, Jillian olhou em volta para se certificar de que ninguém estivesse olhando, depois tirou os sapatos e correu para o lago.

Escondida atrás de uma pedra, ela o observava.

Grimm estava agachado na beira do lago, esfregando a camisa com duas pedras lisas. Com um castelo cheio de criados e criadas para lavar roupa, costurar, atender a todos os seus pedidos — até pularem em sua cama se ele ao menos acenasse um dedo sedutor —, Grimm Roderick costumava caminhar até o lago, selecionar pedras e lavar a própria camisa. Que orgulho. Que independência. Que... isolamento.

Ela queria lavar as roupas brancas para ele. Não, queria lavar o peito musculoso que as roupas acariciavam. Queria passar as mãos ao longo das saliências de músculos que se entrelaçavam no abdome e seguir a trilha escura de pelos que mergulhava debaixo do kilt. Queria acolher aquele confinamento solitário e libertar o homem que, ela estava convencida, deliberadamente se protegia atrás de uma fachada de fria indiferença.

Um joelho na grama, a perna dobrada sobre o corpo, ele esfregava a camisa suavemente. Jillian via os músculos dos ombros flexionando. Ele era mais bonito do que qualquer homem tinha o direito de ser, com sua grande estatura, corpo perfeitamente condicionado, o cabelo preto cingido por um cordão de couro, os olhos penetrantes.

Eu adoro você, Grimm Roderick. Quantas vezes ela já não dissera essas palavras na segurança dos recônditos particulares de sua mente? *Amo você desde o dia em que o vi pela primeira vez. Espero que você me note desde então.* Jillian abaixou-se no musgo atrás da pedra, dobrou os braços sobre ela e apoiou o queixo nos braços, observando-o avidamente. As costas de Grimm estavam banhadas no dourado do sol, e os ombros largos desciam para uma cintura estreita, onde o kilt se agarrava aos quadris. Ele mergulhou a mão nos cabelos grossos e escuros, afastando-os do rosto, e Jillian soltou um suspiro ao ver aqueles músculos flexionarem.

Ele se virou e olhou diretamente para ela. Jillian congelou. Maldita audição aguçada! Ele sempre tivera sentidos quase sobrenaturais. Como poderia ter esquecido?

— Vá embora, pavoa. — E voltou sua atenção para a camisa que estava lavando.

Jillian fechou os olhos e deixou cair a cabeça nas mãos, derrotada. Nem conseguia chegar ao ponto onde reunia a coragem para tentar falar com ele, tentar alcançá-lo. No momento em que ela começava a ter pensamentos piegas, o desgraçado dizia algo remoto e mordaz que esvaziava as velas da determinação de Jillian, antes de ela sequer ter levantado âncora. Suspirou alto, entregando-se a uma dose generosa de autopiedade.

Ele se virou, olhou para ela novamente, e inquiriu:

— O que foi?

Jillian ergueu a cabeça, irritada.

— O que você quer dizer com "o que foi"? Eu não disse nada.

— Você está sentada aí suspirando, como se o mundo estivesse prestes a acabar. Está fazendo tanto barulho que não consigo nem esfregar a camisa em paz, e ainda por cima tem a ousadia de ser rude comigo quando perguntei educadamente por que está cabisbaixa.

— Perguntou educadamente? — ela repetiu. — Você chama um grunhido contrariado de "o que foi" de pergunta educada? Um "o que foi" que diz "como você se atreve a invadir meu espaço com seus ruídos de lamento"? Um "o que foi" que diz "você poderia fazer a bondade de morrer em algum outro lugar, pavoa"? Grimm Roderick, você não faz uma maldita ideia do que é ser educado.

— Não precisa blasfemar, pavoa — ele falou suavemente.

— Eu *não* sou uma pavoa.

Grimm lançou um olhar mordaz sobre o ombro.

— Sim, você é. Está sempre bicando alguma coisa. *Pec-pec, pec-pec.*

— Bicando? — Jillian se levantou subitamente, saltou a pedra e encarou Grimm. — Vou mostrar o que é bicar. — Rápida como um felino, ela puxou a camisa das mãos dele, torceu o tecido e fez um rasgo. Sentiu uma satisfação perversa no som do tecido sendo retalhado. — É isso que eu realmente tenho vontade de fazer. Que tal invadir seu espaço *assim*? E por que você está lavando sua própria camisa estúpida, em primeiro lugar? — Ela o encarava, agitando a camisa para pontuar cada palavra.

Grimm sentou-se sobre os calcanhares, olhando-a com cautela.

— Está se sentindo bem?

— Não, não estou me sentindo bem. Não tenho me sentido bem durante toda a manhã. E pare de tentar mudar de assunto e insinuar que é tudo culpa minha, como você sempre faz. Responda à minha pergunta. Por que você está lavando a própria camisa?

— Porque estava suja — ele respondeu, com calculada condescendência.

Ela o ignorou com um autocontrole admirável.

— Há criadas para lavar...

— Eu não queria incomodar...

— As camisas dos homens que...

— Uma criada, pedindo-lhe para lavar...

— E eu mesma teria lavado essa porcaria para você!

A boca de Grimm se fechou de repente.

— Quer dizer, isto é... bem, eu teria, se... se todas as criadas estivessem mortas, ou gravemente doentes, e não houvesse mais ninguém que pudesse... — Ela deu de ombros. — E fosse sua única camisa... e estivesse um frio de amargar... e você estivesse doente ou algo assim. — Ela fechou a boca com força, percebendo que não havia como sair do atoleiro verbal no qual havia saltado. Grimm a observava com fascinação.

Ele se colocou em pé com um movimento rápido e gracioso. Meros centímetros os separavam.

Jillian se ressentiu de ter que inclinar a cabeça para trás e olhar para ele, mas seu ressentimento foi rapidamente substituído pela proximidade daquele homem de tirar o fôlego. Estava hipnotizada, sem ação pela forma intensa como ele a encarava. Ele estava se aproximando ainda mais? Ou era ela que estava se inclinando na direção dele?

— *Você* teria lavado a minha camisa? — Seus olhos fitavam os dela atentamente.

Jillian olhou para ele em silêncio, não confiando em si mesma para falar. Se abrisse a boca, só Deus sabia o que poderia sair dali. *Beije-me, seu lindo guerreiro grandalhão.*

Ele roçou o dorso dos dedos no maxilar dela, e Jillian quase desmaiou. Sua pele formigava onde os dedos haviam passado. Grimm tinha os lábios a um sopro dos dela, seus olhos semicerrados e impenetráveis.

Ele queria beijá-la. Jillian tinha certeza.

Ela inclinou a cabeça para receber o beijo. Suas pálpebras tremularam ao se fechar, e ela se entregou completamente à fantasia. A respiração de Grimm roçou sua face e Jillian esperou, com medo de mover um músculo.

— Bem, agora é tarde demais.

Seus olhos se abriram bruscamente. *Não, não é*, ela quase retrucou. *Beije-me.*

— Para lavar, quero dizer. — Seu olhar baixou para a camisa esfarrapada que ela ainda segurava. — Além disso — acrescentou —, eu não preciso de nenhuma pavoa tola cuidando de mim. Pelo menos as criadas não rasgam as minhas camisas; a não ser, é claro, que estejam com pressa para tirá-las do meu corpo, mas essa é uma discussão inteiramente diferente, que não tem muito a ver com a nossa, e uma que tenho certeza de que você não teria interesse em ouvir...

— Grimm? — Jillian disse firmemente.

Ele olhou por sobre o lago.

63

— Hum?

— Eu odeio você.

— Eu sei, moça — ele respondeu, baixinho. — Você me disse isso ontem à noite. Parece que todas as nossas pequenas "discussões" terminam nessas palavras. Tente ser um pouco mais criativa, sim?

Ele não moveu um músculo quando os restos de sua camisa o esbofetearam na cara, e Jillian saiu dali pisando duro.

❧❧❧

Grimm veio jantar vestindo um tartan limpo. O cabelo ainda estava molhado do banho, preso na nuca, e a camisa rasgada em duas no meio das costas. As pontas soltas balançavam acima do kilt e revelavam mais das costas musculosas do que Jillian acharia confortável.

— O que aconteceu com a sua camisa, Grimm? — Quinn perguntou, curioso.

Grimm lançou um olhar para Jillian por cima da mesa.

Ela ergueu a cabeça na tentativa de fechar a cara e exibir um ar confiante, mas falhou. Ele a observava com aquela expressão estranha que ela não conseguia interpretar, aquela que vira quando ele chegou pela primeira vez a Caithness e ficava repetindo o nome dela. Jillian engoliu as palavras raivosas com uma mordida no pão que se tornara impossivelmente seco. O rosto do homem tinha uma simetria perfeita. Uma barba por fazer acentuava os côncavos abaixo das maçãs do rosto, definindo e acentuando o queixo protuberante. O cabelo molhado, preso pelo cordão, reluzia na cor do ébano na luz bruxuleante. Seus olhos azuis eram vivos em contraste com a pele bronzeada, e os dentes brancos reluziam quando ele falava. Os lábios eram firmes, rosados, sensuais e agora curvados em uma expressão de zombaria.

— Tive um encontro com uma felina mal-humorada — Grimm respondeu, sustentando seu olhar.

— Bem, por que você não muda de camisa? — Ramsay indagou.

— Eu só trouxe uma — Grimm disse na direção de Jillian.

— Você trouxe só uma camisa? — Ramsay riu pelo nariz, sem acreditar. — Pela lança de Odin, Grimm, você pode comprar mil camisas. Está se tornando um avarento, hein?

— Não é a camisa que faz o homem, Logan.

— Bom para você. — Ramsay alisou cuidadosamente as pregas de sua camisa branca como a neve. — Já considerou que a camisa pode ser o reflexo dele?

— Tenho certeza de que uma criada pode consertá-la para você — Quinn disse. — Ou eu posso emprestar uma.

— Não acho ruim usá-la assim. Quanto a reflexos, quem é que verá?

— Você parece um servo, Roderick — Ramsay zombou.

Jillian fez um muxoxo resignado e murmurou, baixando o olhar ao prato, para que não visse as expressões atônitas:

— Eu vou consertá-la.

— Você sabe costurar, moça? — Ramsay perguntou, com dúvida.

— É claro que sei costurar. Eu não sou um fracasso como mulher só porque estou velha e solteira — Jillian retrucou.

— Mas as criadas não fazem isso?

— Às vezes fazem e às vezes não — Jillian respondeu, enigmaticamente.

— Está se sentindo bem, Jillian? — Quinn perguntou.

— Você pode simplesmente ficar quieto?

6

Era enfurecedor. Toda vez que ela avistava a linha de pontos irregulares, franzindo o centro da camisa de Grimm, sentia como se estivesse se transformando em um irascível porco-espinho de olhinhos redondos e brilhantes. Era humilhante, como se ele tivesse costurado as palavras "Jillian perdeu o controle de si, e eu nunca vou deixá-la esquecer isso" por todo o espaço das costas. Não podia acreditar que tinha rasgado a camisa, mas os anos sofrendo os tormentos infligidos por ele quando criança foram sua ruína, e assim ela simplesmente surtou.

Ele estava de volta a Caithness, atraente além do possível, e ainda a tratava exatamente como quando ela era apenas uma criança. O que seria necessário para ele ver que ela não era mais criança? *Bem, pare de agir como uma, para começo de conversa*, Jillian se repreendeu. Desde o momento em que consertara a camisa de Grimm com ternura, ela ansiava para armar a emboscada, despojá-lo do lembrete pernicioso e queimar a camisa gloriosamente. Ao fazê-lo, no entanto, teria reforçado a percepção de que tinha um pendor para as ações impulsivas e insensatas. Assim, em vez disso, encomendou três camisas do melhor linho, com costuras impecáveis, e instruiu as criadas a deixarem no quarto dele. Será que ele as havia usado?

Nem uma que fosse.

Cada dia que amanhecia, ele vestia a mesma camisa com o ridículo remendo nas costas. Jillian considerou lhe perguntar por que ele não queria vestir as camisas novas, mas seria tão ruim quando admitir que a manobra de Grimm para fazê-la se sentir estúpida e culpada estava funcionando. Ela morreria antes de trair outro pingo de emoção sua para o homem sem emoção alguma que estava sabotando seu comportamento impecável.

Jillian afastou os olhos do moreno sedutor que ia andando pelo pátio fortificado, vestido numa camisa mal costurada, e se forçou a respirar fundo para se acalmar. *Jillian Alanna Roderick*; ela rolou o nome por trás dos dentes, um sussurro, um suspiro. As sílabas eram eufônicas. *Eu só queria...*

— Então será o claustro para você, hein, moça?

Jillian ficou rígida. O tom gutural de Ramsay Logan não era o que ela precisava ouvir naquele momento.

— Uh-hum — murmurou na direção da janela.

— Você não vai durar duas semanas — ele respondeu, com naturalidade.

— Como se atreve? — Jillian girou de frente para ele. — Você não sabe nada sobre mim!

Ramsay deu um sorriso presunçoso.

Jillian empalideceu ao se lembrar de como ele a tinha visto nua pela janela no dia em que chegou.

— Fique sabendo que eu recebi o chamado da vocação.

— Tenho certeza de que recebeu, moça — ronronou Ramsay. — Eu só acho que seus ouvidos estão tapados e que você ouviu o chamado errado. Uma mulher como você tem vocação para um homem de carne e osso, não um Deus que nunca lhe fará sentir a alegria de ser mulher.

— Há coisas melhores na vida do que ser a égua puro-sangue de um homem, Logan.

— Nenhuma mulher minha seria uma égua puro-sangue. Não me entenda mal: eu não desmereço a Igreja e o Cristo; simplesmente não vejo você sendo atraída por uma isca como essa. Você é muito passional.

— Sou calma e contida — ela insistiu.

— Não perto de Grimm — Ramsay afirmou incisivamente.

— Isso é porque ele me irrita — Jillian rebateu.

Ramsay arqueou uma sobrancelha e sorriu.

— O que você acha tão engraçado, Logan?

— *Irritar* é uma palavra interessante para ele. Não é uma que eu teria escolhido. Em vez disso, vamos ver... *Excitar? Deliciar?* Seus olhos ardem como âmbar na luz do sol quando ele aparece.

— Está bem. — Jillian se virou de novo para a janela. — Agora que já debatemos nossa escolha de verbos adequados, e eu selecionei todos os errados e obviamente não sei de nada sobre as mulheres, você pode continuar com seu dia. Xô, xô. — Ela o expulsou com um gesto das mãos.

O sorriso de Ramsay se alargou.

— Eu não a intimido nem um pouco, não é, moça?

— Além de sua atitude arrogante e do fato de que usa sua grande estatura para fazer uma mulher se sentir encurralada, suspeito que você seja mais do tipo cão que ladra mas não morde — ela murmurou.

— A maioria das mulheres gosta da minha lábia. — Ele se aproximou.

Jillian lançou um olhar de repulsa por cima do ombro.

— Eu não sou a maioria das mulheres. E não venha chegando assim tão perto de mim, Logan. Não há espaço para nós dois nos meus sapatos. Você pode voltar para a terra dos poderosos Logan, onde os homens são homens e as mulheres lhes pertencem. Eu não sou o tipo de mulher com quem você está acostumado a lidar.

Ramsay riu.

Jillian se virou lentamente, comprimindo a mandíbula.

— Gostaria de ajuda com Roderick? — Ele olhou por cima do ombro dela, para a janela.

— Pensei ter chegado à conclusão de que você não é um assassino sangue-frio, o que significa que não será de nenhuma utilidade para mim.

— Acho que você precisa de ajuda. Aquele homem pode ser estúpido como um asno.

Quando a porta para o Grande Salão se abriu um instante depois, Ramsay se moveu tão depressa que Jillian não teve tempo de protestar. O beijo foi agilmente desferido e persistentemente prolongado. Ele a ergueu nas pontas dos pés e a deixou estranhamente sem fôlego depois que a soltou.

Jillian olhou para ele sem saber o que falar. Verdade fosse dita, havia beijado tão poucas vezes que estava grosseiramente despreparada para o ataque habilidoso de um homem maduro e um amante talentoso. Ela piscou um pouco perdida.

A batida da porta sendo fechada fez as tábuas sacudirem, e Jillian entendeu.

— Aquele era Grimm? — ela ofegou.

Ramsay assentiu e sorriu. Quando ele começou a baixar a cabeça novamente, Jillian apressou-se para cobrir a boca com a mão.

— Ora, moça — ele instou, pegando a mão dela na sua. — Conceda-me um beijo em agradecimento por mostrar a Grimm que, se ele for estúpido demais para reclamá-la, alguma outra pessoa o fará.

— De onde você tirou a ideia de que eu me importo com o que aquele homem pensa? — Ela fervia de raiva. — E certamente *ele* não se interessa em me beijar.

— Você está se recuperando do meu beijo depressa demais para o meu gosto, moça. Quanto a Grimm, eu vi você observá-lo através da janela. Se você não disser o que há no seu coração...

— Ele não tem coração para o qual eu falar.

— Pelo que eu vi na corte, eu apostaria que é verdade, mas você nunca saberá com certeza até tentar — Ramsay continuou. — Eu preferiria que você tentasse logo, fracassasse e superasse para que pudesse começar a procurar por mim com esse anseio todo.

— Obrigada por conselhos tão brilhantes, Logan. Posso ver pelo seu estado de homem casado e feliz que você deve saber do que está falando quando o assunto são os relacionamentos amorosos.

— A única razão de eu não estar casado e feliz é porque estou à espera de uma mulher de bom coração. Elas se tornaram um bem raro.

— É necessário ser um homem de bom coração para atrair uma mulher de bom coração, e você deve estar procurando nos lugares errados. Não vai encontrar o coração de uma mulher entre as... — Jillian parou a frase abruptamente, mortificada pelo que quase ia dizendo.

Ramsay deu uma gargalhada ruidosa.

— Diga-me que eu poderia fazê-la esquecer Grimm Roderick e eu lhe mostraria um homem de bom coração. Eu trataria você como uma rainha. Roderick não a merece.

Jillian suspirou melancolicamente.

— Ele não me quer. E se você trocar uma palavra com ele sobre o que acha que eu sinto, o que garanto que não sinto, vou encontrar uma maneira de tornar sua vida um inferno.

— Só não venha rasgar as minhas camisas. — Ramsay levantou as mãos em um gesto de derrota. — Estou de partida para a aldeia, moça. — Ele saiu rapidamente porta afora.

Por um longo instante depois que ele se foi, Jillian fez uma careta para a porta fechada. Pelos santos, aqueles homens a estavam fazendo sentir como se tivesse treze anos novamente, e treze não tinha sido um bom ano. Um ano horrível, se ela parasse para pensar. O ano em que vira Grimm nos estábulos com uma criada; em seguida, ela correra para o quarto e ficara olhando tristemente para seu corpo. Treze anos tinha sido um ano miserável de dualidade impossível, de sentimentos femininos no corpo de uma criança. Agora ela estava exibindo sentimentos infantis no corpo de uma mulher. Será que algum dia encontraria equilíbrio perto daquele homem?

Caithness. Um dia Grimm considerou esse nome como sinônimo de "paraíso". Quando chegou a Caithness pela primeira vez, com a idade de dezesseis anos, a menina dourada que o "adotara" só precisaria de asas translúcidas para completar a ilusão de que poderia oferecer a absolvição angelical. Caithness tinha sido um lugar de paz e alegria, mas a alegria fora contaminada por um poço sem fim de desejo por coisas que ele sabia que nunca poderiam ser suas. Embora Gibraltar e Elizabeth tivessem aberto sua porta e seu coração a ele, havia uma barreira invisível que ele não conseguira superar. Jantando no Grande Salão, ele tinha ouvido os St. Clair, seus cinco filhos e a única filha brincarem e rirem. Eles tinham se deleitado tão obviamente com cada passo no caminho da vida, saboreado cada fase do desenvolvimento dos filhos. Grimm tinha plena consciência de que Caithness não era sua casa, mas a de outra família, e ele havia sido abrigado meramente em razão da generosidade dos St. Clair, não por direito de nascimento.

Grimm soltou um suspiro de frustração. *Por quê?* Ele queria gritar, sacudindo os punhos para o céu. Por que tinha de ser Ramsay? Ramsay Logan era um conquistador incorrigível, desprovido da ternura e da sinceridade que uma mulher como Jillian necessitava. Tinha conhecido Ramsay na corte, anos atrás, e havia testemunhado mais do que alguns corações partidos, abandonados no rastro encantador do selvagem highlander. Por que Ramsay? Na esteira desse pensamento veio um uivo silencioso: *Por que não eu?* Mas ele sabia que nunca poderia ser. "Nós não podemos evitar, filho... nascemos assim." Assassinos insensíveis — e, pior, ele era um Berserker. Mesmo sem invocar o Berserker, seu pai tinha matado a própria esposa. O que será que a doença mental, somada ao fato de ser um Berserker, tornaria Grimm capaz de fazer? A única coisa da qual ele tinha certeza era que nunca queria descobrir.

Enterrou ambas as mãos nos cabelos e parou de andar. Passou os dedos entre os fios e afrouxou a tira de couro, certificando-se de que os cabelos estivessem limpos e não emaranhados e grudados de terra por causa da vida na floresta. Não tinha as tranças de guerra e não estava moreno como um mouro devido aos meses de sol e aos banhos infrequentes. Não mais parecia tão bárbaro como no dia em que Jillian o encontrara no bosque. Apesar disso, de alguma forma ele sentia que nunca conseguiria lavar e remover a sujeira daqueles anos vivendo nas florestas das Highlands, testando seus sentidos contra os predadores mais ferozes para conseguir alimento suficiente e sobreviver. Talvez fosse a memória de tremer nos invernos gelados, quando tinha sido grato pela camada de sujeira na pele, pois era mais uma camada entre seu corpo e as temperaturas congelantes. Talvez fosse o sangue em suas mãos e a certeza de que, se algum dia fosse tolo o suficiente para se permitir nutrir sentimentos por alguém, poderia ser a sua vez de recobrar os sentidos já com uma faca nas mãos e o pavor nos olhos de seu filho.

Nunca. Ele nunca machucaria Jillian.

Ela era ainda mais bela do que ele se lembrava. Jillian agora era mulher feita, e ele não tinha defesas contra ela exceto a vontade. Apenas sua força de vontade formidável é o que o levara até ali. Grimm havia treinado a si mesmo, disciplinado a si mesmo, aprendido a controlar o Berserker... em sua maior parte.

Quando entrara no pátio a cavalo, alguns dias antes, e vira a mulher dourada e risonha cercada por crianças felizes e contentes, um pesar por sua infância perdida quase o havia sufocado. Sentiu um desejo de se inserir naquela cena na leve colina relvada, tanto como criança quanto como homem. Voluntariamente, teria se aconchegado aos pés dela e ouvido; voluntariamente a teria tomado nos braços e lhe dado filhos.

Frustrado pela incapacidade de fazer ambas as coisas, optara pela provocação. Então ela levantara a cabeça, e Grimm sentira seu coração despencar até as solas das botas. Tinha sido mais fácil se recordar de Jillian com o semblante mais jovem e inocente. Agora o atrevido nariz arrebitado e os olhos cintilantes faziam parte das feições de uma mulher sensual e voluptuosa. E seus olhos, embora ainda inocentes, possuíam maturidade e um toque de tristeza silenciosa. Queria saber quem havia introduzido aquilo no olhar dela, para que pudesse caçar e matar o maldito.

Pretendentes? Ela provavelmente teve dezenas deles. Será que tinha amado algum?

Grimm balançou a cabeça. Não gostava dessa ideia.

Então por que Gibraltar o chamara ali? Não acreditava nem por um minuto que tivesse alguma relação com o fato de ele ser um competidor pela mão de Jillian. Era mais provável que Gibraltar se lembrasse do voto que Grimm fizera de protegê-la se algum dia ela precisasse. E Gibraltar provavelmente precisava de um guerreiro forte o suficiente para evitar qualquer problema possível entre Jillian e seus dois "reais" pretendentes: Ramsay e Quinn. Sim, isso fazia todo o sentido. Ele estaria por perto para proteger a reputação de Jillian de qualquer mal e interromper quaisquer potenciais disputas entre seus pretendentes.

Jillian: perfume de madressilva e uma cabeleira sedosa e dourada, olhos de um castanho cálido com pontinhos dourados, a mesma cor de âmbar que os vikings prezavam tanto. Pareciam dourados na luz do sol, mas escureciam para um castanho intenso pontuado de amarelo quando ela estava zangada — isto é, o tempo todo. Ela era os sonhos que sonhava acordado, todas as fantasias noturnas. E ele era perigoso por sua mera natureza. Uma fera.

— Milorde, algo de errado?

Grimm baixou as mãos que cobriam o rosto. O rapazinho que estava no colo de Jillian quando Grimm chegara ao castelo agora lhe puxava a camisa e apertava os olhos para ele.

— Está tudo bem? — preocupou-se o menino.

Grimm assentiu.

— Estou bem, rapaz, mas não sou um *laird*. Pode me chamar de Grimm.

— Você me parece um *laird*.

— Bem, mas não sou.

— Por que a Jillian não gosta de você? — perguntou Zeke.

Grimm sacudiu a cabeça. Um toque de rancor lhe contorcia os lábios.

— Eu suspeito, Zeke... É Zeke, não é?

— Você sabe meu nome! — exclamou o garoto.

— Ouvi quando você estava com a Jillian.

— Mas você lembrou!

— Por que não lembraria?

Zeke recuou um passo e contemplou Grimm com evidente adoração.

— Porque você é um guerreiro poderoso, e eu sou, bem... eu. Sou apenas o Zeke. Ninguém repara em mim. Só a Jillian.

Grimm olhou para o garoto, analisando a postura desafiadora e sem jeito ao mesmo tempo. Colocou a mão no ombro do menino.

— Enquanto eu estiver aqui em Caithness, gostaria de servir como meu escudeiro, garoto?

— Escudeiro? — Zeke perguntou, boquiaberto. — Não posso ser um escudeiro! Não enxergo bem.

— Por que não me deixa decidir se você pode ou não? Minhas necessidades são bastante simples. Preciso de alguém para cuidar do meu cavalo. Ele não gosta de ficar preso no estábulo, então a comida e a água devem ser levadas até ele, onde quer que ele possa estar. Ele precisa ser escovado e cuidado, e precisa que montem nele.

Com suas últimas palavras, a expressão esperançosa de Zeke desapareceu.

— Bem, ele ainda não vai precisar ser montado por algum tempo, pois já fez uma viagem difícil até aqui — Grimm emendou às pressas. — E provavelmente eu poderia lhe dar umas aulas.

— Mas eu não consigo enxergar muito bem. É impossível andar a cavalo.

— Um cavalo tem uma boa quantidade de bom senso, rapaz, e pode ser treinado para fazer muitas coisas para seu cavaleiro. Vamos com calma. Primeiro, você pode cuidar do meu garanhão?

— Sim — Zeke sussurrou. — Eu posso! Eu juro que vou cuidar dele!

— Então vamos conhecê-lo. Ele pode ter certa reserva com estranhos, a menos que eu os leve até ele primeiro. — Grimm pegou a mão do garoto; ficou impressionado ao sentir aquela mãozinha ser engolida pela sua. Tão frágil, tão preciosa. Um lampejo brutal de memórias o tomou de assalto: uma criança, não mais velha do que Zeke, presa a uma espada dos McKane. Grimm livrou-se violentamente da lembrança e fechou os dedos com segurança ao redor dos de Zeke.

— Espere um minuto. — Zeke puxou-o e o fez parar. — Você ainda não me disse. Por que a Jillian não gosta de você?

Grimm vasculhou a mente por uma resposta que fizesse sentido para Zeke.

— Acho que é porque eu a provocava e atormentava quando ela era uma mocinha pequena.

— Você a provocava?

— Sem piedade — Grimm confirmou.

— Jillian diz que os rapazes só provocam as moças de quem eles gostam em segredo. Você também puxava o cabelo dela?

Grimm franziu a testa para ele, se perguntando onde aquilo ia dar.

— Acho que posso ter puxado, uma vez ou duas — ele admitiu, depois de pensar um pouco.

— Ah, bom! — Zeke exclamou, com alívio evidente. — Então você a está cortejando agora. Ela precisa de um marido — ele concluiu, com naturalidade.

Grimm meneou a cabeça. Um sorriso irônico se esboçou nos lábios. Ele devia ter previsto essa.

7

Grimm tapou as orelhas com as mãos, mas não ajudou. Colocou um travesseiro em cima da cabeça, sem sucesso. Considerou se levantar e bater as persianas, mas uma rápida olhada revelou que seria privado até mesmo desse pequeno prazer, pois já estavam fechadas. Um dos muitos "dons" de um Berserker era a audição absurdamente aguçada; o sentido o permitira sobreviver em ocasiões em que um homem comum não teria ouvido a aproximação sorrateira do inimigo. Agora estava se provando uma grave desvantagem.

Ele podia ouvi-la. Jillian.

Tudo o que ele queria fazer era dormir — pelo amor de Deus, ainda não tinha nem amanhecido! A moça nunca descansava? O trinado de uma flauta solitária flutuava no ar, escalava os muros de pedra do castelo e rastejava através dos vãos das persianas pela brisa fria da manhã. Ele podia sentir as notas melancólicas se intrometendo pelas teimosas persianas do seu coração. Jillian estava presente em todos os lugares de Caithness: florescendo nos arranjos de flores nas mesas, brilhando nos sorrisos das crianças, costurada nas tapeçarias tecidas vivamente. Era impossível escapar dela. Agora ela ousava invadir seu sono com a melodia assombrosa de uma antiga canção de amor gaélica. Elevava-se em um lamento agudo, depois caía e se tornava um gemido baixo com uma angústia tão convincente que ele fez um ruído de desdém pelo nariz. Como se ela conhecesse a dor do amor não correspondido! Era linda, perfeita, abençoada com pais, uma casa, uma família, um lugar ao qual pertencer. Ela nunca desejou amor, e ele certamente não imaginava um homem que fosse capaz de lhe negar alguma coisa. Onde tinha aprendido a tocar canções de amor tão desoladoras com uma empatia tão melancólica?

Ele pulou da cama, andou com passos firmes até a janela e escancarou as persianas com tanta força que atingiram as paredes.

— Ainda tocando essa coisa tola, não é? — ele chamou do alto. *Deus, ela era linda.* E que Deus o perdoasse, pois ele ainda a queria com a mesma intensidade de anos atrás. Na época, Grimm havia se convencido de que ela era jovem demais. Agora que era uma mulher crescida, já não poderia se valer mais dessa desculpa.

Ela estava de pé abaixo dele em uma fenda rochosa com vista para o lago. O sol era um crescente de ouro amanteigado, rompendo o horizonte do lago prateado. Estava de costas para ele. Jillian ficou rígida; a canção de emoções contraditórias gaguejou e morreu.

— Pensei que estivesse na ala leste — Jillian disse ao se virar. Sua voz se transportava aos ouvidos dele com a mesma clareza da melodia, apesar da distância de seis metros até o chão.

— Eu escolho meu próprio domínio, pavoa. Como sempre escolhi. — Ele se inclinou um pouco para fora da janela, absorvendo cada detalhe de Jillian: cabelos loiros ondulando na brisa, o porte orgulhoso de seus ombros, o ângulo altivo com que ela inclinava a cabeça, observando o lago como se mal tomasse consciência da existência de Grimm.

— Vá para casa, Grimm — ela disse friamente.

— Não é por você que eu fico, mas pelo seu pai — ele mentiu.

— Você deve lealdade a ele então? Você, que não tem lealdade a ninguém? — ela zombou.

Ele estremeceu.

— Não sou incapaz de lealdade. A questão é que muito poucos a merecem.

— Eu não quero você aqui — ela atirou por cima do ombro.

Irritava-o que ela não se virasse para encará-lo; era o mínimo que ela poderia fazer enquanto eles trocavam palavras cruéis.

— Não me importa o que você quer — ele se obrigou a dizer. — Seu pai me chamou aqui, e aqui eu continuarei até ele me liberar.

— Eu liberei você!

Grimm bufou. Ela poderia liberá-lo, mas, seja lá o que o mantivesse ligado a Jillian, era indestrutível. Ele deveria saber; por anos tentara destruir o vínculo, não se importar com onde ela estava, como passava, se estava feliz.

— Os desejos de uma mulher são insignificantes quando comparados aos de um homem — ele disse, certo de que insultar o gênero feminino como um todo a faria virar de frente, para que ele pudesse saborear a paixão de sua raiva, em lugar da paixão sensual que ele desesperadamente desejava lhe provocar. *Berserker*, sua mente o repreendeu. *Deixe-a em paz. Você não tem direito.*

— Você é detestável! — Jillian exclamou, atendendo involuntariamente aos desejos mais vis de Grimm, girando tão rápido que levou um tombo. O breve tropeçar o presenteou com uma vista deslumbrante da onda dos seios dela. Pálidos, eles desciam em um vale suave que desaparecia sob o corpete do vestido. A pele era tão translúcida que ele via uma fraca trama de veias azuladas. Grimm se pressionou contra o parapeito da janela para esconder a elevação repentina de seu kilt.

— Às vezes eu juro que seu objetivo é me provocar. — Ela o fitava com um olhar fulminante ao se levantar com a ajuda da mão e se endireitar, roubando assim o vislumbre do decote.

— Ora, por que eu me incomodaria em fazer isso, pirralha? — ele perguntou friamente, tão friamente que era um contraponto ao insulto do tom exaltado de Jillian.

— Será possível que você tenha medo de que, se você parar de me torturar, pode acabar gostando de mim? — ela se exaltou.

— Nunca sofra essa ilusão, Jillian. — Ele espalmou a mão sobre o cabelo e estremeceu de forma autoconsciente. Nunca conseguiria dizer uma mentira sem fazer aquele gesto. Felizmente, ela não sabia disso.

— Parece-me que você desenvolveu uma paixão esmagadora pelo seu cabelo, Grimm Roderick. Eu não tinha notado suas pequenas vaidades antes. Provavelmente porque eu não conseguia ver muito de você debaixo de toda aquela sujeira e imundície.

Aconteceu em um lampejo. Com as palavras dela, ele estava sujo de novo — lamacento, manchado de sangue e sujo além da redenção. Nenhum banho, nenhuma limpeza poderia lhe remover a sujeira. Só as palavras de Jillian podiam torná-lo limpo de novo, e ele sabia que não inspirava absolvição.

— Algumas pessoas crescem e amadurecem, pirralha. Eu acordei um dia, fiz a barba e descobri que era um homem muito bonito. — Quando os olhos dela se arregalaram, ele não conseguiu resistir a provocá-la um pouco mais. — Algumas mulheres disseram que eu sou bonito demais até para o próprio bem delas. Talvez temessem não conseguir me segurar diante de tanta competição.

— Me poupe da sua vaidade.

Grimm sorriu por dentro. Ela ficava adorável corada pela exaltação e pelo desdém. Era tão fácil provocá-la. Inúmeras vezes ele se perguntou que tipo de paixão ela poderia desencadear em um homem. Em um homem como ele. Seus pensamentos tomaram um rumo perigoso para o reino do proibido.

— Ouvi homens dizerem que você é linda demais para ser tocada. Isso é verdade? Você *é* intocada? — Ele mordeu a língua no instante em que as palavras escaparam.

O queixo de Jillian caiu em descrença.

— Você vem me perguntar isso?

Grimm engoliu em seco. Houve um tempo em que ele soubera por experiência própria o quanto ela era intocada, e essa era uma memória que ele faria bem em enterrar.

— Quando uma moça permite que meros estranhos a beijem, ninguém precisa se perguntar o que mais ela permite. — A amargura apertou os lábios dele e interrompeu as palavras.

Jillian recuou, como se ele tivesse lançado algo mais substancial do que um insulto em sua direção. Estreitou os olhos e o observou com desconfiança.

— Curiosamente, parece que você se importa.

— Não há a menor chance. Eu simplesmente não quero ter que forçá-la a se casar com Ramsay antes que seu pai retorne. Suspeito de que Gibraltar gostaria de estar presente para levar a *donzela* ao altar.

Jillian o observava atentamente, muito atentamente para o gosto de Grimm. Ele se perguntava com ansiedade premente o que estava se passando na cabeça dela. Jillian sempre tinha sido muito inteligente, e ele estava perigosamente perto de agir como um pretendente ciumento. Quando ela era jovem, ele precisou de cada fibra de sua força de vontade para sustentar uma aparência convincente de antipatia. Agora que ela era mulher feita, necessitaria de medidas drásticas. Impaciente, ele encolheu os ombros.

— Veja, pavoa, tudo o que eu quero é que você leve a sua maldita flauta para outro lugar, para que eu possa dormir um pouco. Eu não gostava de você quando você era uma garotinha, e não gosto de você agora, mas estou em dívida com seu pai e vou honrar a missiva dele. A única coisa de que me lembro sobre Caithness é que a comida era boa e que seu pai era gentil. — A mentira praticamente queimou sua língua.

— Você não se lembra de nada sobre mim? — ela perguntou, cuidadosamente.

— Algumas coisas, nada de significativo. — Dedos inquietos se entrelaçaram nos seus cabelos, puxando-os para fora do cordão de couro.

Ela o fulminou com o olhar.

— Nem mesmo no dia em que você se foi?

—· Quer dizer o ataque dos McKane? — ele perguntou no ato.

— Não. — Ela franziu o cenho. — Mais tarde naquele dia, quando encontrei você nos estábulos.

— Do que você está falando, moça? Não me lembro de você me encontrar nos estábulos antes de eu ir embora. — Ele conteve a mão traidora no meio do caminho até os cabelos e a enfiou no cós do kilt.

— Não se lembra de nada a meu respeito? — ela repetiu firmemente.

— Lembro-me de uma coisa: eu me lembro de você me seguindo até quase me deixar louco com sua tagarelice incessante — ele disse, parecendo tão entediado e atormentado quanto possível.

Jillian deu-lhe as costas e não pronunciou outra palavra.

Ele a observou por alguns momentos, seus olhos sombrios por causa das lembranças, e fechou as persianas. Quando, alguns momentos depois, as notas claras e assustadoras de sua flauta voltaram a chorar, ele apertou as mãos sobre os ouvidos com tanta força que doeu. Como era possível que permanecesse ali e continuasse a resistir a ela, quando cada fibra do seu ser exigia que ele a tomasse como sua mulher?

Não me lembro de você me encontrar nos estábulos antes de eu ir embora.

Ele nunca havia pronunciado mentira maior. Grimm lembrava-se da noite nos estábulos. Estava gravada em sua memória com a permanência excruciante de uma marca a fogo. Foi a noite em que o Grimm Roderick de vinte e dois anos havia roubado um gostinho inesquecível do céu.

Depois que os McKane foram expulsos e a batalha terminou, ele esfregou o corpo desesperadamente para tirar o sangue, depois arrumou suas coisas, jogando roupas e lembranças sem se importar com o que eram ou onde caíam. Quase havia trazido destruição sobre a casa que o abrigara com tanta benevolência. Nunca mais os sujeitaria a tal perigo. O irmão de Jillian, Edmund, havia sido ferido na batalha, e, embora parecesse certo que se recuperaria, o jovem Edmund teria cicatrizes para a vida toda. Partir era a única coisa honrosa que Grimm poderia fazer.

Ele encontrou o bilhete de Jillian quando seus dedos fecharam o livro das fábulas de Esopo que ela lhe dera de presente no primeiro Natal dele em Caithness. Jillian tinha deslizado o bilhete de caligrafia grande e floreada entre as páginas do livro, de forma que se projetasse acima da lombada. *Estarei no telhado, no crepúsculo. Preciso falar com você hoje à noite, Grimm!*

Esmagando o bilhete furiosamente, ele saiu correndo para os estábulos.

— 78 —

Não ousou vê-la antes de partir. Cheio de ódio de si mesmo por ter trazido os McKane àquele lugar sagrado, ele não cometeria outra transgressão. Desde que Jillian começou a amadurecer, ele não conseguira tirá-la da cabeça. Sabia que era errado. Tinha vinte e dois anos e ela, apenas dezesseis. Por mais que ela certamente tivesse idade suficiente para se casar — maldição, muitas moças se casavam aos treze —, ele nunca poderia lhe oferecer casamento. Não tinha casa, nem clã, e ainda por cima era uma besta perigosamente imprevisível. Os fatos eram simples: não importava o quanto ele pudesse querer Jillian St. Clair, nunca poderia tê-la.

Aos dezesseis anos, ele perdeu o coração para a menina dourada; aos vinte e dois, começou a perder a cabeça para a mulher. Um mês antes, Grimm tinha concluído que precisava partir logo, antes que fizesse alguma coisa estúpida como beijá-la, como encontrar razões para justificar levá-la dali e fazer dela sua esposa. Jillian merecia o melhor: um marido digno, uma família própria e um lugar para chamar de seu. Ele não podia lhe oferecer nada disso.

Colocando a bagagem no lombo do cavalo, ele suspirou e passou a mão pelos cabelos. Quando começou a levar seu cavalo do estábulo, Jillian irrompeu pelas portas.

Seus olhos se alternaram cautelosamente entre ele e seu cavalo, sem perder um detalhe.

— O que você está fazendo, Grimm?

— O que diabos parece que estou fazendo? — ele rosnou, mais do que exasperado por ter fracassado em fugir sem encontrá-la. A quanta tentação se esperava que ele resistisse?

Lágrimas encobriram os olhos dela. Grimm se amaldiçoou. Jillian tinha visto horror demais naquele dia; ele era o mais baixo dos bastardos por aumentar sua dor. Ela fora em busca dele para conseguir conforto; mas, infelizmente, ele não tinha condições de consolá-la. Os efeitos secundários da transformação o deixavam incapaz de fazer escolhas claras e de tomar decisões sensatas. A experiência lhe ensinara que ele era mais vulnerável depois de uma fúria Berserker; tanto sua mente quanto seu corpo ficavam mais sensíveis. Precisava desesperadamente fugir e encontrar um lugar seguro e escuro para dormir por dias. Teria que forçá-la a sair dali naquele mesmo instante, antes que fizesse algo imperdoavelmente estúpido.

— Vá procurar seu pai, Jillian. Me deixe em paz.

— Por que você está fazendo isso? Por que está indo embora, Grimm? — ela perguntou melancolicamente.

— Porque eu devo. Eu nunca deveria ter vindo aqui, para começar!

— Isso é bobagem, Grimm! — ela gritou. — Hoje você lutou gloriosamente! Meu pai me trancou no meu quarto, mas eu ainda podia ver o que estava acontecendo! Se você não estivesse aqui, não teríamos tido a menor chance contra os McKane... — A voz dela falhou, e ele pôde ver nos olhos dela o horror da batalha sangrenta.

Cristo, ela tinha acabado de admitir que o tinha visto na fúria Berserker!

— Se eu não estivesse aqui... — ele começou, amargo, então se conteve antes de admitir que *ele* era a razão pela qual os McKane tinham vindo.

— Se você não estivesse aqui, o quê? — Os olhos dela estavam enormes.

— Nada — ele murmurou, fitando o chão.

Jillian tentou novamente.

— Eu vi você da jane...

— E você deveria estar escondida, moça! — Grimm interrompeu-a antes que ela pudesse tecer elogios sobre sua "bravura"... a bravura que brotava do diabo em pessoa. — Você não faz ideia da aparência que tem? Não sabe o que os McKane teriam feito se tivessem encontrado você? — A voz dele falhou nas palavras. Tinha sido o medo do que os McKane poderiam fazer para sua amada que incitara ainda mais a fúria Berserker durante a batalha, transformando-o em um animal assassino implacável.

Jillian mordiscou o lábio com nervosismo. O simples gesto disparou nele um raio de puro desejo, e Grimm se odiou por isso. Ele estava mais tenso do que um arco retesado; a adrenalina residual da batalha ainda inundava seu corpo. A excitação potencializada que era alcançada no estado Berserker tinha o efeito infeliz de persistir, de montar nele como um demônio, incitando-o a acasalar, a conquistar. Grimm sacudiu a cabeça e virou as costas para ela. Não podia continuar a encará-la. Não confiava em si mesmo.

— Fique longe de mim. Você não sabe o que arrisca estando aqui comigo.

A palha roçava na bainha do vestido quando ela se mexia.

— Confio plenamente em você, Grimm Roderick.

A doce inocência na voz jovem quase o fez perder a determinação. Ele grunhiu.

— Esse foi seu primeiro erro. Seu segundo erro é estar aqui comigo. *Vá embora.*

Ela se aproximou, colocou a mão no ombro dele e afirmou:

— Mas eu confio em você, Grimm.

— Você não pode confiar em mim, nem me conhece — ele rosnou, seu corpo rígido de tensão.

— Sim, eu conheço — ela argumentou. — Conheço você há anos. Você vive aqui desde que eu era garotinha. Você é meu herói, Grimm...

— Pare com isso, moça! — ele rugiu ao girar e afastar a mão dela de forma tão brusca que Jillian recuou alguns passos. Os olhos azuis glaciais se estreitaram. — Então, acha que me conhece? — Ele avançou.

— Acho — Jillian insistiu, obstinada.

Ele rosnou.

— Você não sabe de absolutamente nada. Não sabe quem eu matei e quem eu odiei e quem eu enterrei e como. Você não sabe o que acontece comigo porque nem desconfia do que eu realmente sou!

— Grimm, estou com medo — ela sussurrou. Seus olhos eram grandes poças de ouro à luz do lampião.

— Então corra de volta para o seu maldito pai! Ele vai confortar você!

— Ele está com Edmund...

— Como você deveria estar!

— Eu preciso de você, Grimm! Passe os braços em volta de mim! Me abrace! Não me deixe!

Grimm congelou até a medula. *Me abrace.* As palavras dela ficaram no ar. Ah, como ele desejava. Cristo, quantas vezes ele tinha sonhado com isso. Seus profundos olhos cor de âmbar se alternaram entre medo e vulnerabilidade, e ele estendeu os braços para ela, apesar de sua determinação. Deteve as mãos no meio do caminho. Seus ombros se curvaram. Ele se sentiu de repente exausto pelo peso do debate íntimo travado dentro de si. Não podia oferecer o conforto que ela pedia. Ele era o motivo pelo qual ela precisava de consolo. Se ele não tivesse vindo a Caithness, nunca teria trazido a destruição nos seus calcanhares. Nunca poderia se perdoar pelo que tinha lançado sobre as pessoas que abriram seu coração para ele quando ninguém mais se importava se ele estava vivo ou morto.

— Você não sabe o que está dizendo, Jillian — ele insistiu, de repente sentindo um imenso cansaço.

— Não me deixe! — ela gritou, arremessando-se nos braços dele.

Enquanto Jillian afundava no peito de Grimm, os braços dele se fecharam por instinto ao redor dela. Ele a enlaçou firmemente, oferecendo ao corpo trêmulo o abrigo do seu, maldito e quase invencível.

Grimm a embalou em seus braços enquanto ela soluçava, sentindo uma terrível compaixão por ela. Com clareza demais, ele se lembrava da perda de sua própria inocência. Oito anos antes ele ficara de fora observando seu clã enfrentar os McKane. A visão de tal brutalidade o deixara quase louco de tristeza e raiva, e agora sua jovem Jillian conhecia os mesmos terrores. Como ele poderia ter feito isso com ela?

Ela teria pesadelos? Reviveria tudo aquilo como ele — pelo menos mil vezes?

— Calma, doce moça — ele murmurou, acariciando-lhe a bochecha. — Eu prometo que os McKane nunca vão voltar aqui. Eu prometo que de alguma forma eu sempre vou cuidar de você, não importa onde eu esteja. Nunca vou deixar que ninguém a machuque.

Ela fungou, o rosto enterrado na cavidade entre o ombro e o pescoço dele.

— Você não pode me proteger se não estiver aqui!

— Eu falei com o seu pai, informei que estou indo embora, mas eu também disse que, se você precisar de mim, basta ele me convocar. — Embora Gibraltar estivesse zangado com ele por ter partido, parecia ter se apaziguado ao saber onde encontrar Grimm se houvesse necessidade.

Jillian voltou o rosto cheio de lágrimas para ele, os olhos arregalados.

Grimm perdeu o fôlego, admirando-a. Suas bochechas estavam ruborizadas e seus olhos brilhavam das lágrimas. Os lábios estavam inchados de chorar e seus cabelos eram uma juba de fogo dourado ao redor do rosto.

Ele não tinha absolutamente nenhuma intenção de beijá-la, mas em um momento estavam olhando nos olhos uns do outro e, no momento seguinte, ele inclinou a cabeça para a frente a fim de fazer um juramento sobre seus lábios: um leve e terno juramento de proteção.

No instante em que seus lábios se encontraram, o corpo dele se sacudiu violentamente.

Grimm se afastou e a encarou sem expressão.

— V-você sentiu isso? — ela gaguejou, a confusão lhe escurecendo os olhos.

Não era possível, ele se reassegurou. *O mundo não treme no eixo quando se beija uma moça.* Para se convencer, ele a beijou de novo. O terremoto começou logo abaixo de seus dedos dos pés.

Sua promessa inocente assumiu vida própria, tornou-se um beijo apaixonado que incendiava a alma, um beijo entre um homem e sua companheira. Os lábios virgens de Jillian se separaram docemente sob os seus e ela se fundiu no calor do corpo dele.

Grimm fechou os olhos com força, lembrando-se daquele beijo de longa data, ouvindo o trinado da flauta de Jillian do lado de fora de sua janela.

Deus, como a lembrança era vívida. E ele não havia tocado outra mulher desde então.

◌◌◌

Quinn insistiu que fossem dar um passeio, e, embora Jillian inicialmente resistisse, em pouco tempo estava feliz por ter ido. Tinha esquecido o quanto Quinn era encantador, como a fazia rir com tanta facilidade. Quinn chegara a Caithness no verão, depois de Grimm. Gibraltar tinha criado os dois rapazes — o filho mais velho de um líder de clã e um catador sem-teto — como iguais, embora aos olhos de Jillian nenhum outro rapaz jamais pudesse estar à altura de Grimm.

Quinn tinha bons modos e era atencioso, mas foi por Grimm que ela se apaixonou no dia em que o conheceu — o menino selvagem que morava na floresta nos arredores de Caithness. Foi Grimm que a aborreceu tanto que ela havia derramado lágrimas quentes de frustração. Foi Quinn quem a confortara quando ele partiu. Engraçado, Jillian pensou olhando para o homem corajoso andando ao seu lado, algumas coisas não haviam mudado nem um pouco.

Quinn percebeu o olhar de soslaio e abriu um sorriso gostoso.

— Eu senti sua falta, Jillian. Por que é que não nos vemos há anos?

— A julgar pelas histórias que ouvi, Quinn, você estava ocupado demais conquistando o mundo e as mulheres para ter tempo para uma moça simples das Terras Baixas como eu — ela brincou.

— Conquistando o mundo talvez, mas as mulheres? Acho que não. Uma mulher não deve ser conquistada, mas cortejada e persuadida. Amada.

— Diga isso para Grimm. — Ela revirou os olhos. — Aquele homem não ama nada além de seu próprio mau humor. Por que ele me odeia tanto?

Quinn avaliou-a um momento, como se estivesse procurando o que dizer. Finalmente, encolheu os ombros.

— Eu costumava pensar que era porque ele gostava de você em segredo e não podia demonstrar porque sentia que era um ninguém, que não era bom o suficiente para a filha de Gibraltar St. Clair, mas isso não faz sentido, porque Grimm agora é um homem rico; rico o suficiente para qualquer mulher, e Deus sabe que as mulheres o desejam. Francamente, Jillian, não tenho ideia de por que ele ainda é cruel com você. Eu pensei que as coisas fossem mudar, especialmente agora que você tem idade suficiente para ser cortejada. Não posso dizer que lamento, porém. No que me diz respeito, é menos concorrência — ele concluiu, com um olhar aguçado.

Jillian arregalou os olhos.

— Quinn... — ela começou, mas ele fez um aceno para silenciar qualquer protesto.

— Não, Jillian. Não me responda agora. Não me faça nem dizer as palavras. Apenas me conheça de novo, e então vamos conversar sobre o que pode vir a ser; mas, aconteça o que acontecer, eu sempre serei bom para você — ele acrescentou suavemente.

Jillian prendeu o lábio inferior entre os dentes e incitou a montaria em um trote rápido, lançando um olhar furtivo por cima do ombro para o belo Quinn. *Jillian de Moncreiffe*, ela ponderou de súbito.

Jillian Alanna Roderick, seu coração gritou desafiadoramente.

8

Jillian estava na longa e estreita janela da torre circular, três metros acima do pátio, observando Grimm. Subiu as escadas em espiral até a torre, dizendo a si mesma que estava tentando fugir "daquele homem", mas sabia que não estava sendo totalmente honesta consigo mesma.

A torre circular guardava memórias, e era isso que ela queria revisitar. Lembranças esplêndidas do primeiro verão de Grimm ali, aquela maravilhosa temporada em que ela costumava dormir em sua torre de princesa. Seus pais a haviam agradado: mandaram selar as fissuras nas pedras e pendurar tapeçarias para que ela ficasse quentinha. Ali estavam os seus livros favoritos, as poucas bonecas que tinham escapado dos "enterros no mar" de Grimm no lago, e outros remanescentes cheios de amor do que tinha sido o melhor ano de sua vida.

Naquele primeiro verão em que ela encontrara o "menino-fera", eles passaram cada momento juntos. Ele a levara para caminhadas e a ensinara a pegar trutas e salamandras escorregadias. Ele a sentou em um pônei pela primeira vez; construiu para ela uma caverna de neve no gramado em seu primeiro inverno juntos. Ele estava presente para levantá-la se ela não fosse alta o suficiente para ver alguma coisa, e estava presente para salvá-la de quedas. Todas as noites, ele contava suas histórias estranhas até Jillian cair em um sono exausto da infância, sonhando com a próxima aventura que eles compartilhariam.

Até aquele dia, Jillian ainda se lembrava da sensação mágica que lhe acometia sempre que estavam juntos. Parecia perfeitamente possível que ele pudesse ser um anjo malvado enviado para guardá-la. Afinal, foi ela que o descobriu espreitando nas moitas da floresta atrás de Caithness. Ela que o convencera a se aproximar com um banquete tentador, esperando pacientemente, dia após dia, em um cobertor emaranhado com sua amada cachorrinha, Savanna TeaGarden.

Durante meses ele havia resistido à oferta, escondendo-se em suas samambaias e sombras, observando-a tão intensamente como ela o tinha observado. Até que, em um dia chuvoso, ele surgiu do meio da névoa e veio se ajoelhar sobre o cobertor. Ele a olhou com uma expressão que a fez se sentir bonita e protegida. Às vezes, nos anos seguintes, apesar da cruel indiferença, ela captou o mesmo olhar dele quando ele achava que ela não estava observando. Aquilo mantivera sua esperança viva, quando seria mais sensato deixá-la morrer. Jillian se tornou uma jovem desesperadamente apaixonada pelo feroz rapaz, agora um homem, que tinha a estranha mania de aparecer sempre que ela precisava dele, resgatando-a repetidas vezes.

Verdade fosse dita, ele não tinha sido sempre gentil nesses episódios. Certa vez, ele a tinha amarrado no alto dos galhos de um carvalho, antes de sair rasgando pela floresta para salvar Savanna da matilha de cães selvagens da qual ele tinha acabado de resgatar Jillian. Amarrada na árvore, morrendo de medo do que poderia acontecer à cadela, ela gritou e tentou se soltar, porém não obteve sucesso. Ele a deixou lá por horas, mas, tão certo como o sol que sempre nascia e se punha, ele havia voltado por ela — embalando nos braços a cadela ferida, surpreendentemente viva.

Ele se recusou a discutir com ela de que forma tinha salvado a filhote da matilha raivosa, mas Jillian não se preocupou demais. Embora tivesse achado um tanto surpreendente que ele houvesse saído ileso, ao longo dos anos ela havia chegado ao ponto de acreditar que nenhum mal jamais pudesse acometer Grimm. Ele era seu herói. Ele podia fazer qualquer coisa.

Um ano depois de conhecer Grimm, Quinn de Moncreiffe havia chegado para viver em Caithness. Ele e Grimm se tornaram próximos como irmãos, compartilhando um mundo de aventuras das quais ela foi dolorosamente excluída. Esse tinha sido o começo do fim de seus sonhos.

Jillian suspirou assim que Grimm desapareceu dentro do castelo. Suas costas se enrijeceram quando ele reapareceu alguns momentos depois com Zeke. Ela estreitou os olhos ao ver Zeke deslizar a mão de modo confiante para Grimm. Ela ainda podia recordar como era fácil deslizar a mão infantil entre aqueles dedos fortes. Ele era o tipo de homem que as crianças e as mulheres queriam manter por perto, embora por razões completamente diferentes.

Certamente ele era envolto em mistério. Era como se negras brumas tivessem emergido no dia em que Grimm Roderick passou a existir, impedindo que questionamentos e escrutínios lançassem luz sobre seu passado sombrio. Ele era um homem profundo; era comum que estivesse consciente das mais ínfimas nuances de uma conversa ou interação. Quando ela era criança, ele sempre pareceu saber exatamente como ela estava se sentindo, antecipando seus sentimentos antes que ela mesma os entendesse.

Se fosse honesta consigo mesma, a única coisa verdadeiramente cruel de que poderia acusá-lo era de anos de indiferença. Ele nunca fizera algo terrivelmente cruel, mas, na noite em que partiu, sua absoluta rejeição fez Jillian endurecer o coração contra ele.

Ela o observou balançar Zeke nos braços. O que diabos ele estava fazendo? Colocando o menino sobre um cavalo? Zeke não podia montar, pois não enxergava bem o suficiente. Ela abriu a boca para protestar, então parou. Fosse lá o que pudesse ser, Grimm não era homem de cometer erros. Jillian se resignou a vigiar por alguns instantes. Zeke estava em êxtase, e não era frequente que ela o visse feliz. Várias das crianças e seus pais haviam se reunido para assistir. Jillian prendeu a respiração. Se as intenções de Grimm dessem errado, seria uma humilhação pública e dolorosa para Zeke, da qual o menino demoraria muito para se recuperar.

Ela observou Grimm aproximar sua cabeça morena do cavalo; parecia que estava sussurrando palavras no ouvido do garanhão cinzento. Jillian teve o momentâneo devaneio de ver o cavalo assentindo em resposta. Quando Grimm deslizou Zeke no lombo do cavalo, ela prendeu a respiração. Zeke sentou-se rígido no início, depois lentamente relaxou enquanto Grimm conduzia o animal em círculos simples e largos em torno do pátio. Tudo estava muito bem, pensou Jillian, mas agora o que Zeke faria? Ele certamente não poderia ser guiado por alguém o tempo todo. Qual era o sentido de colocar o menino em um cavalo quando nunca poderia cavalgar por conta própria?

Rapidamente decidiu que já vira o suficiente. Era óbvio que Grimm não entendia; ele não deveria estar ensinando o garoto a querer coisas impossíveis. Deveria encorajar Zeke a ler livros, a praticar atividades mais seguras, como Jillian havia feito. Quando uma criança tem uma deficiência, não há sentido em encorajá-la a testar esses limites de maneiras tolas, que possam causar mal. Muito melhor era ensiná-lo a apreciar outras coisas e a perseguir

87

sonhos alcançáveis. Não importava que, como qualquer outra criança, Zeke pudesse querer correr, brincar e montar a cavalo — ele precisava ser ensinado que não podia, que era perigoso fazer essas coisas por causa da visão prejudicada.

Jillian persuadiria imediatamente Grimm a voltar atrás em seu lapso de julgamento, antes que mais danos fossem causados. Uma bela multidão havia se reunido no pátio, e ela já podia ver os pais balançando a cabeça e sussurrando coisas entre si. Prometeu a si mesma que iria lidar com aquele problema fria e racionalmente, sem dar aos espectadores motivo para fofoca. Ela explicaria a Grimm a maneira correta de tratar o jovem Zeke e demonstraria que ela nem sempre era uma idiota insensata.

Jillian desceu da torre circular rapidamente e caminhou até o pátio.

❧◈❧

Grimm conduzia o cavalo em um último círculo lento, certo de que a qualquer momento Jillian irromperia do castelo. Sabia que não deveria passar tempo nenhum com ela, mas se via deliberadamente cuidando para dar a Zeke sua primeira aula de montaria onde ela certamente veria. Apenas poucos momentos antes, ele vislumbrara um vulto de movimento e uma cascata de cabelos dourados na janela da torre. Suas entranhas se comprimiram em expectativa quando ele tirou Zeke de cima do garanhão.

— Imagino que você se sinta confortável com a passada dele agora, Zeke. Foi um bom começo.

— É muito fácil montar nele, mas não vou conseguir guiá-lo sozinho, então qual o sentido disso? Eu nunca poderia andar sozinho.

— Nunca diga nunca, Zeke — Grimm repreendeu gentilmente. — No momento em que diz "nunca", você escolhe não tentar. Em vez de se preocupar com o que você não pode fazer, molde sua mente para pensar em maneiras pelas quais você poderia fazer. Você pode se surpreender.

Zeke piscou para ele.

— Mas todo mundo me diz que não posso montar a cavalo.

— Por que *você* acha que não pode montar? — Grimm perguntou, abaixando o menino até o chão.

— Porque minha vista não é perfeita. Posso correr com o seu cavalo e bater em uma pedra! — exclamou Zeke.

— Meu cavalo tem olhos, rapaz. Você acha que ele permitiria que você o batesse contra uma rocha? Occam não permitiria que você o batesse em coisa nenhuma. Confie em mim, e eu vou lhe mostrar que um cavalo pode ser treinado para compensar a sua visão.

— Você acha mesmo que um dia eu vou poder andar a cavalo sem a sua ajuda? — Zeke perguntou em voz baixa, de forma que os espectadores reunidos ao redor não ouvissem a esperança em sua voz e depois fossem zombar dele por isso.

— Sim, eu acho. E também vou provar isso para você, no seu devido tempo.

— Que loucura você está dizendo ao Zeke? — Jillian acusou, juntando-se a eles.

Grimm virou-se para encará-la, saboreando suas bochechas coradas e seus olhos brilhantes.

— Pode ir, Zeke. — Ele deu ao garoto um leve empurrão em direção ao castelo. — Vamos treinar de novo amanhã.

O garoto sorriu para Grimm, lançou um rápido olhar para o rosto de Jillian e saiu apressado.

— Estou ensinando Zeke a montar.

— Por quê? Ele não enxerga bem, Grimm. Ele nunca será capaz de cavalgar sozinho. Vai acabar se machucando.

— Isso não é verdade. Disseram ao menino que ele não pode muitas coisas que ele pode fazer. Existem métodos diferentes para treinar um cavalo. Embora Zeke tenha a visão fraca, Occam aqui — Grimm gesticulou para seu garanhão, que bufava — tem sentidos aguçados suficientes para ambos.

— O que você acabou de dizer? — Jillian franziu a testa.

— Eu disse que meu cavalo pode ver bem o suficiente...

— Eu ouvi essa parte. Como você chamou o seu cavalo? — ela perguntou, sem se dar conta de que sua voz se elevara bruscamente, e a multidão dispersa se deteve como uma só massa, atenta a cada palavra.

Grimm engoliu em seco. Não pensou que ela se lembraria!

— Occam — ele disse com firmeza.

— Occam? Você chamou seu cavalo de *Occam*? — Todos os homens, mulheres e crianças do pátio fortificado inferior ficaram boquiabertos com o timbre instável da voz de sua senhora.

Jillian avançou pisando duro e encostou um dedo acusador no peito de Grimm.

— Occam? — ela repetiu, esperando.

Ela aguardava que ele dissesse algo inteligente, Grimm percebeu. Maldita mulher, mas ela deveria saber que ele não daria esse tipo de resposta. Inteligente era um papel que simplesmente não lhe cabia quando estava perto de Jillian. Assim como recatada e moderada eram características que Jillian não conseguia ter ao redor dele. Mais alguns minutos e eles estariam brigando no pátio de Caithness, diante do maldito castelo inteiro testemunhando a cena com abjeto fascínio.

Grimm examinou atentamente o rosto dela, procurando alguma expressão que traísse uma fraqueza de caráter, qualquer coisa que pudesse aproveitar para jogar contra ela, a fim de se defender contra seus encantos, mas poderia muito bem ter vasculhado os mares atrás de uma lendária *selkie*.* Jillian era simplesmente perfeita. A mandíbula forte refletia seu espírito orgulhoso. Seus límpidos olhos dourados brilhavam com veracidade. Ela franziu os lábios, aguardando. Lábios excessivamente cheios: o inferior, rechonchudo e rosado. Lábios que se separariam docemente quando ele a tomasse; lábios entre os quais ele deslizaria a língua, lábios que poderiam se curvar ao redor do seu...

E esses lábios se moviam, mas ele não tinha a menor ideia do que estavam dizendo, porque ele havia mergulhado perigosamente em uma fantasia sensual envolvendo carne quente, ruborizada, os lábios de Jillian e as necessidades de um homem. O rugido do sangue pulsando em seus ouvidos deve tê-lo ensurdecido. Ele se esforçou para se concentrar nas palavras dela, que voltaram a ser ouvidas bem a tempo de ele escutá-la dizer:

— Você mentiu! Você disse que nunca pensou em mim de forma alguma.

Na defensiva, Grimm reuniu seus pensamentos dispersos. Ela parecia satisfeita demais consigo mesma para a paz de espírito dele.

— O que você está bicando agora, pequena pavoa? — ele questionou, em sua voz mais entediada.

— Occam — ela repetiu, triunfante.

— Esse é o meu cavalo — ele disse, arrastando as palavras. — E *aonde* você quer chegar?

Jillian hesitou. Apenas um instante, mas ele viu o brilho do constrangimento nos olhos dela, que devia estar se perguntando se ele realmente não se lembrava do dia em que descobriu o princípio da Navalha de Occam e depois correu para informar a todos em Caithness sobre o que era. Como não se lembrar da alegria infantil? Como poderia esquecer o desconforto dos lor-

---

* Criaturas folclóricas que vivem no mar como focas, mas que se livram de sua pele e se transformam em humanos quando em terra. A lenda é semelhante à das sereias. (N. da T.)

des visitantes, bem versados na política e na caça, mas completamente desconcertados por uma mulher inteligente, mesmo uma mocinha na tenra idade de onze anos? Ah, ele se lembrava; Grimm ficou tão orgulhoso por ela que chegava a doer. Queria arrancar a tapas os sorrisos irônicos no rosto austero dos lordes quando disseram aos pais de Jillian que queimassem os livros dela, que não arruinassem uma mulher perfeitamente boa e a tornassem imprestável para o casamento. Ele se lembrava. E tinha batizado seu cavalo em homenagem.

A Navalha de Occam: a teoria mais simples que se ajuste aos fatos corresponde mais intimamente à realidade. *Responda essa, Jillian: por que eu lhe trato de forma tão horrível?* Ele fez uma careta. Eis a teoria mais simples que abrangia toda a gama de comportamentos asininos que ele exibia perto de Jillian: ele estava irremediavelmente apaixonado por ela, e, se não fosse cuidadoso, ela iria descobrir. Tinha que ser frio, talvez cruel, pois Jillian era uma mulher inteligente e, a menos que ele mantivesse uma fachada convincente, ela enxergaria além. Ele respirou fundo e endureceu sua determinação.

— Você estava dizendo? — Ele arqueou uma sobrancelha sardônica. Homens poderosos haviam se encolhido e se transformado em idiotas resmungões sob o sarcasmo e zombaria daquele olhar mortal.

Mas não a sua Jillian, e isso o deleitava tanto quanto o preocupava. Ela se manteve firme, inclinando-se mais para perto, ignorando os olhares curiosos e os ouvidos atentos dos espectadores. Perto o suficiente para que sua respiração soprasse no pescoço dele e o fizesse querer selar seus lábios aos dela com força para esvaziar seus pulmões, sugando tão profundamente que ela precisasse que ele soprasse o ar de volta para ela. Jillian olhou fundo nos olhos dele, então um sorriso de prazer curvou sua boca.

— Você se lembra, *sim* — ela afirmou, num sussurro feroz. — Eu me pergunto sobre o que mais você mentiu para mim — murmurou em seguida, e ele teve a suspeita terrível de que ela estava prestes a aplicar uma análise científica naquele seu comportamento idiota. Então ela saberia, e ele ficaria exposto como o idiota que era.

Grimm passou a mão em torno do pulso dela e apertou bem os dedos, até notar que ela compreendia que ele poderia quebrá-lo com um movimento da mão. Grimm deliberadamente deixou seus olhos desferirem o olhar fulminante e impiedoso que as pessoas abominavam. Até mesmo Jillian retrocedeu ligeiramente, e ele sabia que, de alguma forma, ela havia captado o menor vislumbre do Berserker em seus olhos. Temê-lo lhe faria bem. Ela *deveria* ter medo dele. Deus sabia que ele tinha medo de si mesmo. Embora Jillian tivesse mudado e amadurecido, ele ainda não tinha nada a oferecer a ela. Nenhum clã, nenhuma família, nenhum lar.

— Quando saí de Caithness, jurei nunca mais voltar. É *disso* que me lembro, Jillian. — Ele lhe soltou o pulso. — E não retornei porque quis, mas por causa de um voto feito há muito tempo. Se nomeei meu cavalo com uma palavra que você por acaso conhece, quanta arrogância sua pensar que tem alguma coisa a ver com você.

— Ah! Não sou arrogante...

— Sabe por que seu pai realmente nos trouxe aqui, moça? — Grimm interrompeu friamente.

A boca de Jillian se fechou. Parecia que ele seria o único capaz de lhe contar a verdade.

— Você sabe? Eu sei que você costumava ter o mau hábito de espionar, e eu duvido que muito em você tenha mudado.

Ela projetou o queixo, sua coluna ficou rígida, e os ombros foram endireitados para trás, presenteando Grimm com uma visão clara de seu corpo exuberante, uma das coisas que definitivamente tinham mudado a respeito dela. Jillian mordeu o lábio para evitar um sorriso presunçoso quando o olhar dele baixou bruscamente, e depois se levantou quase no mesmo instante.

Grimm a observava com frieza.

— Seu pai convocou nós três aqui para garantir um marido para você, pirralha. Ao que parece, é tão impossível convencê-la que ele teve de reunir os guerreiros mais poderosos da Escócia para derrubar as suas defesas. — Ele estudou a postura firme e a expressão distante por um momento e logo riu sem humor. — Eu estava certo: você ainda bisbilhota conversa alheia. Você não está nem um pouco surpresa pela minha revelação. Já que conhece o plano, por que não se contentar em ser apenas uma moça boazinha para variar? Vá encontrar Quinn e o convença a se casar com você para que eu possa partir e continuar com a minha vida, sim? — Suas entranhas se retorceram quando ele se forçou a dizer essas palavras.

— É isso que você quer que eu faça? — ela questionou, com a voz pequena.

Ele a estudou um longo momento.

— Sim — respondeu finalmente. — É o que eu desejo que você faça. — Ele passou as mãos pelos cabelos antes de pegar Occam pelas rédeas e levá-lo embora.

Jillian o observou recuar, sua garganta se fechando dolorosamente. Ela não iria chorar. Nunca mais desperdiçaria suas lágrimas com ele. Com um suspiro, ela se virou para o castelo, apenas para dar de cara com o peito largo de Quinn. Ele a observava com tanta compaixão que isso fez minar a compostura de Jillian. Seus olhos se encheram de lágrimas quando ele passou os braços ao redor dela.

— Há quanto tempo você está parado aqui? — ela perguntou, trêmula.

— Tempo suficiente — Quinn respondeu num sussurro. — Não seria necessária nenhuma persuasão, Jillian — ele assegurou. — Eu gostava profundamente de você quando era pequena. Você era como uma querida irmã mais nova para mim. Eu poderia amá-la mais do que como a uma irmã agora.

— O que há para ser amado em mim? Eu sou absurdamente idiota!

Quinn sorriu amargamente.

— Apenas para Grimm, mas a verdade é que você sempre teve um fraco por ele, sempre foi louca por ele. Quanto ao que se pode amar em você: seu espírito irreprimível, seu humor, sua curiosidade a respeito de tudo, a música que você toca, seu amor pelas crianças. Você tem um coração puro, Jillian, e isso é raro.

— Ah, Quinn, por que você é sempre tão bom para mim? — Ela lhe acariciou afetuosamente a bochecha com o nó dos dedos, antes de passar por ele e sair correndo, sozinha, para o castelo.

9

— Diabos, qual é o seu problema? — Quinn vociferou, irrompendo nos estábulos.

Grimm olhou por cima do ombro enquanto tirava os arreios da cabeça de Occam.

— Do que você está falando? Eu não tenho problema nenhum — ele respondeu, acenando para dispensar um garoto cavalariço ansioso demais para ajudar. — Eu cuido do meu cavalo, rapaz. E não venha prendê-lo aqui. Eu só o trouxe para escová-lo. *Nunca* o prenda.

Assentindo com a cabeça, o garoto do estábulo recuou e saiu depressa.

— Veja só, McIllioch, não me importa o que motive você a ser um cretino para ela — disse Quinn, lançando por terra todas as fachadas ao usar o verdadeiro nome de Grimm. — Eu nem quero saber. Apenas pare. Não vou admitir que você a faça chorar. Você já fez o suficiente quando éramos jovens. Naquela época eu não interferia, dizendo a mim mesmo que Gavrael McIllioch tinha tido uma vida difícil e talvez merecesse um desconto, mas você não tem mais essa vida dura.

— E como você poderia saber?

Quinn olhou feio.

— Porque eu sei o que você se tornou. Você é um dos homens mais respeitados da Escócia. Não é mais Gavrael McIllioch; você é o renomado Grimm Roderick, uma lenda da disciplina e do controle. Você salvou a vida do rei em uma dúzia de ocasiões diferentes e foi recompensado tão ricamente que tem mais do que o velho St. Clair e eu juntos. As mulheres se jogam a seus pés. O que mais você poderia querer?

Só uma coisa — a coisa que eu nunca poderei ter, ele meditou. *Jillian*.

— Você está certo, Quinn. Como sempre. Eu sou um imbecil e você está certo. Então se case com ela. — Grimm virou as costas e se pôs a mexer com a sela de Occam. Um momento depois, tirou a mão de Quinn do seu ombro. — Deixe-me em paz, Quinn. Você daria um marido perfeito para Jillian, e, como eu vi Ramsay beijá-la outro dia, é melhor você agir depressa.

— Ramsay a beijou? — exclamou Quinn. — Ela teve alguma reação?

— Teve — disse Grimm, amargamente. — Ela o beijou de volta. E esse homem já arruinou mais do que a sua parcela de moças inocentes. Por isso, faça-nos um favor salvando Jillian dele. Peça a mão dela.

— Eu já pedi — Quinn disse, em tom baixo.

Grimm girou bruscamente.

— Você pediu? Quando? O que ela disse?

Quinn trocou o apoio do corpo de um pé para o outro.

— Bem, eu não pedi a mão dela explicitamente, mas deixei minhas intenções claras.

Grimm esperou, uma sobrancelha escura arqueada inquisitivamente.

Quinn se jogou sobre uma pilha de feno e se recostou, apoiando o peso do corpo sobre os cotovelos. Em seguida, soprou uma mecha de cabelos lisos e loiros da testa com irritação.

— Ela acha que está apaixonada por você, Grimm. Ela sempre achou que estivesse apaixonada por você, desde criança. Por que não encara a realidade de uma vez por todas? Conte a ela quem você realmente é. Deixe-a decidir se você é bom o suficiente para ela. É o herdeiro de um clã, se ao menos voltasse para casa e assumisse seu lugar de direito. Gibraltar sabe exatamente quem você é, e ele o convocou para ser um dos contendores pela mão da filha dele. É óbvio que ele pensa que você é bom o suficiente para a filha dele. Talvez você seja o único que pense em contrário.

— Talvez ele tenha me trazido aqui apenas para fazer você parecer mais bonito em comparação. Sabe, convidar o menino-fera. Não é assim que Jillian costumava me chamar? — Ele revirou os olhos. — Com isso o belo *laird* fica ainda mais atraente. Ela não pode estar interessada em mim. Até onde Jillian sabe, nem título eu tenho. Sou um ninguém. E eu pensei que você a quisesse, Quinn. — Grimm voltou-se para o cavalo e escovou o flanco de Occam com movimentos longos e constantes.

— Eu quero. Eu ficaria orgulhoso de fazer Jillian a minha esposa. Qualquer homem ficaria...

— Você a ama?

Quinn arqueou uma sobrancelha e o encarou curiosamente.

— É claro que eu a amo.

— Não, você *realmente* a ama? Ela deixa você louco por dentro? — Grimm o observava com cautela.

Quinn piscou com certa confusão.

— Não sei o que você quer dizer, Grimm.

Grimm bufou antes de murmurar:

— Eu não esperava que você soubesse.

— Diabos, que história mais confusa. — Quinn suspirou impacientemente e largou o corpo de costas no feno perfumado. Arrancou uma haste de trevo da pilha e, pensativo, mastigou-a. — Eu quero Jillian. Ela quer você. E você é meu melhor amigo. O único fator desconhecido nessa equação é o que você quer.

— Antes de mais nada, eu sinceramente duvido que ela me queira, Quinn. Se posso dizer alguma coisa, são os restos de uma paixão infantil da qual, eu lhe asseguro, vou livrá-la. Em segundo lugar, não importa o que eu quero. — Grimm tirou uma maçã de seu *sporran* e a ofereceu para Occam.

— Como assim não importa? É claro que importa. — Quinn franziu a testa.

— O que *eu* quero é a parte mais irrelevante deste assunto, Quinn. Eu sou um Berserker — Grimm respondeu, sem rodeios.

— E daí? Veja só o que isso trouxe a você. A maioria dos homens daria a alma para ser um Berserker.

— Esse seria um negócio tolo demais. E há uma grande parte integrante dessa maldição que você desconhece.

— Tem se revelado um grande benefício para você. Você é praticamente invencível. Ora, eu me lembro em Killarnie...

— Eu não quero falar sobre Killarnie...

— Você matou metade do maldito...

— *Haud yer wheesht!* Cale a boca! — Grimm virou a cabeça bruscamente. — Não quero falar sobre morte. Parece que é só para isso que eu sirvo. Por mais que eu seja essa lenda ridícula de autocontrole, ainda há uma parte de mim que eu não consigo controlar, De Moncreiffe. Eu não tenho controle sobre a fúria. Eu nunca tenho — ele admitiu, com a voz rouca. — Quando isso acontece, eu perco a memória. Perco a noção do tempo. Não tenho ideia do que estou fazendo quando me transformo, e, quando acaba, preciso que me digam o que eu fiz. Você sabe disso. Você teve que me contar uma ou duas vezes.

— O que está dizendo, Grimm?

— Que você deve se casar com ela, não importa o que eu possa sentir, porque eu nunca poderei ser nada para Jillian St. Clair. Eu sabia disso antes, e eu sei agora. Nunca vou me casar. Nada mudou. *Eu* não fui capaz de mudar.

— Você *tem* sentimentos por ela. — Quinn sentou-se no monte de feno, examinando o semblante de Grimm intensamente. — Sentimentos profundos. E é por isso que você tenta fazê-la odiar você.

Grimm se voltou para o cavalo.

— Nunca contei como a minha mãe morreu, não é, De Moncreiffe? Quinn se levantou e espanou o feno de seu kilt.

— Pensei que ela tivesse sido morta no massacre de Tuluth.

Grimm inclinou a cabeça na cara aveludada de Occam e respirou profundamente o aroma tranquilizador de cavalo e couro.

— Não. Jolyn McIllioch morreu muito mais cedo naquela manhã, antes mesmo de que os McKane chegassem. — Ele entregou as palavras em tom frio e monótono. — Meu pai a assassinou num ataque de fúria. Não só eu afundei na tolice de invocar um Berserker naquele dia, como sofro de loucura hereditária.

— Não acredito nisso, Grimm — Quinn disse no ato. — Você é um dos homens mais lógicos e racionais que eu conheço.

Grimm fez um gesto de impaciência.

— Foi meu pai mesmo que me contou na noite em que parti de Tuluth. Mesmo que eu me distanciasse para assimilar as coisas, mesmo se eu conseguisse convencer a mim mesmo de que não sofria uma hereditária fraqueza da mente, eu ainda sou um Berserker. Você não se dá conta, Quinn, de que, de acordo com a antiga lei, nós, "adoradores pagãos de Odin", devemos ser banidos? Devemos ser esquecidos, viver como párias, ser assassinados se possível. Metade do país sabe que os Berserkers existem e procuram nos empregar; a outra metade se recusa a admitir isso, ao mesmo tempo que tenta nos destruir. Gibraltar devia estar louco quando me convocou; ele não poderia me considerar seriamente para receber a mão da filha dele! Mesmo que eu quisesse tomar Jillian como esposa, de todo o meu coração, o que eu poderia oferecer a ela? Uma vida como esta? Presumindo que eu já não tenha vício por direito de nascença.

— Não, você não tem vício de nascença. Não sei como você teve a ridícula ideia de que, porque seu pai matou sua mãe, há algo de errado com você.

E ninguém sabe quem você realmente é, exceto Gibraltar e Elizabeth e eu — Quinn protestou.

— E Hatchard — lembrou Grimm. E Falcão e Adrienne, ele lembrou.

— Então, somos quatro que sabem. Nenhum de nós jamais trairá você. Para o resto do mundo, você é Grimm Roderick, o lendário guarda-costas do rei. Deixando tudo isso de lado, não vejo como seria um problema você admitir quem realmente é. Muitas coisas mudaram desde o massacre em Tuluth. E, embora algumas pessoas ainda temam os Berserkers, a maioria os reverencia. Vocês são alguns dos guerreiros mais poderosos que Alba já produziu, e você sabe como nós, escoceses, adoramos nossas lendas. O Círculo dos Anciãos diz que somente o sangue mais puro e mais honrado da Escócia pode realmente invocar o Berserker.

— Os McKane ainda nos caçam — Grimm disse, entredentes.

— Os McKane sempre caçaram qualquer homem que suspeitassem ser Berserker. Eles têm inveja. Eles passam cada momento que podem treinando para serem guerreiros e nunca conseguem se igualar a um Berserker. Portanto, derrote-os e resolva esse assunto. Você não tem mais catorze anos. Eu vi você em ação. Reúna um exército. Diabos, eu lutaria por você! Conheço dezenas de homens que lutariam. Vá para casa e reivindique seu direito de primogenitura...

— Meu dom da loucura hereditária?

— A liderança do clã, seu idiota!

— Pode haver um pequeno problema com isso — disse Grimm, amargo. — Meu louco e assassino pai tem o terrível defeito de ainda permanecer nesta terra.

— O quê? — Quinn ficou sem palavras. Ele balançou a cabeça várias vezes e fez uma careta. — Cristo! Como pude andar por aí todos esses anos pensando que conheço você, só para descobrir que não sei absolutamente nada a seu respeito? Você me disse que seu pai estava morto.

Parecia que todos os seus amigos próximos estavam dizendo a mesma coisa ultimamente, e ele não era um homem dado a mentir.

— Pensei que ele estivesse, por um longo tempo. — Impaciente, Grimm passou a mão pelos cabelos. — Eu nunca vou voltar para casa, Quinn, e há algumas coisas sobre ser um Berserker que você não entende. Eu não posso ter nenhum grau de intimidade com uma mulher sem que ela perceba que eu não sou normal. Então, o que devo fazer? Dizer à mulher afortunada que eu sou uma daquelas bestas selvagens assassinas que ganharam uma reputação

98

tão má ao longo dos séculos? Dizer que eu não posso ver sangue sem perder o controle de mim mesmo? Dizer que, se meus olhos começarem a parecer que estão ficando incandescentes, ela deve fugir para o mais longe de mim quanto possível, porque os Berserkers são conhecidos por se voltarem contra amigos e inimigos indiscriminadamente?

— Você nunca se voltou contra mim! — exclamou Quinn. — E eu já estive ao seu lado quando isso aconteceu, muitas vezes!

Grimm sacudiu a cabeça.

— Case-se com ela, Quinn. Pelo amor de Deus! Case-se com ela e me liberte! — Ele xingou duramente e encostou a cabeça no cavalo.

— Você acha mesmo que isso vai libertá-lo? — Quinn argumentou, com raiva. — Vai libertar algum de nós, Grimm?

⚜

Jillian andava pelo adarve, a passagem escura por trás do baluarte, respirando profundamente o ar do crepúsculo. O ocaso era sua hora favorita do dia, o tempo em que o entardecer ia borrando em escuridão absoluta, interrompido apenas pela lua prateada e pelas estrelas brancas e frias sobre Caithness. Ela fez uma pausa, apoiando os braços contra o baluarte. O cheiro de rosas e madressilva flutuava com a brisa. Ela inalou fundo. Outro aroma brincou com seus sentidos, e ela inclinou a cabeça. Sombrio e picante; couro, sabão e homem.

Grimm.

Jillian se virou lentamente e ele estava lá, parado atrás dela no telhado, envolto nas sombras das muralhas, observando-a, seu olhar insondável. Ela não tinha ouvido um som quando ele se aproximou, nenhum sussurro de tecido, nenhum raspar das botas nas pedras. Era como se ele tivesse se materializado a partir do ar noturno e tivesse navegado o vento até aquele poleiro solitário.

— Você vai se casar? — ele perguntou, sem preâmbulos.

Jillian respirou fundo. Sombras delineavam suas feições, exceto uma barra de luar iluminando seus olhos intensos. Quanto tempo fazia que ele estava ali? Havia um "comigo" não pronunciado no final da pergunta?

— O que você está dizendo? — ela indagou, sem fôlego.

Sua voz suave era branda quando ele respondeu:

— Quinn seria um excelente marido para você.

— Quinn? — ela repetiu.

— Sim. Ele é dourado como você, moça. É bondoso, gentil e rico. A família dele amaria você.

— E a sua? — Ela não podia acreditar que ousara fazer essa pergunta.

— E a minha o quê?

Sua família me apreciaria?

— Como é a sua família?

O olhar dele ficou gelado.

— Eu não tenho família.

— Nenhuma? — Jillian franziu a testa. Certamente Grimm tinha alguns parentes, em algum lugar.

— Você não sabe nada sobre mim, moça — ele lembrou, em voz baixa.

— Bem, já que você continua metendo o nariz na minha vida, acho que tenho o direito de fazer algumas perguntas. — Jillian olhou fixamente para ele, mas estava muito escuro para vê-lo claramente. Como ele podia assemelhar-se a uma parte da noite?

— Vou parar de meter o nariz. E as únicas vezes em que eu meto meu nariz são quando parece que você está prestes a se meter em problemas.

— Eu *não* estou com problemas o tempo todo, Grimm.

— Então — ele gesticulou com impaciência. — Quando você vai se casar com ele?

— Com quem? — Ela fervia de raiva, mexendo nas dobras de seu vestido. Nuvens passaram pela lua, obscurecendo-o momentaneamente de sua vista.

Sua voz misteriosamente desencarnada tinha um leve tom de reprovação.

— Tente acompanhar a conversa, moça. Quinn.

— Pela vara de Odin...

— Lança — ele corrigiu, com uma pitada de diversão na voz.

— Não vou me casar com Quinn! — ela informou ao canto escuro furiosamente.

— Certamente não com Ramsey? — A voz dele se aprofundou perigosamente. — Ou ele beija tão bem que já a persuadiu?

Jillian deu um suspiro profundo. Em seguida soltou o ar e fechou os olhos, rezando para encontrar temperança.

— Moça, você deve se casar com um deles. Seu pai exige que você se case — ele insistiu calmamente.

Jillian abriu os olhos. Que os santos fossem louvados, pois as nuvens tinham sido sopradas e ela conseguiu, mais uma vez, discernir o contorno dele. Havia um homem de carne e osso naquelas sombras, não uma besta mítica.

— Você é um dos homens que meu pai trouxe aqui para mim, então acho que isso significa que eu poderia escolher você, não é?

Ele balançou a cabeça, um borrão de movimento na escuridão.

— Nunca faça isso, Jillian. Não tenho nada para oferecer a você, apenas uma vida de inferno.

— Talvez você pense assim, mas pode ser que esteja errado. Talvez, se parasse de sentir pena de si mesmo, visse as coisas de maneira diferente.

— Eu não tenho pena de mim...

— Rá! Você está se afogando em autopiedade, Roderick. Só em ocasiões raras um sorriso consegue tomar sorrateiramente seu rosto bonito, e, assim que o captura, você o engole. Sabe qual é o seu problema?

— Não, mas tenho a sensação de que você vai me dizer, pavoa.

— Esperto, Roderick. Isso era para me fazer sentir estúpida a ponto de calar a boca. Bem, não vai funcionar, porque eu me sinto estúpida perto de você o tempo todo de qualquer maneira, então posso muito bem me fazer de idiota também. Suspeito que o seu problema seja medo.

Grimm recostou-se indolentemente nas pedras da muralha, cada centímetro seu parecendo pertencer a um homem que nunca tinha contemplado a palavra *medo* tempo o suficiente para que pudesse entrar em seu vocabulário.

— Você sabe do que tem medo? — ela pressionou bravamente.

— Considerando que eu não sabia que tinha medo, tenho medo de você ter me pego um pouco em desvantagem — ele zombou.

— Você tem medo de poder ter um sentimento — ela anunciou, triunfante.

— Ah, eu não tenho medo de sentimentos, moça — disse ele, um conhecimento sombrio e sensual escorrendo de sua voz. — Depende apenas do tipo de sentimento...

Jillian estremeceu.

— Não tente mudar de assunto...

— ... e se o sentimento estiver abaixo da minha cintura...

— ... entrando na questão da devassidão...

— ... então estou perfeitamente confortável com ele.

— ... e das perversas necessidades masculinas...

— Perversas necessidades masculinas? — ele repetiu, reprimindo o riso que entrelaçava suas palavras.

Jillian mordiscou o lábio. Sempre acabava falando demais perto dele, porque Grimm tinha o péssimo hábito de atropelar suas palavras, e com isso ela acabava perdendo a cabeça toda vez.

— O problema em questão são os sentimentos... especificamente as emoções — ela lembrou, com firmeza.

— E você acha que são coisas mutuamente exclusivas? — Grimm pressionou.

Ela havia dito isso?, Jillian se perguntou. Pelos santos, o homem transformava seu cérebro em mingau.

— Do *que* você está falando?

— Sentimentos e *sentimentos*, Jillian. Você acha que são mutuamente exclusivos?

Jillian refletiu sobre a pergunta por um instante.

— Eu não tinha muita experiência nessa área, mas acho que é mais frequente que sejam coisas distintas para os homens e para as mulheres — ela respondeu, um tempo depois.

— Nem todos os homens, Jillian. — Ele fez uma pausa, depois acrescentou em tom suave: — Exatamente quanta experiência você já teve?

— O que eu queria dizer mesmo? — ela perguntou, irritada, recusando-se a dar ouvidos à pergunta.

Grimm riu. Pelos santos, ele estava rindo! Era uma risada genuína e desinibida: profundamente ressonante, rica e calorosa. Jillian estremeceu, porque o brilho dos dentes brancos naquele rosto sombrio tornava-o tão bonito que ela sentia vontade de chorar pela injustiça que era o desperdício miserável daquela beleza.

— Eu esperava que você me dissesse isso a qualquer momento, Jillian.

— Roderick, as conversas com você nunca seguem para onde eu acho que estão indo.

— Pelo menos você nunca se entedia. Isso deve valer alguma coisa.

Jillian soltou um suspiro de frustração. Era verdade. Ela ficava exultante, extasiada e sensualmente desperta — mas nunca, nunca entediada.

— Então, são mutuamente exclusivos para você? — ela ousou insistir.

— O quê? — Grimm perguntou, em tom afável.

— Sentimentos e *sentimentos*.

Grimm puxou seus cabelos escuros com gestos inquietos.

— Suponho que não tenha conhecido a mulher que poderia me fazer ter sentimentos enquanto eu a *sentia*.

Eu poderia, eu sei que eu poderia! Ela quase gritou.

— Mas você tem esses outros tipos de sentimentos com bastante frequência, não é? — ela cortou.

— Sempre que posso.

— Lá vai você com o cabelo de novo. Qual é essa sua história com o cabelo? — Quando ele não respondeu, ela acrescentou com jeito infantil: — Eu odeio você, Roderick. — Jillian poderia ter se chutado no momento em que disse isso. Orgulhava-se de ser uma mulher inteligente, mas, quando estava perto de Grimm, regredia e voltava a ser uma criancinha. Teria que desenterrar algo mais eficaz do que a mesma resposta pueril se pretendia confrontá-lo.

— Não, você não odeia, moça. — Ele proferiu um palavrão duro e deu um passo à frente, deixando as sombras com impaciência. — Essa é a terceira vez que você me diz isso, e estou ficando farto de ouvir.

Jillian prendeu a respiração enquanto ele se aproximava, observando-a com uma expressão tensa.

— Você queria poder me odiar, Jillian St. Clair, e Deus sabe que *deveria* me odiar, mas simplesmente não consegue me odiar muito, não é mesmo? Eu sei, porque mirei seus olhos, Jillian, e onde deveria haver um grande nada, se você me odiasse, há uma coisa ardente com olhos curiosos.

Ele se virou em um redemoinho de sombras e desceu do telhado, movendo-se com a graça de um lobo. Na parte inferior da escadaria, Grimm parou em uma poça de luar e inclinou a cabeça para trás. A lua pálida destacou vivamente sua expressão amarga.

— Nunca mais me diga essas palavras, Jillian. Estou falando sério. É um aviso amigável. Nunca.

Quando ele desapareceu nos jardins, Jillian conseguia ouvir o barulho do cascalho esmagado pelas botas dele. Era um conforto que, de fato, ele fosse desse mundo.

Refletiu aquelas palavras por um longo tempo depois que ele se foi e ela acabou abandonada sozinha no baluarte com o céu manchado. Três vezes ele a chamara pelo nome — não pirralha, nem moça, mas Jillian. E, embora as palavras finais tivessem sido desferidas em monótona frieza, ela notara — a menos que a lua estivesse pregando peças na sua visão — uma pitada de angústia nos olhos dele.

Quanto mais remoía, mais convencida ficava. A lógica insistia que o amor e o ódio podiam se mascarar atrás da mesma fachada. Tornava-se uma questão de simplesmente remover a máscara para espiar debaixo dela e determinar quais emoções realmente impulsionavam o homem nas sombras. Um vislumbre de compreensão percorreu a escuridão que a rodeava.

Siga o seu coração, sua mãe a aconselhara centenas de vezes. *O coração fala com clareza mesmo quando a mente insiste em contrário.*

— Mamãe, sinto sua falta — Jillian sussurrou quando a última mancha de crepúsculo púrpura se derreteu em um horizonte negro como os corvos. No entanto, apesar da distância, a força de Elizabeth St. Clair estava dentro dela, em seu sangue. Jillian era uma Sacheron *e* uma St. Clair: uma combinação formidável.

Grimm lhe era indiferente? Era hora de cuidar disso.

10

— Bem, então é isso: eles se foram — murmurou Hatchard, observando os homens partirem. Pensativo, ele penteou a curta barba vermelha usando os dedos. Estava com Kaley nos degraus da frente de Caithness, observando três cavalos desaparecerem em redemoinhos de pó na estrada sinuosa.

— Por que eles tiveram que escolher Durrkesh? — perguntou Kaley, irritada. — Se quisessem procurar um rabo de saia, poderiam muito bem ter ido para a aldeia ali. — Ela acenou para a pequena cidade próxima, agrupada no vale sob a proteção das muralhas de Caithness.

Hatchard lançou-lhe um olhar cáustico.

— Embora possa vir a ser um grave choque para a sua... digamos... natureza acolhedora, nem todos pensam em procurar rabos de saia por aí o tempo todo, madame Twillow.

— Não venha com essa de "madame Twillow" para cima de mim, Remmy — ela retrucou. — Não vou acreditar que você tenha vivido quase quarenta anos sem sair procurando rabo de saia por aí também. Apesar disso, devo dizer, acho assustador que eles façam isso agora, sendo que foram trazidos aqui para Jillian.

— Se você prestasse atenção para variar, Kaley, poderia ouvir o que estou lhe dizendo. Eles foram a Durrkesh porque Ramsay sugeriu que fossem, não para procurar rabos de saia, mas para adquirir mercadorias que só podem ser compradas na cidade. Você me disse que estamos com pouca pimenta e canela, e não vai encontrar essas mercadorias por aqui. — Ele gesticulou para a aldeia e permitiu uma pausa significativa antes de adicionar: — Eu também ouvi que se pode encontrar açafrão na feira da cidade este ano.

— *Açafrão!* Pelas bênçãos dos santos, não temos açafrão desde a primavera passada.

— Você me manteve consciente desse fato ininterruptamente — ironizou Hatchard.

— Fazemos o possível para ajudar a memória dos velhos — Kaley fungou. — E, me corrija se eu estiver errada: você geralmente não manda seus homens atrás de mercadorias?

— Vendo Quinn tão ávido para comprar um presente elegante para Jillian, eu certamente não iria detê-lo. Grimm, acredito, foi com eles simplesmente para evitar ficar preso sozinho com a moça — Hatchard acrescentou, sarcástico.

Os olhos de Kaley brilharam, e ela bateu palmas.

— Um presente para Jillian. Então deve ser Jillian de Moncreiffe, não é? Um lindo nome para uma linda moça, devo dizer. E isso a manteria nas proximidades das Terras Baixas.

Hatchard voltou seu olhar pensativo para a faixa de estrada que atravessava o vale. Observou o último cavaleiro desaparecer em torno de uma curva e estalou a língua. Em seguida, murmurou:

— Eu não teria tanta certeza, Kaley.

— O que diabos esse comentário enigmático significa? — Kaley franziu a testa.

— Só que, na minha opinião, a moça nunca teve olhos para ninguém além de Grimm.

— Grimm Roderick é o pior homem possível para ela! — exclamou Kaley.

Hatchard voltou um olhar curioso para a criada voluptuosa.

— Ora, por que você diria isso?

A mão de Kaley voou para sua garganta, e ela se abanou.

— Há homens que as mulheres desejam e há homens com quem as mulheres se casam. Roderick *não* é o tipo de homem com quem uma mulher se casa.

— Por que não? — insistiu Hatchard, perplexo.

— Ele é perigoso — Kaley sussurrou. — Positivamente perigoso para a moça.

— Você acha que ele pode feri-la de alguma forma? — Hatchard ficou tenso, preparado para lutar se fosse o caso.

— Mesmo sem intenção nenhuma, Remmy. — Kaley suspirou.

— Eles foram para onde? E por quanto tempo, você disse? — A testa de Jillian franziu com indignação.

— Para a cidade de Durrkesh, milady — respondeu Hatchard. — Suponho que ficarão fora por pouco menos de uma semana.

Jillian alisou as dobras do vestido com irritação.

— Eu coloquei um vestido esta manhã, Kaley, um vestido lindo — ela reclamou. — Eu iria até cavalgar ao vilarejo com ele, em vez de usar o tartan do meu pai, e você sabe como eu odeio andar a cavalo de vestido.

— Você está adorável, na verdade — Kaley assegurou.

— Adorável para quem? Todos os meus pretendentes me abandonaram.

Hatchard pigarreou rapidamente.

— Não haveria um pretendente em particular que você esperasse impressionar, não é?

Jillian se virou para ele de maneira acusadora.

— Meu pai o colocou para me espionar, Hatchard? Você deve estar enviando relatórios semanais! Pois bem, seu vendido, não vou lhe falar nada.

Hatchard teve a decência de parecer envergonhado.

— Não estou escrevendo relatórios. Eu estava apenas preocupado com o seu bem-estar.

— Você pode se preocupar com outra pessoa. Tenho idade e preocupação suficientes para nós dois.

— Jillian — Kaley repreendeu —, mau humor não fica bem em você. Hatchard está apenas expressando a preocupação dele.

— Estou me sentindo mal-humorada. Não posso simplesmente ficar mal-humorada, para variar? — Jillian refletiu por um instante com a fronte franzida. — Espere um minuto — ela disse, pensativa. — Durrkesh, não é? Eles fazem uma feira esplêndida lá nesta época do ano... da última vez que fui com mamãe e papai, ficamos em uma pequena pousada perfeita e adorável. A Bota Preta, não era, Kaley?

Kaley assentiu.

— Quando seu irmão Edmund era vivo, vocês dois iam para a cidade com frequência.

Uma sombra atravessou o rosto de Jillian.

Kaley estremeceu.

— Desculpe, Jillian. Não queria trazer isso à tona.

— Eu sei. — Jillian respirou fundo. — Kaley, comece a fazer as malas. Tive uma vontade súbita de visitar uma feira, e que hora melhor para fazer isso do que agora? Hatchard, prepare os cavalos. Estou cansada de ficar sentada deixando a vida acontecer comigo. É hora de fazer minha vida acontecer.

— Isso não cheira nada bem, madame Twillow — Hatchard comentou com Kaley quando Jillian se afastou às pressas.

— Uma mulher tem tanto direito de passear por aí quanto um homem. Pelo menos ela está atrás de um marido. Agora, temos que unir nossa cabeça e nos certificarmos de que ela faça a escolha certa — Kaley informou com entusiasmo, antes de se pavonear atrás de Jillian, balançando os quadris avantajados de uma maneira que fez Hatchard ter vontade de entoar uma cantiga esquecida havia muito tempo, extremamente obscena.

Ele exalou um suspiro volumoso e seguiu para os estábulos.

Os beirais da Bota Preta formavam barrigas alarmantes, mas, felizmente, os aposentos que Grimm alugara ficavam no terceiro andar, não no topo, o que significava que deveriam estar razoavelmente seguros do dilúvio que começara no meio da viagem.

Detendo-se por um instante do lado de fora da porta aberta da pousada, Grimm agarrou dois punhados do tecido de sua camisa e torceu. A água jorrou entre suas mãos e salpicou ruidosamente a grande laje de pedra na frente da porta.

Uma bruma grossa e turbulenta estava se assentando sobre a cidade. Dentro de um quarto de hora, seria impossível se orientar dentro do denso nevoeiro; eles haviam chegado bem a tempo de evitar o pior. Grimm instalara o cavalo no pequeno pátio em forma de U, atrás da pousada, onde uma cobertura precária descia a partir do telhado inclinado da construção principal. Occam encontraria abrigo suficiente, desde que a inundação não o carregasse.

Grimm passou as mãos para afastar as gotículas cristalinas de água por cima do tecido de seu kilt antes de entrar na pousada. Qualquer tecelã que se prezasse tecia o tartan numa trama tão intrincada de lã que se tornava praticamente impermeável, e as tecelãs de Dalkeith eram das melhores que existiam. Ele desamarrou um comprimento do tecido e o puxou por cima do ombro. Quinn e Ramsay já estavam diante da lareira, esquentando as mãos e secando as botas.

— Maldito tempo está fazendo aí fora, não é, rapazes? — O taberneiro acenou alegremente da porta da rua para a taberna adjacente. — Eu, eu tenho cá um fogo quente como esse, e uma cerveja da boa para espantar o frio, por isso não se demorem. Mac é meu nome — acrescentou ele, com um aceno amigável da cabeça. — Venham aqui um bocadinho.

Grimm lançou um olhar para Quinn, que deu de ombros. Sua expressão revelava claramente que não havia mais nada a fazer em uma tarde molhada tão miserável a não ser beber. Os três homens se curvaram para atravessar a porta baixa que separava o restaurante da taberna propriamente dita e ocuparam bancos maltratados de madeira em uma mesa junto à lareira.

— Já que isto aqui está como um deserto, posso também escolher um assento aqui, assim que cuidar das vossas bebidas. Não são muitos os que se aventuram em um aguaceiro como esse. — O taberneiro caminhou um pouco torto até o balcão e depois voltou com passos pesados para a mesa, trazendo consigo uma garrafa de uísque e quatro canecas, que colocou entre os homens com um floreio.

— Mas que dilúvio aí fora, não? E para onde estão indo os senhores? — perguntou ele, sentando-se pesadamente. — Não reparem na minha perna. Acho que a madeira está amolecendo — ele acrescentou, enquanto agarrava um segundo tamborete e erguia a perna de pau na altura do tornozelo e depois a deixava cair sobre as ripas do banco. — Às vezes me dói quando o tempo fica úmido. E, neste maldito país, isso é o tempo todo, não é? Lugar lúgubre essa terra é, mas eu a amo. Já estiveram fora de Alba, rapazes?

Grimm olhou para Quinn, que olhava fixamente para o taberneiro. Sua expressão era uma mistura de diversão e irritação. Grimm sabia que ambos estavam se perguntando se o pequeno taberneiro solitário nunca iria calar a boca.

Seria uma noite longa.

Algumas horas depois, a chuva não havia diminuído, e Grimm usou como desculpa ir dar uma olhada em Occam para escapar da taberna enfumaçada e da tagarelice incessante de Mac. Perseguido pela mesma inquietação que o atormentara em Dalkeith, ele quase não conseguia ficar parado por mais de algumas horas. Entrou no pátio dos fundos da pousada, perguntando-se o que Jillian estaria fazendo naquele momento. Um leve sorriso curvou seus lábios quando ele a imaginou pisando duro de um lado para o outro, jogando a cabeleira loira gloriosa, indignada por ter sido deixada para trás. Jillian detestava ser excluída de qualquer coisa que "os rapazes" faziam, mas isso era para o seu melhor, e ela perceberia quando Quinn voltasse com o presente e fizesse o pedido formal. Grimm mal podia olhar para Quinn sem ser atingido pela imagem do casal perfeito que formariam, e que geraria crianças loiras e perfeitas com feições aristocráticas, e não um toque de loucura hereditária. Talvez, juntando os dois, ele pudesse se redimir em alguma pequena medida, pensou, embora a ideia de Jillian com Quinn fizesse seu estômago se comprimir dolorosamente.

— Dê o fora da minha cozinha e nem pense em voltar, seu filhote de cruz-credo. — Uma porta no lado oposto do pátio foi escancarada de repente. Uma criança caiu de cabeça para baixo na noite e aterrissou de bruços na lama.

Grimm estudou o homem cujo amplo corpo quase enchia a porta. Ele era grande e robusto, com pelo menos um metro e noventa de altura, e uma coroa crespa de cabelos castanhos. Seu rosto tinha manchas vermelhas devido à raiva ou ao esforço, ou mais provavelmente às duas coisas, Grimm decidiu. Segurava uma faca larga de açougueiro que tinha um ofuscante brilho na luz.

O garoto se colocou de joelhos, escorregando no chão ensopado. Esfregou um pingo de lama em sua bochecha com dedos finos e sujos.

— Mas Bannion sempre nos dá os restos. Por favor, senhor, precisamos comer!

— Eu não sou Bannion, seu moleque insolente! Bannion não trabalha mais aqui, e não é de admirar, se andava alimentando gente da sua laia. Agora o açougueiro sou eu. — O homem pegou a criança pelos punhos com tanto vigor que o menino desabou com o traseiro na lama, aturdido e balançando a cabeça. — Você acha que nós poupamos algum corte para gente como você? Pode apodrecer na sarjeta, é o que diz Robbie MacAuley. Eu não espero que alguém me alimente. São os ratos da sua laia que crescem para ser ladrões e assassinos dos homens honestos e que trabalham duro. — O açougueiro saiu na chuva, arrastou o menino da lama pelo colarinho desalinhado e o sacudiu. Quando o menino começou a gritar, o açougueiro lascou a mão carnuda no rosto dele.

— Solte-o — disse Grimm calmamente.

— Hein? — O homem olhou ao redor, assustado. Um esgar cruzou seu rosto vermelho quando seu olhar localizou Grimm, que estava parcialmente escondido pelas sombras. O açougueiro se endireitou ameaçadoramente, suspendendo o menino por uma única mão. — E o que te importam os meus assuntos? Fique fora disso. Não pedi sua opinião e ela não me interessa. Encontrei este moleque roubando comida...

110

— Não! Eu não roubei! Bannion nos *dá* os restos.

O açougueiro deu outro tapa com o dorso da mão, e o nariz do menino espirrou sangue.

Na sombra do coberto, Grimm fitou a criança sangrando. Memórias começaram a lhe invadir a mente: o lampejo de uma lâmina de prata, uma cascata de cachos loiros e uma blusa manchada de sangue, colunas de fumaça. Um vento sobrenatural começou a subir, e ele sentiu o corpo se retorcer por dentro, remodelando-se até estar irremediavelmente perdido para a fúria interior. Muito além do pensamento consciente, Grimm pulou no açougueiro, prensando-o contra o muro de pedra.

— Seu filho da puta. — Grimm fechou as mãos na traqueia do homem. — A criança precisa de comida. Quando eu soltar você, você vai entrar na cozinha e vai arrumar uma cesta com a melhor carne que tiver, e depois vai...

— O diabo que eu vou! — conseguiu sibilar o açougueiro. Ele se contorceu nas mãos de Grimm e mergulhou cegamente para a frente com a faca. Quando a lâmina acertou, a mão de Grimm relaxou infimamente, e o açougueiro sugou uma lufada de ar. — Aí está, seu maldito — ele gritou roucamente. — Ninguém mexe com Robbie MacAuley. Aprenda isso. — Ele empurrou Grimm com as duas mãos, torcendo a faca ao empurrar.

Quando Grimm se balançou, o açougueiro começou a avançar, mas apenas caiu instintivamente para trás mais uma vez, os olhos arregalados e incrédulos, pois o louco que ele esfaqueara com brutalidade e eficiência capazes de causar uma ferida mortal estava sorrindo.

— Sorria. É isso, continue, sorria enquanto está morrendo — ele gritou.
— Porque você está, e isso é seguro.

O sorriso de Grimm continha uma promessa tão sinistra que o açougueiro se achatou contra a parede da pousada como um líquen que procurava uma fenda profunda e sombreada entre as pedras.

— Há uma faca em sua barriga, homem — o açougueiro avisou, entredentes, olhando o punho saliente da faca para se assegurar de que, de fato, ela estava alojada nas entranhas do agressor.

Respirando uniformemente, Grimm agarrou o punho com uma única mão e removeu a lâmina, colocando-a calmamente sob o queixo trêmulo do açougueiro.

— Você vai pegar a comida que o menino veio buscar. E depois você vai se desculpar — Grimm disse suavemente, os olhos brilhando.

— O diabo que o carregue! — o açougueiro explodiu. — Você vai cair de cara a qualquer momento.

Grimm nivelou a lâmina abaixo da orelha do açougueiro, rente à jugular.

— Não conte com isso.

— Você deveria estar morto, homem. Há um buraco na sua barriga!

— Grimm. — A voz de Quinn rasgou o ar da noite.

Pressionando suavemente, com o cuidado de um amante, Grimm perfurou a pele no pescoço do açougueiro.

— Grimm — Quinn repetiu em voz baixa.

— Meu Deus, homem! Afaste-o de mim! — o açougueiro gritou, desesperado. — Ele está maluco! Esses malditos olhos parecem...

— Cale a boca, seu imbecil — falou Quinn, em tom modulado e conciliador. Ele sabia por experiência que palavras exaltadas poderiam agravar o estado da fúria Berserker. Quinn rodeou o par cautelosamente. Grimm havia congelado com a lâmina travada na garganta do homem. O garoto esfarrapado estava amontoado aos pés deles, atento com os olhos arregalados.

— Ele virou Berserker — o menino sussurrou, de um jeito reverente. — Por Odin, veja os olhos dele.

— Ele ficou é louco — o açougueiro choramingou, olhando para Quinn. — Faça alguma coisa!

— Eu *estou* fazendo alguma coisa — Quinn disse, em voz baixa. — Não faça ruídos altos e, pelo amor de Deus, não se mexa. — Quinn aproximou-se de Grimm, assegurando que seu amigo pudesse vê-lo.

— O moleque é apenas um sem-teto fora da lei. Não é motivo para matar um homem honesto — o açougueiro gemeu. — Como eu ia saber que ele era um Berserker?

— Não deveria ter feito nenhuma diferença se ele era ou não. Um homem só deve abandonar o comportamento honrado quando há alguém maior e mais forte que o obrigue a se comportar assim — disse Quinn, enojado. — Grimm, você quer matar esse homem ou alimentar o menino? — Quinn falou gentilmente, perto da orelha do amigo. Os olhos de Grimm incandesciam sob a luz fraca, e Quinn sabia que ele estava mergulhado fundo na sede de sangue que acompanhava a fúria Berserker. — Você só quer alimentar o menino, não é? Tudo o que você quer é alimentar o menino e protegê-lo do mal, lembra? Grimm... *Gavrael...* me ouça. Olhe para mim!

✑✒

— Eu odeio isso, Quinn — Grimm disse mais tarde, ao desabotoar a camisa com os dedos rígidos.

Quinn deu uma olhadela curiosa.

— Odeia mesmo? O que há para odiar nisso? A única diferença entre o que você fez e o que eu teria feito é que você não sabe o que está fazendo quando está fazendo. Você é honrado mesmo quando não está plenamente consciente. Sua maldita honra é tão grande que você *não* consegue se comportar de nenhuma outra maneira.

— Eu teria matado.

— Não estou convencido. Eu vi você fazer isso antes e vi você sair daquele estado. Quanto mais velho você fica, mais controle parece ganhar. E eu não sei se percebeu, mas você não ficou completamente inconsciente dessa vez. Você me ouviu quando falei. Costumava demorar muito mais para chegar até você.

Grimm franziu a testa.

— É verdade — ele admitiu. — Parece que eu consigo manter uma nesga de consciência. Não muita, mas é mais do que antes.

— Deixe-me ver essa ferida. — Quinn aproximou uma vela. — E tenha em mente que o açougueiro não teria pensado duas vezes antes de espancar o garoto até deixá-lo inconsciente para morrer na lama. As crianças sem-teto nesta cidade não são consideradas melhores do que ratos de rua, e o consenso geral é que, quanto mais rápido morrerem, melhor.

— Não está certo, Quinn — disse Grimm. — As crianças são inocentes. Não tiveram a chance de ser corrompidas. Nós faríamos melhor em levar as crianças a outro lugar para criá-las adequadamente. Com alguém como Jillian para lhes ensinar as fábulas — ele acrescentou.

Quinn sorriu de leve ao se curvar sobre a ferida franzida.

— Ela vai ser uma mãe maravilhosa, não é? Como Elizabeth. — Intrigado, ele passou os dedos sobre o corte já fechado na cintura de Grimm. — Pela lança de Odin, homem, com que rapidez você se cura?

Grimm fez uma careta de leve.

— Muita. Quanto mais envelheço, parece ficar cada vez mais rápido.

Quinn caiu na cama, balançando a cabeça.

— Deve ser uma bênção. Você nunca precisa se preocupar com infecções, não é? Como é que se *mata* um Berserker, afinal de contas?

— Com grande dificuldade — ironizou Grimm. — Eu tentei me embebedar até a morte, e não funcionou. Então tentei trabalhar até a morte. Fracassando nisso também, simplesmente mergulhei em todas as batalhas que pude encontrar, mas também não deu certo. A única coisa que restou foi fo...

— Ele se deteve, envergonhado. — Bem, como você pode ver, isso também não funcionou.

Quinn sorriu.

— Não havia mal em tentar, não é?

Grimm mostrou uma relutante curva no lábio.

— Vá dormir um pouco, homem. — Quinn deu um soco de leve no ombro do amigo. — Tudo parece melhor de manhã. Bem, quase tudo — ele acrescentou, com um sorriso tímido — Contanto que eu não estivesse bêbado demais na noite anterior. Aí às vezes a prostituta parece pior. E eu também, diga-se de passagem.

Grimm apenas sacudiu a cabeça e desabou de costas na cama. Depois de dobrar os braços atrás da cabeça, adormeceu em segundos.

11

Tudo parece melhor pela manhã. Ao ver Jillian de sua janela, Grimm lembrou-se das palavras de Quinn e concordou de todo o coração. Que lapso de julgamento o persuadira de que ela não os seguiria?

Jillian era de tirar o fôlego, ele admitiu ao observá-la avidamente, seguro na privacidade de seu quarto. Paramentada com um manto âmbar de veludo, ela era uma visão de bochechas coradas e olhos cintilantes. Seu cabelo loiro cascateava sobre os ombros, lançando o sol de volta ao céu. A chuva havia cessado — provavelmente apenas para ela, ele pensou —, e ela estava em uma poça de luz solar que atravessava o telhado do lado leste, proclamando que devia ser pouco antes do meio-dia. Grimm dormira como os mortos, o que usualmente ocorria depois de sucumbir à fúria Berserker, por mais breve que ela fosse.

Espiando pela estreita janela, ele esfregou o vidro até obter uma visão clara. Enquanto Hatchard pegava as malas dela, Jillian entrelaçou o braço no de Kaley e se pôs a conversar animadamente. Quando Quinn apareceu na rua abaixo alguns minutos depois, ofereceu galantemente os braços para as duas damas e as escoltou para a pousada, Grimm soltou a respiração com desânimo.

O sempre galante, sempre dourado Quinn.

Grimm murmurou um palavrão e foi alimentar Occam antes de se preocupar com o próprio desjejum.

Jillian subiu a escada principal até seu quarto, olhou para se certificar de que estava sozinha, desviou-se furtivamente pelos degraus traseiros, alisando as dobras do manto. Mordendo o lábio, saiu no pequeno pátio atrás da pousada. Ele estava lá, como suspeitava, alimentando Occam com um punhado de grãos e murmurando baixinho. Jillian parou para apreciar a visão. Ele era alto e magnífico, e seus cabelos escuros ondulavam na brisa. O tartan estava preso, baixo demais para ser considerado decoroso, ao redor dos quadris estreitos com insolência sensual. Ela deu uma espiada nas costas dele, onde a camisa obviamente fora enfiada às pressas. Os dedos dela formigavam para acariciar a pele lisa e azeitonada. Quando ele se inclinou para pegar uma escova, os músculos de suas pernas flexionaram, e, apesar de ter feito um voto de não fazer som, Jillian exalou um suspiro de desejo puro e simples.

Claro que ele a ouviu. Ela instantaneamente assumiu uma máscara de indiferença e repassou perguntas na mente para evitar uma repreensão verbal.

— Por que você nunca prende Occam? — ela perguntou, em tom animado.

Grimm permitiu um breve olhar por cima do ombro e começou a escovar o elegante flanco do cavalo.

— Ele foi surpreendido uma vez por um incêndio dentro do estábulo.

— Ele não parece ter sofrido nada por isso. — Jillian atravessou o pátio, olhando para o garanhão. — Ele se feriu? — O cavalo era magnífico, palmos mais alto do que a maioria e de um tom cinza-ardósia liso e brilhante.

Grimm parou de escovar.

— Você nunca para com suas perguntas, não é? E o que você está fazendo aqui, afinal? Não poderia simplesmente ser uma boa moça e esperar em Caithness? Não, eu esqueci. Jillian odeia ser deixada para trás — ele concluiu, em tom zombeteiro.

— Então, quem o resgatou? — Jillian estava decidida a não morder a isca.

Grimm voltou sua atenção para o cavalo.

— Eu. — Houve uma pausa, preenchida apenas com o raspão de cerdas sobre a pelagem do cavalo. Quando ele falou novamente, soltou uma saraivada de palavras: — Você já ouviu um cavalo gritar, Jillian? É um dos sons mais horripilantes que já ouvi. O som entra na gente com a mesma crueza que o grito de dor de uma criança inocente. Acho que sempre foi a inocência que mais me incomodou.

Jillian se perguntou quando ele ouvira esses gritos e queria desesperadamente perguntar, mas hesitou em mexer com as feridas dele. Segurou a língua, esperando que ele continuasse se ela ficasse em silêncio.

Ele não continuou. Retrocedendo silenciosamente do garanhão, ele fez um gesto brusco, acompanhado de um barulho estalado da língua contra os dentes. Jillian observou com espanto enquanto o garanhão se ajoelhava, depois caiu pesadamente de lado com um relincho suave. Grimm se ajoelhou ao lado do cavalo e fez um gesto para ela se aproximar.

Ela ficou de joelhos ao lado de Grimm.

— Ah, pobre e doce Occam — ela sussurrou. A parte debaixo do cavalo era cheia de cicatrizes. Ela correu os dedos pela pele grossa, e suas sobrancelhas se franziram de compaixão.

— Ele se queimou tanto que disseram ele não sobreviveria — Grimm acrescentou. — Eles planejavam sacrificá-lo, então eu o comprei. Não só ele estava ferido como ficou enlouquecido por meses depois disso. Você pode imaginar o terror de ficar preso em um celeiro em chamas? Occam poderia correr mais rápido do que o cavalo mais veloz, poderia ter deixado as chamas a quilômetros de distância, mas ficou preso em um inferno criado pelo homem. Eu nunca o prendi desde então.

Jillian engoliu em seco e olhou para Grimm. A expressão dele era amarga.

— Você fala como se estivesse preso em alguns infernos feitos pelo homem, Grimm Roderick — ela observou, suavemente.

Seu olhar zombou dela.

— O que você saberia sobre infernos desse tipo?

— Uma mulher vive a maior parte da vida em um mundo feito por homens — respondeu Jillian. — Primeiro no mundo de seu pai, depois no do marido, depois no do filho se o marido morrer antes dela e algum filho fizer a benevolência de querer sua companhia. Na Escócia, os maridos sempre parecem morrer antes das esposas em uma guerra ou outra. Às vezes, apenas observar os infernos que os homens projetam uns aos outros é horror suficiente para qualquer mulher. Sentimos as coisas de maneira diferente dos homens. — Por impulso, ela tocou a mão nos lábios dele para silenciá-lo quando ele tentou falar. — Não. Não diga nada. Eu sei que você acha que conheço pouco da tristeza ou da dor, mas já tive meu quinhão. Há coisas que desconhece sobre mim, Grimm Roderick. E não esqueça da batalha que vi quando era jovem. — Os olhos dela se arregalaram com incredulidade quando Grimm beijou levemente as pontas de seus dedos, onde tocavam os lábios.

— *Touché*, Jillian — ele sussurrou. Então pegou a mão de Jillian e a pousou gentilmente sobre o colo dela. Jillian ficou sentada imóvel quando ele curvou os dedos sobre a mão dela de forma protetora.

— Se eu fosse um homem que acreditasse em desejos concedidos pelas estrelas, pediria a todas elas que Jillian St. Clair nunca tivesse nem um vislumbre de qualquer inferno. Só deveria haver o céu para os olhos de Jillian.

Ela permaneceu perfeitamente imóvel, mascarando seu espanto, exultando na sensação da mão forte e quente que aconchegava a sua. Pelos santos, ela teria cavalgado até a Inglaterra através da selvageria de uma batalha de fronteira se soubesse que *esse momento* a estaria esperando no final da jornada. Achou que seu corpo houvesse se enraizado onde ela se ajoelhava; para continuar sendo tocada por ele, envelheceria voluntariamente no pequeno pátio, sofrendo vento e chuva, granizo e neve sem dar a menor importância. Hipnotizada pelo indício de hesitação no olhar de Grimm, Jillian inclinou a cabeça para cima. A dele pareceu avançar e baixar, como se empurrada por uma brisa afortunada.

Seus lábios estavam a um sussurro dos dela, e ela esperou, o coração trovejando no peito.

— Jillian! Jillian, você está aí?

Jillian fechou os olhos, desejando que o dono da voz intrusiva fosse para o inferno e mais além. Ela sentiu o roçar suave dos lábios de Grimm sobre os dela quando ele deu o beijo leve e rápido que não era nada como o que ela estava esperando. Queria que os lábios dele deixassem os seus roxos, queria a língua em sua boca e sentir o ar faltar nos pulmões, queria tudo o que ele tinha para dar.

— É Ramsay — Grimm disse, entredentes. — Ele está vindo aqui. Levante-se, moça. *Agora.*

Jillian levantou-se às pressas e recuou, tentando desesperadamente ver o rosto de Grimm, mas sua cabeça escura se inclinara para a frente, no ponto onde a dela estava um momento antes.

— Grimm — ela sussurrou, com urgência. Jillian queria que ele levantasse a cabeça; precisava ver seus olhos. Tinha que confirmar que realmente vira desejo quando ele olhou para ela.

— Moça. — Ele gemeu a palavra, sua cabeça ainda baixa.

— Sim? — ela sussurrou, sem fôlego.

As mãos dele agarravam as pregas do kilt, e ela esperou, tremendo.

A porta se abriu ruidosamente e se fechou atrás deles.

— Jillian — Ramsay chamou ao entrar no pátio. — Aí está você. Estou muito feliz por você ter se juntado a nós. Pensei que gostaria de me acompanhar à feira. O que seu cavalo está fazendo no chão, Roderick?

—◄ 118 ►—

Jillian soltou um suspiro sibilante de frustração e se manteve de costas para Ramsay.

— O quê, Grimm? O quê? — ela suplicou, em um sussurro urgente.

Ele ergueu a cabeça. Havia um brilho desafiador em seus olhos azuis.

— Quinn está apaixonado por você, moça — ele sussurrou. — Acho que você devia saber disso.

12

Jillian se esquivou habilmente de Ramsay, dizendo que precisava comprar "coisas de mulher" — declaração que pareceu fazer a imaginação dele alçar voo. Assim, ela conseguiu passar a tarde fazendo compras com Kaley e Hatchard. No prateiro, ela comprou uma nova fivela para o pai. Do curtidor, comprou três tapetes branquinhos de pele de cordeiro — mais grossos, impossível. Também macios como pele de coelho. No ourives, negociou astutamente minúsculas estrelinhas de ouro martelado para adornar um vestido novo.

Mas o tempo todo sua mente estava de volta no pátio, fixo no moreno sensual que traíra o primeiro vislumbre de uma fenda nas muralhas gigantescas que ele erguera ao redor do coração. Aquilo a deixava atônita, perplexa, e fortificava sua determinação. Jillian não duvidou nem por um instante do que vira. Grimm Roderick tinha sentimentos. Enterrado sob um monte de escombros — os restos de um passado que ela estava começando a suspeitar que fora mais brutal do que poderia compreender —, havia um homem muito real e vulnerável.

Ela vira em seu olhar austero que ele a desejava; porém, ainda mais significativo, que ele tinha sentimentos tão profundos que não podia expressá-los, e, por conseguinte, fazia todo o possível para negá-los. Era esperança suficiente para ela trabalhar. Não ocorreu a Jillian, nem mesmo por um momento, se perguntar se ele valia a pena o esforço — ela sabia que valia. Ele tinha a oferecer tudo o que ela já quisera em um homem. Jillian entendia que as pessoas não eram perfeitas; às vezes tinham cicatrizes tão profundas que era necessário amor para curá-las e permitir que essas pessoas fizessem jus a seu potencial. Às vezes, os que carregavam cicatrizes eram os mais profundos e os que tinham mais a oferecer, pois entendiam o valor infinito do carinho. Ela seria o sol batendo no manto da indiferença que ele usara tantos anos antes, convidando-o a caminhar sem defesas.

Sua expectativa era tão alta que ela se sentia trêmula e fraca. O desejo brilhara no olhar de Grimm quando ele a encarou, e, mesmo que ele não houvesse percebido, Jillian vira uma promessa intensa e sensual em seu semblante.

Agora, tudo o que tinha a fazer era descobrir como liberá-la. Ela estremeceu, sacudida pela consciência intuitiva de que, quando Grimm Roderick desencadeasse sua paixão, definitivamente valeria a pena a espera.

— Está com frio, moça? — Hatchard perguntou, preocupado.

— Com frio? — Jillian repetiu, inexpressiva.

— Você estremeceu.

— Ah, por favor, Hatchard! — Kaley bufou. — Foi um arrepio de devaneio. Você não reconhece a diferença?

Jillian olhou de relance para Kaley, assustada. Kaley simplesmente sorriu com satisfação.

— Bem, foi, não foi, Jillian?

— Como *você* sabia?

— Quinn estava muito bonito esta manhã — respondeu Kaley, enfatizando as palavras.

— Assim como Grimm — Hatchard retrucou imediatamente. — Você não achou, moça? Eu sei que você o viu perto dos estábulos.

Jillian olhou para Hatchard com a expressão horrorizada.

— Estava me espionando?

— É claro que não — ele respondeu, na defensiva. — Só ocorreu de eu estar olhando pela janela.

— Ah — murmurou Jillian com uma voz pequena, seu olhar disparando entre a criada e o homem de armas. — Por que vocês dois estão me olhando assim? — ela inquiriu.

— Assim como? — Kaley bateu os cílios, de modo inocente.

Jillian revirou os olhos, enojada dos óbvios esforços casamenteiros daqueles dois.

— Devemos retornar para a pousada? Prometi que voltaria a tempo para o jantar.

— Com Quinn? — Kaley perguntou, esperançosa.

Hatchard cutucou a criada.

— Com Grimm.

— Com Occam — Jillian lançou sobre o ombro, irônica.

Hatchard e Kaley trocaram olhares animados quando Jillian saiu correndo pela rua, os braços cheios de pacotes.

— Pensei que ela tivesse nos trazido para carregar — observou Hatchard, erguendo uma sobrancelha vermelho-raposa e fazendo um gesto com as mãos vazias.

Kaley sorriu.

— Remmy, eu suspeito de que ela pudesse carregar o mundo sobre os ombros e não sentir nem um grama. A moça está apaixonada, decerto. Minha única pergunta é: por qual homem?

⚬⚬◌⚬⚬

— Qual deles, Jillian? — Kaley perguntou sem preâmbulos quando fechou os pequenos botões na parte de trás do vestido dela, uma criação de seda verde-limão que caiu em uma ondulação sensual de fitas estratégicas colocadas no corpete.

— Qual deles o quê? — Jillian questionou, indiferente. Ela passou os dedos pelos cabelos e puxou uma cascata lisa de ouro por cima do ombro. Estava empoleirada no minúsculo assento diante de um espelho embaçado em seu quarto na pousada, ardendo de impaciência para se juntar aos homens no salão de jantar.

O reflexo de Kaley encontrou o de Jillian com uma repreensão sem palavras. Ela puxou o cabelo da moça para trás e o prendeu em um coque com mais entusiasmo do que era necessário.

— Ai. — Jillian fez uma careta. — Eu sei o que você quis dizer. Eu simplesmente não desejo responder ainda. Deixe-me ver como as coisas vão se desenrolar esta noite.

Kaley relaxou o aperto nos cabelos e sorriu.

— Então você admite pelo menos isso: pretende escolher um marido entre um deles? Vai atender aos desejos do seu pai?

— Sim, Kaley, certamente sim! — Os olhos de Jillian brilhavam quando ela se levantou com um salto.

— Acho que você poderia usar o cabelo solto esta noite — Kaley gritou.

— Embora deva pelo menos me permitir arrumá-lo e cacheá-lo.

— Eu gosto dele liso — respondeu Jillian. — Ele já faz ondas suficientes por vontade própria, e não tenho tempo para ficar me enfeitando demais.

— Ah, agora a moça que demorou mais de uma hora para escolher um vestido não tem tempo para se enfeitar demais? — Kaley provocou.

— Já estou atrasada, Kaley — Jillian disse, com um rubor, saindo do quarto às pressas.

⚜

— Ela está atrasada — Grimm comentou, andando de um lado para o outro, irritado. Os homens estavam esperando havia algum tempo na pequena antessala da estalagem, entre os aposentos particulares e o restaurante público. — Pela lança de Odin, por que não apenas enviamos uma bandeja para o quarto dela?

— E renunciar à companhia dela? Nem pensar — disse Ramsay.

— Pare de andar, Grimm — Quinn repreendeu com um sorriso. — Você precisa relaxar um pouco.

— Estou perfeitamente relaxado — respondeu Grimm, andando de lá para cá.

— Não, você não está — argumentou Quinn. — Está tão tenso que parece quase quebradiço. Se eu batesse em você com a espada, você se quebraria.

— Se você me batesse com a sua espada, pode apostar que eu devolveria o golpe com a minha, e não seria com o punho dela.

— Não há necessidade de ficar na defensiva...

— Eu não estou na defensiva!

Quinn e Ramsay lançaram olhares condescendentes para ele.

— É que não é justo. — Grimm fechou a cara. — Isso é uma armadilha. Se alguém diz "não fique na defensiva", que resposta é possível dar que não seja a defensiva? Você fica preso com duas opções: não dizer nada ou ficar na defensiva.

— Grimm, às vezes você pensa demais — observou Ramsay.

— Vou tomar alguma coisa. — Grimm fervilhava. — Venha me chamar quando ela estiver pronta, *se* esse acontecimento notável ocorrer antes do nascer do sol.

Ramsay lançou para Quinn um olhar inquisitivo.

— Ele não era tão mal-humorado na corte, De Moncreiffe. Qual é o problema dele? Não sou eu, é? Eu sei que tivemos alguns mal-entendidos no passado, mas pensei que estivessem acabados e esquecidos.

123

— Se a memória me serve bem, a cicatriz no seu rosto é uma lembrança de um desses "mal-entendidos", não é? — Quando Ramsay fez uma careta, Quinn continuou. — Não é você, Logan. Ele sempre atuou em volta de Jillian, mas parece ter piorado desde que ela cresceu.

— Se ele acha que vai conquistá-la, está errado — disse Ramsay, calmamente.

— Ele não está tentando conquistá-la, Logan. Está tentando odiá-la. E, se você acha que vai conquistá-la, *você* está errado.

Ramsay Logan não respondeu, mas seu olhar desafiador era eloquente quando ele se virou e entrou no salão de jantar lotado.

Quinn lançou uma rápida olhada para a escada vazia, encolheu os ombros e seguiu nos calcanhares dele.

⁓◦⊙◦⁓

Quando Jillian chegou ao andar inferior, não havia ninguém esperando por ela.

Belo grupo de pretendentes, pensou. *Primeiro me deixam, depois me deixam de novo.*

Ela olhou de volta para a escada, ajeitando com nervosismo o decote do vestido. Deveria voltar para Kaley? A Bota Preta era a melhor pousada em Durrkesh, com a melhor comida da região; apesar disso, a ideia de entrar no estabelecimento lotado sozinha era um pouco assustadora. Ela nunca entrara em um restaurante de taberna sozinha antes.

Ela se moveu para a porta e espiou pela abertura.

O salão estava repleto de barulhentos aglomerados de clientes. O riso inchava e quebrava em ondas, apesar do fato de metade dos clientes ser obrigada a ficar em pé enquanto comia. De repente, como se recebessem ordem dos deuses, as pessoas se afastaram para revelar um homem moreno, bonito como o pecado, em pé sozinho perto do balcão de carvalho entalhado que servia de bar. Somente Grimm Roderick ficava em pé com uma graça tão insolente.

Enquanto ela observava, Quinn se aproximou dele, entregou-lhe uma bebida e disse algo que quase fez Grimm sorrir. Ela também sorriu quando ele pegou a expressão no meio do caminho e rapidamente pôs fim a qualquer traço de diversão. Quando Quinn voltou para o meio da multidão, Jillian entrou no salão principal e se apressou até o lado de Grimm. Ele olhou para ela e seus olhos brilharam estranhamente; ele assentiu em cumprimento, mas

124

não disse nada. Jillian ficou em silêncio, procurando algo para dizer, algo espirituoso e intrigante; finalmente estava sozinha com ele em um ambiente adulto, e era capaz de se envolver em uma conversa íntima como fantasiara tantas vezes.

Antes que pudesse pensar em qualquer coisa para dizer, ele pareceu perder o interesse e se virou.

Jillian se chutou mentalmente. *Pelos sinos do inferno, Jillian,* ela se repreendeu, *você não consegue desenterrar algumas palavras perto desse homem?* Os olhos dela começaram uma viagem adoradora pela nuca de Grimm, acariciando os grossos cabelos pretos, vagando pelas costas musculosas que esticaram o tecido da camisa quando ele levantou o braço para pedir outra caneca de cerveja. Ela se deleitava com a mera visão da forma como os músculos em seus ombros se flexionavam quando ele cumprimentava um conhecido com um aperto de mão. Os olhos dela viajaram mais para baixo, absorvendo a imagem de como a cintura dele se estreitava em quadris firmes e musculosos e em pernas poderosas.

Suas pernas eram peludas, ela observou, inspirando, trêmula, estudando as panturrilhas abaixo do kilt, mas onde começava e onde acabava a penugem preta e sedosa?

Jillian soltou um suspiro que nem sabia que estava segurando. Cada grama de seu corpo respondia ao dele com expectativa deliciosa. Só de ficar perto daquele homem sombriamente sedutor, ela sentia as pernas fraquejarem e a barriga ter uma sensação trêmula.

Quando Grimm se inclinou para trás, roçando nela momentaneamente por causa do salão cheio de gente, ela encostou por um momento breve o rosto no ombro dele, tão de leve que ele não sabia se ela havia roubado aquele toque. Ela inalou o cheiro dele e curvou o corpo bruscamente para a frente. Suas mãos encontraram as omoplatas e ela as arranhou delicadamente com as unhas, marcando de leve a pele através da camisa.

Um gemido suave escapou dos lábios dele, e os olhos de Jillian se arregalaram. Arranhou suavemente, atônita por ele não dizer nada. Ele não se afastou dela. Ele não girou nos calcanhares e nem a atacou verbalmente.

Jillian segurou a respiração e, em seguida, inalando avidamente, deleitou-se no aroma fresco de sabão picante e homem. Ele começou a se mover um pouco debaixo das unhas, como um gato quando lhe coçam o queixo. Será que ele realmente estava gostando do toque?

Ah, que os deuses só me concedam um desejo esta noite: sentir o beijo desse homem!

Ela deslizou amorosamente a palma das mãos sobre suas costas e se pressionou mais contra o corpo dele. Seus dedos traçaram os músculos individuais dos ombros largos, deslizaram pela cintura estreita e depois subiram de novo. O corpo dele relaxou debaixo de suas mãos.

Paraíso, isso é o paraíso, ela pensou, sonhadora.

— Você está parecendo muito satisfeito, Grimm. — A voz de Quinn interrompeu a fantasia de Jillian. — Incrível o que uma bebida pode fazer com a sua disposição. Para onde foi Jillian? Ela não estava aqui com você um segundo atrás?

As mãos dela pararam nas costas de Grimm, que eram tão amplas que a ocultavam por completo da visão de Quinn. Ela baixou a cabeça, sentindo-se de repente culpada. Os músculos das costas de Grimm ficaram rígidos sob seus dedos imóveis.

— Não saiu para tomar um sopro de ar fresco? — Jillian ficou atônita ao ouvir Grimm perguntar.

— Sozinha? Pelos sinos do inferno, homem, você não deveria deixá-la ir lá fora sozinha! — As botas de Quinn bateram firme no chão de pedra quando ele saiu para procurá-la.

Grimm girou furiosamente.

— O que você acha que está fazendo, pavoa? — ele rosnou.

— Eu estava passando a mão em você — ela respondeu.

Grimm agarrou ambas as mãos dela, quase esmagando os dedos delicados nos seus.

— Pois não passe, moça. Não há nada entre mim e você...

— Você até inclinou o corpo para trás — protestou ela. — Você não parecia tão infeliz...

— Pensei que você fosse uma rameira de taberna! — Grimm respondeu, passando a mão furiosamente pelo cabelo.

— Ah! — Jillian estava cabisbaixa.

Grimm baixou a cabeça até que seus lábios roçaram a orelha dela, se esforçando para deixar as palavras seguintes audíveis acima do ruído do restaurante.

— Caso você não se lembre, é Quinn quem quer você, e Quinn é claramente a melhor escolha. Vá encontrá-lo e passar a mão nele, moça. Deixe-me para as rameiras da taberna, que elas entendem um homem como eu.

Os olhos de Jillian cintilavam perigosamente quando ela se virou e saiu abrindo caminho no salão cheio de gente.

Sobreviveria àquela noite. Não podia ser tão ruim; afinal, ele tinha passado por coisa pior. Grimm estava ciente de Jillian desde o momento em que ela entrara no salão. De fato, havia deliberadamente se virado quando pareceu que ela estava prestes a falar. Não tinha planejado muita coisa — e quando ela o tocara, ele não conseguiu se forçar a se afastar da sensação estimulante das mãos dela em suas costas. Acabou deixando ir longe demais, mas não era tarde demais para salvar a situação.

Agora, ele cuidadosamente mantinha as costas viradas para Jillian, servindo uísque metodicamente em uma caneca. Bebeu com violência e limpou os lábios com o dorso da mão, desejando a capacidade de abafar seus aguçados sentidos Berserker. De tempos em tempos, ele ouvia a melodia sem fôlego da risada dela. Ocasionalmente, quando o proprietário mexia com as garrafas nas prateleiras, ele vislumbrava os cabelos dourados em um garrafão liso.

Porém não se importava, pois isso qualquer idiota podia ver. Ele a pressionara a fazer o que ela estava fazendo naquele momento, então como poderia se importar? Ele não se importava, Grimm garantiu para si mesmo, pois era um homem são entre uma raça aparentemente condenada a ser arrastada por arroubos de emoções violentas e imprevisíveis que não eram nada mais do que desejo reprimido. Desejo, não amor, e nenhuma das duas coisas tinha absolutamente nada a ver com Jillian.

Cristo! Quem ele achou que estivesse enganando? Fechou os olhos e meneou a cabeça para suas próprias mentiras.

A vida era um inferno, e ele era Sísifo, eternamente condenado a empurrar a rocha do desejo implacável colina acima, apenas para ser achatado por ela antes que chegasse ao cume. Grimm nunca tinha sido capaz de tolerar a frivolidade. Era um homem que resolvia as coisas, e naquela noite iria cuidar que Jillian solidificasse seu noivado com Quinn, e esse seria o fim de seu envolvimento.

Não poderia cobiçar a esposa de seu melhor amigo, poderia? Então, tudo o que tinha de fazer era casá-la com Quinn, e esse seria o fim de sua agonia. Simplesmente não podia viver muito mais com essa batalha deflagrada dentro dele. Se ela estivesse livre e solteira, ainda poderia sonhar. Se estivesse seguramente casada, ele seria forçado a dar um descanso para seus sonhos. Assim resoluto, Grimm lançou um olhar furtivo sobre o ombro para ver como as coisas estavam progredindo. Apenas Mac e sua perna de pau atrás do balcão ouviram o assobio oco de sua inspiração e notaram o aspecto rígido de sua mandíbula.

Jillian estava parada no meio do salão, a cabeça dourada inclinada para trás, fazendo aquela coisa feminina deslumbrante com seu melhor amigo, o que essencialmente envolvia nada mais do que ser o que ela era: irresistível. Um olhar provocante, olhos vivazes brilhantes; um lábio inferior deliciosamente apanhado entre os dentes. Era evidente que os dois estavam em seu próprio mundo, inconscientes de Grimm ali. A própria situação que ele a incentivara a buscar. Era enfurecedora.

Enquanto observava, o mundo que não era Jillian — pois o que era o mundo sem Jillian? — recuou. Grimm podia ouvir o sussurro dos cabelos dela do outro lado da taberna lotada, o sopro de ar quando sua mão subiu ao rosto de Quinn. Então, de repente, o único som que podia ouvir era o sangue pulsando ruidosamente em seus ouvidos enquanto ele observava os dedos finos traçarem a curva na face de Quinn, demorando-se em seu maxilar. Sentiu um aperto na barriga, e o coração começou a bater em um ritmo duro de raiva.

Hipnotizado, Grimm levou a mão devagar ao rosto. A palma de Jillian acariciou leve como pena a pele de Quinn; e seus dedos percorreram a sombra de barba no maxilar dele. Grimm desejava fervorosamente ter quebrado aquele maxilar perfeito uma ou duas vezes em uma brincadeira quando eles eram garotos.

Profundamente inconsciente do olhar fascinado de Mac, Grimm passou a mão em seu próprio rosto no mesmo movimento; imitou aquele toque, seus olhos devorando-a com tanta intensidade que ela poderia ter fugido se tivesse olhado para ele, mas Jillian não se virou. Estava muito ocupada observando com olhos adoradores o seu melhor amigo.

Atrás dele, um resmungo suave e um assobio perfuraram o ar enfumaçado.

— Rapaz, você está caidinho, e isso é mais verdade do que você vai encontrar em outra garrafa dessa *marvada* aí. — A voz de Mac interrompeu a fantasia que Grimm certamente *não* estava tendo. — Veja só, é o fogo do inferno cobiçar a esposa do melhor amigo, não é? — Mac assentiu entusiasmado, se interessando pelo assunto. — Eu, da minha parte, tive uma queda por uma moça de um dos meus melhores amigos... vejamos, deve fazer uns dez anos...

— Ela *não* é esposa dele. — Os olhos que Grimm voltou para Mac não eram os olhos de um homem são. Eram os olhos que seus aldeões tinham visto antes de virarem as costas para ele tantos anos atrás: os olhos azuis de um Berserker viking que não se deteria por nada antes de conseguir o que queria.

— Bem, certo como o inferno, ela é *alguma coisa* dele. — Mac deu de ombros para o aviso certeiro nos olhos de Grimm com a altivez de um homem que sobrevivera a brigas demais em tabernas para se preocupar com um freguês irritável. — E você queria que não fosse, decerto que não. — Mac apanhou a garrafa vazia e trocou por uma cheia que estava no balcão. Olhou-a com curiosidade. — Agora, de onde isso veio? — perguntou, com uma careta. — Mas ora! Minha mente está cada vez mais absurda, nem me lembro de abrir esta aqui, apesar de ter certeza de que você vai bebê-la — disse Mac, servindo uma nova caneca. O loquaz taberneiro entrou no cômodo atrás do balcão e voltou um momento depois com uma cesta cheia de frango com conhaque. — Do jeito que está bebendo, você precisa comer, homem — ele aconselhou.

Grimm revirou os olhos. Infelizmente, todo o uísque da Escócia não conseguia diminuir a potência dos sentidos de um Berserker. Enquanto Mac atendia um recém-chegado, Grimm virou a caneca cheia de uísque em cima do frango com um gesto de frustração. Tinha acabado de decidir fazer uma longa caminhada quando Ramsay sentou ao lado dele.

— Parece que Quinn está fazendo avanços — Ramsay murmurou em tom sinistro, ao dar uma olhada no frango. — Humm, isso aqui parece suculento. Se importa se eu me servir?

— Pode ficar com ele — disse Grimm, em tom rígido. — Aqui: tome uma bebida também. — Grimm deslizou a garrafa pelo balcão.

— Não, obrigado, homem. Tenho a minha. — Ramsay levantou sua própria caneca.

Um riso rouco e melódico irrompeu sobre eles quando Jillian e Quinn os encontraram no balcão. Apesar de seus melhores esforços, os olhos de Grimm estavam sombrios e furiosos quando olharam para Quinn.

— O que temos aqui? — perguntou Quinn, servindo-se da cesta de frango.

— Com licença — Grimm murmurou, passando por eles, ignorando Jillian completamente.

Sem olhar para trás, ele deixou a taberna e se misturou à noite de Durrkesh.

Era quase a aurora quando Grimm voltou à Bota Preta. Assim que subiu a escada com passo cansado e chegou ao último degrau, congelou ouvindo um som inesperado alcançar seus ouvidos. Espiou pelo corredor, olhando as portas uma a uma.

Ouviu o som novamente — um gemido, seguido por um gemido mais profundo e rouco.

Jillian? Com Quinn?

Ele se moveu rápida e silenciosamente pelo corredor, parando fora do quarto de Quinn. Prestou bem atenção e ouviu uma terceira vez — um suspiro rouco e uma inspiração ruidosa —, e cada som rasgava suas entranhas como uma lâmina de dois gumes. Uma onda de raiva quebrou sobre ele, e tudo de negro que sempre tentou suprimir rodopiou no seu interior. Grimm sentiu-se deslizando sobre um terreno traiçoeiro e entrando na fúria experimentada pela primeira vez quinze anos antes, acima do vilarejo de Tuluth. Um poder maior do que qualquer homem poderia ter havia tomado forma em suas veias e o dotado de força indescritível e capacidade impensável de derramamento de sangue — um antigo monstro viking com olhos frios.

Grimm apoiou a testa contra a madeira fria da porta de Quinn e respirou em lufadas comedidas de ar para tentar subjugar a reação violenta. Sua respiração foi se regulando lentamente — já não soava nada como os ruídos descontrolados vindos do outro lado da porta. Cristo! Ele a havia encorajado a se casar com Quinn, não a se deitar com ele!

Um grunhido selvagem lhe escapou dos lábios.

Apesar de suas melhores intenções, sua mão encontrou a maçaneta e a girou, apenas para enfrentar o desafio de uma fechadura. Por um instante, Grimm ficou imobilizado, atordoado pela barreira. Uma barreira entre ele e Jillian — uma fechadura lhe dizendo que ela fizera uma escolha. Talvez ele a tivesse pressionado, mas ela poderia ter demorado um pouco mais escolhendo! Um ano ou dois — talvez o resto da vida.

Sim, ela claramente tinha feito sua escolha — então, que direito ele tinha de sequer considerar fazer a porta em estilhaços minúsculos de madeira e selecionar o mais mortal de todos para enfiar no coração do seu melhor amigo? Que direito ele tinha de fazer qualquer coisa que não fosse dar as costas e retomar o caminho pelo corredor escuro para seu próprio inferno pessoal? O diabo certamente esperava por ele com um rochedo inteiramente novo para empurrar montanha acima: a pedra obstinada do arrependimento.

O debate interno provocou um momento de tensão, que só terminou quando o monstro dentro dele empinou a cabeça, estendeu suas garras e arrebentou a porta de Quinn.

— 130 —

A respiração de Grimm acontecia em arquejos difíceis. Ele se agachou na entrada e olhou para o quarto mal iluminado, perguntando-se por que ninguém tinha saltado de susto da cama.

— Grimm... — A palavra sibilou fracamente na escuridão.

Perplexo, Grimm entrou no quarto e se moveu rapidamente até a cama baixa. Quinn estava emaranhado em lençóis encharcados, curvado em posição fetal — sozinho. Vômito manchava as tábuas arranhadas do chão. Uma lata de água tinha sido esmagada e abandonada, um jarro de cerâmica estava quebrado ao lado dela, e a janela estava aberta para o ar frio da noite.

De repente, Quinn teve um sobressalto violento e saltou da cama, dobrando-se ao meio. Grimm correu para pegá-lo antes que mergulhasse no chão. Segurando seu amigo nos braços, observou sem entender até que viu uma fina espuma de saliva nos lábios de Quinn.

— V-v-ven-n-eno. — Quinn ofegou. — M-me... ajude.

— Não! — Grimm sussurrou. — Filho da puta! — amaldiçoou, aconchegando a cabeça de Quinn enquanto berrava por ajuda.

13

— Quem envenenaria Quinn? — Hatchard intrigou-se. — Todo mundo gosta dele. Quinn é um cavalheiro, um *laird* por excelência.

Grimm fez careta.

— Ele vai ficar bem? — perguntou Kaley, retorcendo as mãos.

— O que está acontecendo? — Uma Jillian com olhos de sono estava em pé na entrada. — Deus — ela exclamou, olhando as lascas serrilhadas da porta. — O que aconteceu aqui?

— Como você está se sentindo, moça? Está bem? Está com dor de estômago? Febre? — De repente, as mãos de Kaley estavam por toda parte, espalmando a testa, cutucando a barriga, alisando seus cabelos.

Jillian piscou.

— Kaley, eu estou bem. Quer parar de me cutucar? Eu ouvi a comoção e isso me assustou, foi só. — Quando Quinn gemeu, Jillian ofegou. — O que há de errado com Quinn? — De repente, ela notou a desordem do cômodo e o fedor de doença que se impregnava nos lençóis e nas cortinas.

— Traga um médico, Hatchard — disse Grimm.

— O barbeiro está mais perto — sugeriu Hatchard.

— Nada de barbeiro — disse Grimm. Ele se virou para Jillian. — Você está bem, moça? — Quando ela assentiu, Grimm exalou um suspiro aliviado. — Encontre Ramsay — instruiu à criada.

Os olhos de Kaley se arregalaram em compreensão, e ela saiu voando do quarto.

— O que aconteceu? — Jillian perguntou, inexpressiva.

Grimm colocou um pano úmido na cabeça de Quinn.

— Suspeito de que seja veneno. — Não disse que tinha certeza; o conteúdo recente do estômago de Quinn permeava o ar, e para um Berserker o fedor do veneno era evidente. — Acho que ele vai ficar bem. Se é o que eu acho, ele estaria morto a essa altura se a dose tivesse sido suficientemente forte. Deve ter se diluído de alguma forma.

— Quem envenenaria Quinn? Todo mundo gosta de Quinn. — Ela inconscientemente repetiu as palavras de Hatchard.

— Eu sei, moça. Todo mundo continua me dizendo isso — ironizou Grimm.

— Ramsay está doente! — As palavras de Kaley ecoaram pelo corredor. — Alguém venha me ajudar! Não consigo segurá-lo!

Grimm olhou para o corredor e para Quinn de novo, claramente dividido.

— Vá para junto de Kaley, moça. Não posso deixá-lo — ele disse entredentes. Alguns poderiam considerá-lo paranoico, mas, se suas suspeitas estivessem corretas, era para ele estar deitado em uma poça de seu próprio vômito, morto.

Jillian, pálida, atendeu rapidamente.

Engolindo um palavrão, Grimm enxugou a testa de Quinn e se sentou para esperar pelo médico.

✢✢✢

O médico chegou, carregando duas grandes bolsas, água da chuva escorrendo da trama fina de cabelos que coroavam sua cabeça. Depois de questionar quase todos na pousada, aceitou inspecionar os pacientes. Movendo-se com graça surpreendente para um homem tão rotundo, ele andou de um lado para o outro, fazendo anotações em um livrinho. Depois de examinar os olhos deles, inspecionar suas línguas e apalpar os abdomes estufados, o médico se recolheu para as páginas do livreto minúsculo.

— Deem a eles água de cevada cozida com figos, mel e alcaçuz — instruiu, depois de vários momentos folheando as páginas em um silêncio pensativo. — Nada mais, entendam bem, pois não vai ser digerido. O estômago é um caldeirão no qual o alimento é cozido. Enquanto os humores deles estiverem desequilibrados, nada pode ser cozido e qualquer coisa de mais substância vai voltar — o médico informou. — Apenas líquidos.

— Eles vão ficar bem? — Jillian questionou, preocupada. Tinham transportado os dois homens para um quarto limpo adjacente ao de Kaley, para facilitar os cuidados.

O médico franziu a testa, fazendo com que as linhas dobrassem seu queixo duplo de forma tão lúgubre quanto vincavam sua testa.

— Acho que estão fora de perigo. Nenhum deles parece ter consumido o suficiente para matar, mas suspeito que ficarão fracos por algum tempo. Para que não tentem se levantar, vocês devem diluir isto aqui com água. É mandrágora. — Ele ofereceu uma bolsinha. — Embebam panos com isso e coloquem sobre o rosto deles. — O médico assumiu uma pose de sermão, tocando a pena no livreto. — Certifiquem-se de cobrir completamente tanto as narinas quanto a boca por vários minutos. Quando inalados, os vapores vão penetrar no corpo e os manter adormecidos. Os espíritos se recuperam mais rápido se os humores não forem perturbados. Vejam bem, há quatro humores e três espíritos... Ah, me perdoem, tenho certeza de que vocês não desejam ouvir isso tudo. Apenas quem estuda com o zelo de um médico pode achar esses fatos fascinantes. — O homem fechou o livreto. — Façam como instruí e eles devem se recuperar completamente.

— Não fará sangria? — Hatchard piscou.

O médico bufou.

— Procure um barbeiro se deseja assassinar um inimigo. Procure um médico se desejar reviver um paciente doente.

Grimm assentiu com veemência e se levantou para acompanhar o médico.

— Ah, Quinn — suspirou Jillian, colocando a mão na testa úmida. Ela se atrapalhou toda com as lãs, encaixando-as bem ao redor do corpo febril.

Em pé atrás de Jillian, de um lado da cama de Quinn, Kaley sorriu para Hatchard, empoleirado do outro lado do quarto, passando panos frios na fronte de Ramsay. *Ela escolherá Quinn, eu não lhe disse?*, falou em silêncio.

Hatchard simplesmente ergueu uma sobrancelha e revirou os olhos.

Quando Grimm foi ver como os homens estavam na manhã seguinte, a saúde deles havia melhorado um pouco; no entanto, ainda estavam sedados, e sem condições de viajar.

Kaley insistia em adquirir os produtos que os homens tinham vindo originalmente buscar, então Grimm concordou a contragosto em acompanhar Jillian até a feira. Uma vez lá, ele a apressou pelas banquinhas em um ritmo vertiginoso, apesar dos protestos dela. Quando uma manta de bruma rolou das montanhas e envolveu Durrkesh no período da tarde, um Grimm aliviado informou Jillian de que era hora de voltar para a pousada.

O nevoeiro sempre deixava Grimm incomodado, o que acabava sendo um inconveniente, já que a Escócia era um terreno muito nebuloso. Porém aquilo não era um nevoeiro normal; era uma capa grossa e úmida de densas nuvens brancas que se sustentavam sobre o chão e se curvavam ao redor dos pés deles quando passavam. Quando enfim deixaram o mercado, Grimm mal conseguia enxergar o rosto de Jillian, que estava a poucos passos dele.

— Eu amo isto aqui! — exclamou Jillian, cortando os tendões de névoa com os braços, espalhando-os com seu movimento. — O nevoeiro sempre me pareceu algo tão romântico.

— A vida sempre lhe pareceu romântica, moça. Você costumava pensar que era romântico Bertie soletrar seu nome em estrume de cavalo — ele lembrou ironicamente.

— Eu ainda acho — Jillian indignou-se. — Ele aprendeu a escrever as letras com o propósito claro de escrever o meu nome. Eu acho muito romântico. — Sua testa franziu quando espiou a névoa densa como sopa.

— Obviamente, você nunca teve que lutar uma batalha com essa porcaria — Grimm irritou-se. A bruma lembrava Tuluth e escolhas irrevogáveis. — É muito difícil matar um homem quando você não consegue ver onde sua espada está acertando.

Jillian se deteve abruptamente.

— Nossas vidas são muito diferentes, não são? — ela questionou, de repente sóbria. — Você matou muitos homens, não é mesmo, Grimm Roderick?

— Você deveria saber — ele respondeu apenas. — Você me viu fazer isso.

Jillian mordiscou o lábio e o observou com atenção.

— Os McKane teriam matado minha família naquele dia, Grimm. Você nos protegeu. Se um homem deve matar para proteger seu clã, não há pecado nisso.

Ele poderia se absolver com tal generosidade, pensou. Jillian ainda não fazia ideia de que o ataque dos McKane não tinha sido direcionado para a família dela. Eles tinham chegado a Caithness naquele dia nebuloso muito tempo atrás só porque ouviram que um Berserker poderia estar em residência ali. Ela não sabia disso na época, e aparentemente Gibraltar St. Clair nunca revelou seu segredo.

— Por que você foi embora naquela noite, Grimm? — Jillian perguntou cuidadosamente.

— Eu parti porque era a hora — ele respondeu bruscamente, passando a mão pelos cabelos. — Aprendi tudo o que seu pai poderia me ensinar, e era a hora de seguir em frente. Não havia nada mais para me segurar em Caithness.

Jillian suspirou.

— Bem, fique sabendo que nenhum de nós nunca culpou você, apesar de sabermos que você se culpava. Mesmo o querido Edmund jurou até o fim que você era o mais nobre guerreiro que ele já conhecera. — Os olhos de Jillian ficaram distantes. — Nós o enterramos debaixo da macieira, exatamente como ele pediu — acrescentou, principalmente para si mesma. — Eu vou lá quando as urzes estão florescendo. Ele amava as urzes brancas.

Grimm parou, alarmado.

— Enterrado? Edmund? O quê?

— Edmund. Ele desejava ser enterrado sob a macieira. Nós costumávamos brincar lá, lembra?

Os dedos dele se fecharam em torno do pulso de Jillian.

— Quando Edmund morreu? Eu pensei que estivesse com seu irmão Hugh nas Highlands.

— Não. Edmund morreu pouco depois de você ter ido embora. Há quase sete anos.

— Ele quase não se feriu quando os McKane atacaram — insistiu Grimm. — Até mesmo seu pai disse que ele iria se recuperar facilmente!

— Edmund teve uma infecção, depois uma complicação pulmonar — ela respondeu, perplexa com a reação dele. — A febre nunca diminuiu. Ele não sofreu por muito tempo, Grimm. E algumas das últimas palavras dele foram sobre você. Ele jurou que você derrotou os McKane sozinho e murmurou algumas coisas sem sentido sobre você... o que foi mesmo? Um guerreiro de Odin que poderia mudar de forma, ou algo assim. Se bem que Edmund foi sempre fantasioso — ela acrescentou com um leve sorriso.

Grimm a encarou através do nevoeiro.

— O quê? — Jillian balbuciou, confusa com a intensidade com que ele a estudava. Quando Grimm caminhou em sua direção, ela recuou de leve, aproximando-se do muro de pedra que cercava a igreja, logo atrás.

— E se criaturas como essa realmente existissem, Jillian? — Grimm perguntou, seus olhos azuis reluzentes. Ele sabia que não deveria pisar em um território tão perigoso, mas ali havia uma chance de descobrir os pensamentos dela sem se revelar.

— O que você quer dizer?

— E se não fosse fantasia? — ele pressionou. — E se houvesse homens realmente capazes de fazer as coisas de que Edmund falava? Homens que fossem em parte uma besta mítica, dotados de habilidades especiais, exímios na arte da guerra, quase invencíveis. O que você pensaria de um homem desse tipo?

Jillian o estudou atentamente.

— Que pergunta estranha. *Você* acredita que tais guerreiros existam, Grimm Roderick?

— Não — ele respondeu, lacônico. — Acredito no que posso ver e tocar e segurar na minha mão. A lenda dos Berserkers é nada mais do que uma lenda tola, contada para assustar as crianças travessas e fazê-las ter um bom comportamento.

— Então, por que você me perguntou o que eu pensaria se eles existissem? — ela insistiu.

— Era apenas uma questão hipotética. Eu estava só puxando conversa, e foi uma conversa estúpida. Pela lança de Odin, moça... *ninguém* acredita em Berserkers! — Ele retomou a caminhada, indicando com um olhar impaciente para ela seguir.

Eles caminharam alguns metros em silêncio. Então, sem preâmbulo, Grimm disse:

— O Ramsay beija bem?

— *O quê?* — Jillian quase caiu sobre os próprios pés.

— Ramsay, pavoa. Ele beija bem? — Grimm repetiu, irritado.

Jillian lutou contra o desejo de abrir um sorriso radiante de prazer.

— Bem — ela arrastou as palavras, pensativamente —, eu não tive muita experiência, mas com toda a justiça eu teria de afirmar que o beijo dele foi o melhor que eu já experimentei.

Grimm imediatamente a abraçou contra ele, entre seu corpo duro e a parede de pedra. Inclinou a cabeça para trás com a mão implacável debaixo do queixo dela. *Pelos santos, como esse homem consegue se mover tão depressa? E que delícia que ele consiga.*

— Deixe-me ajudá-la a ter uma visão mais ampla disso tudo, moça, mas não pense nem por um minuto que isso signifique alguma coisa. Só estou tentando ajudá-la a entender que há homens melhores por aí. Encare isso como uma lição, nada mais. Eu odiaria ver você se casar com Logan simplesmente porque achou que ele tinha o melhor beijo, quando uma percepção tão equivocada pode ser tão facilmente corrigida.

Jillian ergueu a mão aos lábios, impedindo o beijo que ele ameaçava desferir.

— Não preciso de uma lição, Grimm. Eu posso tomar minha própria decisão. Detesto obrigá-lo a esse inconveniente, sofrendo em meu nome...

— Estou disposto a sofrer um pouco. Considere um favor, já que éramos amigos de infância. — Ele apertou a mão dela na sua e a puxou de seus lábios.

— Você nunca foi meu amigo — Jillian o lembrou com doçura. — Você me perseguia constantemente...

— Não no primeiro ano...

— Eu pensei que você não se lembrasse de nada a meu respeito, ou do seu tempo em Caithness. Não foi isso que me disse? E eu não preciso de nenhum favor seu, Grimm Roderick. Além disso, o que deixa você tão certo de que o seu beijo vai ser melhor? Ramsay realmente tirou meu fôlego. Eu quase não aguentei quando ele terminou — ela mentiu descaradamente. — E se você me beijar e não for tão bom quanto o beijo dele? Então, qual razão eu teria para não me casar com Ramsay? — Tendo jogado a bomba, Jillian se sentiu tão satisfeita quanto uma gata ao esperar pelo beijo de tirar o fôlego que ela sabia que viria em seguida.

Com uma expressão furiosa, Grimm tomou a boca dela na sua.

O terremoto começou logo abaixo de seus pés. Grimm gemeu nos lábios dela, tomado por uma sensação que o despojava do controle já minguante.

Jillian suspirou e abriu os lábios.

Estava sendo beijada por Grimm Roderick, e era só disso que se lembrava. O beijo que haviam trocado tanto tempo antes, nos estábulos, parecia uma experiência mística, e, ao longo dos anos, ficou se perguntando se ela o glorificava em sua mente, imaginando apenas que tinha abalado seu mundo inteiro, mas sua memória fora precisa. Seu corpo ganhou vida, seus lábios formigaram, os mamilos endureceram. Queria cada centímetro do corpo dele, de todas as formas possíveis. Em cima dela, embaixo dela, ao lado dela, atrás dela. Duro, musculoso, exigente: ela sabia que Grimm era homem o suficiente para saciar a fome interminável que ela sentia por ele.

Ela entrelaçou os dedos nos cabelos dele e participou do beijo, depois ele aumentou a intensidade e ela perdeu o fôlego. Uma das mãos aconchegava o contorno de seu rosto; a outra deslizava pelo arco da coluna, apalpando os quadris, moldando o seu corpo com firmeza no dele. Todo o pensamento cessou: Jillian estava se entregando ao que era a sua maior fantasia havia muito tempo: tocar Grimm Roderick como mulher, como sua mulher. Ele estava com as mãos nos seus quadris, subindo o vestido... e de repente as mãos dela estavam puxando o *sporran* de lado para correrem debaixo dele. Ela encontrou a espessa masculinidade e agarrou descaradamente o volume duro através do tecido xadrez. Sentiu o corpo dele endurecer contra o seu, e o gemido de desejo que escapou dele foi o som mais doce que Jillian já tinha ouvido.

138

Algo explodiu entre eles, e ali, na névoa e na neblina de Durrkesh, ela foi tão consumida pela necessidade de acasalar com seu homem que não mais se importava que estivessem em uma rua pública. Grimm a queria, ele queria fazer amor com ela — o corpo dele dizia isso claramente. Jillian se arqueou contra ele, encorajando, pedindo. O beijo não apenas a tinha deixado sem fôlego, mas esgotado os resquícios de seu suprimento insuficiente de sensatez.

Ele pegou a mão dela e a prendeu contra a parede acima da cabeça. Depois de prender as duas mãos dela, ele mudou o ritmo do beijo, transformando-o em uma provocação trêmula e brincalhona da língua, explorando e depois recuando de forma que a deixava ofegante por mais. Ele friccionou o comprimento de seu corpo contra o dela no mesmo ritmo lento e provocador.

Grimm afastou os lábios com uma lentidão excruciante, pegando o lábio inferior entre seus dentes e o puxando de leve. Então, com uma última lambida suculenta, ele recuou.

— Então o que você achou? Ramsay poderia se comparar a *isso*? — perguntou, com a voz rouca, fitando os seios dela intensamente. Somente quando se certificou de que não subiam e desciam por um longo momento, que realmente havia conseguido "beijá-la até perder o fôlego", foi que Grimm ergueu os olhos para encontrar os dela.

Jillian oscilou, tentando evitar que seus joelhos simplesmente fraquejassem debaixo dela. Ela o encarou fixamente. Palavras? Grimm achava que ela conseguiria formar palavras depois disso? Achou que ela conseguiria *pensar*?

Os olhos dele procuraram os seus ardorosamente, e Jillian viu um olhar de orgulhosa satisfação nos orbes cintilantes. A menor sugestão de um sorriso curvou o lábio dele quando ela não respondeu, mas ficou olhando, os lábios inchados, os olhos arregalados.

— Respire, pavoa. Você pode respirar agora.

Ainda assim, ela olhou para ele sem entender. Corajosamente, Jillian inspirou uma lufada ruidosa de ar.

— Hmmph — foi tudo o que ele mencionou enquanto pegou sua mão e a puxou. Ela foi correndo de leve ao lado dele, com pernas de borracha, de vez em quando espiando a expressão soberbamente masculina de satisfação em seu rosto.

Grimm não falou mais nem uma palavra pela duração da caminhada de volta até a pousada. Jillian não via problema; não tinha certeza de que poderia ter formado uma frase completa se sua vida dependesse daquilo. Perguntou-se brevemente qual deles, se é que algum, havia ganhado aquela escaramuça.

Concluiu fracamente que fora ela. Ele havia sido afetado pelo encontro, e ela conseguira o beijo que tanto ansiava.

Quando chegaram à Bota Preta, Hatchard informou ao casal estranhamente taciturno de que os homens, embora ainda bastante fracos, estavam impacientes para deixar a pousada. Analisando todos os riscos, Hatchard concordou que era o curso mais sábio. Ele tinha providenciado uma carroça para o propósito, e eles retornariam a Caithness à primeira luz do dia seguinte.

14

— Me conte uma história, Jillian — Zeke pediu, caminhando para os aposentos superiores. — Senti muita falta de você e de mamãe enquanto estiveram fora. — O garotinho subiu para se acomodar ao lado dela e se aconchegou em seus braços.

Jillian afastou os cabelos dele da testa e a beijou.

— O que vai ser, meu doce Zeke? Os dragões? As fadas? As *selkies*?

— Conte sobre os Berserkers — ele respondeu, decidido.

— Os quê?

— Os Berserkers — Zeke repetiu, pacientemente. — Sabe, os guerreiros poderosos de Odin.

Jillian fez um ruído delicado de desdém pelo nariz.

— O que acontece com meninos e suas batalhas? Meus irmãos adoravam esses contos de fadas.

— Não é um conto de fadas; é verdade — Zeke informou. — Mamãe disse que eles ainda rondam as Highlands.

— Bobagem — disse Jillian. — Vou contar uma história apropriada para um menino.

— Não quero uma história apropriada. Quero uma história com cavaleiros e heróis e missões. E Berserkers.

— Minha nossa, você está crescendo, não está? — ironizou Jillian, bagunçando os cabelos dele.

— Claro que estou — Zeke respondeu, com indignação.

— Nada de Berserkers. Em vez disso, vou contar sobre o menino e as urtigas.

— 141 —

— Esta é outra de suas histórias com *moral* no final? — Zeke reclamou. Jillian fungou.

— Não há nada de errado com histórias que tenham moral.

— Está bem. Conte-me sobre as urtigas estúpidas. — Ele apoiou o queixo no punho e fechou a cara.

Jillian riu de sua expressão carrancuda.

— Vou lhe dizer uma coisa, Zeke. Vou contar uma história que tenha moral, e então você vai atrás de Grimm e peça a ele uma história sobre seus guerreiros destemidos. Tenho certeza de que ele sabe alguma. Ele é o homem mais destemido que já conheci — Jillian acrescentou, com um suspiro. — Vamos lá. Preste atenção: Era uma vez um garotinho que estava caminhando pela floresta e encontrou um canteiro de urtigas. Fascinado pelo arranjo incomum, ele tentou arrancar as plantas para levar para casa e mostrar para a mãe dele. A planta o feriu dolorosamente. O menino correu para casa, com os dedos machucados. "Eu mal toquei, mamãe!", o menino gritou. "É exatamente por isso que a planta feriu você", respondeu a mãe. "Da próxima vez que tocar uma urtiga, agarre-a com ousadia, e ela será suave como a seda na sua mão e não vai machucar nadinha."

Jillian fez uma pausa significativa.

— É só *isso*? — Zeke questionou, indignado. — Não foi uma *história*! Você me *enganou*!

Jillian mordeu o lábio para conter o riso; ele parecia um ursinho ofendido. Ela estava cansada da jornada, e suas habilidades de contar histórias estavam meio fracas no momento, mas havia uma lição útil mesmo assim. Além disso, a maior parte de sua mente estava ocupada com pensamentos voltados para o beijo incrível que ela recebera no dia anterior. Era necessário cada fragmento de seu autocontrole minguante para evitar que ela mesma partisse atrás de Grimm, para se aconchegar no colo dele e suplicar docemente por uma história antes da hora de dormir. Ou, mais precisamente, apenas ir para cama.

— Diga o que a história significa, Zeke — Jillian persuadiu.

Zeke ficou calado por um momento, ponderando a fábula. Sua testa se franzia em concentração, e Jillian esperou pacientemente. De todas as crianças, Zeke era o mais inteligente para identificar a moral.

— Já sei! — ele exclamou. — Eu não devo hesitar. Eu devo agarrar as coisas corajosamente. Se ficamos indecisos, as coisas podem nos picar.

— O que quer que você faça, Zeke — Jillian aconselhou —, faça com todas as suas forças.

— Como aprender a andar a cavalo — ele concluiu.

— Sim. E amar sua mãe e trabalhar com os cavalos e estudar lições que eu lhe dou. Se você não fizer as coisas com todas as suas forças, pode acabar sendo prejudicado por aquelas que você tenta mais ou menos.

Zeke soltou um muxoxo descontente.

— Bem, não é de Berserker, mas acho que está boa, vindo de uma garota.

Jillian fez um som exasperado e abraçou Zeke apertado, ignorando sua impaciente hesitação.

— Já estou perdendo você, não estou, Zeke? — ela perguntou quando o menino correu dali e saiu em busca de Grimm. — Quantos garotos eu vou ver crescer? — ela murmurou, com tristeza.

oチ⊙⊙ᴖ

Jillian foi verificar como estavam Quinn e Ramsay antes do jantar. Os dois dormiam profundamente, esgotados pela viagem de regresso a Caithness. Ela não via Grimm desde o retorno deles; ele acomodara os pacientes e partira. Grimm permaneceu em silêncio durante todo o percurso da volta. Ofendida por aquele distanciamento, ela se recolhera para dentro da carroça e ficara com os doentes.

Tanto Quinn quanto Ramsay exibiam um semblante pálido e insalubre, e a pele úmida era uma evidência da violência descomunal da febre. Pressionou um beijo gentil na testa de Quinn e puxou as lãs sob o queixo dele.

Ao deixar os aposentos, sua mente recuou no tempo para aquele verão de seus quase dezesseis anos — o verão em que Grimm deixou Caithness.

Nada em sua vida a preparara para uma batalha tão horrível. Nem a morte nem a brutalidade haviam visitado sua vida protegida antes; mas, naquele dia, ambos vieram espreitando em grandes cavalos negros de batalha, usando as cores dos McKane.

No momento em que os guardas soaram o alarme, seu pai a prendeu no quarto. Com olhos incrédulos, Jillian observou o massacre sangrento se desdobrar na ala abaixo de sua janela. Foi tomada pelo desamparo, frustrada pela incapacidade de lutar ao lado de seus irmãos, mas ela sabia, mesmo que fosse livre para correr pela propriedade, que não era forte o suficiente para usar uma espada. Que mal ela, uma moça, poderia esperar desferir contra guerreiros endurecidos como os McKane?

A visão de tanto sangue a aterrorizou. Quando um McKane engenhoso se aproximou sorrateiramente pelas costas de Edmund, atingindo-o sem ser visto, ela gritou e bateu os punhos contra a janela, mas o ruído que conseguiu fazer não podia competir com o estrondo da batalha. O corpulento McKane derrubou seu irmão no chão com o golpe de um machado de batalha.

Jillian se achatou contra o vidro, arranhando histericamente a janela com as unhas, como se pudesse atravessá-la e tirar o irmão do perigo. Um suspiro profundo de alívio explodiu de seus pulmões quando Grimm irrompeu no meio do confronto e despachou o McKane, que rugia, antes que Edmund sofresse outro golpe brutal. Enquanto observava seu irmão ferido se arrastar com dificuldade para se ajoelhar, algo profundo dentro dela se transformou tão rapidamente que ela mal tomou ciência: o sangue já não horrorizava Jillian — não, ela almejava cada gota do sangue dos McKane derramado sobre o solo de Caithness. Quando um furioso Grimm procedeu para matar cada McKane em um raio de cinquenta metros, pareceu-lhe uma coisa de beleza terrível. Ela nunca viu um homem se mover com uma velocidade tão incrível e uma graça tão letal — guerreando para proteger tudo o que residia mais próximo do coração de Jillian.

Após a batalha, ela ficou perdida na confusão de sua família, preocupada em cuidar de Edmund, atender aos feridos e enterrar os mortos. Sentindo-se terrivelmente jovem e vulnerável, ela esperou no telhado que Grimm respondesse a seu recado, mas só o que viu foi ele carregando seus pertences em direção ao estábulo.

Ficou atônita. Ele não podia ir embora. Não agora! Não quando ela estava tão confusa e assustada com tudo o que tinha acontecido. Precisava dele naquele momento mais do que nunca.

Jillian correu para os estábulos tão rapidamente quanto seus pés podiam levá-la, mas Grimm estava obstinado; ele ofereceu uma despedida gélida e deu meia-volta para ir. Sua incapacidade de confortá-la foi a pá de terra sobre o que ela conseguia suportar — ela se jogou nos braços dele, exigindo com seu corpo que ele a protegesse e a mantivesse segura.

O beijo que começou como um toque inocente de lábios rapidamente se tornou a confirmação de seus sonhos mais secretos: Grimm Roderick era o homem com quem ela iria se casar.

Quando o coração dela se encheu de alegria, ele se afastou e se virou abruptamente para o cavalo, como se o beijo não significasse nada. Jillian ficou envergonhada e desconcertada pela rejeição, e a intensidade assustadora de tantas novas emoções a encheu de desespero.

— Você não pode ir embora! Não depois *disso*! — ela gritou.

— Eu preciso ir — Grimm rosnou. — E isso... — ele limpou a boca furiosamente — nunca devia ter acontecido!

— Mas aconteceu! E se você não voltar, Grimm? E se eu nunca mais vir você?

— É exatamente o que quero dizer — ele retrucou, com ferocidade. — Você não tem nem dezesseis anos. Vai encontrar um marido. Você vai ter um futuro brilhante.

— Já encontrei meu marido! — Jillian choramingou. — Você me *beijou*!

— Um beijo não é uma promessa de casamento! — ele grunhiu. — E foi um erro. Eu nunca deveria ter feito isso, mas você se atirou em cima de mim. O que mais esperava que eu fizesse?

— V-você não queria me beijar? — Os olhos dela escureceram com dor.

— Sou um homem, Jillian. Quando uma mulher se atira em mim, sou tão humano quanto qualquer um!

— Você quer dizer que não sentiu também? — ela ofegou.

— Sentir o quê? — ele desdenhou. — Luxúria? É claro. Você é uma bela moça.

Jillian abanou a cabeça, envergonhada. Será que poderia estar tão enganada? Será que aquilo acontecera só na sua mente?

— Não, eu quero dizer... você não sentiu que o mundo era um lugar perfeito e que nós éramos para ser... — Ela parou, sentindo-se a maior tola do mundo.

— Esqueça-me, Jillian St. Clair. Cresça, se case com um *laird* bonito e me esqueça — Grimm disse, com firmeza. Com um movimento rápido, ele se lançou nas costas do cavalo e saiu dos estábulos em velocidade.

— *Não me deixe, Grimm Roderick! Não me deixe assim! Eu amo você!*

Mas ele partiu como se ela não tivesse falado. Jillian sabia que ele ouvira cada palavra, embora quisesse não ter ouvido. Ela não só havia lançado seu corpo contra um homem que não a queria como tinha jogado seu coração atrás dele quando ele partiu.

Jillian deu um suspiro pesado e fechou os olhos. Era uma memória amarga, mas a dor tinha diminuído um pouco desde Durrkesh. Já não acreditava mais que estivera enganada sobre como o beijo os tinha afetado, pois em Durrkesh o mesmo aconteceu e ela viu nos olhos dele, com o conhecimento seguro de uma mulher, que ele também havia sentido.

Agora, tudo o que precisava era fazê-lo admitir.

15

Depois de procurar por mais de uma hora, Jillian encontrou Grimm na sala do arsenal. Ele estava perto de uma mesa baixa de madeira, examinando várias lâminas, mas ela sabia que ele sentia sua presença pela forma como enrijeceu as costas.

— Quando eu tinha dezessete anos, estava perto de Edimburgo — Jillian falou na direção das costas rígidas. — Pensei ter avistado você durante uma visita aos Hammond.

— Sim — Grimm respondeu, examinando atentamente um escudo martelado.

— Era mesmo você! Eu sabia! — ela exclamou. — Você estava próximo ao portão de entrada. Estava me observando e parecia... infeliz.

— Sim — ele admitiu, firmemente.

Jillian olhou para as costas largas de Grimm por um momento, incerta de como vocalizar seus sentimentos. Poderia ter ajudado imensamente se ela mesma entendesse o que queria dizer, mas não entendia. Não importava, de qualquer forma, pois ele se virou e passou por ela com uma expressão fria que a desafiava a se humilhar para segui-lo.

Ela não foi.

Encontrou-o mais tarde, na cozinha, colocando um punhado de açúcar no bolso.

— Para Occam — ele disse em defesa.

— Na noite em que fui ao baile dos Glannis perto de Edimburgo — Jillian continuou a conversa onde, em sua cabeça, ela havia parado recentemente —, era você nas sombras, não era? No outono em que completei dezoito anos.

Grimm soltou um suspiro pesado. Ela o havia encontrado uma vez mais. A moça parecia ter uma forma de saber onde ele estava, quando e se estava sozinho. Ele a espiou com resignação.

— Sim — respondeu, sem inflexão na voz. *Foi nesse outono que você se tornou mulher, Jillian. Você estava usando um vestido de veludo cor de rubi. Seus cabelos sem cachos caíam em cascata pelos ombros. Seus irmãos estavam tão orgulhosos de você. Fiquei perplexo.*

— Quando aquele canalha Alastair (e sabia que eu descobri depois que ele era casado?) me levou para fora e me beijou, ouvi um barulho terrível nos arbustos. Ele disse que deveria ser um animal feroz.

— E então ele falou o quanto você deveria agradecer por tê-lo para proteger você, não foi? — Grimm zombou. *Eu quase matei o desgraçado por tocar em você.*

— Isso não é engraçado. Fiquei morrendo de medo.

— Ficou mesmo, Jillian? — Grimm observava-a sem expressão. — Do quê? Do homem que a abraçava ou do animal no arbusto?

Jillian encontrou o olhar dele e lambeu os lábios de repente secos.

— Não do animal. Alastair era um canalha, e, se ele não tivesse se incomodado com o barulho, só os santos sabem o que ele poderia ter feito comigo. Eu era jovem e, Deus, era tão inocente!

— Sim.

— Quinn me pediu em casamento hoje — ela anunciou, observando-o cuidadosamente.

Grimm ficou em silêncio.

— Ainda não o beijei, então não sei se ele tem o melhor beijo. Você acha que ele beija? Melhor do que você, quero dizer?

Grimm não respondeu.

— Grimm? Será que ele vai beijar melhor do que você?

Um grunhido baixo encheu o ar.

— Vai, Jillian. — Grimm suspirou e saiu para encontrar seu cavalo.

Grimm conseguiu se evadir por quase um dia inteiro. Era tarde da noite quando ela finalmente conseguiu interceptá-lo na saída dos aposentos dos enfermos.

— Sabe, mesmo quando eu não tinha certeza de que você estava realmente lá, ainda assim eu me senti... segura. Porque você *poderia* estar lá.

O vislumbre de um sorriso curvou os lábios dele.

— *Sim*, Jillian.

Ela se virou para ir.

— Jillian?

Ela ficou imóvel.

— Você já beijou Quinn?

— Não, Grimm.

— Ah. Bem, é melhor ir logo, moça.

Jillian fechou a cara.

— Eu vi você no Royal Bazaar.

Enfim, Jillian conseguia pegá-lo a sós por mais do que alguns poucos minutos forçados. Com Quinn e Ramsay confinados na cama, ela havia convidado Grimm a acompanhá-la para jantar no Grande Salão e ficou perplexa quando ele aceitou. Ela se sentou de um lado da longa mesa, examinando o seu rosto sombrio e bonito através das videiras de um candelabro que continha dezenas de pavios cintilantes. Estavam jantando em silêncio, que só era interrompido pelo tilintar de pratos e copos. As empregadas haviam se afastado para servir caldo aos homens no andar de cima. Três dias se passaram desde que tinham regressado a Caithness. Nesse meio-tempo, ela tentara desesperadamente recuperar a ternura vislumbrada em Durrkesh, mas não obtivera sucesso. Não tinha conseguido fazê-lo parar por tempo suficiente para tentar outro beijo.

Nada no rosto dele mudava. Nem um cílio se movia.

— Sim.

Se ele respondesse com mais um "sim" evasivo e irritante, ela poderia ter um acesso de raiva. Jillian queria respostas. Queria saber o que realmente se passava na cabeça de Grimm e dentro de seu coração. Queria saber se aquele único beijo trocado havia tombado o mundo dele com a mesma forma catastrófica que tinha nivelado o dela.

— Você estava me espionando — Jillian acusou, observando entre as velas com uma careta. — Eu não estava sendo sincera quando falei que me fazia sentir segura. Fiquei com raiva — ela mentiu.

Grimm pegou o cálice em estanho, tomou o vinho e cuidadosamente girou o metal frio entre as palmas das mãos. Jillian observava seus movimentos precisos e controlados e se sentiu dominada pelo ódio por todas as ações deliberadas. Sua vida tinha sido vivida daquela maneira, uma escolha cautelosa e precisa após a outra, com exceção de quando estava ao redor de Grimm. Queria vê-lo agir como da forma como ela sentia: fora de controle, emocional. Que *ele* tivesse um arroubo ou dois. Não queria beijos oferecidos com a fraca desculpa de salvá-la de escolhas ruins. Ela precisava saber que conseguia mexer com ele do jeito que ele mexia com ela. Suas mãos cerraram-se em punhos no colo, amassando o tecido de seu vestido entre os dedos.

O que ele faria se Jillian deixasse de tentar ser cordial e comedida?

Ela deu um suspiro profundo.

— Por que você ficava me vigiando? Por que deixou Caithness, só para depois me seguir em todas essas ocasiões? — ela questionou, com mais veemência do que pretendia, e suas palavras ecoaram nas paredes de pedra.

Grimm não tirou os olhos do estanho polido entre as palmas das mãos.

— Eu tinha que me certificar de que estava tudo bem com você, Jillian — respondeu ele, calmamente. — Você já beijou Quinn?

— Você nunca trocou nem uma palavra! Você só chegava, olhava para mim e depois dava meia-volta e ia embora.

— Fiz um juramento de protegê-la do mal, Jillian. Era natural que eu checasse sua situação quando você estava por perto. Já beijou Quinn? — ele inquiriu.

— Me proteger do mal? — A voz dela se elevou com descrença. — Você falhou! *Você* me fez mais mal do que qualquer outra coisa na minha vida inteira!

— *Você já beijou Quinn?* — ele rugiu.

— Não! Eu ainda não beijei Quinn! — ela gritou de volta. — É só com isso que você se importa? Você não se importa nem um pouco por *você* me fazer *mal*.

Grimm se levantou bruscamente e o cálice tilintou no chão. As mãos dele baixaram com fúria desenfreada. Travessas voaram da mesa, o ensopado de legumes intocado se derramou no salão, os pedaços de pão saltaram da travessa. O candelabro explodiu na parede e ficou preso como um pé fendido entre as pedras. As velas brancas e moles choveram no chão. Sua fúria não parou até que a mesa entre eles tivesse sido despojada de todos objetos sobre ela. Grimm parou um instante, ofegando, as mãos espalmadas na beira da mesa, os olhos exibindo um brilho febril. Jillian o encarou, atordoada.

Com um uivo de raiva, ele golpeou o centro de quinze centímetros de carvalho sólido. A mão de Jillian voou para sua garganta em uma tentativa

149

de sufocar um grito ao ver a longa mesa rachando ao meio. Os olhos azuis de Grimm assumiram um brilho incandescente, e ela poderia ter jurado que ele pareceu crescer, ficar mais largo e mais perigoso. Ela certamente obteve a reação que estava procurando, e muito mais.

— Eu sei que falhei! — ele rugiu. — Eu sei que fiz você sofrer! Acha que eu não tive que viver com esse conhecimento?

Entre eles, a mesa rangeu e estremeceu no esforço de permanecer inteira. A prancha rachada se inclinou precariamente. Então, com um gemido de derrota, as extremidades caíram em direção ao centro e desabaram no chão.

Jillian piscou assustada, examinando os destroços de sua refeição. Não mais tentando provocá-lo, ela ficou estupefata pela intensidade da reação de Grimm. Ele sabia que a tinha feito sofrer? E se importava tanto a ponto de ficar com toda aquela raiva só de lembrar?

— Então, por que você voltou agora? — ela sussurrou. — Você poderia ter desobedecido a meu pai.

— Eu precisava me certificar de que estava tudo bem com você, Jillian — Grimm sussurrou em resposta, por cima do mar de destruição que os separava.

— Estou bem, Grimm — ela respondeu, com cautela. — Isso significa que você pode ir embora agora — acrescentou em seguida, mentindo em cada respiração.

Suas palavras não evocaram nenhuma resposta.

Como um homem podia ficar imóvel a ponto de ela chegar a pensar que ele tivesse sido transformado em pedra com um feitiço? Não conseguia nem ao menos vislumbrar o movimento de seu peito subindo e descendo. A brisa que soprava na janela alta não lhe fazia nada. Nada tocava aquele homem.

Deus sabia que ela nunca conseguira. Já não tinha aprendido isso até agora? Jillian nunca conseguiu alcançar o verdadeiro Grimm, aquele que ela conhecera na infância, no verão em que ele chegou. Por que ela acreditava que alguma coisa poderia ter mudado? Porque era uma mulher crescida? Porque tinha seios fartos e cabelos brilhantes e pensava que poderia atraí-lo com a fraqueza de um homem por uma mulher? E, maldição, já que ele era tão indiferente a ela, por que ela o queria?

Jillian sabia a resposta, mesmo que não entendesse os porquês. Quando era uma garotinha e inclinava a cabeça para trás para ver o rapaz alto elevando-se acima dela, seu coração tinha gritado boas-vindas. Havia um conhecimento antigo no seu peito de criança que claramente lhe ensinara, independentemente das coisas hediondas de que Grimm fosse acusado, que ela poderia confiar nele a própria vida. Sabia que ele seria seu.

— Por que você não coopera? — Foi a frustração que extraiu aquelas palavras de seus lábios; ela não acreditava que houvesse pronunciado em voz alta, mas, uma vez ditas as palavras, Jillian estava comprometida por elas.

— O quê?

— Cooperar — ela encorajou. — Significa acompanhar. Aceitar.

Grimm a encarou.

— Não posso aceitar seu pedido e partir. Seu pai...

— Não estou pedindo para ir embora — ela disse, suavemente.

Jillian não tinha ideia de onde tirava coragem naquele momento; só sabia que estava cansada de querer e cansada de ser rejeitada. Ela se empertigou, orgulhosa, movendo seu corpo exatamente do jeito que se sentia sempre que Grimm estava no mesmo ambiente: sedutora, intensa, mais viva do que em qualquer outro momento de sua vida. Sua linguagem corporal devia ter dado significado à sua intenção, pois ele ficou rígido.

— Como você gostaria que eu cooperasse, Jillian? — ele perguntou, a voz morta e sem inflexão.

Ela se aproximou, caminhando cuidadosamente para desviar da comida e dos pratos quebrados. Lentamente, como se Grimm fosse um animal selvagem, ela estendeu a mão, a palma para fora, em direção ao peito dele. Ele a olhou com uma mistura de fascínio e desconfiança no momento em que Jillian tocou seu peito, sobre o coração. Ela sentiu o calor dele através da camisa de linho, sentiu o corpo estremecer, sentiu os batimentos poderosos do seu coração sob a palma.

Ela inclinou a cabeça para trás e olhou para ele.

— Se você realmente quiser cooperar... — Ela umedeceu os lábios. — Me beije.

Foi com um olhar furioso que ele a observou, mas em seus olhos Jillian vislumbrou o calor que Grimm lutava para esconder.

— Me beije — ela sussurrou, nunca tirando os olhos dele. — Me beije e *depois* tente me dizer que você também não sente.

— Pare com isso — ele ordenou, com a voz rouca, afastando-se.

— Me beije, Grimm! E não porque você acha que está me fazendo um "favor"! Beije porque você quer! Uma vez você me disse que não me beijaria porque eu era criança. Bem, eu não sou mais criança; sou uma mulher crescida. Outros homens desejam me beijar. Por que *você* não deseja?

— 151 —

— Não é assim, Jillian. — Ambas as mãos dele se moveram com frustração sobre os cabelos. Ele enterrou os dedos profundamente nos fios, depois puxou o cordão de couro e o jogou nas pedras.

— Então o que é? Por que Quinn e Ramsay e todos os outros homens que já conheci me querem, mas você quer? Eu *devo* escolher um deles? Eu deveria pedir para Quinn me beijar? Para se deitar comigo? Para me fazer mulher?

Ele rosnou, um ruído baixo de advertência no fundo da garganta.

— Pare com isso, Jillian!

Jillian jogou a cabeça em um gesto atemporal de tentação e desafio.

— Me beije, Grimm, *por favor*. Apenas *uma vez*, como se você tivesse vontade.

Ele avançou com tanta graça e velocidade que ela não teve aviso. Suas mãos se afundaram nos cabelos dela, prendendo a cabeça entre as palmas e arqueando o pescoço dela para trás. Seus lábios cobriram os dela e lhe sugaram todo o ar dos pulmões.

A boca se moveu sobre a dela com uma fome irrestrita, mas, na pressão esmagadora dos lábios dele, Jillian sentiu um toque de raiva — um elemento que ela não entendia. Como Grimm poderia ter raiva dela quando era tão evidente que desejava beijá-la desesperadamente? Disso ela estava certa. No instante em que os lábios reivindicaram os dela, quaisquer dúvidas foram permanentemente aliviadas. Ela podia sentir o desejo dele lutando logo sob a pele, travando uma poderosa batalha contra sua vontade. *E perdendo*, ela pensou presunçosamente, quando as mãos puxaram seu cabelo de leve e a fizeram tombar mais a cabeça, de modo a permitir que a língua se aprofundasse no acesso à boca dela.

Jillian amoleceu junto dele, agarrou-se àqueles ombros e se entregou a ondas vertiginosas de sensações. Como um simples beijo podia ressoar em cada centímetro do seu corpo e fazer parecer que o chão estava sacudindo sem controle debaixo dos seus pés? Ela o beijava ansiosa e ferozmente. Depois de tantos anos desejando-o, finalmente tinha sua resposta. Grimm Roderick precisava tocá-la com a mesma necessidade inegável que ela sentia por ele.

E ela sabia que com Grimm Roderick apenas uma vez *nunca* seria suficiente.

16

O beijo se prolongou e se aprofundou, alimentado por anos de emoção negada, de paixão rejeitada, que rapidamente se arrastaram e fincaram garras na superfície da determinação de Grimm. No Grande Salão, em meio aos destroços de um banquete e beijando Jillian, ele se deu conta de que não estava apenas se negando a paz; estava se negando a vida. Pois aquilo era a vida, aquele momento sublime de união. Seus sentidos de Berserker estavam totalmente tomados, estupefatos pelo gosto e pelo toque de Jillian. Ele exultava no beijo, tornava-se um adorador bacanal dos lábios dela, deslizava as mãos por seu cabelo, seguindo as madeixas sedosas ao longo de suas costas.

Beijou Jillian como nunca fizera com nenhuma outra mulher, conduzido por uma fome do tipo mais profano e do âmago mais sagrado da sua alma. Ele a queria instintivamente e iria adorá-la com sua necessidade primitiva. A pressão dos lábios dela derreteu o homem; a sondagem aventureira de sua língua domesticou e controlou o guerreiro viking gélido que não conhecia o que era calor até aquele momento. O desejo ajustou todas as suas objeções. Apertou o corpo dela contra o seu, tomando a língua na boca tão profundamente como ele sabia que ela o receberia em seu corpo.

Deslizaram e escorregaram em porções de comida espalhada sobre as pedras, parando apenas na estabilidade da parede. Sem descolar a boca da dela, Grimm deslizou uma das mãos por debaixo dos quadris de Jillian, apoiou-lhe os ombros na parede e lhe ergueu, colocando as pernas dela ao redor de sua cintura. Anos se proibindo de tocá-la culminaram na exibição de um frenesi de paixão. A urgência ditava seus movimentos, não a paciência ou as habilidades. Suas mãos deslizaram pelos tornozelos de Jillian quando os braços dela envolveram o pescoço dele, e ele lhe ergueu o vestido por cima das canelas, revelando lindas e longas pernas. Acariciou sua pele e gemeu nos lábios dela quando os polegares encontraram a maciez da parte interna das coxas.

O beijo se aprofundou quando ele lhe tomou a boca da mesma maneira que sitiara castelos: persistente, implacável e com um foco único. Só havia Jillian: uma mulher quente em suas mãos, uma língua quente em sua boca. Ela o acompanhava: cada exigência sem palavras do corpo dele era acompanhada pelo dela. Jillian enterrou as mãos nos cabelos dele e o beijou até que ele ficasse quase sem fôlego. Anos de desejo desabaram sobre ele quando suas mãos encontraram os seios e espalmaram as curvas dela. Os mamilos estavam rígidos e pontudos. Grimm precisava de mais do que os lábios — precisava provar cada fenda e cada curva do corpo daquela mulher.

Aconchegando o rosto dele entre suas mãos com uma força surpreendente, Jillian o forçou a interromper o beijo. Ele mirou os olhos dela, numa tentativa de ler os significados ocultos daquele gesto. Quando ela puxou a cabeça dele para a curva de seu seio, ele foi de bom grado. Traçou, com a língua, um caminho de pico a pico, puxando-os suavemente com os dentes antes de fechar os lábios ao redor do mamilo.

Jillian gritou, entregue e submissa — um som sem fôlego de capitulação a seu próprio desejo. Ela se pressionou com tanta firmeza contra os quadris de Grimm que o oco quente entre suas coxas se encaixou com a sensualidade deliciosa de uma luva de veludo no corpo dele. As barreiras entre os dois o incendiaram. Ele arrancou o kilt da cintura e puxou o vestido dela de lado.

Pare! Sua mente gritou. *Ela é virgem! Assim não!*

Jillian gemeu e se esfregou contra ele.

— Espere — ele sussurrou, a voz rouca.

Jillian abriu os olhos de leve.

— Sem uma maldita chance — ela respondeu presunçosamente, um sorriso curvando o lábio inferior.

As palavras o rasgaram como ferro quente, aumentaram a temperatura de seu sangue ainda mais e o fizeram ferver. Podia sentir o animal dentro dele se mover, escancarando a bocarra com um despertar perverso.

O Berserker? Agora? Não havia sangue em nenhum lugar... ainda. O que aconteceria quando houvesse?

— Toque-me, Grimm. Aqui. — Jillian colocou a mão dele em seu peito e lhe puxou a cabeça contra a sua. Ele gemeu e se moveu, fazendo lentos círculos eróticos contra as coxas abertas dela. Vagamente, percebeu que o Berserker estava despertando e adquirindo plena consciência, mas de alguma forma era diferente — não violento, porém alerta, violentamente duro e violentamente faminto por todos os gostos de Jillian que pudesse ter.

Ele a teria colocado de costas na mesa, mas não havia mais mesa, então, em vez disso, acomodou-se com ela sobre uma cadeira. Grimm se ajeitou de forma que as pernas dela ficassem dependuradas sobre os braços do assento e ela de frente para ele, mãos sobre seus ombros, a feminilidade exposta para ele. Ela não precisou de encorajamento para se pressionar contra ele, provocando-o com o roçar dos mamilos eretos no peito dele. Jillian tombou a cabeça para trás, expondo o arco esguio do pescoço, e Grimm ficou imóvel por um longo instante, sorvendo a visão de sua adorável Jillian montada em seu colo, a cintura estreita se curvando naqueles quadris exuberantes. Embora tivesse conseguido deslizar o vestido dela dos ombros, o tecido se acumulava ao redor da cintura, e ela era uma deusa erguendo-se sobre um mar de seda.

— *Cristo, você é a mulher mais bonita que já vi!*

A cabeça de Jillian inclinou-se para trás, e ela o encarou. De descrença, o olhar de Jillian rapidamente se tornou um olhar de simples prazer, depois uma expressão de sensualidade maliciosa.

— Quando eu tinha treze anos — ela disse, passando os dedos pela curva arrogante da mandíbula de Grimm —, eu vi você com uma criada e prometi a mim mesma que um dia faria com você tudo o que ela fez. Cada beijo. — Ela levou a boca ao mamilo dele. Sua língua tremia provando o sabor da pele. — Cada toque... — Deslizou a mão pelo abdome dele e seguiu para o membro rígido. — E cada gosto.

Grimm gemeu e lhe agarrou a mão, impedindo que os dedos dela se curvassem ao redor de seu membro. Se a linda mão se fechasse uma vez, Grimm perderia o controle e estaria dentro dela em um piscar de olhos. Conclamando cada fibra de sua disciplina lendária, ele manteve o corpo afastado. Recusava-se a machucá-la assim. Grimm deixou escapar uma confissão:

— Desde o dia em que começou a amadurecer, você me deixa louco. Eu não conseguia fechar os olhos à noite sem querer ter você embaixo de mim. Sem querer estar ao seu lado, dentro de você. Jillian St. Clair, espero que você seja tão durona como gosta de acreditar que é, porque vai precisar de cada grama da sua força para mim esta noite. — Ele a beijou, silenciando qualquer resposta que ela pudesse ter dado.

Jillian se derreteu no beijo até ele se afastar. Grimm a contemplou com ternura.

— E, Jillian — ele disse suavemente —, eu também sinto. Eu sempre senti.

As palavras abriram o coração de Jillian, e o sorriso que ela mostrou foi deslumbrante.

— Eu *sabia*! — ela sussurrou.

Quando a mão dele deslizou sobre sua pele aquecida, Jillian se abandonou à sensação. Ele a espalmou entre as coxas, e Jillian gritou baixinho, seu corpo se curvando contra a mão dele.

— Mais, Grimm. Quero mais — ela sussurrou.

Ele a observava com os olhos estreitos. Prazer se misturava com espanto e desejo nas feições expressivas de Jillian. Ele sabia que era grande, tanto em espessura quanto em comprimento, e ela precisava estar preparada. Quando ela começou a se mover violentamente contra sua mão, ele não pôde mais se negar e a posicionou acima do seu corpo.

— Assim você fica no controle, Jillian. Isso vai doer, mas você está no controle. Se doer demais, fale — ele alertou, ferozmente.

— Está tudo bem, Grimm. Eu sei que vai doer no início, mas Kaley me disse que, se o homem for um amante habilidoso, vai me fazer sentir algo mais incrível do que qualquer coisa que eu já tenha sentido na vida.

— *Kaley* disse isso?

Jillian assentiu com a cabeça.

— Por favor — ela sussurrou. — Me mostre o que ela disse.

Grimm soltou um suspiro de fascínio. Sua Jillian não tinha medo. Gentilmente, deslizou a cabeça do membro dentro dela e foi descendo-a com cuidado, avaliando cada faísca de emoção.

Os olhos dela fulguraram. Sua mão voou para se curvar ao redor do membro.

— Grande — ela disse, com preocupação. — Muito grande. Tem certeza de que isso vai dar certo?

Um sorriso de puro deleite curvou o lábio dele.

— Muito grande — ele concordou. — Mas perfeito para o prazer de uma mulher. — Foi entrando nela com cuidado. Quando encontrou a resistência da barreira, ele parou. Jillian ofegou suavemente.

— Agora, Grimm. Faça.

Ele fechou os olhos brevemente e envolveu as nádegas dela com as mãos, posicionando-a acima de si. Quando Grimm abriu os olhos, havia uma determinação cintilando nas profundezas de suas íris. Com um impulso firme, ele perfurou a barreira.

Jillian ofegou.

— Não foi tão ruim — ela sussurrou, depois de um momento. — Pensei que fosse doer muito. — Quando ele começou a se mover devagar, os olhos dela brilharam. — Ah!

Ela gritou, e ele a silenciou com um beijo. Movendo-se lentamente, ele a embalou com seu corpo até qualquer vestígio de dor nos olhos arregalados desaparecer, e seu rosto estar iluminado pela expectativa do que ela antecipava que estivesse dançando logo além do seu alcance. Jillian iniciou um movimento erótico e circular com os quadris e mordiscou o lábio inferior.

Ele a observava, fascinado por sua sensualidade inata. Ela se deixava levar, desinibida, mergulhando totalmente e sem reservas naquele jogo íntimo. Seus lábios se curvaram deliciosamente no instante em que uma investida dos quadris dele insinuou a paixão que viria a seguir. Grimm sorriu com deleite perverso.

Ele a ergueu e trocou de lugar com ela, sentando-a na cadeira. Ajoelhado, puxou-a para a frente, envolveu as pernas dela ao redor de sua cintura e mergulhou fundo, pressionando com uma fricção deliciosa aquele ponto misterioso dentro dela que a jogaria sobre o precipício. Grimm brincou com o feixe de nervos entre as pernas dela até Jillian estar se contorcendo contra ele, implorando com o corpo pelo o que só ele poderia proporcionar.

O Berserker exultava dentro dele, divertia-se de uma maneira que Grimm nunca pensou ser possível.

Quando ela gritou e estremeceu no seu corpo, Grimm Roderick fez um som rouco e poderoso que era mais do que riso: era o som ressonante do clímax. Seu triunfo rapidamente se tornou um gemido de alívio. A sensação do corpo dela estremecendo com tanta força em torno dele era mais do que ele podia resistir, e, assim, seu corpo explodiu dentro dela.

Jillian agarrou-se a ele, ofegante. Um som desconhecido penetrou em sua mente desenfreada. Os músculos dela se fundiram em nada, sua cabeça caiu para a frente, e ela espiou entre os cabelos para o guerreiro nu ajoelhado diante dela.

— V-você sabe rir! Sim, sabe rir de verdade! — ela exclamou, sem fôlego.

Grimm fez desenhos com os polegares na parte interna das coxas dela, sobre a leve mancha de sangue. O sangue de sua virgindade que marcava as coxas brancas.

— Jillian, eu... Eu... ah...

— Não vá ficar sem ação agora, Grimm Roderick — Jillian falou, no mesmo instante.

Ele começou a tremer violentamente.

— É mais forte do que eu — ele insistiu, contrito, sabendo que não estavam falando sobre a mesma coisa de forma alguma. — O Grande Salão — murmurou. — Eu sou um idiota. Sou um maldito...

— Pare! — Jillian agarrou a cabeça dele com as duas mãos e o encarou com olhos furiosos. — Eu queria — ela disse, com intensidade. — Eu esperei por isso. Eu precisava disso. Não se atreva a se arrepender! Eu não me arrependo e nunca me arrependerei.

Grimm congelou, fascinado pelo sangue que marcava as coxas da jovem, esperando que a sensação de atemporalidade o atingisse. Não demoraria muito para que a escuridão o reivindicasse e a violência se seguisse.

Mas os momentos se passavam e nada acontecia. Apesar da energia furiosa que inundou seu corpo, a loucura nunca veio.

Ele a observou, estupefato. A besta dentro dele estava completamente desperta, mas domesticada. Como era possível? Sem sede de sangue, sem necessidade de violência, todas as coisas boas que a fúria Berserker trazia, mas nada do perigo.

— Jillian — ele sussurrou, reverente.

17

— Como você está se sentindo? — perguntou Grimm, a voz baixa. Afofando os travesseiros, ajudou Quinn a se sentar. As cortinas estavam frouxamente amarradas para trás. Guirlandas emolduravam os caixilhos, e a lua crescente conferia luz suficiente para que sua visão aguçada lhe permitisse agir como se fosse plena luz do dia.

Zonzo, Quinn piscou para Grimm e mirou a escuridão.

— Por favor, não. — Ele gemeu quando Grimm fez menção de pegar um pano.

Grimm se deteve no meio do caminho.

— Não o quê? Eu só ia enxugar a sua testa.

— Não me sufoque mais com essa maldita mandrágora — ele murmurou. — Metade do mal-estar vem de Kaley continuar me apagando com isso.

A uma cama dali, Ramsay murmurou, concordando.

— Não a deixe mais nos fazer dormir, homem. Minha cabeça está prestes a rachar no meio por causa dessa porcaria, e minha língua parece invadida por um bicho, que virou de costas e morreu ali. Há três dias. E agora está apodrecendo...

— Basta! Precisa ser assim tão descritivo? — Quinn fez careta de desgosto, sentindo o estômago vazio revirar.

Grimm ergueu as mãos em um gesto de compreensão.

— Chega de mandrágora. Eu prometo. Então, como vocês dois estão se sentindo?

— Como o inferno — Ramsay gemeu. — Acenda uma vela, por favor. Não consigo enxergar nada. O que aconteceu? Quem nos envenenou?

Uma expressão sombria atravessou o rosto de Grimm. Ele foi ao corredor para colocar fogo em um pavio, depois acendeu várias velas ao lado da cama e voltou para o assento.

— Suspeito que fosse para mim, e acho que o veneno estava no frango.

— No frango? — Quinn exclamou, estremecendo ao se sentar. — Não foi o taberneiro que o trouxe? Por que ele tentaria envenenar você?

— Não acho que tenha sido o taberneiro. Acho que foi uma tentativa do açougueiro se vingar. Minha teoria é que, se qualquer um de vocês consumisse toda a cesta, teria morrido. Era para mim, mas vocês dois a dividiram.

— O que não faz sentido nenhum é o açougueiro ter destinado a cesta a você, Grimm — Quinn protestou. — Ele viu você em ação. Qualquer homem sabe que não pode envenenar um Ber...

— Um bastardo intratável como eu — Grimm rugiu, sobrepondo a última palavra de Quinn antes que Ramsay a ouvisse.

Ramsay segurava a cabeça.

— Mas ora, homem, pare de berrar! Você está me matando.

Quinn murmurou um "desculpe" silencioso para Grimm, seguido de um sussurro:

— São os efeitos colaterais da mandrágora. Me deixou idiota.

— Hein? O quê? — disse Ramsay. — Sobre o que vocês dois estão sussurrando?

— Mesmo dividindo entre os dois, nem comemos todo o frango — continuou Quinn, evadindo o questionamento de Ramsay. — E pensei que o estalajadeiro houvesse demitido o açougueiro depois desse incidente. Eu mesmo fui pedir que ele demitisse.

— Que incidente? — perguntou Ramsay.

— Aparentemente não. — Grimm passou a mão pelo cabelo e suspirou.

— Você sabe o nome dele? — insistiu Ramsay.

— De quem? Do estalajadeiro? — Quinn lançou um olhar intrigado.

— Não, do açougueiro. — Ramsay revirou os olhos.

— Por quê? — Quinn indagou, sem expressão.

— Porque o desgraçado envenenou um Logan, seu tolo. Isso não acontece sem revide.

— Nada de vingança — Grimm alertou. — Esqueça isso, Logan. Eu vi o que você faz quando se concentra em vingança. Vocês dois saíram ilesos dessa tentativa frustrada. Isso não justifica assassinar um homem, não importa o quanto ele possa merecer morrer por outras coisas.

— Onde está Jillian? — Quinn mudou de assunto rapidamente.

— Tenho lembranças enevoadas de uma deusa pairando sobre minha cama. Ramsay desdenhou.

— Só porque você acha que estava fazendo alguns progressos antes de termos sido envenenados não significa que você ganhou, De Moncreiffe.

Grimm estremeceu por dentro e se sentou em um silêncio pensativo enquanto Quinn e Ramsay discutiam a respeito de Jillian. Os homens continuaram a conversa por algum tempo e nem perceberam quando Grimm deixou o quarto.

⁓⁓⊙⁓⁓

Depois de passar as primeiras horas do amanhecer com Quinn e Ramsay, Grimm foi ver Jillian, que ainda dormia profundamente onde ele a deixara, aconchegada de lado sob uma pilha de cobertores. Desejava se acomodar na cama ao lado dela, experimentar o prazer de acordar com a sensação de segurá-la nos braços, mas não podia arriscar ser visto saindo dos aposentos dela depois que o castelo estivesse desperto.

Então, quando a manhã caiu sobre Caithness, ele acenou para Ramsay, que conseguiu descer pelas escadas, com alguma dificuldade, em busca de comida sólida. Grimm assobiou para Occam e se jogou no lombo de seu garanhão. Dirigiu-se então para o lago, com a intenção de mergulhar o corpo superaquecido em água gelada. A sensação de plenitude que havia experimentado com Jillian só servira para incitar seu apetite por ela. Agora tinha medo de que um mero sorriso naquele dia o fizesse cair sobre ela com toda a graça de um lobo faminto. Anos de paixão reprimida haviam sido libertados, e ele percebeu que sua fome por Jillian nunca poderia ser saciada.

Incitou Occam ao redor de um bosque de árvores e parou para saborear a beleza silenciosa da manhã. O lago ondulava, um vasto espelho prateado debaixo de nuvens rosadas. Carvalhos muito altos acenavam com seus galhos negros contra o céu avermelhado.

Fragmentos de uma canção dolorosamente desafinada eram carregados de leve pela brisa. Grimm circundou o lago cuidadosamente, guiando o cavalo por buracos fundos e terrenos rochosos, seguindo o som até que, ao dar a volta em uma muito fechada vegetação, viu Zeke, agachado perto da água. As pernas do rapaz estavam dobradas, os antebraços apoiados nos joelhos, e ele esfregava os olhos.

Grimm fez Occam parar. Zeke estava mais ou menos chorando as palavras alquebradas de uma velha canção de ninar. Grimm se perguntava quem tinha conseguido ferir os sentimentos dele logo cedo. Observando o garoto, tentou decidir qual era a melhor maneira de se aproximar dele sem lhe ofender a dignidade. Enquanto hesitava nas sombras, qualquer decisão de sua parte foi posta em segundo plano, pois o crepitar da vegetação e dos galhos o alertou para um intruso. Grimm examinou a floresta circundante, mas, antes de detectar a fonte, um animal saltou da floresta, rosnando, a poucos metros de Zeke. Um enorme gato-selvagem pulou na margem do lago, babando uma espessa espuma branca. Rosnou, arreganhando alvas presas mortais. Zeke se virou e sua música parou. Ele arregalou os olhos de horror.

Grimm se soltou instantaneamente das costas de Occam, tirou da coxa a *sgain dubh*, uma faca curta escondida debaixo do kilt, e a passou pela palma da mão, o que fez o sangue brotar... Em menos de um segundo, a visão das gotas vermelhas despertou o guerreiro viking e libertou o Berserker.

Movendo-se a uma velocidade sobre-humana, Grimm pegou Zeke, jogou-o sobre Occam e espalmou o cavalo na anca. Em seguida, aconteceu algo que ele detestava... perdeu a noção do tempo.

∽◌∾

— Alguém ajude! — Zeke gritou ao entrar no pátio fortificado no lombo de Occam. — Alguém precisa ajudar Grimm!

Hatchard irrompeu do castelo e encontrou Zeke empoleirado nas costas de Occam, agarrado à crina do animal com uma força que deixava o nó dos dedos esbranquiçados.

— Onde? — gritou ele.

— No lago! Há um gato-selvagem enlouquecido que quase me comeu. Grimm me jogou no cavalo e eu cavalguei sozinho, mas o animal atacou Grimm e vai machucá-lo!

Hatchard correu para o lago sem se dar conta das duas outras pessoas que tinham sido alertadas pelos gritos e logo estavam em seu encalço.

∽◌∾

Hatchard encontrou Grimm imóvel, uma sombra negra contra o céu vermelho enevoado. Estava de frente para a água, parado em meio aos restos do que antes era um animal. Seus braços e rosto cobertos de sangue.

— Gavrael — disse Hatchard calmamente, usando o nome verdadeiro na esperança de alcançar o homem dentro da besta.

Grimm não respondeu. Seu peito subia e descia à medida que ele inspirava porções rápidas e rasas de ar. Seu corpo era bombeado com a quantidade maciça de oxigênio que um Berserker inalava para compensar a fúria sobrenatural. As veias em seus antebraços musculosos pulsavam azul-escuro debaixo da pele, e, Hatchard se impressionou. Ele parecia duas vezes maior do que era normalmente. Hatchard tinha visto Grimm no afã da fúria Berserker várias vezes enquanto o treinava, mas o Grimm maduro usava aquelas habilidades muito mais perigosamente do que o jovem havia feito.

— Gavrael Roderick Icarus McIllioch — disse Hatchard. Ele se aproximou de Grimm pela lateral, tentando entrar em sua linha de visão de forma tão inócua quanto possível. Atrás dele, duas figuras pararam nas sombras da floresta. Uma delas ofegou baixinho e repetiu o nome.

— Gavrael, sou eu, Hatchard — repetiu gentilmente.

Grimm virou-se e encarou o homem de armas. Os olhos azuis do guerreiro estavam incandescentes, brilhavam como carvões em brasas, e Hatchard recebeu uma lição desconcertante sobre a sensação de ter um guerreiro olhando diretamente para ele.

Um ruído estrangulado atrás dele compeliu sua atenção. Ao se virar, ele se deu conta de que Zeke o tinha acompanhado.

— *Ai, meu Deus* — Zeke sussurrou. O menino se aproximou ainda mais, mirando fixamente o chão, depois parou a poucos centímetros de Grimm. Seus olhos se arregalaram enormemente. Ele avaliava os pequenos pedaços do que antes fora um gato-selvagem, uma fera raivosa o bastante para retalhar um adulto, e, no frenesi de sangue, incontrolável a ponto de tentar. Zeke ergueu o olhar atônito, encontrou os olhos azuis brilhantes de Grimm e quase se levantou nas pontas dos pés, encarando. — Ele é um Berserker! — Zeke sussurrou, reverente. — Vejam, os olhos dele estão brilhando! Eles *existem*!

— Busque Quinn, Zeke. Agora — comandou Hatchard. — Não traga *ninguém além de Quinn*, aconteça o que acontecer. Você entende? E nem uma palavra disso a ninguém!

Zeke roubou um último olhar de adoração.

— Sim — ele disse, e então correu para buscar Quinn.

18

— Eu realmente duvido que ele tenha rasgado o animal em pedaços, Zeke. Não é saudável exagerar — Jillian repreendeu, mascarando seu divertimento para proteger os sentimentos sensíveis do menino.

— Eu não exagerei — Zeke enfatizou, apaixonadamente. — Eu disse a verdade! Eu estava perto do lago e um gato-selvagem raivoso me atacou. Grimm me jogou no cavalo dele, pegou o bicho no ar e o matou com um torcer do punho! Ele é um Berserker, ele é! Eu *sabia* que ele era especial! Hmmph! — O menino fez um ruído de desdém. — Ele não precisa ser um *laird* insignificante... porque é o rei dos guerreiros! Ele é uma lenda!

Hatchard pegou Zeke firmemente pelo braço e o puxou para longe de Jillian.

— Vá encontrar sua mãe, menino, e faça isso *agora*. — O homem fitou Zeke com um olhar intenso ao qual ele não ousou desobedecer, depois bufou quando o menino saiu dali correndo. Hatchard encontrou o olhar de Jillian e encolheu os ombros. — Você sabe como os meninos são. Precisam de seus contos de fadas.

— Grimm está bem? — Jillian perguntou, sem fôlego. Seu corpo inteiro doía da maneira mais prazerosa. Cada movimento era uma sutil lembrança das coisas que ele tinha feito com ela, as coisas que ela implorou que ele fizesse antes de a noite terminar.

— Certo como a chuva — ironizou Hatchard. — O animal era mesmo raivoso, mas não se preocupe: ele não o mordeu.

— Grimm o matou? — Um gato-selvagem raivoso poderia dizimar um rebanho inteiro de ovelhas em menos de quinze dias. Eles geralmente não

164

atacavam os homens, mas, aparentemente, Zeke era pequeno, e o animal estava doente o bastante para experimentar.

— Sim — Hatchard respondeu simplesmente. — Ele e Quinn o estão enterrando agora — mentiu o homem, com uma serenidade fria. Não havia o suficiente para enterrar, mas nem o amor nem o ouro poderiam persuadir Hatchard a contar isso a Jillian. Ele estremeceu por dentro.

Se o gato-selvagem infectado tivesse mordido Zeke nem que fosse uma vez, o garoto teria sido contaminado pela doença presente no sangue do animal feroz e morreria em dias, espumando pela boca em uma agonia excruciante. Louvados fossem os santos por Grimm estar ali, e louvado fosse Odin por seus talentos especiais, senão Caithness estaria chorando e entoando cânticos fúnebres.

— Zeke cavalgou Occam sozinho — Jillian admirou-se em voz alta.

Hatchard ergueu os olhos e sorriu fracamente.

— Isso ele fez, e foi o que lhe salvou a vida, milady.

A expressão de Jillian era pensativa enquanto ela se dirigia para a porta.

— Se Grimm não tivesse acreditado no menino a ponto de tentar ensiná-lo, Zeke poderia nunca ter escapado.

— Aonde você vai? — Hatchard se apressou em perguntar.

Jillian parou na entrada.

— Ora, encontrar Grimm, é claro. — Dizer que ela estava errada por ter duvidado dele. Ver seu rosto, vislumbrar a recém-descoberta intimidade nos olhos dele.

— Milady, deixe-o estar por um tempo. Ele e Quinn estão conversando, e Grimm precisa ficar sozinho.

De repente, Jillian sentia ter treze anos, excluída da companhia do homem que amava.

— Ele disse isso? Que precisava ficar sozinho?

— Ele está se lavando no lago — insistiu Hatchard. — Dê um tempo a ele, está bem?

Jillian suspirou. Esperaria que ele viesse até ela.

— Grimm, eu não queria dizer nada antes, mas paguei uma pequena fortuna para aquele estalajadeiro se livrar do açougueiro — disse Quinn, andando de um lado para o outro na beira do lago. Grimm se levantou da água gelada, finalmente limpo, e olhou para os restos do animal com a expressão fechada.

Quinn captou seu olhar:

— Nem comece. Você salvou a vida do menino, Grimm. Não quero ouvir nem uma palavra do seu ódio de si mesmo por ser um Berserker. É um dom, está me ouvindo? Um dom!

Grimm expirou, desalentado, e não deu resposta.

Quinn continuou de onde havia parado.

— Como eu dizia, paguei o homem. Se ele não se livrou do açougueiro, então eu vou voltar a Durrkesh e conseguir algumas respostas.

Grimm acenou, dispensando as preocupações de Quinn.

— Não se incomode, Quinn. Não foi o açougueiro.

— O quê? Como assim não foi o açougueiro?

— Não foi nem mesmo o frango. Foi o uísque.

Quinn piscou várias vezes, sem entender.

— Então, por que você disse que era o frango?

— Eu confio em *você*, Quinn. Não conheço Ramsay. O veneno era raiz de thmsynne. A raiz perde suas propriedades venenosas se cozida, grelhada ou assada. Deve ser esmagada e diluída, e seu efeito é reforçado pelo álcool. Além disso, encontrei o resto da garrafa no térreo na manhã seguinte. Quem quer que tenha sido, não foi muito minucioso.

— Mas eu não bebi nenhum uísque com você — Quinn protestou.

— Você não sabia que estava bebendo uísque. — Grimm torceu os lábios, em uma expressão de culpa irônica. — Despejei minha última caneca de uísque, na que eu tinha me servido da garrafa envenenada, sobre o frango para me livrar dela, pois estava enjoado de beber e me preparando para ir embora. O veneno é inodoro até ser digerido. Nem mesmo meus sentidos conseguiram captá-lo. Uma vez que se mistura com os fluidos do corpo, no entanto, o veneno assume um odor nocivo.

— Cristo! — Quinn lançou-lhe um olhar sombrio. — Homem de sorte. Então quem você acha que foi?

Grimm o estudou atentamente.

— Pensei muito nestes últimos dias. A única coisa que consigo concluir é que os McKane conseguiram me encontrar de novo, de algum jeito.

— Eles não sabem que veneno não funciona em um Berserker?

— Eles nunca tiveram sucesso em capturar um Berserker vivo para questionar.

— Então eles podem não saber que tipo de feito você é capaz de realizar? Também não sabem como matar você?

— Correto.

Quinn analisou essa nova informação por um momento. Depois seus olhos pareceram ficar encobertos.

— Se for esse o caso, se os McKane realmente encontraram você de novo, Grimm, o que vai impedi-los de seguir você até Caithness? — Quinn indagou, cauteloso. — De novo?

Grimm levantou a cabeça, com o olhar aflito.

⚬✦⚬✦⚬

Jillian não viu Grimm pelo resto do dia. Quinn informou-a de que ele fora andar a cavalo e que provavelmente não retornaria até o anoitecer. A noite veio, e o castelo se recolheu. Olhando pela janela de caixilhos, ela espiou Occam vagando pelo pátio fortificado. Grimm estava de volta.

Drapeando uma lã macia sobre a camisola, Jillian espreitou para fora de seus aposentos. O castelo estava silencioso; seus ocupantes dormiam.

— Jillian.

Ela parou abruptamente. Virou-se, suprimindo sua impaciência. Precisava ver Grimm, tocá-lo novamente, investigar a nova intimidade que tinham encontrado e se deleitar com sua feminilidade.

Kaley Twillow estava correndo pelo corredor em direção a ela, ao mesmo tempo que puxava uma manta ao redor dos ombros para se proteger do ar frio. Os cachos castanhos da mulher mais velha estavam sem grampos e amassados, e o rosto tinha o tom corado do sono.

— Ouvi sua porta se abrir — disse Kaley. — Você queria algo da cozinha? Deveria ter me chamado. Eu teria ficado feliz em ir buscar para você. O que você queria? Devo preparar uma caneca de leite morno? Pão e mel?

Jillian hesitou e deu um tapinha tranquilizador no ombro de Kaley.

— Não se preocupe, Kaley. Volte para a cama. Eu busco.

— Não é problema. Eu também estava pensando em fazer um lanche. — Olhos preocupados piscaram sobre o improvisado roupão de lã macia de Jillian.

— Kaley — Jillian tentou novamente —, não precisa se preocupar comigo. Eu vou ficar bem. De verdade, só estou um pouco inquieta e...

— Você vai ver Grimm.

Jillian corou.

— Eu devo. Preciso falar com ele. Não consigo dormir. Há coisas que devo dizer...

— Isso não pode esperar até a luz da manhã? — Kaley olhou para a camisola branca despontando sob a lã. — Você nem está vestida adequadamente — ela reprovou. — Se o achar vestido do mesmo jeito, vai conseguir mais do que esperava.

— Você não entende — Jillian insistiu, suspirando.

— Ah, minha querida menina, mas eu sei. Eu vi os restos do Grande Salão esta manhã.

Jillian engoliu em seco e não disse nada.

— Devemos ir direto ao ponto aqui? — Kaley perguntou, sucinta. — Não sou tão velha que não consiga me lembrar de como é. Já amei um homem como ele uma vez. Eu entendo o que você está sentindo, talvez até mais do que você, então me deixe colocar isso em palavras simples. Quinn é sexual. Ramsay Logan é sexual, e o poder que eles exalam promete uma boa diversão. — Kaley pegou as mãos de Jillian nas dela e a contemplou com sobriedade. — Mas Grimm Roderick é um animal completamente diferente; ele não é meramente sexual. Ele exala um poder, Jillian, que pode transformar uma mulher.

— Você *sabe* o que eu quero dizer!

— Eu também sou de carne e osso, moça. — Kaley encostou a mão gentil na bochecha da jovem. — Jillian, eu vi você amadurecer com orgulho, amor e ultimamente um toque de medo. Tenho orgulho porque você tem um coração bom e destemido e uma poderosa força de vontade. Eu tenho medo porque sua vontade pode fazer você se sentir obstinada além da comparação. Ouça minhas palavras antes de se comprometer com um curso que é irrevogável: os homens sexuais podem ser esquecidos, mas um homem com o poder de Grimm permanece no coração de uma mulher para sempre.

— Ah, Kaley, é tarde demais — Jillian confessou. — Ele já está no meu coração.

Kaley a puxou em seus braços.

— Eu tinha medo disso. Jillian, e se ele deixar você? Como você vai lidar com isso? Como vai continuar? Um homem como Quinn não iria embora nunca mais. Um homem como Grimm, bem, os homens que são maiores do que a vida também são os mais perigosos para uma mulher. Grimm é imprevisível.

— Você se arrepende do seu?

— Do meu o quê?

— Do seu homem como Grimm.

As feições de Kaley suavizaram-se misticamente, e sua expressão foi resposta suficiente.

— Então aí está — Jillian observou, em tom doce. — Kaley, se eu soubesse que só poderia ter algumas noites nos braços desse homem ou nada, eu agarraria essas noites mágicas e as usaria para me manter aquecida pelo resto da vida.

Kaley engoliu audivelmente, os olhos cheios de compreensão. Ela deu um sorriso pálido.

— Eu entendo, moça — respondeu por fim.

— Boa noite, minha querida Kaley. Volte para a cama e me permita os mesmos sonhos doces que uma vez você sonhou.

— Eu amo você, moça — Kaley falou de repente.

— Eu também amo você, Kaley — Jillian respondeu com um sorriso, e foi deslizando pelo corredor para encontrar Grimm.

✿

Jillian entrou nos aposentos dele em silêncio. Ele não estava lá. Ela suspirou, frustrada, e andou inquieta pelo quarto. Eram aposentos espartanos, tão limpos e disciplinados quanto o próprio homem. Nada estava fora de ordem, exceto por um travesseiro amassado. Sorrindo, ela subiu na cama e o pegou para afofar. Pressionou-o junto do rosto por um momento e inalou o cheiro fresco de homem. Seu sorriso vacilou e assumiu uma expressão maravilhada quando ela espiou o livro esfarrapado que o travesseiro estava escondendo. *Fábulas de Esopo.* Era o manuscrito ilustrado que ela lhe dera fazia quase uma dúzia de anos, naquele primeiro Natal nevado que haviam passado juntos. Ela soltou o travesseiro. Pegou o manuscrito e o acariciou com ternura nas pontas dos dedos. As páginas estavam desgastadas; as ilustrações, apagadas, e as pequenas anotações e curiosidades espiavam da lombada. Tinha carregado o livro por todos aqueles anos, guardando suas lembranças ali dentro, tanto quanto ela havia feito com o seu volume. Jillian o embalou, maravilhada. O livro dizia tudo o que ela precisava saber. Grimm Roderick era um guerreiro, um caçador, um guarda, um homem muitas vezes duro que carregava uma cópia esfarrapada das *Fábulas de Esopo* aonde quer que fosse, ocasionalmente guardando flores secas e versos entre suas páginas. Jillian folheou o volume até parar em um bilhete que havia sido amassado e alisado novamente dezenas de vezes. *Estarei no telhado no crepúsculo. Preciso falar com você hoje à noite, Grimm!*

Ele nunca a esquecera.

Sensível e forte, capaz e vulnerável, terreno e sensual. Ela estava desesperadamente apaixonada por esse homem.

— Eu guardei.

Jillian girou no lugar. Mais uma vez, não tinha ouvido som nenhum quando ele entrou no quarto. Grimm estava emoldurado na entrada, seus olhos escuros e insondáveis.

— Estou vendo — ela respondeu, em voz baixa.

Ele atravessou o quarto e desabou em uma cadeira diante da lareira, de costas para ela. Jillian se levantou, abraçando o precioso livro junto ao peito em silêncio. Estavam tão perto da intimidade com a qual ela sempre sonhara que tinha medo de quebrar o feitiço com palavras.

— Não posso acreditar que você não esteja me bombardeando com perguntas — ele comentou, cauteloso. — Por exemplo, por que motivo eu guardei o livro?

— Por que você guardou o livro, Grimm? — ela perguntou, mas na verdade não importava o porquê. Grimm o carregara consigo até aquele dia, e era suficiente.

— Venha aqui, moça.

Jillian colocou o livro delicadamente sobre uma mesa e se aproximou devagar. Hesitou a poucos passos do lado dele.

A mão de Grimm disparou e lhe apertou o pulso.

— Jillian, por favor. — Sua voz era muito baixa, quase inaudível.

— Por favor o quê? — ela sussurrou.

Rapidamente, ele puxou o pulso, e ela estava parada diante dele, capturada entre suas coxas. Grimm tinha os olhos fixos nas vizinhanças de seu umbigo, como se não conseguisse extrair forças para levantá-los.

— Me beije, Jillian. Me toque. Me mostre que estou vivo — ele sussurrou de volta.

Jillian mordeu o lábio quando as palavras dele encontraram o coração dela. O homem mais valente e intenso que ela já conhecera temia não estar completamente vivo. Grimm ergueu a cabeça e ela soltou um gritinho abafado ao ver sua expressão. Era sombria, seus olhos dançavam nas sombras, despertando memórias de épocas que ela nem conseguia compreender. Colocou o rosto de Grimm entre as mãos e o beijou, demorando-se no lábio inferior, saboreando a curva sensual.

— Você é o homem vivo mais incrível que já conheci.

— Eu sou, Jillian? Eu sou? — ele perguntou, desesperado.

Como ele poderia duvidar de tal coisa? Seus lábios eram quentes e vitais, as mãos dele se moviam na pele dela, despertando terminações nervosas que ela nunca suspeitou que existissem.

— Por que você guardou o livro, Grimm?

As mãos dele lhe apertaram a cintura possessivamente.

— Guardei para me lembrar de que, embora haja o mal, sempre existe a luz e a beleza. Você, Jillian. Você sempre foi minha luz.

O coração de Jillian disparou. Ela vinha buscar a confirmação da intimidade frágil que se formava entre os dois, provar para si mesma que a ternura e a afeição física que Grimm havia lhe oferecido na noite anterior não tinham sido uma instância isolada. Ela nunca sonhara que pudesse lhe oferecer palavras de... amor? O que mais eram aquelas palavras se não palavras de amor?

Seus sonhos finalmente estavam sendo realizados. Ela sempre soube que havia um vínculo entre ela e seu menino-fera de olhos selvagens, mas aquele encontro como homem e mulher tinha superado todas as fantasias da infância.

Levando-se, Grimm puxou-a contra o comprimento musculoso de seu corpo, oferecendo-lhe inconscientemente a evidência poderosa de seu desejo. O mero roçar dele entre suas coxas fazia Jillian estremecer sem fôlego.

— Não me canso nunca de você, Jillian — ele sussurrou, fascinado pelos olhos que se alargavam de modo sensual, pela forma instintiva como a língua dela umedecia o lábio carnudo inferior. Grimm o capturou e beijou lentamente com beijos abrasadores, persistentes, que roubavam a sensatez dela, e a fizeram pouco a pouco recuar de costas para a cama. Quase lá, ele pareceu mudar de ideia. Segurou os ombros dela na concha das mãos fortes e a virou em seus braços. Jillian achou que a sensação de Grimm pressionado contra suas coxas era excitante demais para suportar, mas, agora que o comprimento duro de Grimm se erguia quente no seu corpo, ela se rendeu a se pressionar junto dele como súplica sem palavras. As mãos começaram uma lânguida jornada sobre seu corpo. Ele acariciou a curva suave dos quadris, deslizou as palmas das mãos pelo arco de suas costas e passou os braços em volta dela para alcançar os seios, encontrando os mamilos sensíveis e os puxando suavemente através do tecido fino da camisa.

Ele juntou os cabelos dela em uma das mãos e puxou de leve para o lado. Ali, beijou a nuca exposta. O breve mordiscar a fez arquear as costas e subir o corpo no dele.

— 171 —

Ele a fez avançar, guiando-a além da cama e em direção à parede. Ao pressioná-la perto das pedras lisas, entrelaçou os dedos com os dela, com as palmas lhe cobrindo o dorso das mãos. Então encostou as palmas contra a parede acima da cabeça dela.

— Não tire suas mãos da parede, Jillian. Não importa o que eu faça, continue na parede e simplesmente sinta...

Jillian se manteve encostada na parede como se fosse seu último apego à sanidade. Quando ele tirou a camisola do corpo dela, Jillian estremeceu sentindo o ar frio encontrar a pele aquecida. Grimm apalpou a parte firme da curva inferior dos seios dela, escorregou sobre a cintura e hesitou nos quadris. Então seus dedos apertaram a pele, e a língua traçou um caminho prolongado pela curva da coluna. Ela se inclinou contra a parede, as mãos espalmadas, oscilando de prazer. Quando ele terminou, não havia um centímetro de pele que não tivesse beijado nem acariciado com o toque aveludado de sua língua.

Agora ela entendia por que ele pedira para se segurar na parede. Não tinha nada a ver com a parede em si e tudo a ver com ser impedida de tocá-lo. Receber as carícias de Grimm Roderick e ser incapaz de retribuir tomou seus sentidos de assalto e a forçou a aceitar o puro prazer sem distrações.

Ele caiu de joelhos atrás dela e lhe disse — tanto com as mãos quanto com sussurros — como ela era linda, o que ela fazia com ele e como a queria, como *precisava* dela.

Ele subiu com as mãos pelo interior das coxas de Jillian, trilhando beijos lentos nas curvas das nádegas. Um súbito suspiro de prazer escapou da moça assim que a mão dele encontrou o centro sensível entre suas pernas. Ao mesmo tempo em que a acariciava com uma fricção irresistível que lhe arrancou um gemido da garganta, ele mordiscou uma nádega.

— Grimm! — ela ofegou.

O riso atado com algo perigosamente erótico aumentou ainda mais a excitação.

— Mãos na parede — ele lembrou quando ela começou a girar. Grimm afastou as coxas dela e se posicionou para que estivesse no chão, olhando para ela, seu rosto a meros centímetros da parte do corpo dela que ardia com seu toque. Jillian pretendia reclamar contra o fato de estar em uma posição tão íntima, mas o calor da língua dele silenciou qualquer protesto que ela pudesse ter feito. Arqueando o pescoço, ela usou cada grama de sua vontade para não gritar com o prazer deslumbrante que ele inflamava dentro dela.

Então o olhar de Jillian foi atraído para o guerreiro magnífico ajoelhado entre suas coxas. A visão de seu rosto, intenso de paixão, juntamente com os sentimentos incríveis que ele estava arrancando dela, encurtou sua respiração e a transformou em arquejos mínimos e desamparados. Ela embalava o corpo de leve sobre ele, soltando gritinhos sem fôlego que eram diferentes de quaisquer sons que ela pensasse em fazer antes daquele momento.

— Eu vou cair — ela ofegou.

— Eu seguro você, Jillian.

— Mas eu não acho que devemos... ah!

— Não ache — ele concordou.

— Mas minhas pernas... não vão... aguentar!

Ele riu e, com um movimento rápido, puxou-a para cima dele. Caíram sobre um tapete tecido em uma prensa de pele quente e membros entrelaçados.

— E pensar que você estava com medo de cair — ele brincou.

Ela saboreou a incrível proximidade de seus corpos, e naquele momento se entregou completamente. Quando caiu por cima dele, apaixonou-se ainda mais, sentiu-se consumida por uma paixão insensata. Ele *sempre* a seguraria — isso ela sabia sem dúvida. Giraram no tapete em uma luta brincalhona pela posição superior, depois ele a virou tão de repente que ela pousou apoiada nas mãos e nos joelhos. Em um instante, Grimm estava atrás dela, brincando com a fenda entre as suaves curvas do seu sexo, e ela ofegou alto.

— *Agora* — ela gritou.

— Agora — ele concordou, e mergulhou dentro dela.

Jillian o sentiu no fundo, preenchendo-a, unindo-os como um só. Ele a segurava pelos seios e estocava. Ela se sentia tão conectada que perdeu o fôlego. Jillian emitiu um som de suprema consternação no instante em que ele saiu e deixou um anseio doloroso dentro dela, mas logo ronronou de prazer, pois ele a preencheu tão completamente que ela arqueou as costas contra aquele peito duro.

Ele devia ter despertado algo dentro dela, Jillian decidiu, pois só precisou de mais algumas estocadas para seu corpo se libertar e estilhaçar em milhares de fragmentos trêmulos. Ela *nunca* teria o suficiente dele.

⚬⟡⚬

Horas mais tarde, uma Jillian saciada estava deitada em uma poça de satisfação na cama dele. Quando as mãos dele começaram a dança sensual no seu corpo, ela suspirou.

— Eu não poderia sentir isso novamente, Grimm — ela protestou, fracamente. — Não restou mais nenhum músculo no meu corpo, e eu simplesmente não conseguiria...

Grimm deu um sorriso perverso.

— Quando eu era mais jovem, passei um tempo com os ciganos.

Jillian deitou-se no travesseiro. O que isso tinha a ver com as explosões de sacudir a terra que ele havia disparado nela?

— Eles tinham uma cerimônia estranha que praticavam para induzir a "Visão". Não se valiam de misturas de ervas e especiarias, ou de fumar um cachimbo. A cerimônia era baseada nos excessos sexuais para alcançar uma consciência capaz de transcender o estado de espírito cotidiano. Eles colocavam um dos videntes em uma barraca com uma dúzia de mulheres que, repetidamente, o levavam ao clímax até ele implorar para não ter mais prazer. Os roma afirmam que o êxtase sexual libera algo no corpo que faz o espírito se elevar e romper os limites da atracação terrena e a se abrir para o extraordinário.

— Eu acredito nisso. — Jillian ficou fascinada. — Me faz sentir como se tivesse bebido vinho doce demais. Minha cabeça começa a girar e meu corpo parece fraco e forte ao mesmo tempo. — Quando os dedos dele encontraram a junção de suas coxas, ela estremeceu. Com alguns movimentos hábeis, ela estava ardendo e faminta novamente, e, quando ele a levou a um clímax rápido com as mãos, foi ainda mais sublime do que o anterior. — Grimm! — Um calor explodiu dentro dela. Jillian estremeceu. Ele não tirou as mãos, mas a embalou com carinho até ela se acalmar. Então começou de novo, movendo os dedos de um jeito leve e excitante sobre o feixe sensível.

— E de novo, minha doce Jillian, até você não poder mais olhar para mim sem saber o que eu posso fazer com você, aonde posso levá-la e quantas vezes posso levá-la a esse lugar.

❧❧❧

Para Grimm, não houve descanso naquela noite. Ele andava de um lado para o outro pelo chão de pedra, chutando as peles de carneiro e se perguntando como ia se convencer a fazer a coisa certa dessa vez. Nunca em sua vida ele se permitira se apegar demais a nada ou a ninguém, porque sempre soube que, a qualquer momento, poderia ter que partir, fugir da caçada que os McKane perpetuavam contra qualquer homem que suspeitassem ser um Berserker.

Eles o haviam encontrado em Durrkesh. Quinn estava certo. O que os impediria de chegar a Caithness? Poderiam seguir facilmente a carroça na qual transportaram os homens doentes. E se descessem novamente sobre Caithness, que dano acometeriam sobre aquele lugar abençoado? Que mal poderiam fazer para o lar de Jillian e para a própria Jillian? Edmund tinha morrido como resultado do último ataque dos McKane. Talvez tivesse pegado uma febre pulmonar, mas, se não fosse o ferimento em batalha, nunca teria sucumbido à doença.

Grimm não poderia viver com o pensamento de fazer mal — novamente — a Caithness e a Jillian.

Parou ao pé da cama, observando-a com ternura. *Eu amo você, Jillian*, ele transmitiu para a forma adormecida. *Sempre amei, e sempre amarei, mas sou um Berserker e você... você é o que a vida tem de melhor. Tenho um pai velho e louco e uma pilha de rochas desmoronadas para chamar de lar. E isso não é vida para uma dama.*

Ele forçou seus medos sombrios para longe e os dispersou com sua vontade formidável. Afundar no corpo dela era tudo em que ele queria pensar. Aqueles dois últimos dias com Jillian tinham sido os melhores de sua vida. Deveria se contentar com eles, Grimm afirmou para si mesmo.

Ela se virou no sono, e sua palma caiu aberta com os dedos levemente curvados. Os cabelos dourados de Jillian se espalhavam sobre os travesseiros brancos, os seios fartos se exibiam sobre as roupas de cama branquíssimas. Só mais um dia, ele prometeu a si mesmo, e mais uma noite mais incrível, mágica e sublime. Depois iria partir, antes que fosse tarde demais.

19

Quinn e Ramsay saquearam a cozinha de Caithness ao raiar do dia. Nem um pedaço de fruta, nem uma peça de carne, nem um bocado salgado foi poupado.

— Cristo, eu sinto que não me alimento com comida sólida há semanas!

— E praticamente não nos alimentamos mesmo. Caldo e pão não contam como comida de verdade. — Com os dentes, Ramsay arrancou um naco de presunto defumado. — Eu não estava com apetite até agora. Aquele maldito veneno me deixou tão enjoado que eu pensei que podia nunca mais querer comer!

Quinn pegou uma maçã na palma da mão e mordeu com deleite. Pratos eram empilhados desordenadamente sobre cada superfície disponível. As criadas iriam desmaiar quando descobrissem que os homens tinham devorado toda a comida preparada para o próximo fim de semana.

— Vamos caçar e reabastecer. — Quinn sentiu-se levemente culpado quando seu olhar percorreu a despensa dizimada. — Está disposto a caçar um pouco, Ram, meu rapaz?

— Contanto que esteja usando saia — disse Ramsay, com um suspiro pesado — e que responda pelo nome de Jillian.

— Acho que não — Quinn respondeu, ácido. — Talvez você não tenha notado, mas é óbvio que Jillian tem um fraco por mim. Se eu não tivesse ficado doente em Durrkesh, teria pedido a mão dela em casamento e estaríamos noivos a esta altura.

Ramsay deu uma golada no uísque e colocou a garrafa sobre o balcão com um *tum*.

— Você é mesmo ruim da cabeça, não é, De Moncreiffe?

— Não me diga que está pensando que vai ser você. — Quinn revirou os olhos.

— É claro que não. É aquele maldito do Roderick. Sempre foi ele, desde que chegamos aqui. — A expressão sombria de Ramsay era mortífera. — E, depois do que aconteceu duas noites atrás...

Quinn ficou rígido.

— O que aconteceu duas noites atrás?

Ramsay deu outra golada, girou a bebida na língua e refletiu por um momento de silêncio.

— Você notou que a mesa comprida do salão não está mais lá?

— Agora que você mencionou, sim; ela não está mais lá. O que aconteceu?

— Vi pedaços da mesa nos fundos, atrás da cabana. Estava rachada no meio.

Quinn não disse nada. Sabia que só um homem conseguia rachar uma mesa de proporções tão enormes com as mãos nuas.

— Quando desci ontem, encontrei as criadas varrendo a comida do chão. Um dos candelabros estava enfincado na parede. Alguém travou uma batalha e tanto lá, duas noites atrás, mas ninguém nem sequer murmurou uma palavra sobre isso, não é?

— O que você está dizendo, Logan? — Quinn perguntou, mal-humorado.

— Apenas que as únicas duas pessoas que estavam bem o suficiente para jantar no salão há duas noites eram Grimm e Jillian. Eles brigaram, obviamente, mas hoje Grimm não parece aborrecido. E Jillian... ora, a mulher é toda sorrisos e bons humores. Falando nisso, só como um pequeno teste, o que você diz de irmos acordar Grimm agora e conversarmos com ele? Isto é, se ele não estiver ocupado de outra forma.

— Se você está insinuando que Jillian pode estar nos aposentos dele, você é um desgraçado estúpido e eu vou desafiá-lo para um duelo — Quinn respondeu. — E talvez tenha acontecido uma briga entre eles, mas eu garanto que Grimm é muito respeitável para seduzir Jillian. Além disso, ele não consegue sequer dizer uma palavra civilizada para Jillian. Grimm certamente não seria capaz de ser bom para ela por tempo suficiente para seduzi-la.

— Não achou curioso que, quando parecia que você estava fazendo progresso com ela, você e eu fomos envenenados e ficamos de fora, mas ele não? — questionou Ramsay. — Eu diria que era uma suspeita conveniente. Acho estranho que ele não tenha ficado doente também.

—◄ 177 ►—

— Ele não consumiu nada do veneno — defendeu Quinn.

— Talvez porque soubesse de antemão que estava envenenado — argumentou Ramsay.

— Basta, Logan! — Quinn esbravejou. — Uma coisa é acusá-lo de querer Jillian. Diabos, todos a queremos, mas é inteiramente outra coisa acusá-lo de tentar nos matar. Você não sabe nada sobre Grimm Roderick.

— Talvez seja você quem não o conhece — retrucou Ramsay. — Talvez Grimm Roderick finja ser algo que não é. Eu, de minha parte, planejo acordá-lo agora e descobrir. — Ramsay saiu dali, resmungando algo para si mesmo.

Quinn balançou a cabeça e saltou atrás dele.

— Logan, acalme-se, por favor...

— Não! Você está convencido demais da inocência dele. Eu digo: vamos fazê-lo provar! — Ramsay subiu as escadas para a ala oeste, três degraus de cada vez, e Quinn teve de correr para acompanhá-lo. Quando Logan acelerou pelo longo corredor, Quinn o alcançou e colocou a mão em seu ombro para contê-lo, mas Ramsay a sacudiu.

— Se está tão convencido de que ele não faria isso, do que você tem medo, De Moncreiffe? Só vamos acordá-lo.

— Você não está sendo sensato, Ram... — Quinn interrompeu abruptamente quando a porta dos aposentos de Grimm se abriu.

Quando Jillian saiu para o corredor, os olhos dele se arregalaram com incredulidade. Inequivocamente, não havia nenhuma razão para Jillian deixar os aposentos de Grimm nas primeiras horas da manhã a não ser o motivo sugerido por Ramsay. Ela era sua amante.

Quinn imediatamente se afastou, puxando Ramsay consigo para um nicho de sombras que dava acesso a uma porta.

Os cabelos dela estavam desgrenhados, e ela vestia apenas um manto de lã sobre os ombros. Embora chegasse quase ao chão, deixava pouca dúvida de que não havia nada por baixo dele.

— Pelas bolas de Odin — ele sussurrou.

Ramsay o favoreceu com um sorriso zombeteiro enquanto espreitavam na reentrância escura.

— Então não é o honrado Grimm Roderick, certo, Quinn? — Ramsay sussurrou.

— Aquele filho da puta. — O olhar de Quinn se demorou nas curvas doces de Jillian à medida que ela foi desaparecendo pelo corredor. Os primeiros raios da aurora que chegavam pelas janelas altas coloriam seus olhos, fixados em Ramsay, com um brilho estranhamente carmesim.

— Belo melhor amigo, hein, De Moncreiffe? Ele sabia que você a queria e ainda por cima nem propôs casamento a ela. Grimm simplesmente toma de graça.

— Por cima do meu cadáver que ele vai fazer isso — Quinn rosnou.

— O pai dela trouxe três homens aqui para que ela escolhesse um marido. E o que ele faz? Tanto você quanto eu faríamos a coisa honrosa, casaríamos com ela, daríamos um nome, bebês e uma vida. Roderick apenas monta nela. Ainda por cima, é provável que desapareça ao pôr do sol, e você sabe disso. Aquele homem não tem a intenção de se casar com ela. Se tivesse uma intenção honrosa, ele a deixaria para você ou para mim, homens que fariam o certo para Jillian. Estou lhe dizendo que você não o conhece tão bem quanto pensa.

Quinn franziu o cenho, e, no instante em que Jillian desapareceu da vista, saiu murmurando para si mesmo.

❧❦❧

O dia passou em uma névoa de felicidade para Jillian. O único momento que o maculou foi ter encontrado Quinn no desjejum. Ele estava frio e distante, e não se parecia em nada com seu estado normal. Quinn a olhava de um jeito estranho enquanto mexia com a comida, e depois foi embora em silêncio.

Uma ou duas vezes ela passou por Ramsay, que também estava se comportando de modo esquisito. Jillian não pensou muito nisso; provavelmente ainda estavam sofrendo os efeitos secundários do veneno e logo mais estariam bem.

O mundo era um lugar magnífico em sua opinião. Até sentia vontade de perdoar seu pai por ter trazido de volta o seu verdadeiro amor. Com uma explosão de generosidade, Jillian decidiu que Gibraltar era tão sábio como ela pensava que era. Iria se casar com Grimm Roderick, e sua vida seria perfeita.

20

— então? — Ronin McIllioch questionou.

Elliott avançou, segurando um maço de pergaminhos ressequidos na mão.

— Tobie fez um bom trabalho, milorde, embora não pudéssemos arriscar chegar perto demais de Caithness. Seu filho possui os mesmos sentidos notáveis que o senhor. Ainda assim, Tobie conseguiu esboçá-lo em várias ocasiões: cavalgando, salvando um menino e duas vezes com a mulher.

— Deixe-me ver. — Ronin esticou a mão impaciente para Elliott. Mexeu nas páginas uma a uma, absorvendo todos os detalhes. — É um rapaz bonito, não é, Elliott? Veja só estes ombros! Tobie não exagerou, decerto? — Quando Elliott balançou a cabeça em negativa, Ronin sorriu. — Veja só esse poder. Meu filho é inteiro um guerreiro lendário. As moças devem desmaiar por ele.

— Sim, ele é uma lenda, seu filho é sim. O senhor devia ter visto seu filho matar o gato-selvagem. Cortou a própria mão para despertar a fúria Berserker, só para salvar a criança.

Ronin passou os esboços para o homem ao seu lado. Dois pares de olhos azul-gelo estudaram todas as linhas.

— Pela lança de Odin! — Ronin soltou o ar devagar ao pegar os dois últimos desenhos. — Ela é a coisa mais linda que eu já vi.

— Seu filho tem a mesma opinião — Elliott afirmou, com satisfação. — Ele está tão obcecado quanto o senhor era por Jolyn. Ela é a companheira dele, milorde, sem dúvida.

— Eles...? — Ronin deixou a frase pairando no ar.

— A julgar pela destruição que Gavrael causou no Grande Salão, eu diria que sim. — Elliott sorriu.

Ronin e o homem a seu lado trocaram olhares satisfeitos.

— A hora está próxima. Encontre Gilles e comece os preparativos para a volta dele para casa.

— Sim, milorde!

O homem sentado ao lado de Ronin levantou olhos azul-gelo para *laird* McIllioch.

— Acha mesmo que vai acontecer da forma como a mulher previu? — perguntou Balder, o irmão de Ronin, em voz baixa.

— Mudanças cataclísmicas — Ronin murmurou. — Ela disse que esta geração iria sofrer mais do que qualquer McIllioch, mas prometeu que, também, esta geração avançaria e conheceria a maior felicidade. A velha vidente jurou que meu filho veria filhos próprios, e eu acredito nisso. Ela prometeu que, quando ele escolhesse sua companheira, ela o traria de volta para casa, em Maldebann.

— E como você vai transcender o ódio que ele sente por você, Ronin? — perguntou seu irmão.

— Não sei. — Ronin suspirou pesado. — Talvez eu esteja esperando um milagre, que ele vá me ouvir e me perdoar. Agora que encontrou a companheira, ele pode compreender minha situação. Pode ser capaz de entender por que eu fiz o que fiz. E por que eu o deixei ir.

— Não seja tão duro consigo mesmo, Ronin. Os McKane teriam seguido você caso tivesse partido em busca do seu filho. Eles estavam esperando que você traísse o esconderijo dele. Eles sabem que você não terá mais filhos e nem suspeitam da minha existência. É Gavrael que eles estão determinados a destruir, e o tempo está chegando. Se descobrirem que ele encontrou a companheira, não vão parar por nada.

— Eu sei. Gavrael ficou bem escondido em Caithness por anos, então pensei que fosse melhor deixar esse assunto de lado. Gibraltar treinou-o melhor do que eu poderia ter treinado na época. — Ronin encontrou o olhar de Balder. — Mas eu sempre pensei que em algum momento ele voltaria para casa por sua própria vontade; de curiosidade ou ao menos por se sentir confuso devido a quem era, e muito antes de agora. Quando ele não voltou, quando nunca olhou nem para oeste, na direção de Maldebann... ah, Balder, temo que tenha me tornado amargo. Não podia acreditar que meu filho me odiasse tão completamente.

— O que faz você pensar que ele vai perdoar-lhe agora?

Ronin ergueu as mãos em um gesto de desamparo.

— A ilusão de um tolo? Eu tenho de acreditar. Ou não teria motivos para continuar.

Balder apertou de leve o ombro dele.

— Você tem uma razão para prosseguir. Os McKane devem ser derrotados de uma vez por todas, e você deve garantir a segurança dos filhos do seu filho. Isso em si é motivo suficiente.

— E será feito — Ronin prometeu.

⚬⚬◯⚭⚬

Grimm passou o dia a cavalo, vasculhando cada centímetro de Caithness em busca de algum sinal de que os McKane o haviam encontrado. Ele sabia como eles operavam: acampariam no perímetro das terras de Caithness e esperariam pelo momento certo, qualquer momento de vulnerabilidade. Grimm percorreu toda a circunferência, procurando qualquer coisa: os restos de uma fogueira recente, gado que pudesse ter sido roubado e abatido, notícias de estranhos entre os camponeses.

Não encontrou nada. Nem mesmo um indício para sustentar sua suspeita de que estava sendo observado.

Ainda assim, um formigamento de desconforto espreitava na base do pescoço, onde ele sempre o sentia quando algo estava errado. Havia uma ameaça não identificada e invisível em alguma parte de Caithness.

Grimm entrou no pátio fortificado ao pôr do sol. Sentia um desejo aterrador de saltar do cavalo, correr para o castelo e encontrar Jillian. Então tomá-la em seus braços, carregá-la para seus aposentos e fazer amor com ela até nenhum dos dois conseguir se mover, o que, para um Berserker, era um longo tempo.

Vá embora, sua consciência instigou. *Vá embora agora mesmo. Nem sequer arrume uma bolsa, nem sequer diga adeus, apenas vá embora agora.*

Sentia-se ser rasgado no meio. Em todos os anos que sonhara com Jillian, nunca imaginou que pudesse se sentir assim; ela o completava. O Berserker havia despertado dentro dele e se humilhado na presença dela. Jillian poderia purificá-lo novamente. Simplesmente estar com ela acalmava o monstro que ele havia aprendido a odiar, o monstro que ela nem sabia que existia.

Por dentro, Grimm fez uma careta ao sentir a esperança. Essa emoção traiçoeira que ele nunca se permitira alimentar disputava lugar com sua pre- •

monição de perigo. A esperança era um luxo pelo qual ele não poderia pagar. A esperança fazia os homens tomarem atitudes tolas, tais como ficar em Caithness quando todos os seus sentidos aguçados clamavam que, apesar de não encontrar nenhum sinal dos McKane, ele estava sendo observado e um confronto era iminente. Grimm sabia lidar com o perigo. Não sabia era lidar com a esperança.

Suspirando, entrou no Grande Salão e começou a comer de um prato de frutas perto da lareira. Ao selecionar uma pera madura, soltou o corpo em uma cadeira diante do fogo e ficou defronte às chamas com o olhar perdido, enfrentando seu ímpeto de procurá-la. Tinha que tomar algumas decisões. Teria que encontrar uma forma de se comportar de maneira honrada, de fazer a coisa certa, mas não sabia mais qual era a coisa certa. Nada mais era preto no branco; não havia respostas fáceis. Sabia como era perigoso permanecer em Caithness, mas ficar era o que desejava mais do que qualquer coisa na vida.

Estava tão perdido em pensamentos que não ouviu Ramsay se aproximar até a voz profunda e áspera do highlander despertá-lo. Só isso já deveria tê-lo alertado de que se tinha permitido baixar a guarda perigosamente.

— Onde você esteve, Roderick?

— Cavalgando.

— O dia todo? Maldição, homem, há uma mulher bonita no castelo e você sai a cavalo o dia todo?

— Também estava pensando. Cavalgar clareia minhas ideias.

— Eu diria que você tem muito a pensar mesmo — Ramsay murmurou para si mesmo.

Com sua audição aguçada, Grimm ouviu cada sílaba. Ele se virou e encarou Ramsay.

— E sobre o que você acha que eu deveria estar pensando?

Ramsay pareceu assustado.

— Estou a uma dúzia de passos de você! É impossível você ter ouvido. Mal era audível.

— Obviamente, eu escutei — Grimm respondeu, com frieza. — Então, sobre o que você presume que eu deveria estar pensando?

Os olhos escuros de Ramsay cintilaram, e Grimm viu que ele estava tentando suprimir seu gênio volátil.

— Vamos começar com honra, Roderick — Ramsay disse, com rigidez.
— Honra em relação ao nosso anfitrião. E à filha dele.

O sorriso de Grimm era perigoso.

— Vou propor um acordo, Logan. Se você não mencionar minha honra, eu não vou arrastar a sua do chiqueiro onde ela repousa há anos.

— Minha honra... — Ramsay começou a falar em tom enérgico, mas Grimm o interrompeu com impaciência. Tinha coisas mais importantes para ocupar sua mente do que discutir com Ramsay.

— Vamos direto ao ponto, Logan. Quanto ouro você deve aos Campbell? Metade do dote de Jillian? Ou seria mais? Pelo que eu ouço, você está tão enterrado nisso que poderia muito bem se colocar a sete palmos do chão. Se faturar a herdeira dos St. Clair, você pode conseguir saldar suas dívidas e viver com extravagância por alguns anos. Não é isso?

— Nem todos os homens são abastados como você, Roderick. Para alguns de nós, que somos em grande número, é uma dificuldade cuidar do clã. E eu gosto de Jillian — Ramsay rosnou.

— Tenho certeza de que sim. Da mesma forma que você se preocupa em ver sua barriga cheia da melhor comida e do melhor uísque. Da mesma forma que você se importa em cavalgar um garanhão puro-sangue, da mesma forma que você gosta de exibir seus cães. Talvez todas essas despesas sejam o motivo de você ter dificuldade para sustentar seu povo. Quantos anos você desperdiçou na corte, gastando ouro tão prodigamente quanto o seu clã procria?

Ramsay se virou, rígido, e ficou em silêncio por um longo momento. Grimm o observava. Cada músculo em seu corpo estava tenso a ponto de explodir. Logan tinha um temperamento violento: Grimm já o havia experimentado antes. Ele se repreendeu por antagonizar o homem, mas a tendência que Ramsay Logan tinha a colocar as próprias necessidades acima das do clã faminto o enfureciam.

Ramsay respirou fundo e se virou, surpreendendo Grimm com um sorriso agradável.

— Você está errado sobre mim, Roderick. Confesso que meu passado não é tão exemplar, mas não sou o mesmo homem que eu costumava ser.

Grimm o observava, e o ceticismo era evidente em cada linha do seu rosto.

— Vê? Não estou perdendo as estribeiras. — Ramsay ergueu as mãos em um gesto conciliador. — Eu entendo como você pode acreditar nessas coisas sobre mim. Já fui um réprobo selvagem, egocêntrico, mas não sou mais. Não posso provar a você. Só o tempo provará minha sinceridade. Por favor, me dê esse voto de confiança.

Grimm bufou.

— Claro, Logan. Esse voto eu dou. Você pode estar diferente. — *Pior*, ele acrescentou na privacidade de seus pensamentos, e voltou sua atenção para as chamas.

Quando Grimm ouviu Ramsay dar meia-volta para sair do salão, não conseguiu se impedir de perguntar:

— Onde está Jillian?

Logan parou no meio do passo e lançou um olhar frio sobre o ombro.

— Jogando xadrez com Quinn no gabinete. Ele pretende pedi-la em casamento esta noite, então sugiro que você lhes dê privacidade. Jillian merece um marido decente, e, se ela não ficar com ele, eu pretendo fazer o pedido no seu lugar.

Grimm assentiu com firmeza. Depois de alguns momentos tentando bloquear de sua mente todos os pensamentos sobre Jillian — Jillian, que estava instalada no gabinete aconchegante com Quinn, que lhe pedia em casamento naquele instante — e falhando miseravelmente, ele voltou para a noite, mais perturbado pelas palavras de Ramsay do que desejava admitir.

❦

Grimm vagou pelos jardins por quase meia hora antes de se dar conta de que não via nenhum sinal de seu cavalo. Occam fora deixado no pátio interior não fazia nem uma hora. O animal raramente vagava para longe do castelo.

Intrigado, Grimm procurou nas alas internas e externas do pátio, assobiando repetidamente, mas não ouviu nem um relincho, nem o trovejar dos cascos. Voltou o olhar pensativo para os estábulos, que adornavam os limites do pátio fortificado externo. O instinto se acelerou dentro dele, uma advertência, e partiu em uma corrida para as estrebarias.

Lá chegando, parou abruptamente. O silêncio ali era anormal. Um odor estranho permeava o ar. Acentuado, acre, semelhante a ovos podres. Espiando na escuridão, ele enumerou todos os detalhes do espaço antes de entrar. Feno em pilhas pelo chão: normal. Lâmpadas de óleo suspensas nas vigas: também normal. Todos os portões fechados: ainda tudo normal.

Cheiro de algo sulfúrico: definitivamente anormal. Porém nada que o impedisse prosseguir.

Ele entrou cautelosamente nos estábulos, assobiou e foi recompensado com um relincho abafado na baia mais distante. Grimm se forçou a não avançar correndo.

Era uma armadilha.

Embora não conseguisse entender a natureza exata da ameaça, o perigo praticamente gotejava das vigas da construção baixa. Seus sentidos se eriçaram. O que estava errado? Enxofre?

Estreitou os olhos, pensativo, caminhou para a frente e esfregou de leve o feno que havia debaixo da sua bota, depois se inclinou para empurrar de lado um maço grosso de trevos.

Grimm expeliu um assobio baixo de espanto.

Afastou mais feno, avançou cinco passos, fez o mesmo, moveu-se cinco passos à esquerda e repetiu o movimento. Passando as mãos sobre o chão de pedra empoeirado debaixo do feno, encontrou um punhado de pólvora negra finamente granulada.

Cristo! Todo o chão do estábulo havia sido salpicado regularmente com uma camada de pólvora negra. Alguém tinha coberto generosamente as pedras e depois jogado feno solto por cima. A pólvora negra era uma combinação de salitre, carvão e enxofre. Muitos clãs cultivavam seu salitre dentro ou perto dos estábulos para preparar o canhão. Mas, ali, espalhada no chão, havia pólvora totalmente processada e granulada dolorosamente à perfeição. Possuía propriedades explosivas letais e havia sido colocada ali deliberadamente. Estava muito longe da versão rústica de esterco fermentado da qual o salitre derivava. Juntamente com a propriedade inflamável do feno e a abundância natural do estrume fresco, os estábulos eram um inferno à espera da ignição. Uma faísca mandaria tudo pelos ares com a força de uma bomba massiva. Se uma das lâmpadas de óleo caísse ou mesmo cuspisse uma faísca oleosa, a construção — e metade da ala externa — seria sacudida pela explosão.

Occam relinchou, um som de pânico. Estava amordaçado, Grimm percebeu. Alguém havia amordaçado seu cavalo e o capturado em uma armadilha mortal.

Grimm nunca permitiria que seu cavalo fosse queimado novamente, e quem quer que tivesse projetado a armadilha o conhecia bem o bastante para saber de seu fraco pelo garanhão. Grimm ficou parado, absolutamente imóvel, dez passos dentro da porta — não muito longe para fugir em busca de segurança caso o feno começasse a arder, mas Occam estava em uma baia trancada, a cinquenta metros da saída, e ali repousava o problema.

Um homem de coração frio viraria as costas e partiria. O que era um cavalo afinal? Um animal usado para os propósitos do homem. Grimm bufou. Occam era uma criatura linda e majestosa, dotada de inteligência e da mesma capacidade de sofrer dor e medo que qualquer ser humano.

Não, ele nunca poderia deixar seu cavalo para trás.

Quase não havia completado esse pensamento quando algo atravessou a janela à sua esquerda e a palha pegou fogo em questão de um instante.

Grimm pulou nas chamas.

❧

No aconchego do gabinete, Jillian riu ao mover seu bispo para uma posição de xeque-mate. Lançou um olhar furtivo na direção da janela, como tinha feito uma dúzia de vezes na última hora, procurando algum sinal de que Grimm houvesse retornado. Desde que ela o vislumbrara saindo a cavalo naquela manhã, estava vigiando seu regresso. No momento em que a enorme forma cinzenta de Occam passasse pelo gabinete, Jillian temia que pudesse se levantar de repente, boba como uma moça, e sair dali correndo. As memórias da noite que ela havia passado emaranhada no corpo duro e inesgotável de Grimm trouxeram um rubor à sua pele, aqueceram-na de uma forma que o fogo nunca poderia.

— Não é justo! Como posso me concentrar? Quando você era uma mocinha era muito mais fácil — Quinn reclamou. — Quando jogo com você agora não consigo pensar.

— Ah, as vantagens de ser mulher — Jillian disse, arrastando as palavras maliciosamente. Ela estava certa de que deveria estar irradiando seu conhecimento sensual recém-descoberto. — É culpa minha que sua atenção vagueie?

O olhar de Quinn se demorou nos ombros dela, expostos pelo vestido.

— Certamente — ele assegurou. — Olhe só para você, Jillian. Está linda! — A voz dele adquiriu um tom de confidência. — Jillian, moça, há uma coisa que eu gostaria de discutir com você...

— Quinn, silêncio. — Ela colocou um dedo contra os lábios dele e sacudiu a cabeça.

Quinn lhe afastou a mão.

— Não, Jillian. Mantive meu silêncio por tempo suficiente. Eu sei o que você sente. — Ele fez uma pausa deliberada para dar ênfase às suas palavras seguintes. — E eu sei o que está acontecendo com Grimm. — Ele manteve o olhar constante.

Jillian ficou imediatamente cautelosa e se fez de desentendida:

— O que você quer dizer?

Quinn sorriu em um esforço para suavizar suas palavras.

— Jillian, ele não é o tipo para casar.

— 187 —

Jillian mordeu o lábio e desviou o olhar.

— Você não sabe disso com certeza. É como dizer que Ramsay não é o tipo para casar porque, das histórias que ouvi, ele tem sido um perfeito mulherengo, mas hoje de manhã mesmo ele me convenceu de sua palavra. Simplesmente porque um homem não mostrou nenhuma inclinação no passado a se casar não significa que não o fará. As pessoas mudam. — Grimm certamente tinha mudado e revelado o homem sensível e amoroso que ela sempre acreditou que ele realmente fosse.

— Logan pediu você em casamento? — Quinn fechou a cara.

Jillian confirmou com a cabeça.

— Esta manhã. Depois do desjejum, ele veio falar comigo quando eu estava caminhando nos jardins.

— Ele pediu sua mão? Ramsay sabia que eu planejava pedir! — Quinn xingou e logo em seguida murmurou um pedido apressado de desculpas. — Perdoe-me, Jillian, mas fiquei com raiva que ele tenha feito isso por trás das minhas costas.

— Eu não aceitei, Quinn, então não importa.

— Como ele reagiu?

Ela suspirou. O highlander não tinha ficado nada bem; Jillian tinha a sensação de que tinha escapado por pouco de uma demonstração perigosa de cólera.

— Não acho que Ramsay Logan esteja acostumado a ser rejeitado. Ele parecia furioso.

Quinn a estudou por um momento antes de dizer:

— Jillian, moça, eu não ia lhe dizer isso, mas acho que você deveria ser informada para que tome uma decisão sábia. Os Logan são ricos em terras, mas pobres em ouro. Ramsay Logan precisa se casar e se casar bem. Você seria uma dádiva de Deus para o clã empobrecido.

Jillian o encarou com o olhar atônito.

— Quinn! Não pensei que você fosse tentar desacreditar meus pretendentes. Céus! Ramsay passou um quarto de hora esta manhã tentando desacreditar você e Grimm. O que há com vocês, homens?

Quinn ficou rígido.

— Não estou tentando depreciar seus pretendentes. Estou falando a verdade. Logan precisa de ouro. O clã dele está passando fome, e passa há muitos anos. Eles mal conseguem conservar as próprias terras ultimamente. No passado, os Logan contratavam mercenários para conseguir ouro, mas houve tão poucas guerras nos últimos anos que nem há trabalho de mercenário para encontrar. Terra precisa de dinheiro, e dinheiro é algo que os Logan nunca tiveram. Você é a resposta para todas as preces deles. Desculpe meu modo grosseiro de explicar, mas, se Ramsay Logan pudesse ganhar a rica noiva St. Clair, o clã dele o anunciaria como seu salvador.

Jillian mordiscou o lábio, pensativamente.

— E você, Quinn de Moncreiffe, por que deseja se casar comigo?

— Porque eu gosto profundamente de você, moça — ele disse apenas.

— Talvez eu devesse perguntar ao Grimm sobre *você*.

Quinn fechou os olhos e suspirou.

— O que há de errado em ter Grimm como candidato? — ela pressionou, determinada a esclarecer tudo.

O olhar de Quinn era compassivo.

— Não quero ser cruel, mas ele nunca vai se casar com você, Jillian. Todo mundo sabe que Grimm Roderick prometeu nunca se casar.

Jillian se recusou a deixar Quinn ver como suas palavras a afetavam. Ela mordeu o lábio para impedir que algum comentário áspero escapasse de sua boca. Quase conseguiu reunir a coragem para perguntar por que, e se Grimm tinha dito algo assim recentemente, quando uma explosão tremenda sacudiu o castelo.

As janelas tremeram em seus quadros, e o próprio castelo estremeceu. Jillian e Quinn se levantaram com um salto.

— O que foi isso? — ela perguntou, sem fôlego.

Quinn voou para a janela e olhou para fora.

— Cristo! — ele gritou. — Os estábulos estão em chamas!

21

Jillian correu para o pátio atrás de Quinn, gritando repetidamente o nome de Grimm, ignorando os olhos curiosos da criadagem e os olhares chocados de Kaley e Hatchard. A explosão despertara o castelo. Hatchard estava no pátio gritando ordens, organizando um ataque contra as chamas hostis que devoravam os estábulos e avançavam para o leste, prestes a devastar o castelo.

O clima do outono andava seco o suficiente para que o fogo se espalhasse e saísse rapidamente de controle, engolindo prédios e plantações. A aldeia repleta de cabanas de pau a pique pegaria fogo feito palha seca se as chamas chegassem tão longe. Algumas faíscas dispersas levadas pela brisa podiam destruir todo o vale. Desesperadamente, Jillian empurrou essa preocupação para as margens de seus pensamentos; tinha que encontrar Grimm.

— Onde está Grimm? Alguém viu Grimm? — Jillian foi abrindo caminho entre a multidão, olhando rostos, aflita para vislumbrar o porte orgulhoso, os olhos azuis intensos. Seus olhos foram atraídos pela forma de um enorme garanhão cinzento. — Não se faça de herói, não se faça de herói — ela murmurou. — Pelo menos uma vez, seja apenas um homem, Grimm Roderick. Esteja *a salvo*.

Não percebeu que dissera as palavras em voz alta até que Quinn, que surgira na multidão ao lado dela, olhou-a intensamente e balançou a cabeça.

— Mas ora, moça, você o ama, não é?

Jillian assentiu, com lágrimas lhe enchendo os olhos.

— Encontre-o, Quinn! Cuide para que esteja seguro!

Quinn suspirou e assentiu.

— Fique aqui, moça. Vou encontrá-lo para você. Prometo.

O estranho grito de um cavalo rasgou o ar, e Jillian girou em direção aos estábulos, congelada por uma certeza súbita e terrível.

— Ele não poderia estar lá dentro, poderia, Quinn?

A expressão de Quinn ecoou claramente o medo dela, mas é claro que Grimm poderia e estaria lá. Ele não podia suportar ver um cavalo se queimar. Ela sabia. Grimm dissera naquele dia, em Durrkesh. Na mente dele, o grito inocente de um animal era tão intolerável quanto o de uma criança ferida ou uma mulher apavorada.

— Nenhum homem poderia sobreviver a isso. — Jillian olhou para o incêndio. As chamas disparavam, altas como o castelo, laranja-vivo contra o céu preto. O paredão de fogo, tão intenso, era quase impossível de olhar. Jillian estreitou os olhos, em uma tentativa desesperada de discernir a forma baixa e retangular do estábulo, sem sucesso. Ela não via nada além de fogo.

— Você está certa, Jillian — Quinn afirmou, lentamente. — Nenhum *homem* poderia.

Como se estivesse em um sonho, ela viu uma forma avultar dentro das chamas. Como uma visão de pesadelo, as chamas brancas e alaranjadas crepitavam, uma forma borrada de escuridão ondulava atrás delas, e um cavaleiro irrompeu dali, envolto em chamas, em disparada na direção do lago, onde tanto cavalo quanto cavaleiro mergulharam nas águas frias, sibilando ao submergir. Ela prendeu a respiração até que eles emergissem.

Quinn concedeu-lhe um rápido aceno de encorajamento antes de ele correr para se juntar à luta contra o fogaréu que ameaçava Caithness.

Jillian se lançou para o lago, trocando os pés na pressa de chegar ao lado dele. Quando Grimm se levantou da água e conduziu Occam pela margem rochosa, ela se atirou contra ele, mergulhou em seus braços e enterrou o rosto em seu peito encharcado. Ele a abraçou por um longo momento até ela parar de tremer, depois recuou e enxugou suas lágrimas delicadamente.

— Jillian — falou, com tristeza.

— Grimm, pensei que tivesse perdido você! — Ela pressionou beijos frenéticos em seu rosto, ao mesmo tempo que apalpava o corpo todo do homem para se reassegurar de que estava ileso. — Ora, você nem sequer se queimou — constatou, intrigada. Embora as roupas estivessem em farrapos carbonizados e a pele estivesse um pouco avermelhada, nem mesmo uma bolha a marcava. Ela olhou dele para Occam, que também parecia ter sido poupado. — Como pode ser? — ela se admirou.

— 191 —

— A pelagem dele foi chamuscada, mas no geral Occam está bem. Cavalgamos depressa — Grimm disse, rapidamente.

— Eu pensei que tivesse perdido você — Jillian repetiu. Olhando nos olhos dele, ficou impressionada com o súbito e terrível entendimento de que, embora ele tivesse saído das chamas milagrosamente inteiro, suas palavras nunca tinham sido mais verdadeiras. Ela o *tinha* perdido. Não fazia ideia de como ou por que, mas o olhar cintilante transbordava distanciamento e tristeza. Um adeus.

— Não — ela gritou. — Não. Não vou deixar você ir. Você *não* vai me deixar!

Grimm baixou os olhos para o chão.

— Não — ela insistiu. — Olhe para mim.

Seu olhar estava escuro.

— Tenho que ir, moça. Não vou trazer destruição para este lugar novamente.

— O que faz você pensar que esse incêndio tem a ver com você? — ela questionou, lutando contra todos os instintos lhe dizendo que o fogo realmente tinha a ver com ele. Ela não sabia o porquê, mas sabia que era verdade.

— Ah! Você é tão arrogante — Jillian pressionou com bravura, determinada a convencê-lo de que a verdade não era a verdade. Usaria todas as armas, justas ou injustas, para ficar com ele.

— Jillian. — Grimm exalou um suspiro de frustração e estendeu a mão para ela.

Jillian bateu nele com os punhos.

— Não! Não me toque, não me abrace, não se isso significa que você vai se despedir!

— Eu tenho que ir, moça. Tentei lhe dizer isso ... Cristo, tentei dizer isso a mim! Não tenho nada para lhe oferecer. Você não entende; isto nunca pode dar certo. Não importa o quanto eu deseje, não posso oferecer o tipo de vida que você merece. Coisas como esse incêndio acontecem comigo o tempo todo, Jillian. Não é seguro para ninguém estar perto de mim. Eles me caçam!

— Quem caça você? — ela choramingou. O mundo estava desmoronando sobre sua cabeça.

Ele fez um gesto irritado.

— Não posso explicar, moça. Você simplesmente terá que aceitar minha palavra. Eu não sou um homem normal. Um homem normal poderia ter sobrevivido a isso? — Ele ergueu o braço em direção ao incêndio.

192

— Então, o que você é? — ela gritou. — Por que não me diz de uma vez?

Ele balançou a cabeça e fechou os olhos. Depois de uma longa pausa, Grimm os abriu. Seus olhos ardiam, incandescentes, e Jillian perdeu o fôlego lembrando de uma memória fugaz. Era a memória de uma menina de quinze anos vendo aquele homem batalhar contra os McKane. Vendo como ele parecia crescer, ficar mais largo, mais forte com cada gota de sangue que era derramada. Vendo seus olhos queimarem como brasas, ouvindo seu riso gélido, perguntando-se como era possível que um homem pudesse matar tantos outros e ainda permanecer ileso.

— O que você é? — repetiu, em um sussurro, implorando-lhe conforto. Implorando-lhe que ele não fosse nada mais do que o homem.

— O guerreiro que sempre... — Grimm fechou os olhos. *Amou você.* Mas ele não podia oferecer essas palavras: não podia acompanhar o que elas prometiam. — Adorou você, Jillian St. Clair. Um homem que não é bem um homem, que sabe que nunca pode ter você. — Ele respirou fundo, trêmulo.

— Você deve se casar com Quinn. Case-se com ele e me liberte. Não se case com Ramsay... Ramsay não é bom para você, mas você precisa me deixar ir, porque não posso sofrer sua morte nas minhas mãos, e isso é tudo o que poderia acontecer da nossa união. Grimm encontrou seu olhar, suplicando sem palavras que ela não tornasse a partida mais difícil do que já era.

Jillian endureceu. Se o homem ia deixá-la, ela iria se certificar de que doesse como o diabo. Então estreitou os olhos e disparou um desafio sem palavras para ele ser corajoso, para ele lutar por aquele amor. Grimm desviou o rosto.

— Obrigado por estes dias e noites, moça. Obrigado por me dar as melhores lembranças da minha vida, mas diga adeus, Jillian. Deixe-me ir. Fique com o esplendor e com as maravilhas que compartilhamos e me deixe ir.

Foi então que as lágrimas dela começaram. Ele já havia decidido, já começara a colocar distância entre eles.

— Apenas me diga, Grimm — Jillian implorou. — Não pode ser tão ruim assim. Seja lá o que for, podemos lidar com isso juntos.

— Eu sou um animal, Jillian. Você me conhece!

— Eu sei que você é o homem mais honrado que já conheci! Eu não me importo com o que a nossa vida seria. Eu viveria *qualquer* tipo de vida, desde que a vivesse com você — ela sibilou.

Quando Grimm recuou devagar, Jillian observou a vida desaparecer dos olhos dele, deixando seu olhar invernal e vazio. Ela sentiu o momento em que o perdeu; algo dentro do seu peito esvaziou completamente, deixando um vazio que ela suspeitava que poderia matá-la.

— Não!

Ele recuou. Occam seguiu, relinchando suavemente.

— Você disse que me adorava! Se realmente se importasse comigo, lutaria para ficar ao meu lado!

Ele estremeceu.

— Eu gosto demais de você para machucá-la.

— Isso é fraco! Você não sabe o que é gostar — ela gritou, furiosa. — Gostar é amor. E o amor luta! O amor não procura o caminho da menor resistência. Pelos sinos do inferno, Roderick, se o amor fosse tão fácil, todos o encontraríamos. Você é um covarde!

Ele se encolheu, e um músculo pulou furiosamente no maxilar.

— Estou fazendo a coisa honrosa.

— Para o *inferno* com a coisa honrosa — ela gritou. — O amor não tem orgulho. O amor procura maneiras de suportar.

— Jillian, pare. Você quer mais de mim do que sou capaz de dar.

O olhar dela ficou gelado.

— É óbvio. Pensei que você fosse heroico em todos os sentidos, mas não é. Você é apenas um homem afinal de contas. — Ela afastou o olhar e prendeu a respiração, perguntando-se se o tinha persuadido o suficiente.

— Adeus, Jillian.

Grimm pulou no cavalo, e eles pareceram se fundir em um só animal — uma criatura de sombras desaparecendo na noite.

Ela fitou, boquiaberta, o buraco que ele havia deixado no seu mundo. Grimm a deixara. Realmente a deixara. Um soluço foi crescendo dentro de Jillian, tão doloroso que ela se dobrou.

— Covarde — sussurrou.

22

Ronin enfiou a chave na fechadura e hesitou, ajustando os ombros com firmeza. Olhou para a imponente porta de carvalho com uma barra de aço. Muito alta, encaixava-se em um alto arco de pedra. *Deo non fortuna* fora entalhado em uma caligrafia fluida acima do arco — Por Deus, não por acaso. — Durante anos, Ronin negou as palavras, se recusou a ir àquele lugar, acreditando que Deus o abandonara. *Deo non fortuna* era o lema pelo qual vivera seu clã, acreditando que seus dons especiais fossem uma dádiva divina e que tinham um propósito. E então essa "dádiva" resultara na morte de Jolyn.

Ronin soltou um suspiro ansioso quando se forçou a girar a chave e abrir a porta. As dobradiças oxidadas protestaram devido ao longo desuso. Teias de aranha dançavam na abertura da porta, e ele foi recebido pelo cheiro de mofo de lendas esquecidas. *Bem-vindo ao Salão dos Lordes*, clamaram as lendas. *Você realmente achou que poderíamos esquecê-lo?*

Mil anos de McIllioch agraciavam o salão. Esculpida profundamente no ventre da montanha, a câmara chegava à altura de quinze metros. As paredes curvas se encontravam em um arco majestoso, e o teto era pintado com representações gráficas dos heróis épicos do clã.

Seu pai o havia levado ali quando Ronin completou dezesseis anos. Explicara sua nobre história e guiara Ronin pela mudança — a orientação que Ronin não pôde prover para o filho.

Mas quem teria pensado que Gavrael sofreria a mudança tão mais cedo do que qualquer um deles? Fora totalmente inesperado. A batalha contra os

McKane se seguindo tão depressa ao assassinato brutal de Jolyn deixara Ronin exausto demais, atordoado demais para que seu sofrimento alcançasse o filho. Embora Berserkers fossem difíceis de matar, se um deles se ferisse com gravidade, levava tempo para se curar. Ronin demorara meses para se recuperar. No dia em que os McKane assassinaram Jolyn, deixaram para trás um homem oco, que não queria ficar bom.

Imerso em sua dor, ele havia falhado com o filho. Tinha sido incapaz de apresentar a vida de Berserker para Gavrael, de treiná-lo nos meios secretos de controlar a sede de sangue. Não estava lá para explicar. Havia fracassado, e seu filho fugira para encontrar uma nova família e uma nova vida.

À medida que o passar dos anos curtiu e temperou o corpo de Ronin, ele aceitou cada osso cansado, cada junta dolorida e cada novo cabelo branco descoberto com gratidão, pois o levava dia a dia mais perto de sua amada Jolyn.

Mas ainda não poderia ir se encontrar com ela. Havia coisas que ainda precisavam ser feitas. Seu filho estava voltando para casa, e Ronin não falharia uma segunda vez.

Com esforço, ele retirou sua atenção da culpa profunda que sentia e retornou para o Salão dos Lordes. Não tinha conseguido nem mesmo cruzar a soleira. Endireitou os ombros. Agarrando uma tocha que ardia forte, Ronin abriu caminho entre as teias de aranha e entrou no salão. Seus passos ecoavam como pequenas explosões na vasta câmara de pedra. Desviou de alguns itens esquecidos e mofados de mobília e seguiu a parede até o primeiro retrato que tinha sido esculpido em pedra, havia mais de mil anos. Os retratos mais velhos eram de pedra, pintada com misturas desbotadas de ervas e argilas. Os mais recentes eram desenhos de carvão e pinturas.

As mulheres nas imagens compartilhavam a mesma característica marcante. Todas radiantes de tirar o fôlego, positivamente transbordando de felicidade. Os homens também tinham uma única distinção. Todos os novecentos e cinquenta e oito homens naquele salão tinham olhos azul-gelo.

Ronin avançou para o retrato de sua esposa e ergueu a tocha. Ele sorriu. Se alguma deidade pagã tivesse lhe oferecido um trato e dissesse: "Vou levar embora toda a tragédia que você sofreu na vida, vou levá-lo de volta no tempo e lhe dar uma dúzia de filhos e uma paz perfeita, mas você nunca poderá ter Jolyn", Ronin McIllioch teria desdenhado. Voluntariamente abraçaria cada tragédia que tinha suportado por ter amado Jolyn, mesmo que fosse pelo dolorosamente curto tempo que lhes tinha sido concedido.

— 196 —

— Não vou fracassar com ele desta vez, Jolyn. Eu juro que cuidarei para que o Castelo Maldebann esteja seguro e cheio de promessas outra vez. Depois, eu e você vamos estar juntos para sorrir sobre este lugar. — Após uma longa pausa, sussurrou fervorosamente: — Sinto sua falta, mulher.

Do lado de fora do Salão dos Lordes, um atônito Gilles entrou no corredor que chegava até lá e parou, incrédulo, quando viu além da porta aberta. Voou pelo corredor e irrompeu no salão selado havia tanto tempo, mal conseguindo suprimir uma exclamação de deleite diante da visão de Ronin, não mais curvado, mas ereto, orgulhoso, debaixo do retrato da esposa e do filho. Ronin não se virou, mas Gilles não esperava que ele se virasse; Ronin sempre soube quem estava em sua circunferência imediata.

— Mande as criadas fazerem a limpeza, Gilles — comandou Ronin, sem tirar os olhos do retrato da esposa sorridente. — Abra este lugar e deixe arejar. Quero o castelo inteiro esfregado como nunca foi desde que minha Jolyn era viva. Quero este lugar brilhando. — Ronin abriu os braços expansivamente. — Acenda os archotes e, de ora em diante, deixe-os queimar aqui como queimavam antes, dia e noite. Meu filho está voltando para casa — concluiu, orgulhoso.

— *Sim*, milorde! — Gilles exclamou e saiu às pressas para obedecer à ordem que esperara uma vida inteira para ouvir.

ⳐⳕⳕⳔ

Para onde agora, Grimm Roderick?, ele se perguntou, cansado. De volta a Dalkeith, para ver se conseguia atrair a destruição até aquelas praias abençoadas?

Suas mãos se fecharam em punhos, e ele ansiava por uma garrafa inesgotável de uísque, embora soubesse que não lhe concederia o vazio que procurava. Se um Berserker bebia rápido o bastante, podia sentir a embriaguez pela soma total de uns três segundos. Não funcionaria de jeito nenhum.

Os McKane sempre o encontravam uma hora ou outra. Grimm sabia agora que devia existir um espião em Durrkesh. Provavelmente alguém tinha visto a fúria transparecer no pátio da taberna, e depois o tentara envenenar. Os McKane haviam aprendido ao longo dos anos a atacar furtivamente. Armadilhas engenhosas ou superioridade numérica eram as únicas formas possíveis de vencer um Berserker, e nenhuma delas era à prova de falhas. Agora que ele havia escapado dos McKane duas vezes, sabia que, da próxima vez que desferissem o ataque, seria com força total.

Primeiro tinham tentado com o veneno, depois com o incêndio nos estábulos. Grimm sabia que, se tivesse permanecido em Caithness, eles teriam destruído o castelo inteiro e derrotado todos os St. Clair em sua busca cega para matá-lo. Grimm já tinha tomado contato com o fanatismo inigualável em tenra idade, e era uma lição que nunca esquecera.

Por uma bênção, tinham perdido seu rastro nos anos em que Grimm passara em Edimburgo. Os McKane eram guerreiros, não bajuladores reais, e devotavam pouca atenção aos acontecimentos na corte. Ele havia se escondido em plena vista. Depois, quando deixara a corte em troca de Dalkeith, tinha encontrado algumas pessoas novas, e elas eram incrivelmente leais a Falcão. Tinha começado a baixar a guarda e começado a se sentir quase... normal.

Que palavra mais intrigante, inebriante: normal.

— Leve embora, Odin. Foi um erro — Grimm sussurrou. — Não quero mais ser Berserker.

Odin, porém, pareceu não se importar.

Grimm tinha que encarar os fatos. Agora que os McKane o tinham encontrado uma vez mais, colocariam o país abaixo à procura dele. Não era mais seguro ficar perto de outras pessoas. Era hora de ter um novo nome, talvez um novo país. Seus pensamentos se voltaram para a Inglaterra, mas cada fibra escocesa dentro dele se rebelou.

Como poderia viver sem tocar Jillian novamente? Depois de experimentar tamanha alegria, como poderia retomar uma existência estéril? Cristo, teria sido melhor se nunca tivesse conhecido o que a vida poderia ser! Naquela noite fatídica sobre Tuluth, na tola idade de catorze anos, tinha invocado o Berserker, implorado a dádiva da vingança, sem se dar conta do que a vingança seria. A vingança não trazia os mortos de volta: ela matava o vingador.

A verdade, porém, era que havia pouco sentido no arrependimento, Grimm zombou de si mesmo, pois era dono de um animal feroz, e esse mesmo animal feroz era dono dele. Era simples assim. Grimm fora coberto pelo manto da resignação, e apenas uma questão permanecia sem resposta. *Para onde agora, Grimm Roderick?*

Incitou Occam a tomar o único rumo do único lugar que restava: as Highlands proibitivas, onde ele poderia desaparecer na natureza selvagem. Ali conhecia cada caverna e cada cabana vazia, cada fonte de abrigo do inverno inclemente que logo formaria coberturas branquinhas no topo das montanhas.

Passaria todo aquele frio novamente.

Guiando Occam com os joelhos, fez as tranças de guerra nas têmporas e se perguntou se um Berserker invencível poderia morrer de algo tão inócuo como um coração partido.

oɔ̃ɔ̃ɔ̃o

Jillian olhou tristemente para o relvado enegrecido de Caithness. Tudo era uma lembrança. Era novembro, e o odiado gramado ficaria preto até a primeira neve chegar para abafá-lo. Ela não podia sair do castelo sem ser forçada a se lembrar daquela noite, do incêndio, de Grimm indo embora. O relvado se elevava e ondulava em um carpete eterno de cinzas enegrecidas. Não havia mais nenhuma flor. Não havia mais Grimm.

Ele a abandonara porque era um covarde.

Jillian tentou encontrar desculpas para ele, mas não havia nenhuma. O homem mais corajoso que ela já conhecera tinha medo de amar. *Bem, o diabo que o carregue!*, pensou, beligerante.

Jillian sentia a dor; não podia negar. O mero pensamento de viver sem ele pelo resto da vida era insuportável, mas se recusava a chafurdar nesse sofrimento. Seria um caminho seguro para o colapso emocional. Assim, ela alternava entre incitar a raiva contra ele e agarrar-se a ela como um escudo para o coração ferido.

— Ele não vai voltar, moça — Ramsay disse, gentilmente.

Jillian cerrou as mandíbulas e girou para encará-lo.

— Acho que já me dei conta disso, Ramsay — ela respondeu, com frieza.

Ramsay a estudou com uma postura altiva. Quando Jillian fez menção de partir, a mão dele fez um movimento brusco e a enlaçou pela cintura. Ela tentou se livrar da mão, mas era muito forte.

— Case-se comigo, Jillian. Eu juro que vou tratá-la como uma rainha. Eu nunca vou abandoná-la.

Não enquanto haja dinheiro envolvido em ficar comigo, ela pensou.

— Me solte! — Jillian falou, entredentes.

Ele não se moveu.

— Jillian, considere a sua situação. Seus pais podem voltar a qualquer dia, e eles esperam que você se case. Quando chegarem, é provável que forcem você a escolher. Eu seria bom para você — ele prometeu.

— Eu nunca vou me casar — ela afirmou, com absoluta convicção.

A postura de Ramsay se alterou no mesmo instante. Quando o olhar fulminante deslizou para a barriga dela, Jillian ficou em choque. Em seguida Ramsay continuou a falar e ela foi deixada momentaneamente sem voz.

— Se um bastardo se mexer na sua barriga, você pode pensar diferente, moça — disse, com um sorriso malicioso. — Então seus pais a forçarão a se casar e você vai se sentir abençoada se algum homem decente a aceitar. Há um nome para mulheres como você. Você não é tão pura assim — ele cuspiu as palavras.

— Como se atreve? — ela exclamou. O instinto de tirar aquele sorriso do rosto dele a tapas foi impressionante, e ela o seguiu por reflexo.

O rosto de Ramsay ficou branco de raiva, e o vergão vermelho do golpe de Jillian se destacou em relevo. Ele a pegou pelo outro pulso e a puxou para perto, fervilhando de raiva.

— Você vai se arrepender disso, moça. — Ramsay a empurrou com tanta força que ela perdeu o equilíbrio e caiu. Por um instante, Jillian viu algo tão brutal nos olhos dele que temeu ser agredida ou pior. Levantou-se com dificuldade e saiu correndo para o castelo com as pernas trêmulas.

⚬⚬⚬

— Ele não vai voltar, Jillian — Kaley disse, com ternura.

— Eu sei disso! Pelo amor de Deus, será que todos poderiam simplesmente parar de me dizer isso? Pareço idiota, por acaso? Pareço?

Os olhos de Kaley se encheram de lágrimas, e Jillian sentiu remorso no mesmo instante.

— Ah, Kaley, eu não queria gritar com você. Ando fora de mim ultimamente. É que estou preocupada com... coisas...

— Coisas como bebês? — Kaley perguntou, com cuidado.

Jillian enrijeceu.

— É possível... — Kaley deixou a frase no ar.

Culpada, Jillian desviou os olhos.

— Ah, moça. — Kaley a envolveu em seu amplo abraço. — Ah, moça — repetiu, impotente.

⚬⚬⚬

Duas semanas depois, Gibraltar e Elizabeth St. Clair retornaram.

Jillian estava dividida por emoções conflitantes. Sentia entusiasmo por tê-los em casa, mas temia vê-los, então se escondeu em seus aposentos e esperou que viessem até ela. E eles foram, mas somente na manhã seguinte. Em retrospectiva, percebeu que tinha sido idiota por dar a seu inteligente pai a noite toda para reunir informações antes de confrontá-la.

Quando o chamado finalmente chegou, ela estremeceu, e o último vestígio de excitação ao ver seus pais se transformou em puro medo. Foi arrastando os pés por todo o caminho até o gabinete.

⚬⚬⚬

— Mamãe! Papai! — Jillian exclamou. Ela se lançou nos braços deles, procurando avidamente abraços antes que eles pudessem iniciar o interrogatório que ela sabia que logo viria.

— Jillian. — Gibraltar terminou o abraço tão depressa que Jillian soube que estava, de fato, em maus lençóis.

— Como está Hugh? E o meu novo sobrinho? — ela perguntou, animada.

Gibraltar e Elizabeth trocaram olhares, então Elizabeth afundou em uma cadeira perto do fogo e abandonou Jillian para lidar com Gibraltar sozinha.

— Já escolheu um marido, Jillian? — Gibraltar dispensou qualquer sutilezas.

Jillian respirou fundo.

— É disso que eu queria falar com o senhor, pai. Eu tive muito tempo para pensar. — Ela engoliu em seco enquanto Gibraltar a olhava friamente. Frieza nunca acabava bem para ela: significava que seu pai estava furioso. Jillian pigarreou com ansiedade e continuou a falar: — Eu decidi, depois de muita consideração, quero dizer, eu realmente pensei nisso... que eu... Hum... — Hesitou. Tinha que parar de titubear como uma idiota; seu pai nunca seria dissuadido por protestos mornos. — Pai... Realmente não tenho planos de me casar. *Nunca.* — Pronto, aí estava. — Quero dizer, eu aprecio tudo o que o senhor e a mamãe fizeram por mim, nunca pensem que não, mas o casamento não é para mim. — Pontuou as palavras com um aceno confiante da cabeça.

Gibraltar a contemplava com uma mistura de diversão e condescendência desconcertante.

— Boa tentativa, Jillian, mas não estou mais fazendo jogos. Eu trouxe três homens aqui para você. Apenas dois sobraram, e você se casará com um deles. Já estou farto das suas manobras. Você vai fazer vinte e dois anos em um mês, e tanto De Moncreiffe quanto Logan vão dar maridos muito bons. Não quero mais saber de devaneios e de estratagemas astutos. *Com qual deles você vai se casar?* — ele exigiu, um pouco mais rude do que pretendia.

— Gibraltar! — protestou Elizabeth. Ela se levantou da cadeira, alarmada pelo tom exaltado.

— Fique fora disso, Elizabeth. Ela me fez de bobo pela última vez. Jillian vai invocar uma razão após a outra para justificar por que não pode se casar até que nós dois estejamos velhos demais para tomar uma atitude.

— Gibraltar, nós *não* a forçaremos a se casar com alguém que ela não queira. — Elizabeth bateu um pé delicado para pontuar seu decreto.

— Ela vai ter que aceitar o fato de que não pode ter o homem que quer, Elizabeth. Ele estava aqui e foi embora. E esse é o fim do assunto. — Gibraltar suspirou, olhando as costas rígidas de sua filha enquanto ela arrumava as dobras do vestido. — Elizabeth, eu tentei. Você não acha que eu tentei? Eu sabia o que Jillian sentia por Grimm, mas não vou forçar o homem a se casar com ela. Mesmo se eu forçasse, que bem isso faria? Jillian não quer um marido forçado.

— Você sabia que eu o amava? — Jillian exclamou. A jovem quase correu para o pai, mas se conteve e endureceu ainda mais.

Gibraltar sentiu vontade de rir; um cabo de vassoura não poderia ser mais rígido que a coluna de sua filha. Teimosa como a mãe.

— Claro que sim, moça. Vejo isso nos seus olhos há anos. Então eu o trouxe aqui para você. E agora Kaley me diz que ele se foi há uma semana, e mandou que você se casasse com Quinn. Jillian, ele se foi. Grimm deixou os sentimentos dele claros. — Gibraltar se levantou. — Eu não vou atirar minha filha para algum desgraçado inconsiderado e tolo demais para ver que tipo de tesouro ele ganharia. Não vou dar minha Jillian de presente para um homem que não seja capaz de apreciar o valor incomparável da mulher que ela é. Que tipo de pai eu seria para perseguir um homem e impor minha filha a ele?

Elizabeth fungou e piscou para engolir uma lágrima.

— Você o trouxe porque sabia que ela o amava — murmurou, com ternura. — Ah, Gibraltar! Mesmo que eu não pensasse que era certo para ela, você enxergou mais longe. Você sabia o que Jillian queria.

O prazer de Gibraltar motivado pela adoração da esposa rapidamente evaporou quando os ombros de Jillian se curvaram em derrota.

— Nunca imaginei que o senhor soubesse como eu me sentia, pai — Jillian disse, com a voz pequena.

— É claro que eu sabia. Assim como eu sei como você se sente agora. Mas você tem que encarar os fatos. Ele foi embora, Jillian...

— Eu sei que ele foi! Será que todos vocês *precisam* me lembrar disso o tempo todo?

— Sim, se você persistir em tentar desperdiçar sua vida. Eu dei a chance a ele, e Grimm foi tolo demais para aceitá-la. Você deve seguir em frente com sua vida, moça.

— Ele não se julgava bom o suficiente para mim — murmurou Jillian.

— Foi isso que ele disse? — Elizabeth perguntou, rapidamente.

Jillian soprou uma mecha de cabelo do rosto.

— Mais ou menos. Grimm disse que eu jamais poderia entender o que aconteceria se ele se casasse comigo. E ele está certo. Seja lá que coisa terrível ele pense que é, nem posso imaginar. Grimm age como se escondesse um segredo pavoroso e, mamãe, não consigo convencê-lo do contrário. Nem consigo imaginar as coisas assombrosas que ele acha que tem de errado. Grimm Roderick é o melhor homem que já conheci depois do senhor, pai. Jillian sorriu fracamente para Gibraltar antes de atravessar o cômodo até a janela e olhar para o gramado enegrecido.

Seu pai estreitou os olhos e fitou Elizabeth, pensativo. Ela havia arqueado as sobrancelhas.

Ela ainda não sabe. Conte a ela, Elizabeth falou sem som, lançando um olhar nas costas rígidas de sua filha.

Que ele é um Berserker? Gibraltar respondeu, também sem som, descrente. *Ele é quem deve contar.*

Ele não pode. Ele não está aqui!

Ele se recusa. E não vou resolver isso por ele. Se Grimm não puder se fazer confiável para ela, Jillian não deveria se casar com ele. Obviamente, ele não é homem suficiente para a minha Jillian.

A nossa Jillian.

Ele encolheu os ombros. Cruzando o gabinete, segurou os ombros de Jillian com mãos reconfortantes.

— Eu sinto muito, Jillian. De verdade. Pensei que talvez ele tivesse mudado ao longo dos anos, mas não mudou. Ainda assim, isso não altera o fato de que você deve se casar. Eu gostaria que fosse Quinn.

Ela endureceu e sibilou baixinho.

— Não vou me casar com ninguém.

— Sim, você vai — Gibraltar anunciou, severamente. — Vou afixar os proclamas amanhã, e em três semanas você vai se casar com *alguém*.

Jillian virou-se para encará-lo. Seus olhos faiscavam.

— Fique sabendo que eu me tornei amante dele.

Elizabeth se abanou furiosamente.

Gibraltar deu de ombros.

Boquiaberta, sua esposa olhou primeiro para Jillian e depois para o marido, que não tinha dado resposta alguma.

— Isso é tudo? Um encolher de ombros? — Jillian piscou para o pai, com incredulidade. — Bem, por mais que o senhor não se importe, duvido que meu futuro marido vá aceitar alegremente. E o senhor, pai?

— Eu não me importaria — Quinn falou, calmamente, surpreendendo-os com sua presença inesperada. — Eu me casaria com você em quaisquer termos, Jillian.

Todos os olhos voaram para Quinn de Moncreiffe, cujo amplo corpo dourado preenchia o vão da porta.

— Um bom homem — Gibraltar afirmou, com segurança.

— Ah, Quinn! — Jillian exclamou, tristemente. — Você merece coisa melhor...

— Já lhe falei isso antes, moça. Aceito você em quaisquer termos. Grimm é um tolo, mas eu não. Eu me caso com você de bom grado. Sem arrependimentos. Nunca entendi por que uma mulher deveria ser intocada quando um homem deve estar tão tocado quanto possível.

— Então está resolvido — Gibraltar apressou-se a concluir.

— Não, não está!

— Sim, está, Jillian — Gibraltar disse, severamente. — Você se casará em três semanas. Ponto final. Fim de conversa. — Ele se virou.

— Não pode fazer isso comigo!

— Espere. — Ramsay Logan chegou à porta logo atrás de Quinn. — Eu também gostaria de pedir a mão dela.

Gibraltar avaliou os dois homens na entrada e lentamente voltou sua consideração para a filha atônita.

— Você tem doze horas para escolher, Jillian. Vou afixar os proclamas ao raiar do dia.

— Mamãe, a senhora não pode deixá-lo fazer isso! — Jillian choramingou.

Elizabeth St. Clair ergueu-se e fungou antes de acompanhar Gibraltar para fora do gabinete.

ↄ৲৩৫৵৬

— O que diabos você acha que está fazendo agora, Gibraltar? — interpelou Elizabeth.

Gibraltar recostou-se, apoiando-se no parapeito da janela do quarto deles. Os pelos em seu peito reluziam dourados no decote da túnica de seda, ao brilho suave da lareira.

204

Elizabeth, nua e reclinada na cama, era de tirar o fôlego, maravilhou-se Gibraltar.

— Pela lança de Odin, mulher, você sabe que não consigo lhe recusar nada quando a vejo assim.

— Então não force Jillian a se casar, amor — Elizabeth disse, simplesmente. Não havia jogos entre ela e o marido, e nunca houve. Elizabeth acreditava firmemente que a maioria dos problemas em um relacionamento poderia ser esclarecida ou evitada inteiramente com uma comunicação clara e concisa. Os jogos apenas motivavam discórdias.

— Não é o que eu pretendo — Gibraltar respondeu, com um leve sorriso. — Eu nunca iria tão longe.

— Mas o que você está querendo dizer? — Elizabeth tirou os grampos dos cabelos e assim permitiu que eles caíssem em ondas loiras sobre os seios nus. — Esse é outro dos seus planos infames, Gibraltar? — ela perguntou, com um divertimento preguiçoso.

— Sim. — Ele afundou-se na beira da cama ao lado dela. Passou a mão pelo contorno suave e adorável da cintura, e erguendo-se sobre a curva exuberante do quadril. — Se ela não tivesse admitido que havia se tornado amante dele, eu poderia não ter me sentido tão confiante. Ele é um Berserker, Elizabeth. Há apenas uma companheira verdadeira para cada Berserker, e eles sabem disso. Grimm não pode permitir que o casamento aconteça. Um Berserker morreria antes disso.

Os olhos de Elizabeth se iluminaram, e a compreensão penetrou sua languidez sensual.

— Você vai afixar os proclamas só para antagonizá-lo. Porque é a maneira mais eficaz de forçá-lo a se declarar.

— Como sempre, nós nos entendemos perfeitamente, não é, minha querida? De que outra forma ele poderia voltar correndo?

— Que esperto. Eu não tinha pensado nisso. Não há maneira de um Berserker permitir que sua companheira se case com outro.

— Vamos só esperar que todas as lendas sobre esses guerreiros sejam verdadeiras, Elizabeth. O pai de Gavrael me disse há anos que, quando um Berserker ama sua verdadeira e única companheira, não pode mais se unir a outra mulher. Gavrael é ainda mais Berserker do que o pai. Ele virá para ela, e, quando o fizer, não terá escolha senão contar a verdade a Jillian. Teremos o nosso casamento em três semanas, sem dúvida, e será com o homem que ela quer: Grimm.

—— 205 ——

— E quanto aos sentimentos de Quinn?

— Quinn não acredita realmente que ela se casará com ele. Ele também é da opinião de que Grimm virá. Conversei com Quinn antes de fazer Jillian escolher, e ele concordou. Embora eu deva admitir que Ramsay decerto me surpreendeu com a oferta.

— Você quer dizer que estava com tudo isso planejado antes de confrontá-la? — Elizabeth estava impressionada mais uma vez com as voltas e reviravoltas da mente brilhante e ardilosa do marido.

— Era um dos vários planos possíveis — Gibraltar corrigiu. — Um homem deve antecipar todas as possibilidades quando a mulher que ele ama faz parte da equação.

— Meu herói. — Elizabeth tremulou as pestanas.

Gibraltar cobriu o corpo dela com o seu.

— Vou mostrar quem é o herói — rosnou.

Gibraltar não antecipara que, embora sua Jillian fosse mimada, ela pudesse fazer beicinho, cara feia e responder mal por três sólidas semanas.

Mas ela podia.

Desde a manhã em que deslizou um papel contendo uma única palavra, "Quinn", por baixo da porta de seus pais, Jillian se recusava a falar com eles de outra forma que não fossem respostas quase monossilábicas. Todos os outros no castelo ela assediava com as mesmas perguntas: quantos proclamas haviam sido afixados, quando e onde.

— Foram afixados em Durrkesh, Kaley? — Jillian preocupou-se.

— Sim, Jillian.

— E quanto a Scurrington e Edimburgo?

— Sim, Jillian. — Hatchard suspirou, sabendo que era inútil lembrá-la de que ele havia respondido à mesma pergunta no dia anterior.

— E as aldeias menores nas Highlands? Quando foram afixados nelas?

— Dias atrás, Jillian. — Gibraltar interrompeu seu interrogatório.

Jillian fungou e virou as costas para o pai.

— Por que você se importa com os lugares onde os proclamas foram afixados? — provocou Gibraltar.

— Só curiosidade — disse Jillian, de leve, saindo majestosamente do recinto.

— Ele virá, mamãe. Eu sei disso.

Elizabeth sorriu e alisou o cabelo de Jillian, mas semanas se passaram e Grimm não veio.

Até mesmo Quinn começou a ficar nervoso.

❧◈❧

— O que faremos se Grimm não aparecer? — perguntou Quinn. Ele andava de um lado para o outro pelo gabinete, movendo as pernas longas silenciosamente. O casamento era no dia seguinte e ninguém tinha ouvido uma palavra sobre Grimm Roderick.

Gibraltar serviu aos dois uma bebida.

— Ele tem que vir.

Quinn pegou o cálice e sorriu, pensativo.

— Ele deve saber que o casamento é amanhã. A única forma de ele não saber é se não estiver mais na Escócia. Afixamos esses malditos proclamas em todas as aldeias com mais de cem habitantes.

Gibraltar e Quinn fitaram o fogo e beberam por algum tempo em silêncio.

— Se ele não vier, vou levar o plano até o fim.

— Por que você faria isso, rapaz? — perguntou Gibraltar, suavemente.

Quinn deu de ombros.

— Eu a amo. Sempre amei.

Gibraltar balançou a cabeça.

— Há amor e há *amor*, Quinn. Se você não está pronto para matar Grimm por simplesmente ter tocado Jillian, então não é amor conjugal o que você está sentindo. Ela não é para você.

Quando Quinn não respondeu, Gibraltar riu alto e bateu na coxa dele.

— Ah, ela *definitivamente* não é para você. Você nem sequer discutiu comigo.

— Grimm disse algo muito semelhante. Me perguntou se eu *realmente* a amava, se ela me deixava louco por dentro.

Gibraltar sorriu, compreendendo.

— Isso é porque *ela* o deixa louco por dentro.

— Eu quero que ela seja feliz, Gibraltar — Quinn afirmou, com fervor. — Jillian é especial. Ela é generosa e linda e tão... ora, tão perdidamente apaixonada por Grimm!

Gibraltar levantou o cálice para Quinn e sorriu.

— Isso ela é mesmo. Se precisarmos chegar a esse ponto, vou parar a cerimônia e oferecer a ela uma escolha, mas não vou deixá-la se casar com você sem lhe dar essa escolha. — Enquanto bebia, ele encarava Quinn, pensativo. — Na verdade, não tenho certeza de que a deixaria se casar com você mesmo assim.

— Você me ofende — Quinn protestou.

— Ela é a minha garotinha, Quinn. Eu quero o amor para ela. Amor verdadeiro. O tipo que deixa um homem louco por dentro.

∽⊙⊙⊙∾

Jillian se curvou em posição fetal no beiral da janela da torre circular e fitou a noite com o olhar perdido. Milhares de estrelas salpicavam o céu, mas ela não enxergava nenhuma. Fitar a noite era como fitar o próprio vácuo: seu futuro sem Grimm.

Como poderia se casar com Quinn?

Como poderia recusar? Grimm, obviamente, não viria.

Os proclamas estavam afixados em todo o país. Não havia maneira de ele *não* saber que no dia seguinte Jillian St. Clair se casaria com Quinn de Moncreiffe. O maldito país todo sabia.

Três semanas antes, ela poderia ter fugido.

Mas não esta noite, não com três semanas de atraso no seu fluxo mensal, não sem uma palavra de Grimm. Não depois de acreditar nele e ser provada uma idiota apaixonada.

Jillian pousou a palma da mão na barriga. Era possível que estivesse grávida, mas não estava absolutamente certa. Seu fluxo mensal costumava ser irregular, e ela já tinha experimentado atrasos maiores no passado. Mamãe havia comentado que muitas coisas além da gravidez poderiam afetar as regras de uma mulher: turbulência emocional... Ou o desejo devoto de estar grávida.

Era isso? Será que estava tão ansiosa para engravidar de Grimm Roderick que poderia se enganar? Ou havia realmente um bebê crescendo dentro dela? Como queria saber com certeza! Ela respirou fundo e soltou o ar devagar. Só o tempo iria dizer.

Tinha considerado partir sozinha, ir em busca dele, lutar pelo seu amor, mas um fragmento desafiador de orgulho unido ao bom senso a fizeram recuar. Grimm estava no meio de uma batalha consigo mesmo, e era uma batalha que ele tinha de vencer ou perder. Jillian tinha oferecido seu amor, dito que aceitaria qualquer tipo de vida, contanto que eles a vivessem juntos. Uma mulher não deveria ter que confrontar o homem que amava pelo amor dele.

Ele precisava conceder livremente, aprender que o amor era a única coisa neste mundo que *não* era assustadora.

Ele era um homem inteligente e corajoso. Viria.

Jillian suspirou. Que Deus a perdoasse, mas ela ainda acreditava.

Ele *viria*.

23

Ele não veio.

O dia de seu casamento amanheceu nublado e frio. Granizo havia começado a cair na madrugada, cobrindo o gramado carbonizado com uma camada de gelo que se esfacelava sob os pés.

Jillian ficou entre os cobertores, ouvindo os sons do castelo que se preparava para a festa de casamento. Seu estômago roncou dando boas-vindas aos aromas do presunto e do faisão que eram assados. Era um banquete para acordar os mortos, e funcionou; ela saiu cambaleando da cama e foi tateando pelo quarto na penumbra até chegar ao espelho. Encarou seu reflexo. Sombras escuras maculavam a pele delicada onde as maçãs do rosto encontravam os olhos pesados cor de âmbar.

Ela se casaria com Quinn de Moncreiffe em menos de seis horas.

O barulho das vozes chegava a seus aposentos com clareza; metade do condado estava na residência, e desde o dia anterior. Quatrocentas pessoas haviam sido convidadas e quinhentas tinham chegado, apinhando o castelo enorme e transbordando em acomodações menos confortáveis na aldeia vizinha.

Quinhentas pessoas, mais do que ela jamais teria em seu funeral, vagando pelo gramado preto congelado.

Jillian fechou os olhos com força e se recusou a chorar, certa de que derramaria sangue se se permitisse mais uma lágrima que fosse.

Às onze horas, Elizabeth St. Clair secava graciosamente suas lágrimas com um lenço delicado.

— Você está linda, Jillian — elogiou, com um suspiro sincero. — Ainda mais do que eu estava.

— Não acha que essas bolsas debaixo dos olhos prejudicam, mamãe? — Jillian perguntou, ácida. — Que tal o contorno melancólico da minha boca? Meus ombros estão caídos e meu nariz parece uma beterraba de tanto chorar. A senhora não acha que alguém vai considerar minha aparência um pouco suspeita?

Elizabeth fungou, colocou um adereço nos cabelos de Jillian, e puxou um fino véu azul sobre o rosto da filha.

— Seu pai pensa em tudo — ela afirmou, dando de ombros.

— Um véu? Ora, mamãe. Ninguém usa véu nestes tempos modernos.

— Pense assim: você vai começar uma nova moda. Até o final do ano, todas vão usar — Elizabeth gorjeou.

— Como ele pode fazer isso comigo, mamãe? Sabendo o tipo de amor que a senhora e ele compartilham, como o papai pode me condenar a um casamento sem amor?

— Quinn ama você, então não será sem amor.

— Será sem amor da minha parte.

Elizabeth se empoleirou na beira da cama. Estudou o chão por um momento e, em seguida, levantou os olhos para Jillian.

— A senhora se importa, sim — Jillian afirmou, um pouco tranquilizada pela compreensão no olhar de Elizabeth.

— É claro que eu me importo, Jillian. Eu sou sua mãe. — Elizabeth a observou, refletindo por um momento. — Querida, não se preocupe. Seu pai tem um plano. Eu não pretendia lhe contar isso, mas ele não fará você passar por esse casamento. Seu pai acha que Grimm virá.

Jillian riu sem humor.

— Eu também achava, mamãe, mas faltam dez minutos e não há sinal do homem. O que papai vai fazer? Interromper o casamento no meio se ele não aparecer? Na frente de quinhentos convidados?

— Você sabe que seu pai nunca teve medo de fazer espetáculos, centrados nele ou em qualquer pessoa, diga-se de passagem. O homem me raptou no meu casamento. Eu acredito que ele tenha esperanças de que o mesmo aconteça com você.

Jillian sorriu fracamente. A história da "corte" que seu pai fizera a Elizabeth encantava Jillian desde que ela era criança. Seu pai era um homem que po-

211

deria dar lições a Grimm. Grimm Roderick não deveria estar lutando contra si mesmo a respeito dela: ele deveria estar lutando contra o mundo *por* ela. Jillian respirou fundo, desejando com todas as suas forças, imaginando uma cena parecida para si mesma.

ᕯᕯᕯ

— Estamos reunidos aqui hoje na companhia da família, dos amigos e dos entes queridos para unir este homem e esta mulher nos laços sagrados e inquebráveis...

Jillian soprou o véu furiosamente. Embora tivesse levantado um pouco, não facilitou sua visão. O sacerdote estava meio azulado, Quinn estava meio azulado. Irritada, ela arrancou o véu. Nada de tons de rosa no dia do casamento, e por que deveria haver? Do lado de fora das janelas altas, o granizo caía em lâminas vagamente azuis.

Jillian lançou um olhar furtivo para Quinn, ao seu lado. Seus olhos estavam na linha do peito dele. Apesar de seu desespero, ela admitia que era um homem magnífico. Majestosamente paramentado em um tartan cerimonial, ele tinha prendido o cabelo para afastá-lo do rosto esculpido. A maioria das mulheres adoraria estar ao lado dele, fazer os votos para uma vida toda, acompanhá-lo como senhora das terras dele, gerar filhos loiros e lindos e viver a vida em esplendor pelo resto dos seus dias.

Mas ele era o homem errado. Grimm *virá para mim. Ele virá para mim, eu sei que virá,* Jillian repetiu, silenciosamente, como se fosse um feitiço mágico que ela pudesse tecer a partir de fibras de pura redundância.

ᕯᕯᕯ

Grimm arrancou outro proclama da parede de uma igreja ao passar por ele em velocidade. Amassou o documento e o enfiou na bolsa, que já estava transbordando de bolas de pergaminho. Estava na minúscula aldeia de Tummas, nas Highlands, quando vira o primeiro anúncio, afixado à lateral de uma cabana em ruínas. Vinte passos além desse, encontrou o segundo, em seguida o terceiro e o quarto.

Jillian St. Clair se casaria com Quinn de Moncreiffe. Grimm xingou furiosamente. Por quanto tempo ela havia esperado? Dois dias? Não tinha dormido naquela noite, consumido por uma raiva tão violenta que ameaçava liberar o Berserker mesmo sem nenhum sangue derramado.

A fúria só havia intensificado, conduzindo-o para o lombo de Occam para andar em círculos pelas Highlands. Chegara aos limites de Caithness, dado meia-volta e se aproximado de novo. No caminho das planícies até as Highlands, ia arrancando os proclamas e alimentando a raiva de um animal feroz enlouquecido. Então se virou novamente, compelido a Caithness por uma força que ia além de seu entendimento, uma força que alcançava o tutano de seus ossos. Grimm tirou as tranças do rosto e grunhiu. Na floresta por perto, um lobo respondeu com um uivo tristonho.

Tivera aquele pesadelo mais uma vez na noite passada. O sonho em que Jillian o via se transformar em Berserker. O sonho em que ela colocava a palma sobre o peito dele, olhava em seus olhos e eles se conectavam: Jillian e o animal. Nesse sonho, Grimm tinha se dado conta de que o animal amava Jillian tanto quanto o homem, e era incapaz de fazer-lhe mal tanto quanto o homem. À luz do dia, ele não mais temia ferir Jillian, nem mesmo com a ameaça da loucura de seu pai. Ele se conhecia o suficiente para saber que nem mesmo nos maiores rompantes de fúria Berserker poderia fazer mal a ela.

Nesse pesadelo, com Jillian mirando dentro de seus olhos ímpios e incandescentes, o medo e a repulsa haviam marcado suas feições adoráveis. Ela estendera a mão espalmada para afastá-lo, implorando que se fosse com a máxima rapidez com que Occam pudesse levá-lo.

O Berserker havia feito um som patético, enquanto o coração do homem se congelava lentamente, ficando mais frio que os olhos azul-gelo, que tinham testemunhado tantas perdas. Em seu pesadelo, ele tinha fugido do olhar horrorizado dela para se esconder no manto da escuridão.

Certa vez Quinn tinha perguntado o que poderia matar um Berserker, e agora ele sabia.

Algo tão pequeno como o olhar no rosto de Jillian.

Grimm acordara daquele pesadelo cheio de desespero. Era o dia do casamento de Jillian, e, se os sonhos fossem presságios, ela nunca o perdoaria pelo que ele estava prestes a fazer se um dia descobrisse a verdadeira natureza de Grimm.

Mas será que Jillian precisaria saber um dia?

Ele esconderia o Berserker dentro de si para sempre se necessário fosse.

Nunca mais salvaria ninguém, nunca lutaria, nunca veria sangue; nunca se revelaria; viveria como um homem comum. Eles parariam em Dalkeith, onde Falcão guardava uma considerável fortuna para Grimm, e, com ouro suficiente para comprar um castelo para ela em qualquer país, iriam o mais longe possível dos traiçoeiros McKane e daqueles que conheciam seu segredo.

Se ela ainda fosse aceitá-lo.

Ele sabia que o que estava prestes a fazer não era a coisa honrada, mas, verdade fosse dita, já não se importava. Deus o perdoasse — ele era um Berserker que provavelmente sofria a loucura de seu pai em algum lugar dentro de suas veias, mas não poderia ficar de lado e permitir que Jillian St. Clair se casasse com outro homem enquanto ele ainda vivia e respirava.

Agora Grimm entendia o que ela já sabia instintivamente, anos antes, desde o dia em que ele tinha saído da floresta e ficara olhando para ela.

Jillian St. Clair era dele.

O meio-dia se aproximava, e ele não estava a mais de cinco quilômetros de Caithness quando sofreu a emboscada.

24

Pelos deuses! Jillian retornou de seus pensamentos errantes e alarmados. O sacerdote gorducho estava quase na parte do "sim". Jillian esticou o pescoço, procurando desesperadamente pelo pai, sem sucesso. O Grande Salão estava cheio e quase transbordando de pessoas; convidados se espremiam pelas escadas, assistiam da balaustrada, todos nos seus melhores trajes.

O medo se apoderou dela. E se sua mãe tivesse inventado a história do plano de Gibraltar meramente para incitá-la a ficar diante da multidão? E se a mãe tivesse mentido deliberadamente, apostando que, uma vez que Jillian chegasse aos votos, não teria coragem de desonrar os pais dela e Quinn, para não mencionar a si mesma, por se recusar a se casar com ele?

— Se houver alguém aqui hoje que conheça algum motivo pelo qual esses dois devam permanecer separados, fale agora ou para sempre mantenha seu silêncio.

Nenhum som se ouviu no salão.

A pausa se estendeu pelo tempo de vários instantes.

Quando se alongou intoleravelmente em minutos, as pessoas começaram a bocejar, a mexer os pés e a se espreguiçar, impacientes.

Silêncio.

Jillian soprou o véu e espiou Quinn. Ele tinha a postura ereta como uma vara de pesca ao lado dela, as mãos fechadas em punhos. Ela sussurrou o nome dele, mas Quinn não ouviu ou se recusou a mostrar que tinha ouvido. Jillian olhou de relance para o padre, que parecia ter caído em um transe, mirando o volume encadernado em suas mãos.

O que diabos estava acontecendo? Ela bateu o pé e esperou que o pai dissesse algo para dar um basta àquele desastre.

— Eu disse: se houver alguém aqui que veja alguma razão... — o padre entoou dramaticamente.

Mais silêncio.

Os nervos de Jillian estavam tão tensos que pareciam à beira de um colapso. O que ela estava fazendo? Se o pai não podia resgatá-la, ele que se danasse. Ela se recusava a se acovardar por medo de escândalo. Era a filha do pai dela, por Deus, e Gibraltar nunca se ajoelhara diante do ídolo falso do decoro. Jillian soprou o véu, lançou-o para trás com impaciência e olhou feio para o sacerdote.

— Ah, pelo amor de Deus...

— Não venha ser rude comigo, mocinha — o padre retrucou. — Eu só estou fazendo meu trabalho.

A coragem de Jillian foi momentaneamente sufocada pela repreensão inesperada.

Quinn pegou a mão dela na sua.

— Há algo de errado, Jillian? Você não está se sentindo bem? Seu rosto está corado. — O olhar dele era de total preocupação e... compreensão?

— Eu... *não posso me casar com você* — foi o que ela começou a dizer quando as portas do Grande Salão se abriram de repente, jogando várias pessoas desavisadas contra a parede. Suas palavras foram engolidas no ruído de gritinhos e gemidos indignados.

Todos os olhos voaram para a entrada.

Um enorme garanhão cinzento empinou na porta, sua respiração se condensando no ar em fumaças de vapor. Era uma cena de todos os contos de fada que ela já tinha lido: o belo príncipe irrompendo no castelo montado em um garanhão magnífico, incandescente de desejo e honra ao declarar seu amor imortal diante de tudo e de todos. Seu coração se encheu de alegria.

Então ela enrugou a testa ao fitar seu "príncipe". Bem, era quase como um conto de fadas. A diferença era que esse príncipe estava vestido com nada além de um tartan encharcado e enlameado, com sangue no rosto e nas mãos e tranças de guerra nas têmporas. Embora a determinação brilhasse em seu olhar, uma declaração de amor eterno não pareceu ser sua primeira prioridade.

— Jillian! — ele rugiu.

Os joelhos dela fraquejaram. A voz dele a trouxe violentamente à vida. Tudo no salão recuou para segundo plano e só havia Grimm, olhos azuis fulgurantes, seu corpo gigantesco enchendo todo o vão da porta. Ele era majestoso, imponente e implacável. *Aqui* estava o seu feroz guerreiro, pronto para lutar contra o mundo inteiro para ganhar o amor dela.

Ele instou Occam no meio da multidão e seguiu caminho em direção ao altar.

— Grimm — ela sussurrou.

Ele se aproximou dela. Deslizando das costas de Occam, Grimm saltou no chão ao lado da noiva e do noivo. Encarou Quinn. Os dois homens se entreolharam por um momento de tensão, depois Quinn inclinou a cabeça por apenas um átimo e recuou um passo. O Grande Salão caiu em silêncio, com quinhentos convidados admirando o espetáculo que se descortinava.

Grimm, de repente, ficou sem palavras. Jillian estava linda, era uma deusa vestida de cetim reluzente. Já ele estava coberto de sangue, sujo de lama, imundo, enquanto logo atrás estava o incomparável Quinn, de vestimenta impecável, um nobre com título; Quinn, que tinha tudo o que ele não tinha.

O sangue em suas mãos era um lembrete implacável de que, apesar de seus fervorosos votos para esconder o Berserker, os McKane sempre estariam presentes. Eles estavam à espreita, prontos para a batalha naquele dia. E se atacassem quando estivesse viajando com Jillian? Quatro tinham-lhe escapado. Os outros estavam mortos, mas esses quatro eram problema suficiente — eles reuniriam mais homens e continuariam caçando Grimm até que o último dos McKane estivesse morto ou ele. Juntamente com qualquer pessoa que viajasse com ele.

O que poderia esperar conseguir se a levasse agora? Que sonho desvairado havia tomado conta dele para ir a este lugar, neste dia? Que esperança desesperada o havia convencido de que conseguiria esconder sua verdadeira natureza dela? E como iria sobreviver à expressão no rosto dela quando o visse por quem ele realmente era?

— Sou um maldito tolo — murmurou.

Um sorriso curvou o lábio de Jillian.

— Sim, isso você foi em mais do que uma ocasião, Grimm Roderick. Você foi o maior dos tolos quando me deixou, mas acredito, de fato, que posso perdoá-lo agora que você voltou.

Grimm inspirou bruscamente. O Berserker que se danasse. Ele precisava ficar com ela.

— Você vem comigo, Jillian? — *Diga "sim", mulher*, ele rezou.

Um simples aceno de cabeça foi a resposta imediata.

—◄ 217 ►—

O peito de Grimm se encheu de emoção inesperada.

— Eu lamento, Quinn — Grimm disse. Queria dizer mais, mas Quinn sacudiu a cabeça, aproximou-se bem e sussurrou algo no ouvido de Grimm. A mandíbula de Grimm ficou tensa e eles se encararam em silêncio. Por fim, Grimm assentiu.

— Então vocês podem ir com a minha bênção — Quinn disse, em alto e bom som.

Grimm estendeu os braços para Jillian, que entrou em seu abraço. Antes que pudesse sucumbir à vontade de beijá-la até perder os sentidos, ele a lançou no lombo de Occam e montou atrás dela.

Jillian observou as faces preocupadas ao seu redor. Ramsay fitava Grimm com uma quantidade chocante de ódio nos olhos, e ela ficou momentaneamente aturdida pela intensidade do sentimento. A expressão de Quinn era uma mistura de preocupação e compreensão relutante. Jillian finalmente viu o pai, que estava ao lado da esposa, a uma dúzia de passos de distância. O rosto de Elizabeth era severo. Gibraltar sustentou o olhar de Jillian por um momento, depois assentiu de forma encorajadora.

Jillian inclinou-se no peito largo de Grimm e deu um pequeno suspiro de prazer.

— Eu viveria qualquer tipo de vida, desde que fosse com você, Grimm Roderick.

Era tudo o que ele precisava ouvir. Seus braços a seguraram firme pela cintura. Grimm incitou Occam com os joelhos e, juntos, eles fugiram de Caithness.

✦

— Essa sim é a minha ideia de como um homem faz de uma mulher a sua esposa — Gibraltar observou, com satisfação.

Uma profecia dos Illyoch

Reza a lenda que o clã Illyoch irá prosperar por mil anos, gerando guerreiros que trarão um grande bem para Alba.

No vale fértil de Tuluth, um castelo se erguerá ao redor do Salão dos Deuses, e muitos cobiçarão o que pertence à abençoada raça da Escócia.

Os videntes alertam que um clã invejoso perseguirá os Illyoch até eles se tornarem apenas três. Os três irão se dispersar como sementes carregadas pelo vento da traição, lançadas longe e espalhadas, e tudo parecerá estar perdido. Dor e desespero cairão sobre o vale sagrado.

Não abandonem a esperança, filhos de Odin, pois os três serão reunidos pelo longo alcance dele. Quando o jovem Illyoch encontrar sua companheira verdadeira, ela o trará para casa, o inimigo será aniquilado e os Illyoch prosperarão por mais mil anos.

25

Cavalgaram em ritmo intenso até o anoitecer, quando Grimm fez Occam parar em um bosque. Ao sair de Caithness, tirara um tartan da bagagem e o prendera firmemente ao redor do corpo de Jillian, formando uma barreira quase impermeável entre ela e as intempéries.

Não falara uma palavra desde então. Seu semblante era tão cruel que ela preferiu se manter em silêncio, e assim permitiu que ele tivesse algum tempo e privacidade para pôr ordem nos pensamentos. Jillian aninhara as costas no corpo dele, saboreando, satisfeita, a pressão que o corpo rígido fazia contra o seu. Grimm Roderick voltara para buscá-la. Mesmo que um início tão pouco auspicioso pudesse não ser a forma perfeita de começar uma vida juntos, teria que servir. Para um homem como Grimm Roderick roubar uma mulher de seu casamento, devia significar que ele pretendia tomar conta dela pelo resto da vida, e isso era tudo o que Jillian desejava: estar com ele.

Quando ele fez Occam parar, a chuva congelante tinha diminuído, mas a temperatura havia despencado. O inverno estava chegando, e ela suspeitava que estivessem seguindo diretamente para as Highlands, onde os ventos gelados sopravam com o dobro de vigor do que nas terras baixas. Jillian apertou firme o tartan ao redor do corpo, selando o ar gelado do lado de fora.

Grimm apeou, tirou-a da sela e a abraçou por um momento.

— Deus, como eu senti saudades, Jillian. — As palavras explodiram de dentro dele.

Ela jogou a cabeça na direção de seu peito, encantada.

— O que fez você demorar tanto, Grimm?

A expressão dele era impossível de interpretar. Ele abaixou os olhos para as mãos, que estavam precisando desesperadamente ser lavadas. Grimm se ocupou com um frasco de água e um retalho de tartan limpo por um momento, removendo o grosso da sujeira.

— Tive certa escaramuça no caminho e... — ele murmurou, quase inaudível.

Jillian analisou os trajes desgrenhados e decidiu não fazer perguntas sobre eles por enquanto. A lama e o sangue pareciam ser de uma luta recente, mas o que tinha acontecido nos últimos dias não era sua primeira preocupação.

— Não foi o que eu quis dizer. Você demorou mais de um mês. Foi tão difícil assim decidir se me queria ou não? — Ela forçou um sorriso provocante para camuflar a parte magoada dentro de si, que estava falando totalmente sério.

— Nunca pense isso, Jillian. Eu acordo querendo você. Durmo querendo você. Vejo um nascer do sol magnífico e só consigo pensar em compartilhá-lo com você. Vislumbro um pedaço de âmbar e vejo seus olhos. Jillian, eu peguei uma doença, e a febre só me acomete quando estou a seu redor.

Ela abriu um sorriso radiante.

— Você está quase perdoado. Então, diga-me... por que demorou tanto? É porque você acha que não é bom o bastante para mim, Grimm Roderick? Porque não tem um título, quero dizer. — Quando ele não respondeu, Jillian se apressou a tranquilizá-lo. — Eu não me importo, você sabe. Um título não faz o homem, e você certamente é o melhor homem que eu já conheci. O que o leva a pensar que há algo de errado com você?

O silêncio teimoso não serviu como o impedimento que ele pretendia; então, mais que de pressa, ela escolheu uma rota alternativa de questionamento.

— Quinn me disse que você acha que seu pai é louco e que tem medo de ter herdado sua loucura. Ele falou que era bobagem, e devo dizer que concordo, pois você é o homem mais inteligente que eu já conheci. Exceto nas ocasiões em que não confia em mim, o que evidencia um lapso gritante no seu bom senso usual.

Grimm a encarou, desconcertado.

— O que mais Quinn lhe disse?

— Que você me ama — ela respondeu simplesmente.

Ele a tomou em seu abraço com um movimento veloz. Enterrou as mãos nos cabelos dela e a beijou com urgência. Ela saboreou a pressão firme do corpo dele contra o seu, a língua provocadora, a concha de suas mãos fortes no contorno do seu rosto. Jillian se derreteu nele, sem palavras, exigindo mais. O último mês sem ele, seguido por horas pressionada contra o corpo musculoso durante a viagem a cavalo, tinha começado a incitar um fogo brando de desejo dentro dela. Durante a última hora, sentira a pele se arrepiar em cada ponto de contato com o corpo dele, e um calor trêmulo havia se acumulado na porção do ventre, descendo, despertando sensações chocantemente intensas de desejo. Jillian estava alheia ao terreno à sua volta, sua mente totalmente absorta em imaginar, em detalhes dignos de rubor, as muitas diferentes formas como ela queria fazer amor com Grimm.

Agora praticamente vibrava de desejo, e respondeu sem controle ao beijo dele. Seu corpo já estava pronto para Grimm, e Jillian pressionou-se contra os quadris dele de modo sugestivo.

Ele parou de beijá-la tão de repente como tinha começado.

— Devemos continuar a viagem — ele disse, firmemente. — Temos um longo caminho a percorrer, moça. Não desejo manter você aqui neste frio por mais tempo do que o necessário.

Ele se afastou tão abruptamente que Jillian o fitou boquiaberta e quase gritou de frustração. Ela se sentia tão acalorada pelo beijo que o ar frio era um detalhe insignificante, e ela certamente não tinha a intenção de esperar nem mais um momento para fazer amor com ele de novo.

Deixou seus olhos se fecharem pouco a pouco, e o corpo oscilar de leve. Grimm a observava atentamente.

— Está se sentindo bem, moça?

— Não — Jillian respondeu, lançando um olhar de soslaio debaixo dos cílios semicerrados. — Francamente, estou me sentindo muito estranha, Grimm, e não sei o que pensar a respeito.

Ele voltou para o lado dela no mesmo instante, e ela se preparou para lançar a armadilha.

— Onde está se sentindo estranha, Jillian? Por acaso eu...

— Aqui. — Ela rapidamente pegou a mão dele e a colocou em seu seio. — E aqui. — Guiou a outra mão para os quadris.

Grimm inspirou profundamente e expirou algumas vezes, desejando que seu coração disparado se acalmasse, parasse de bombear tanto sangue para as partes baixas e talvez deixasse o cérebro funcionar em troca, para que ele conseguisse formar um pensamento coerente.

— Jillian — disse ele, exalando um suspiro frustrado.

— Minha nossa — ela respondeu maliciosamente, movendo as mãos sobre o corpo dele. — Você parece estar sofrendo do mesmo mal. — A mão dela se fechou sobre ele por cima do kilt, e Grimm emitiu um grunhido baixo e profundo.

Os dois falaram ao mesmo tempo.

— Está congelando aqui, moça. Não vou sujeitar você...

— Não sou...

— ... ao frio por causa das minhas necessidades egoístas...

— ... frágil, Grimm. E quanto às *minhas* necessidades egoístas?

— ... e eu não posso fazer amor da maneira adequada ao ar livre!

— Ah, e de maneira *adequada* foi a única maneira como você me quis? — ela zombou.

Seus olhos se travaram nos dela e escureceram de desejo. Ele parecia imobilizado, avaliando o frio com o raciocínio prejudicado, considerando todas as necessidades dela, exceto a que realmente importava.

Em voz baixa, ela disse:

— Faça. Me possua. *Agora.*

Os olhos dele se estreitaram. Ele respirou fundo.

— Jillian... — Uma tempestade se assomou nos olhos azuis-gelo. Ela se perguntou por um momento o que havia invocado. Uma fera: a fera *dela*. E ela o queria exatamente da maneira como ele era.

A força da paixão de Grimm a atingiu como um vendaval do mar, quente, salgado e primitivo em um poder que não podia ser contido.

Eles explodiram um contra o outro, unindo seus corpos tanto quanto era possível. Ele a encostou em uma árvore, abriu-lhe o vestido com movimentos impacientes e puxou o kilt de lado, enquanto beijava Jillian nas pálpebras, no nariz, na boca, de um jeito que ela sentiu se afogar na sensualidade daquele homem.

— Eu preciso de você, Jillian St. Clair. Desde que coloquei você no meu cavalo, eu não quis nada mais do que arrastá-la dele e me enterrar em você, sem uma palavra de explicação ou desculpa... porque eu preciso de você.

— Sim — ela sussurrou, com fervor. — É *isso* o que eu quero!

Com um só golpe, Grimm mergulhou fundo, mas a tempestade estava no corpo dela e cresceu com a fúria devastadora de um furacão.

Jillian jogou a cabeça para trás e libertou a voz, clamando por ele. Apenas as criaturas selvagens eram testemunhas. Ela se movia nele com urgência, seus lábios erguendo-se para encontrar cada investida. Suas mãos cravaram-se nos ombros dele, suas pernas se ergueram para envolvê-lo com força ao redor da cintura, cruzando os tornozelos sobre os quadris musculosos. Com cada investida, ele pressionava as costas dela contra o tronco da árvore, e ela o usava para se impulsionar de novo, recebendo-o tão profundamente dentro de si quanto era possível. Apenas os sons da paixão escapavam dos lábios deles; palavras simplesmente não eram necessárias. Unindo-se e trocando juramentos por meio do contato, seus corpos falavam uma língua antiga e inconfundível.

— Jillian! — ele rugiu ao explodir dentro dela. Uma risada irrestrita de prazer escapou dos lábios dela, sentindo que o jato de líquido quente no seu corpo a fazia cruzar a barreira do prazer. E foi assim que ela estremeceu junto dele.

Ficaram abraçados por um momento reverente. Apoiado nela com uma força suave, Grimm parecia relutante em se mover, como se quisesse permanecer ligado assim para sempre. Quando começou a enrijecer dentro dela, Jillian soube que o tinha convencido de que um pouco de ar frio fazia bem para a alma.

Grimm assobiou para chamar Occam. Convocando seu cavalo do meio da floresta, apertou as correias sobre a bagagem. A escuridão era completa, e eles precisavam seguir caminho. Não havia abrigo para garantir aquela noite, mas no dia seguinte estariam longe o suficiente nas montanhas para que ele pudesse prover abrigo por todas as noites que estavam por vir. Ele olhou por cima do ombro para Jillian. Era imperativo que a mantivesse feliz, aquecida e segura.

— Está com fome, Jillian? Está seca o suficiente? Aquecida?

— Não, sim e sim. Aonde vamos, Grimm? — ela perguntou, ainda se sentindo sonhadora depois dos intensos momentos de amor juntos.

— Há uma cabana abandonada a um dia de viagem daqui.

— Eu não quis dizer "agora": para onde você vai me levar depois disso?

Grimm ponderou sua resposta. Tinha originalmente planejado seguir diretamente para Dalkeith, e então partir assim que tivessem reunido sua fortuna e carregado os cavalos, mas havia começado a pensar que correr não era necessário. Muito do tempo deles desde Caithness ele passara ponderando sobre algo que Quinn tinha dito. *Diabos, homem, junte um exército e enfrente os McKane de uma vez por todas. Conheço dezenas de homens que lutariam por você. Eu lutaria*. Assim como o exército de Falcão e muitos dos homens que havia conhecido na corte, homens que podiam ser contratados para lutar.

Grimm detestava a ideia de tirar Jillian da Escócia, da família dela. Sabia como era estar sem um clã. Se triunfasse sobre os McKane, poderia comprar terras perto da família dela e ter apenas um demônio com que batalhar. Poderia devotar sua energia a ocultar sua natureza e ser um bom marido para Jillian.

Prometa que vai contar a verdade, Quinn exigira, em um sussurro baixo, urgente, no ouvido de Grimm.

Grimm assentira.

Mas não fora capaz ao observar as feições inocentes de Jillian. Talvez no ano seguinte, ou uma vida inteira a partir de agora. Enquanto isso, haveria outras batalhas para travar.

— Dalkeith. Meu grande amigo e a esposa dele são o senhor e a senhora de lá. Você vai estar segura com eles.

Jillian colocou-se em alerta de repente. Os devaneios foram esmagados pela ameaça de uma separação iminente.

— Como assim vou estar segura com eles? Você não quer dizer que *nós* vamos estar seguros lá?

Grimm mexia com nervosismo na sela de Occam.

— Grimm... *nós*, certo?

Ele murmurou com uma incoerência deliberada.

Jillian o observou por um momento e fez um ruído delicado com o nariz.

— Grimm, você não planeja me levar para Dalkeith e me deixar lá sozinha, planeja? — Os olhos dela se estreitaram, prestes a invocar uma tempestade se tal fosse a intenção dele.

Sem levantar a cabeça de uma inspeção atenta das correias de Occam, Grimm respondeu:

— Apenas por um tempo, Jillian. Há algo que devo fazer, e preciso me certificar de que você estará segura nesse meio-tempo.

Jillian o viu inquieto e considerou suas opções.

— Seu grande amigo e a esposa dele — disse, pessoas que saberiam algo sobre seu homem misterioso. Era promissor, mesmo que não fosse da sua preferência. Desejava que a mulher pudesse confiar nela, contar o que mantinha Grimm solitário, mas trabalharia com as informações que conseguisse. Talvez esses fatos do passado dele fossem dolorosos demais para ele querer discutir. — Onde fica Dalkeith?

— Nas Highlands.

— Perto de onde você nasceu?

— Mais adiante. Temos que dar a volta em Tuluth para chegar a Dalkeith.

— Por que dar a volta? Por que não a atravessar? — Jillian investigou.

— Porque eu nunca voltei para Tuluth e eu não pretendo fazer isso agora. Além disso, a aldeia foi destruída.

— Bem, se foi destruída, a ideia de dar a volta se torna ainda mais estranha. Por que evitar o nada?

Grimm levantou uma sobrancelha.

— Você precisa ser sempre tão lógica?

— Você precisa ser sempre tão evasivo? — ela rebateu, arqueando uma sobrancelha também.

— Só não quero atravessar a aldeia, está bem?

— Você tem certeza de que está em ruínas?

Quando Grimm enterrou a mão nos cabelos, Jillian finalmente entendeu. Grimm Roderick só começava a mexer nos cabelos quando ela fazia uma pergunta que ele não queria responder. Ela quase riu; se continuasse a interrogá-lo, Grimm poderia arrancá-los aos punhados, mas ela precisava de respostas, e ocasionalmente cavar resultava em alguns tesouros. O que poderia fazê-lo evitar Tuluth como se fosse a praga mais sinistra?

— Ah, meu Deus — ela sussurrou, a intuição apontando um dedo certeiro na direção da verdade. — Sua família ainda está viva, não está, Grimm?

Olhos azul-gelo voaram para os seus, e ela viu que ele se esforçava para evitar a pergunta. Grimm brincou com as tranças de guerra, e Jillian mordeu o lábio, esperando.

— Meu pai ainda está vivo — ele admitiu.

Embora já tivesse chegado a essa conclusão sozinha, a admissão a deixou sem chão.

— O que mais você não me disse, Grimm?

— Que Quinn lhe contou a verdade. Meu pai é um velho louco — acrescentou, amargamente.

— Louco de verdade ou você quer dizer que só discorda dele sobre determinadas coisas, como a maioria das pessoas discorda dos pais?

— Eu não gostaria de falar sobre isso.

— Quantos anos tem seu pai? Você tem mais familiares de que eu não saiba?

Grimm se afastou e começou a andar de um lado para o outro.

— Não.

— Bem, como é o seu lar? Em Tuluth.

— Não é em Tuluth — ele disse, entredentes. — Meu lar ficava em um castelo sombrio e triste, esculpido na montanha acima de Tuluth.

Jillian se perguntou que outras coisas surpreendentes poderiam ser reveladas se ele continuasse respondendo a suas perguntas.

— Se você morava no castelo, então deveria ser um criado... — Ela o observou da cabeça aos pés e fez que não, diante de uma compreensão repentina. — Ah! Eu aqui tagarelando sobre títulos e você nem fala nada! Você é o filho do senhor do clã, não é? Por acaso não seria o filho mais velho, seria? — ela insistiu, mais em tom de brincadeira do que outra coisa. Quando Grimm desviou o olhar rapidamente, ela exclamou: — Quer dizer que você vai ser o *laird* um dia? Há um clã aguardando o seu regresso?

— Nunca. Nunca voltarei a Tuluth, e esse é o fim desta discussão. Meu pai é um velho maluco e o castelo está em ruínas. Juntamente com a aldeia, metade do meu clã foi destruída há anos, e estou certo de que a metade restante se espalhou para escapar do velho e reconstruir em outro lugar. Duvido que tenha sobrado alguém em Tuluth. Provavelmente não é mais do que ruínas. — Grimm roubou um olhar de relance para Jillian, a fim de ver como ela estava lidando com a confissão.

Sua mente estava girando. Algo não fazia sentido, e ela sabia que informações vitais haviam sido omitidas. O lar da infância de Grimm ficava entre ali onde estavam e o seu destino, e as respostas repousavam em antigas ruínas apodrecidas. Um "velho maluco" como pai e informações que lhe mostrariam o verdadeiro caminho para as profundezas do coração de Grimm.

— Por que você foi embora? — ela perguntou, suavemente.

Ele a encarou, os olhos azuis brilhando na luz que se desvanecia.

— Jillian, por favor. Não faça tantas perguntas de uma vez. Me dê tempo. Essas coisas... Não falo delas desde que aconteceram. — Os olhos dele imploraram sem palavras por paciência e compreensão.

— Tempo eu posso dar. Eu vou ser paciente, mas não vou desistir.

— Me prometa. — Ele de repente assumiu um ar grave. — Prometa que você nunca vai desistir, aconteça o que acontecer.

— De você? Eu não desistiria. Meu Deus, isso nunca me passou pela cabeça nem quando você foi maldoso comigo em meus dias de menina, eu não desistiria de você — ela disse, em tom leve, esperando para alegrar a expressão sombria de Grimm.

228

— De *nós*, Jillian. Prometa que você nunca vai desistir de nós.

Ele a puxou de volta para seus braços e a fitou tão intensamente que quase a fez perder o fôlego.

— Eu prometo — ela sussurrou. — Levo minha honra tão a sério como qualquer guerreiro.

Ele relaxou infinitesimalmente. Sua esperança era a de que nunca precisasse lembrar Jillian das palavras dela.

— Tem certeza de que ainda não está com fome? — Grimm mudou de assunto rapidamente.

— Posso esperar até pararmos para passar a noite — ela lhe assegurou, distraída, ocupada demais com os próprios pensamentos para considerar as exigências físicas. Já não se perguntava mais por que ele tinha aparecido tão tarde, ensanguentado e sujo de lama. Grimm tinha vindo, e era o suficiente por enquanto.

Havia outras perguntas maiores que ela precisava ter respondidas.

Montaram novamente, e ele a puxou contra seu corpo. Jillian relaxou, saboreando a sensação do corpo forte.

Algumas horas mais tarde, chegou a uma decisão. *Uma garota tem que fazer o que uma garota tem que fazer*, disse a si mesma com firmeza. Pela manhã, pretendia adquirir uma doença repentina e inexplicável que exigiria abrigo seguro e permanente muito antes de chegarem a Dalkeith. Ela não tinha ideia de que, pela manhã, o acaso assumiria o comando dos eventos com um senso de humor perverso.

26

Jillian rolou, espreguiçou-se e olhou através da luz ofuscante para Grimm. Peles estavam penduradas sobre as janelas da cabana. Elas barravam a entrada do vento inclemente, mas ainda deixavam entrar um pouco de luz. O fogo tinha se consumido em brasas fazia horas, e, no brilho âmbar que restava, ele parecia um guerreiro de bronze, um heroico e poderoso viking estendido sobre o catre de peles, com um braço dobrado por trás da cabeça e o outro curvado sobre a cintura dela.

Pelos santos, o homem era lindo! Em repouso, seu rosto tinha o tipo de perfeição que a lembrava um arcanjo, criado por um Deus alegre. As sobrancelhas formavam arcos negros sobre os olhos franjados por grossos cílios. Apesar de pequenas rugas vincadas nos cantos dos olhos, ele tinha poucas linhas de expressão de sorrisos ao redor da boca, uma ausência que Jillian pretendia remediar. O nariz era reto e orgulhoso, os lábios... poderia passar um dia só olhando para aqueles lábios firmes e rosados que formavam uma curva sensual mesmo durante o sono. Ela pressionou um beijo leve como um sussurro sobre a fenda teimosa que tinha no queixo.

Quando haviam chegado, na noite anterior, Grimm acendeu um fogo incandescente e derreteu baldes de gelo para preparar um banho. Tinham compartilhado uma banheira, tremendo no ar frígido até o calor da paixão os aquecer até os ossos. Em uma deliciosa pilha de peles, tinham renovado sem palavras o juramento feito um ao outro. O homem era manifestamente inesgotável, Jillian pensou, satisfeita. Seu corpo doía prazerosamente da maratona de paixão. Ele havia mostrado coisas que fizeram as bochechas dela pegar fogo e o coração disparar pela expectativa de mais.

Os pensamentos fumegantes debandaram abruptamente quando sua barriga escolheu aquele momento para se revolver de forma alarmante. De repente sem fôlego por causa da náusea repentina, ela se curvou de lado e esperou que a sensação passasse. Como tinham comido pouco na noite anterior e se mantido muito ativos, ela concluiu que provavelmente fosse fome. Uma dor no estômago certamente tornaria mais fácil encenar seu plano de que estava doente demais para cavalgar até Dalkeith. Que doença poderia alegar? Dor no estômago talvez não fosse convincente o bastante para fazê-lo considerar parar em uma aldeia que tinha jurado não ver mais.

Convenientemente, outra onda de náusea se apoderou dela. Jillian franziu o cenho diante da possibilidade de ter conseguido ficar doente de verdade apenas por planejar fingir que estava. Ficou imóvel, esperando o desconforto diminuir, e conjurou visões de sua comida favorita, esperando que a imaginação fosse aplacar as dores da fome.

Pensamentos da carne de porco assada que Kaley preparava quase a fizeram se dobrar. Peixe assado em molho de vinho a fez engasgar em um instante. Pão? Não soava tão mal assim. Quanto mais crosta, melhor. Tentou afastar-se de Grimm para apanhar a bolsa onde tinha visto um pedaço de pão marrom na noite anterior, mas, em seu sono, ele lhe apertou o braço em volta da cintura. Furtivamente, Jillian começou acariciando os dedos dele, mas eram como tornos de ferro. Quando uma nova onda de náusea a assaltou, ela gemeu e se curvou em posição fetal, agarrando a barriga. O som acordou Grimm no mesmo instante.

— Está tudo bem, moça? Machuquei você?

Com medo de que Grimm estivesse se referindo ao sexo excessivo, ela se apressou a tranquilizá-lo. Não queria dar nenhum motivo para ele pensar duas vezes antes de lhe proporcionar prazer novamente.

— Estou só um pouco dolorida — disse, depois gemeu com uma nova reviravolta do estômago.

— O que é? — Grimm levantou-se da cama com um salto, e, apesar do sofrimento, ela se maravilhou com toda aquela beleza. Os cabelos negros caíam sobre o rosto e, embora o pensamento de comida a fizesse se sentir impossivelmente enjoada, os lábios dele ainda pareciam convidativos. — Machuquei você durante o sono? — perguntou, com a voz rouca. — O que foi? — Fale comigo, moça!

— Só não estou me sentindo bem. Não sei o que está errado. Meu estômago dói.

— Comida ajudaria? — Ele mexeu na bagagem rapidamente. Descobriu um grande pedaço de bife salgado e gorduroso e o colocou debaixo do nariz dela.

— Ah, *não*! — Jillian choramingou e caiu de joelhos. Ela se afastou dele o mais rápido possível, mas só conseguiu percorrer alguns poucos passos antes de colocar tudo para fora. Grimm estava ao seu lado em um piscar de olhos, afastando-lhe os cabelos do rosto. — Não — ela gritou. — Não olhe para mim. — Jillian não tinha vomitado muitas vezes na vida, mas, quando acontecia, detestava que qualquer pessoa a visse enfraquecida por forças além de seu controle. Aquilo a fez se sentir impotente.

Provavelmente estava sendo punida por planejar o engodo. Não era justo, pensou, zangada. Nunca tinha enganado os outros na vida — decerto podia se dar ao luxo de fazê-lo uma vez, ainda mais levando em conta que a causa era tão boa. Tinham que parar em Tuluth. Ela precisava de respostas que suspeitava só seriam encontradas se retornasse às raízes de Grimm.

— Calma, moça, está tudo bem. O que posso fazer? Do que você precisa? — Não podia ser veneno, Grimm pensou, freneticamente. Ele mesmo tinha preparado a comida da noite anterior, carne de veado que havia caçado e curado enquanto estava nas Highlands. Então o que era?, ele se perguntou, inundado por uma enxurrada de emoções: desamparo, medo, a percepção de que essa mulher em seus braços era tudo para ele e que sofreria a doença que fosse no lugar dela se pudesse.

Jillian teve outro espasmo nos braços dele, e Grimm segurou o corpo trêmulo.

Levou algum tempo antes que ela parasse de arfar. Quando Jillian finalmente se acalmou, ele a embrulhou em um cobertor quente e aqueceu um pouco de água sobre o fogo. Ela permaneceu absolutamente imóvel enquanto ele lavava seu rosto. Grimm estava fascinado pela beleza de Jillian; a despeito do mal-estar, ela certamente parecia radiante, a pele como um marfim translúcido, os lábios um tom profundo de rosa, as bochechas coradas.

— Está se sentindo melhor, moça?

Ela respirou fundo e assentiu.

— Acho que sim, mas não tenho certeza de que posso ir muito longe hoje. Há um lugar onde nós possamos parar entre aqui e Dalkeith? — ela perguntou, melancolicamente.

— Talvez seja melhor nem irmos — ele desviou o assunto, mas tinham de seguir em frente, e ele sabia disso. Permanecer ali outro dia era a coisa mais perigosa que poderiam fazer. Se os McKane estivessem seguindo, mais um dia poderia custar-lhes a vida. Ele fechou os olhos e ponderou o dilema. E se começassem de novo e ela ficasse mais doente? Aonde poderia levá-la? Onde eles poderiam se esconder até ela estar boa o suficiente para viajar?

É claro, ele pensou, sardonicamente.

Tuluth.

27

Aproximando-se da aldeia onde nascera, Grimm caiu em um silêncio prolongado.

Tinham viajado em um trote tranquilo durante todo o dia, e Jillian logo recuperou o vigor costumeiro. Apesar da saúde melhor, ela se obrigou a continuar com a cena. Estavam perto demais de Tuluth para ela se perder em indecisão.

Tinham que seguir para Tuluth. Era necessário, quer ela se vangloriasse dos métodos empregados ou não. Não alimentava ilusões de que Grimm voltaria voluntariamente. Se dependesse dele, ele esqueceria que a aldeia já tinha existido. Embora aceitasse o fato de que Grimm não conseguia conversar sobre seu passado, tinha uma suspeita de que retornar a Tuluth talvez fosse mais necessário para ele do que para ela. Era possível que ele precisasse confrontar suas memórias para poder resolvê-las em definitivo.

Jillian, por sua vez, precisava examinar a evidência com seus próprios olhos e mãos, falar com seu o pai "maluco" e pescar algumas informações. Nos escombros e restos do castelo destruído, ela poderia encontrar pistas para ajudá-la a entender o homem que amava.

Ela olhou para a mão dele, tão grande que envolvia as suas duas, enquanto Grimm conduzia Occam com a outra, mas o que ele poderia pensar que havia de errado? Era nobre e honesto, menos para falar sobre seu passado. Era forte, destemido e um dos melhores guerreiros que ela já tinha visto. Para todos os efeitos, o homem era invencível. Diante de Grimm, as lendas daquelas feras míticas, os Berserkers, não passavam de chacota.

Jillian sorriu. Era de homens como Grimm que nasciam tais lendas. Ora, ele tinha até mesmo os lendários e ferozes olhos azuis. Se tais seres verdadeiramente existiam, Grimm devia ser um desses guerreiros todo-poderosos, ela pensou, sonhadora. Não se surpreendeu ao saber que ele era o filho de um *laird*; a nobreza era evidente em cada linha de seu rosto magnífico. Ela soltou um suspiro de prazer e inclinou o corpo para trás no peito dele.

— Estamos quase lá, moça — Grimm falou, tranquilo, interpretando mal o suspiro.

— Vamos para o castelo? — ela perguntou debilmente.

— Não. Existem algumas cavernas onde podemos nos abrigar em um desfiladeiro chamado Fenda de Wotan. Eu brincava lá quando era menino. Eu as conheço bem.

— No castelo não seria mais quente? Estou com tanto frio, Grimm... — Ela estremeceu no que esperava que fosse um modo convincente.

— Se bem me lembro, Maldebann é um desastre. — Ele puxou o tartan mais firme ao redor dos ombros dela e a envolveu no calor de seu corpo. — Não estou certo de que alguma parede vá estar de pé. Além disso, se meu pai ainda estiver por lá, provavelmente assombra os salões em ruínas.

— Bem, que tal a aldeia? Decerto alguma parte do seu povo ainda continua a viver por lá. — Ela se recusava a ter sucesso em conseguir alcançar Tuluth, mas não ter a oportunidade de falar com as pessoas, que podiam saber de alguma coisa sobre seu guerreiro das Highlands.

— Jillian, todo o vale foi exterminado. Eu suspeito que a aldeia esteja completamente abandonada. Teremos sorte se as cavernas estiverem acessíveis. Muitas das trilhas mudaram e até desabaram em ruínas durante os anos em que eu brincava lá.

— Mais uma razão para ir ao castelo — ela insistiu, rapidamente. — Parece-me que as cavernas são perigosas.

Grimm soltou um suspiro.

— Você é persistente, não é, moça?

— Estou com tanto frio — ela choramingou, afastando a culpa que sentia sobre a farsa. Era por uma boa causa.

Seus braços se apertaram ao redor dela.

— Vou cuidar de você, Jillian. Prometo.

— Onde estão eles, Gilles? — Ronin perguntou.

— Quase cinco quilômetros a leste, milorde.

Ronin mexia, impaciente, no tartan. Ele se virou para o irmão.

— Estou com boa aparência?

Balder sorriu.

— "Estou com boa aparência?" — zombou, em falsete, envaidecendo-se para uma plateia imaginária.

Ronin lhe deu um soco no braço.

— Pare com isso, Balder. É importante. Hoje vou conhecer a esposa do meu filho.

— Você vai ver o seu *filho* hoje — Balder corrigiu.

Ronin desviou seu olhar para as pedras.

— Sim, eu vou mesmo — respondeu por fim. Ele virou a cabeça bruscamente e lançou um olhar ansioso para Balder. — E se ele ainda me odiar, Balder? E se chegar aqui, cuspir na minha cara e partir?

O sorriso desapareceu dos lábios de Balder.

— Então eu vou espancar o rapaz até ele perder os sentidos, amarrá-lo, e nós dois vamos conversar com ele. Persuasivamente e para nos divertir.

O rosto de Ronin se iluminou consideravelmente.

— Há um plano — afirmou, com otimismo. — Talvez pudéssemos fazer isso imediatamente. O que você diria?

— *Ronin.*

— Parece o curso mais direto — Ronin sugeriu, dando de ombros.

Balder avaliou o irmão, seus dedos nervosos e cheios de calos alisando o tartan cerimonial. Seu cabelo preto lustrosamente penteado exibia alguns fios prateados. Sua *sgain dubh*, a faca tradicional, cravejada de joias e um *sporran* de veludo. Seus ombros largos e cintura não tão esbelta assim. Estava mais alto e ereto e com mais orgulho do que Balder já o vira nos últimos anos. Seus olhos azuis refletiam alegria, esperança e... medo.

— Você parece um excelente *laird* da cabeça aos pés, irmão — Balder disse, gentilmente. — Qualquer filho teria orgulho de chamar você de pai.

Ronin respirou fundo e assentiu com firmeza.

— Esperemos que você tenha razão. As faixas estão penduradas, Gilles?

Gilles sorriu e acenou com a cabeça.

— Está majestoso, milorde — ele acrescentou, com orgulho. — E confesso que Tuluth fez uma ótima figura para nós. O vale está brilhando. Qualquer rapaz ficaria contente por ver este lugar como seu domínio futuro.

— E o Salão dos Lordes, foi limpo e aberto? As tochas estão acesas?

— Sim, milorde. E eu já pendurei o retrato no salão de jantar.

236

Ronin engoliu uma lufada de ar e começou a andar.

— Os aldeões foram informados? Todos eles?

— Estão esperando nas ruas, Ronin, e os estandartes também foram pendurados em toda Tuluth. Foi um bom regresso a casa esse que você planejou — Balder comentou.

— Vamos ter esperanças de que ele ache o mesmo — murmurou Ronin, marchando de um lado para o outro.

$$\sim\!\infty\!\infty\!\sim$$

Os dedos de Grimm se enrijeceram na cintura de Jillian. Occam ia seguindo cuidadosamente pela trilha traseira na direção da Fenda de Wotan.

Não tinha intenção de levar Jillian para as cavernas úmidas e frias, onde uma fogueira poderia defumá-los se o vento mudasse o curso repentinamente e descesse por um dos túneis. Mas, da Fenda ele poderia acessar a aldeia e o castelo. Se alguma parte da vila ainda estivesse de pé, ele poderia verificar se chaminés fumegavam, o que seria sinal da presença de moradores naquela aldeia fantasma. Além disso, ele preferia que Jillian visse imediatamente que lugar desolado era aquele, para que ela desejasse apressar a viagem até Dalkeith tão logo fosse capaz. Jillian parecia estar se recuperando depressa, embora ainda estivesse fraca e reclamasse de enjoos intermitentes.

O sol subiu ao pico do desfiladeiro. Não se poria por várias horas mais, o que concederia a Grimm tempo o bastante para avaliar os potenciais perigos e garantir abrigo em algum lugar na aldeia arruinada. Se Jillian estivesse bem na manhã seguinte, poderiam correr para as praias de Dalkeith. Para evitar levar os McKane até as terras dos Douglas, ele intentava parar em uma aldeia próxima e enviar um mensageiro para Falcão. Eles se encontrariam discretamente para discutir a possibilidade de criar um exército e planejar o futuro dele e de Jillian.

Quando as enormes pedras da Fenda de Wotan entraram no campo de visão, o peito de Grimm se apertou. Fez um esforço para respirar profunda e regularmente enquanto se orientavam pelo caminho pedregoso. Grimm não tinha antecipado a força com que suas memórias amargas iriam ressurgir. Já fazia quinze anos que tinha subido por aquele caminho pela última vez, e o episódio tinha mudado sua vida para sempre. *Ouça-me, Odin! Eu invoco o Berserker...* Tinha subido como um garoto e descido como um monstro.

Suas mãos estavam fechadas em punhos. Como poderia ter considerado voltar a esse lugar? Mas Jillian se aconchegou nele, buscando calor, e ele sabia que iria entrar em Tuluth voluntariamente, mesmo se a vila estivesse ocupada por hordas de demônios, para mantê-la segura e aquecida.

— Você está bem, Grimm?

Era típico de Jillian, ele se maravilhou. Apesar de seu próprio mal-estar, a preocupação dela era com ele.

— Eu estou bem. Vamos nos aquecer logo, moça. Apenas descanse.

Ele parecia tão preocupado que Jillian teve que morder a língua para evitar que escapasse uma confissão instantânea.

— Em um momento você vai poder ver onde a aldeia ficava — ele disse. A tristeza tornava sua voz áspera.

— Não consigo imaginar como seria ver Caithness destruída. Não queria trazê-lo de volta a um lugar tão doloroso...

— Aconteceu há muitos anos. É quase como se tivesse acontecido em outra vida.

Jillian sentou-se ereta quando chegaram ao topo da colina e vasculharam a paisagem com olhos curiosos.

— Lá. — Grimm dirigiu a atenção dela para o precipício. — Do promontório, o vale entra no campo de visão. — Sorriu fracamente. — Eu costumava vir aqui e observar toda esta terra, pensando que não existia um garoto tão sortudo quanto eu.

Jillian estremeceu. Occam avançou, sua marcha constante. Jillian prendeu a respiração quando se aproximaram do precipício.

— As cavernas estão atrás de nós, além daquela queda de pedras, onde a encosta da montanha é mais íngreme. Eu e o meu melhor amigo Arron uma vez juramos que iríamos mapear cada túnel, cada câmara dentro da montanha, mas as passagens parecem infinitas. Tínhamos mapeado um quarto delas antes de... antes...

Jillian foi inundada pelo remorso por tê-lo trazido de volta para enfrentar seus demônios.

— Seu amigo foi morto na batalha?

— Foi.

— Seu pai foi ferido na batalha? — ela perguntou suavemente.

— Ele devia ter morrido — Grimm disse, em tom firme. — Os McKane enterraram um machado de batalha no peito dele até o punho. É incrível que tenha sobrevivido. Durante vários anos depois daquele dia, pensei que tivesse morrido.

— E sua mãe? — ela disse, num sussurro.

— 238 —

Houve um silêncio, quebrado apenas pelo som do xisto esmagado sob os cascos de Occam.

— Vamos conseguir vê-lo em um instante, moça.

O olhar de Jillian fixou-se na beira do penhasco, onde a rocha terminava abruptamente e se tornava horizonte. Metros e metros abaixo, ela encontraria as cinzas de Tuluth. Jillian se aprumou mais na sela, quase caindo do cavalo tamanha a sua ansiedade, e se preparou para a cena de melancolia.

— Segure-se, moça — Grimm a acalmou à medida que davam os últimos passos até o precipício e diante do vale sem vida.

Por quase cinco minutos, ele não falou. Jillian não estava certa de que ele ainda respirasse. Mas também não estava certa de que ela mesma estivesse respirando.

Abaixo deles, situada em torno de um rio cristalino e de vários lagos cintilantes, uma vibrante cidade fervilhava com vida, cabanas brancas banhadas pelo sol vespertino com um toque de âmbar. Centenas de casas pontilhavam o vale em fileiras uniformes ao longo de ruas meticulosamente conservadas. Fumaça de lareiras aconchegantes espiralava preguiçosamente das chaminés, e, embora ela não pudesse ouvir as vozes, podia ver muitas pessoas. Pessoas caminhavam para cima e para baixo onde perambulavam um ou outro carneiro ou uma vaca. Dois cães de caça brincavam em um pequeno jardim. Ao longo da estrada principal que cortava o centro da cidade, faixas de cores vivas ondulavam e tremulavam na brisa.

Surpresa, Jillian vasculhou o vale, seguindo o rio até a base da montanha, de onde ele borbulhava vindo de uma fonte subterrânea. O castelo se elevava em pedra diante dela. Sua mão voou até os lábios para sufocar um grito de choque. Isso não era o que ela esperava ver.

Um castelo sombrio e triste, Grimm havia dito.

Nada poderia estar mais longe da verdade. O Castelo Maldebann era o mais lindo que ela já tinha visto. Com torres belamente esculpidas e uma fachada majestosa, parecia ter sido removido da montanha pelo martelo e pelo formão de um escultor visionário. Construído de pedra cinza-pálido, subia a uma altura de tirar o fôlego em arcos poderosos. A montanha efetivamente selava o vale naquela extremidade, e o castelo esparramava-se por toda a largura do cercado, alas estendendo-se para o leste e para o oeste, a partir da construção principal.

Suas poderosas torres faziam Caithness parecer um chalé de verão; não, a casa da árvore de uma criança. Não era de admirar que o Castelo Maldebann

—◄ 239 ►—

tivesse sido o foco de um ataque; era uma fortaleza incrível e invejável. A passarela de guarda, no topo, estava pontuada com dezenas de figuras uniformizadas. A entrada era visível além do rastrilho e da poterna e se elevava a quase quinze metros. Mulheres paramentadas de cores vivazes pontuavam as passagens inferiores, apressadas para lá e para cá com cestas e crianças.

— Grimm? — Jillian disse o nome dele com uma voz desafinada. Ruínas? Sua testa franziu em consternação. Ela se perguntava como aquilo era possível. Será que Grimm havia interpretado mal quem perdera aquela batalha fatídica, anos antes?

Um enorme estandarte com letras garrafais tremulava sobre a entrada do castelo. Jillian apertou os olhos, do jeito pelo qual ela repreendia Zeke, mas não conseguia diferenciar as palavras.

— E o que isso quer dizer, Grimm? — ela começou com um sussurro, admirada pela vista inesperada do lugar e da prosperidade que se estendia diante de seus olhos.

Por um longo momento, ele não respondeu. Jillian o ouviu engolir convulsivamente atrás dela, seu corpo tão rígido quanto as pedras sobre as quais Occam mexia os cascos.

— Você acha que talvez algum outro clã tenha assumido este vale e reconstruído tudo? — ela sugeriu, fracamente, apegando-se a qualquer motivo que pudesse encontrar para dar sentido às coisas.

Ele soltou uma respiração sibilante, depois a pontuou com um gemido.

— Eu duvido, Jillian.

— É possível, não é? — ela insistiu. Se não, Grimm podia genuinamente sofrer da loucura do seu pai, pois só um louco chamaria aquela cidade de ruína.

— Não.

— Por quê? Quero dizer, como você pode ter certeza olhando daqui? Não consigo nem enxergar os tartans.

— Porque aquela faixa diz "bem-vindo, filho" — ele sussurrou, com horror.

28

———⚬◦⚬◦⚬———

— Como é que eu vou entender o sentido disso, Grimm? — Jillian perguntou conforme o silêncio entre os dois aumentava. Grimm olhava fixamente para baixo, onde estava o vale. Jillian de repente se sentiu extremamente confusa.

— Como *você* vai entender o sentido disso? — Ele deslizou do lombo de Occam e baixou Jillian para o chão ao lado dele. — Você? — ele repetiu, sem acreditar. Nem ele conseguia encontrar sentido naquilo. Não apenas seu lar não era uma ruína de cinzas espalhadas pelo fundo do vale como deveria ser, como havia malditas faixas de boas-vindas tremulando dos torrões.

— Sim — ela encorajou. — Eu. Você me disse que este lugar tinha sido destruído.

Grimm não conseguia tirar os olhos da visão do vale. Estava estupefato. Qualquer esperança de lógica decaiu em choque. Tuluth tinha cinco vezes o tamanho que tivera, a terra se inclinava em seções de padrões perfeitos, as casas tinham o dobro do tamanho. As coisas não costumavam parecer menores quando a pessoa cresce? Sua mente se opôs com um crescente sentimento de desorientação. Grimm examinou as rochas abaixo de onde estava, procurando a boca oculta da caverna para se reassegurar de que estava mesmo sobre a Fenda de Wotan, e que era realmente Tuluth o que via lá embaixo. O rio que fluía através do vale tinha duas vezes sua largura, mais azul do que lápis-lazúli. Diabos, até a montanha parecia ter crescido.

O Castelo Maldebann era outra história. Tinha mudado de cor? Grimm se lembrava do monólito altaneiro, esculpido da obsidiana mais negra, todo

—◄ 241 ►—

cheio de ângulos proibitivos, onde se dependuravam musgo e gárgulas. Seu olhar incrédulo se afastou das linhas fluidas da estrutura convidativa em tons cinza-pálido. Totalmente ocupado, alegremente funcional, decorados — por Deus — com estandartes.

Estandartes onde se lia: "Seja bem-vindo."

Grimm caiu de joelhos, arregalou os olhos tanto quanto poderia, fechou-os e os esfregou, depois os abriu de novo. Jillian o observava com curiosidade.

— Ainda está tudo aí, não é? — ela disse, com naturalidade. — Eu também tentei — Jillian simpatizou.

Grimm lançou um rápido olhar para ela e ficou surpreso ao ver um meio-sorriso curvando seu lábio.

— Está achando graça nisso, moça? — ele perguntou, inexplicavelmente ofendido.

Uma compaixão instantânea inundou as feições de Jillian. Ela pôs a mão delicada no braço dele.

— Ah, não, Grimm. Não pense que estou rindo de você. Estou rindo porque ficamos atônitos e, em parte, porque estou aliviada. Eu esperava uma cena terrível. Esta é a última coisa que eu esperava ver. Eu sei que o choque deve ser duas vezes mais duro para você absorver, mas eu achei engraçado porque é igual a quando eu te vi da primeira vez que você chegou a Caithness.

— Como assim, moça?

— Bem, quando eu era pequena, você parecia muito grande. Quero dizer enorme, monstruoso, o maior homem do mundo. Quando você voltou, já que eu era maior, eu esperava que você finalmente parecesse menor. Não menor do que eu, mas pelo menos menor do que parecia da última vez que vi você de perto.

— E? — ele encorajou.

Ela balançou a cabeça, perplexa.

— Eu me enganei. Você parecia maior.

— E aonde você quer chegar? — ele desviou sua atenção do vale e olhou para ela.

— Bem, você esperava que fosse menor, não esperava? Suspeito que seja provavelmente muito maior. Chocante, não é?

— Há algum objetivo nesta conversa, moça? — disse ele, com sarcasmo.

— Vejo que alguém devia ter lhe contado mais fábulas quando jovem — Jillian brincou. — O meu ponto é: a memória pode ser uma coisa enganosa — esclareceu por fim. — Talvez a vila nunca tenha sido completamente des-

242

truída. Talvez parecesse assim quando você partiu. Você foi embora de noite? Estava escuro demais para ver com clareza?

Grimm pegou as mãos dela nas suas. Eles se ajoelharam juntos na beira do precipício. Sim, *era* noite quando ele deixara Tuluth, e o ar estava carregado de fumaça. Foi uma cena horrível para o rapazinho de catorze anos. Partiu dali acreditando que sua aldeia e seu lar estavam destruídos e que ele era uma fera perigosa. Partiu repleto de ódio e desespero, esperando pouco da vida.

Agora, quinze anos mais tarde, ele se ajoelhava sobre a mesma montanha, segurando as mãos da mulher que amava além da própria vida, contemplando visões impossíveis. Se Jillian não estivesse ali, ele poderia ter enfiado o rabo entre as pernas e fugido, para nunca permitir a si mesmo indagar sobre que estranha magia havia trabalhado naquele vale. Grimm ergueu a mão dela até os lábios e a beijou.

— Minha memória de você nunca me enganou. Eu sempre me lembrei de você como o melhor que a vida tinha para oferecer.

Os olhos de Jillian se arregalaram. Ela tentou falar, mas acabou fazendo um pequeno som sufocado em vez disso. Grimm endureceu, interpretando o som por um gemido de desconforto.

— Aqui estou eu, mantendo você no frio quando você está doente.

— Não é o que... Não — ela gaguejou. — Na verdade, eu me sinto muito melhor agora. — Quando ele a olhou com desconfiança, ela acrescentou: — Aaah, mas preciso de um lugar quente logo, Grimm. E aquele castelo certamente parece quente. — Ela olhou para lá com esperanças.

O olhar de Grimm disparou de volta para o vale. O castelo parecia mesmo quente. E bem fortificado. Perto demais de ser o lugar mais seguro que ele poderia levá-la, e por que não? Havia faixas de "Bem-vindo de volta" penduradas em dezenas de locais. Se os McKane o estivessem seguindo, que lugar seria melhor para ficar e lutar? Como era estranho retornar a Tuluth depois de todos aqueles anos, novamente com os McKane nos seus calcanhares. Será que o padrão enfim fecharia o ciclo e se encerraria? Talvez não precisassem ir a Dalkeith para formar um exército e lutar contra os McKane afinal de contas.

Mas teria que confrontar seu pai. Grimm soltou uma expiração frustrada e avaliou as opções que tinham. Como podia descer àquele vale, que abrigava os seus medos mais profundos? Mas como poderia se explicar a Jillian se desse meia-volta e fosse embora? E se o mal-estar dela voltasse? E se os McKane os capturassem? Ele ficou confuso com a saraivada de perguntas sem respostas

243

claras. Descobrir que Tuluth era aquele... aquele lugar glorioso... era chocante demais para sua mente absorver.

Jillian estremeceu e esfregou a barriga. As mãos dele apertaram as suas, e ele invocou sua lendária força de vontade, ciente de que, antes que este dia acabasse, iria precisar de cada grama do seu controle.

Não tinha escolha. Rapidamente montaram de novo e começaram a descida.

✤

— Eles estão chegando!

Ronin parecia pronto para sair correndo.

— Relaxe, homem — Balder repreendeu. — Vai dar tudo certo, você vai ver.

O *laird* McIllioch fez uma careta.

— Para você é fácil falar. Ele não é seu filho. Vou lhe dizer, ele vai cuspir na minha cara.

Balder sacudiu a cabeça e tentou não rir.

— Se essa é a sua pior preocupação, meu velho, você não tem nada com que se preocupar.

✤

Grimm e Jillian desceram pela parte de trás da Fenda de Wotan, circundaram a base dela e tomaram uma estrada sinuosa, entrando na boca do vale. Cinco enormes montanhas formavam uma fortaleza natural ao redor do vale, subindo como os dedos suaves de uma mão aberta. A cidade enchia a palma protegida, verdejante, repleta de vida. Jillian rapidamente concluiu que, quando os McKane tinham atacado Tuluth anos antes, ou foram totalmente arrogantes ou tinham uma superioridade numérica avassaladora.

Como se tivesse lido a mente dela, Grimm disse:

— Nem sempre fomos tão numerosos assim. Nos últimos quinze anos, Tuluth parece ter não só recuperado os homens perdidos na batalha contra os McKane, mas se multiplicado — seu olhar aturdido varreu o vale... — quase cinco vezes. — Ele assobiou e balançou a cabeça. — Alguém andou reconstruindo.

— Tem certeza de que seu pai é louco?

Grimm franziu a testa.

— Sim. — *Com a mesma certeza que eu tenho sobre qualquer coisa atualmente*, acrescentou em pensamento.

244

— Bem, para um louco, ele fez maravilhas aqui.

— Eu não acredito que ele tenha. Alguma outra coisa deve estar acontecendo.

— E a faixa "Bem-vindo de volta, filho"? Pensei ter ouvido você falar que não tinha irmãos.

— Não tenho — ele respondeu, rigidamente. Grimm se deu conta de que logo estariam próximas da primeira daquelas faixas e não havia contado a verdade a Jillian: que absolutamente não havia engano sobre quem era esperado, porque não tinha sido de todo sincero antes. Nas dezenas de faixas penduradas por toda a cidade, se lia: "Bem-vindo de volta, Gavrael."

Jillian estreitou os olhos, tentando obter uma visão melhor. Apesar de suas preocupações, os quadris curvilíneos pressionando as virilhas dele pelo caminho haviam disparado uma descarga de desejo pelas suas veias. Memórias da noite anterior brincavam na periferia de sua mente, mas ele não podia se dar ao luxo de se distrair.

— Fique parada — ele rosnou.

— Eu só quero ver.

— Você vai acabar vendo o céu pelas suas costas se continuar se contorcendo assim, moça. — Ele a puxou contra si, para que ela pudesse sentir o que toda aquela inquietude tinha causado a ele. Grimm adoraria se perder na paixão de Jillian e, quando ela estivesse saciada e sonolenta, levá-la quilômetros na direção oposta.

Tinham chegado a uma distância que permitia a leitura das faixas e Jillian se inclinou para a frente outra vez. Grimm engoliu em seco e se preparou para as perguntas que viriam em seguida.

— Ora, você não é o assunto, Grimm — ela ponderou. — Esta faixa não diz "Bem-vindo de volta, filho". Diz "Bem-vindo de volta, Gavrael". — Ela fez uma pausa, mordiscando o lábio. — Quem é Gavrael? E como você consegue ler a uma distância tão grande e mesmo assim confundir a palavra "Gavrael" com "filho"? As palavras não são nem parecidas.

— Você precisa ser sempre tão lógica? — ele disse e suspirou. Reconsiderou virar Occam e partir na outra direção sem oferecer uma explicação, mas sabia que seria um alívio temporário. No fim das contas, Jillian o traria de volta de um jeito ou de outro.

Era hora de enfrentar seus demônios — aparentemente, todos eles ao mesmo tempo. Logo ao pé da estrada sinuosa, na direção dele vinha uma tropa de pessoas, incluindo uma banda de foles, tambores, e — se pudesse confiar na memória — o homem que vinha na frente parecia seu pai. Assim como o homem ao lado dele que também vinha a cavalo. O olhar de Grimm disparava sem parar de um para o outro, procurando alguma pista que pudesse lhe dizer qual dos dois era seu pai.

De repente, uma percepção pior o atingiu, uma que, temporariamente sobreposta pelo torpor resultante de ver a condição de seu lar, ele havia conseguido negligenciar totalmente. No instante em que vislumbrou a vibrante Tuluth, o choque de tudo aquilo fez seu medo mais profundo recuar enganosamente para o fundo de sua mente. Agora retornava com a força de um maremoto, inundando-o com um desespero silencioso.

Se pudesse confiar na memória — e essa parecia ser a questão do dia —, rostos familiares estavam se aproximando, o que significava que algumas das pessoas a cavalo vindo na direção deles sabia que Grimm era um Berserker.

Em um instante, eles poderiam trair seu segredo terrível para Jillian, e ele a perderia para sempre.

29

Grimm fez Occam parar tão abruptamente que o garanhão se assustou e empinou. Reunindo os sons mais tranquilizadores que poderia conseguir em seu estado agitado, Grimm acalmou o cavalo e deslizou do lombo dele.

— O que você está fazendo? — Jillian ficou confusa com a rápida descida.

Grimm estudou o chão atentamente.

— Preciso que você fique aqui, moça. Venha para a frente quando eu acenar, mas não antes. Prometa que vai esperar até que eu a chame.

Jillian estudou a cabeça baixa de Grimm. Após um breve debate interno, ela estendeu a mão e acariciou os cabelos escuros. Ele virou o rosto na mão dela e beijou a palma.

— Não vejo estas pessoas há quinze anos, Jillian.

— Eu vou ficar. Prometo.

Ele lhe agradeceu sem palavras, usando os olhos. Estava dividido entre emoções conflitantes; apesar disso, sabia que tinha que se aproximar sozinho. Apenas quando tivesse extraído o juramento dos aldeões de proteger o seu segredo é que levaria Jillian para dentro da cidade e cuidaria de seu conforto. Se ela estivesse perigosamente doente, ele teria que arriscar perder seu amor para lhe salvar a vida, mas ela não estava incapacitada, e, embora lamentasse qualquer desconforto que ela pudesse sofrer, não estava disposto a enfrentar o medo e a repulsa que tinha vislumbrado em seus pesadelos. Não podia se dar ao luxo de correr riscos.

Satisfeito que ela fosse esperar àquela distância até ele chamá-la, Grimm se virou e saiu correndo pela estrada de terra até a multidão que se aproximava. Seu coração parecia ter se alojado na vizinhança da garganta, e ele sentia sendo rasgado em dois. Atrás dele estava a mulher que ele amava; na frente estava o passado que ele jurara nunca confrontar pela luz do dia.

Na vanguarda do grupo cavalgavam dois homens da mesma altura e porte, ambos com cabelos grossos e pretos fartamente riscados de prata. Ambos tinham face forte e vincada e furo no queixo orgulhoso, e ambos tinham uma expressão similar de alegria no semblante. *O que está acontecendo aqui?*, Grimm se perguntava.

Era como se tudo em que ele já tivesse acreditado fosse uma mentira. Tuluth tinha sido destruída, mas Tuluth era uma cidade próspera. Seu pai era louco, mas alguém com a mente estável e as costas fortes tinha reconstruído esta terra. Seu pai parecia extraordinariamente feliz por vê-lo, e, apesar de Grimm não ter intenção de retornar, o pai aparentemente estava esperando por ele. Como? Por quê? Milhares de perguntas passaram pela sua cabeça no curto espaço de tempo que levou para medir a distância entre eles.

A fila de pessoas começou a vibrar à medida que ele chegava mais perto, rostos exibindo sorrisos. Como se esperava que um homem andasse em meio a uma multidão tão exuberante com ódio no coração?

E por que estavam tão felizes em vê-lo?

Grimm parou a corrida a pouco mais de três metros antes de encontrar as primeiras pessoas da fila. Incapaz de manter-se estanque, recorreu a um pequeno trote no lugar, respirando pesado, não devido à corrida, mas do temível encontro que viria.

Os dois homens que pareciam tão semelhantes se destacaram do grupo. Um deles levantou a mão para a comitiva e a multidão silenciou, parada a uma distância respeitosa, quando os dois homens se adiantaram a cavalo. Grimm lançou um olhar furtivo por cima do ombro para se certificar de que Jillian não o tinha seguido. Com alívio, viu que ela respeitara sua vontade, apesar de que, se Jillian se inclinasse mais sobre a cabeça de Occam na direção da multidão, ele teria que recolhê-la da estrada.

— Gavrael.

A voz profunda tão parecida com a sua lhe fez virar a cabeça de repente. Ficou olhando para os dois homens, sem saber qual deles tinha falado.

— Grimm — ele corrigiu instantaneamente.

O homem da direita enfureceu-se de imediato.

— Que diabos de nome soturno é Grimm? Por que não se chama de Depressivo ou Melancólico? Ou melhor, eu já sei... Infeliz. — O homem lançou um olhar enojado para Grimm e bufou.

248

— É melhor do que McIllioch — Grimm devolveu rispidamente. — E é Grimm com dois "M".

— Bem, mas por que você mudaria seu nome, rapaz? — O homem da esquerda fez pouco para disfarçar sua expressão ofendida.

Grimm analisou o rosto de ambos e tentou desesperadamente decidir qual dos dois era seu pai. Não tinha a menor ideia do que poderia fazer quando descobrisse, mas realmente gostaria de saber qual deles tratar com o veneno que tinha sido armazenado por anos incontáveis. Não, não incontáveis, ele se corrigiu: quinze anos de palavras raivosas que ele queria arremessar contra o homem, palavras que tinham infestado metade de sua vida.

— Quem é você? — ele exigiu do homem que tinha falado por último.

O homem se virou para o companheiro com o olhar triste.

— Quem eu sou, ele me pergunta, Balder. Pode acreditar? Quem sou eu?

— Pelo menos ele não cuspiu — Balder ponderou, comedido.

— Você é Ronin — acusou Grimm. Se um se chamava Balder, o outro tinha que ser seu pai, Ronin McIllioch.

— Não sou Ronin para você! — o homem exclamou, indignado. — Eu sou seu pai.

— Você não é pai para mim — Grimm observou, com a voz tão fria que rivalizava com o mais implacável vento das Highlands.

Ronin olhou acusadoramente para Balder.

— Eu avisei.

Balder balançou a cabeça, arqueando uma sobrancelha espessa.

— Ele ainda não cuspiu.

— O que diabos cuspir tem a ver com alguma coisa?

— Bem, rapaz — Balder começou, arrastando as palavras —, essa é a desculpa que eu estou procurando para amarrar você e seu traseiro rancoroso e arrastá-lo de volta para o castelo, onde vou poder lhe dar uma sova de bom senso e respeito pelos mais velhos.

— Você acha que poderia? — Grimm desafiou, friamente. Sua mistura perigosa de emoções clamava vigorosamente por uma briga.

Balder riu, e o som de um urro alegre vibrou estrondosamente em seu peito largo.

— Eu adoro uma boa briga, rapaz, mas um homem como eu poderia devorar um filhote como você com uma abocanhada só.

Grimm lançou um olhar sombrio a Ronin.

— Ele sabe o que eu sou? — Arrogância enfatizava a questão.

249

— Você sabe o que *eu* sou? — Balder rebateu, suavemente.

Os olhos de Grimm voltaram para o rosto dele.

— O que você quer dizer? — perguntou, tão depressa que saiu como se fosse uma palavra só. Grimm estudou Balder intensamente. Olhos azul-gelo zombeteiros encontraram os dele de igual para igual. *Impossível!* Em todos os seus anos, nunca tinha encontrado outro Berserker!

Balder sacudiu a cabeça e suspirou. Trocou olhares com Ronin.

— O rapaz é estúpido, Ronin. Eu estou lhe dizendo: ele tem a inteligência de uma porta.

Ronin estufou o peito com indignação.

— Ele não tem. Ele é meu filho.

— O rapaz não sabe nada sobre si mesmo, mesmo depois de todos estes...

— Como ele poderia sendo tão...

— E qualquer imbecil teria imaginado...

— Isso não significa que ele seja estúpido...

— *Haud yer wheesht*, silêncio! — Grimm rugiu.

— Não há necessidade de rugir na minha cara, garoto — Balder repreendeu. — Você não é o único aqui com o temperamento de Berserker.

— Eu não sou um garoto. Eu não sou um rapaz. Eu não sou um imbecil — Grimm afirmou, determinado a assumir o controle da conversa errática. Haveria tempo depois para descobrir como Balder tinha se tornado um Berserker. — E, quando a mulher que está atrás de mim se aproximar, vocês farão a gentileza de deixar claro para os criados, para os aldeões e para todo o clã que *não* sou um Berserker, estão me entendendo?

— Não é um Berserker? — Balder levantou as sobrancelhas.

— Não é um Berserker? — Ronin enrugou a testa.

— Não sou um Berserker.

— Mas você *é* — Ronin argumentou, estupidamente.

Grimm fulminou Ronin com o olhar.

— Mas ela não sabe disso. E, se descobrir, vai me deixar. Se me deixar, eu não vou ter nenhuma escolha a não ser matar vocês dois — Grimm afirmou, com a maior naturalidade do mundo.

— Bem — Balder bufou, profundamente ofendido. — Não há necessidade alguma de ser desagradável, rapaz. Tenho certeza de que vamos encontrar uma maneira de resolver as coisas.

— Eu duvido, Balder. E, se me chamar rapaz mais uma vez, você vai ter um problema. Vou cuspir e dar a razão que você procurava, e vamos ver se um Berserker envelhecido consegue enfrentar um que está no auge.

— Dois Berserkers envelhecidos — **Ronin corrigiu, com orgulho.**

Grimm virou-se com um movimento brusco e encarou Ronin. Olhos azul-gelo idênticos. O dia continuava apresentando uma revelação desconcertante após a outra. Ele fez uma expressão sarcástica:

— O que diabos é isso? O vale dos Berserkers?

— Mais ou menos isso, Gavrael — Balder murmurou, evitando uma cotovelada de Ronin.

— Meu nome é *Grimm.*

— Como planeja explicar o nome nas faixas para a sua esposa? — Ronin indagou.

— Ela não é minha esposa — Grimm desviou. Ainda não tinha chegado a uma conclusão a respeito disso.

— O quê? — Indignado, Ronin quase colocou o pé no estribo. — Você trouxe uma mulher aqui em desonra? Filho meu não brinca com sua companheira sem oferecer a união adequada.

Grimm enterrou as mãos nos cabelos. Seu mundo tinha enlouquecido. Essa era a conversa mais absurda que ele poderia se recordar de ter.

— Ainda não tive *tempo* de me casar com ela! Eu a raptei recentemente...

— Raptou? — Ronin dilatou as narinas.

— Com o consentimento dela! — Grimm se defendeu.

— Eu pensei que houvesse casamento em Caithness — Ronin argumentou.

— Quase houve, mas não para mim. E haverá um assim que eu tiver oportunidade. Falta de tempo é a única razão de ela não ser minha esposa. E você... — Apontou furiosamente para Ronin. — Você não foi um pai para mim por quinze anos, então não acho que deva começar a agir como pai agora.

— Não fui um pai para você porque você nunca voltou para casa!

— Você sabe por que eu não voltei para casa. — Grimm falou, furiosamente, os olhos em chamas.

Ronin se encolheu. Respirou fundo e, quando falou de novo, parecia deflacionado pela raiva de Grimm.

— Sei que falhei com você — disse ele, os olhos transbordando de ressentimento.

— Falhar comigo é eufemismo — murmurou Grimm. Tinha perdido o chão seriamente com a resposta de seu pai. Esperava que o velho fosse reagir com a mesma raiva, talvez atacá-lo como o desgraçado maluco que era, mas havia arrependimento genuíno em seu olhar. Como é que ia lidar com isso? Se Ronin tivesse revidado violentamente, ele poderia desferir a raiva represada e enfrentá-lo, mas Ronin não o fez. Ele só continuou montado no cavalo, olhando tristonho para ele, o que fez Grimm se sentir ainda pior.

— Jillian está doente — Grimm disse, rispidamente. — Ela precisa de um lugar quente para ficar.

— Ela está doente? — alardeou Balder. — Pela lança de Odin, rapaz, você tinha que esperar até agora para dizer a coisa mais importante de todas?

— Rapaz? — A forma como Grimm disse essa única palavra deixou sua ameaça clara.

Balder, porém, não se abalou. Sua boca se torceu com desprezo.

— Ouça, filho de McIllioch, você não me assusta. Estou velho demais para me preocupar com o rosnado de um filhote. Você não me deixa chamá-lo pelo seu nome de batismo e eu me recuso a chamá-lo por essa denominação ridícula que você escolheu, por isso ou vai ser "rapaz" ou vai ser "cretino". Qual você prefere? — O sorriso do homem mais velho era ameaçador.

Grimm se conteve na iminência de um sorriso fraco. Se não estivesse tão determinado a odiar esse lugar, teria gostado do velho falastrão Balder. O homem impunha respeito e claramente não aceitava desaforo de ninguém.

— Pode me chamar de rapaz com uma condição — ele cedeu. — Cuide da minha mulher e guarde o meu segredo. E se certifique de que os aldeões façam o mesmo.

Ronin e Balder trocaram olhares e suspiraram.

— Combinado.

— Bem-vindo, rapaz — Balder acrescentou.

Grimm revirou os olhos.

— Sim, bem-vindo... — começou Ronin, mas Grimm levantou um dedo de advertência.

— E você, velho — ele disse a Ronin. — Se eu fosse você, iria me dar bastante espaço para respirar — avisou.

Ronin abriu a boca e depois fechou, seus olhos azuis escuros de dor.

30

Jillian não conseguia parar de sorrir. Era quase impossível estar de outra forma no meio de tanta emoção. Como Grimm podia continuar parecendo tão taciturno estava além de sua compreensão.

Ela lançou um olhar para ele, o qual quase lamentou, pois, para onde quer mais que olhasse, encontrava algo encantador, e Grimm estava tão infeliz que a deprimia. Ela sabia que devia sentir mais compaixão pelo sofrimento dele, mas era difícil ter empatia quando sua família estava tão feliz por recebê-lo de volta em seu núcleo. E que núcleo maravilhoso era.

Gavrael, corrigiu-se em silêncio. Em vez de acenar para que ela se juntasse a eles depois que Grimm tivesse cumprimentado o pai, ele havia retornado em velocidade para que pudessem cavalgar juntos. Cercado pelos aplausos da multidão, ele tinha explicado a ela que, quando deixara Tuluth, anos antes, tinha assumido um novo nome. Seu nome real, embora ele insistisse que ela continuasse a chamá-lo de Grimm, era Gavrael Roderick Icarus McIllioch.

Ela suspirou, sonhadora. Jillian Alanna McIllioch; dito em voz alta era uma cascata eufônica de "L". Ela não tinha dúvida de que Grimm se casaria com ela uma vez que tivessem se estabelecido.

Grimm apertou a mão dela e sussurrou seu nome para chamar a atenção.

— Jillian, volte de onde você estiver. Balder vai nos mostrar nossos aposentos, e nós vamos nos aquecer e nos alimentar.

— Ah, eu me sinto muito melhor, Grimm — ela disse, distraidamente, maravilhada com uma linda escultura que adornava o salão. Deu passos alegres atrás de Balder e uma variedade de criadas, segurando a mão de Grimm.

— Este castelo é enorme. E é de tirar o fôlego. Como você poderia pensar que era escuro e sombrio?

Grimm lhe lançou um olhar triste.

— Não tenho a menor ideia — ele murmurou.

— Aqui é o seu quarto, Gavrael... — Balder começou.

— *Grimm.*

— *Rapaz.* — Balder o encarou. — E a Merry aqui cuidará da Jillian — ele disse, incisivamente.

— O quê? — Grimm ficou perplexo por um momento. Agora que ela era dele, como poderia dormir sem ter Jillian em seus braços?

— O quarto. — Balder gesticulou de modo impaciente. — Seu. — Ele se virou abruptamente para uma criada delicada. — Merry vai mostrar a Jillian o quarto *dela.* — Seus olhos azuis refletiam um desafio frio.

— Eu mesmo vou levar Jillian ao quarto dela — Grimm reclamou, depois de um instante tenso.

— Contanto que você dê o fora do quarto dela logo em seguida, rapaz, vá em frente, mas você não é casado, então não pense que pode agir como se fosse.

Jillian corou.

— Nada pessoal contra você, moça — Balder apressou-se a assegurar. — Eu vejo que você é uma dama distinta, mas este garoto é despudorado como um bode perto de você e está evidente para quem quiser ver. Se ele procura as alegrias da felicidade conjugal, ele que se case com você. Sem um casamento, ele não terá as alegrias.

Grimm corou.

— Basta, Balder.

Balder arqueou uma sobrancelha e franziu a testa.

— E tente ser um pouco mais agradável com o seu pai, rapaz. Foi aquele homem que lhe deu a vida, afinal de contas. — Com isso, ele se virou e saiu de peito estufado pelo corredor, o queixo orgulhoso empinado como a proa de um navio quebrando as ondas.

Grimm esperou até que ele desaparecesse de vista, então conversou com a criada.

— Vou acompanhar Jillian até os aposentos dela — ele informou a Merry, que parecia um duende. Para o grupo de criadas, ele disse: — Preparem uma banheira quente e... — Olhou para Jillian, preocupado. — Que tipo de comida seu estômago pode tolerar, moça?

Tudo e qualquer coisa, Jillian pensou. Ela estava faminta.

—◄ 254 ►—

— Muita — ela disse sucintamente.

Grimm deu um sorriso fraco, terminou de dar as ordens às criadas e acompanhou Jillian aos aposentos dela.

Assim que entraram no quarto, Jillian soltou um suspiro de prazer. Seus aposentos eram cada centímetro tão luxuosamente equipados como o resto de Maldebann. Quatro janelas altas enfeitavam a parede oeste do quarto, e de lá ela podia ver o sol se pôr sobre as montanhas. Tapetes de pele de cordeiro, brancos como a neve, cobriam o chão. A cama era esculpida em cerejeira polida, de brilho vibrante, e havia um dossel de linho branquíssimo. Um fogo acolhedor queimava na enorme lareira.

— Como está se sentindo Jillian? — Grimm fechou a porta e a puxou em seus braços.

— Estou muito melhor agora — ela garantiu.

— Sei que isso deve ser bastante chocante...

Jillian o beijou, silenciando suas palavras. Ele pareceu assustado pelo gesto, depois lhe beijou de volta com tamanha urgência que fez os dedos dos pés dela se curvarem de expectativa. Ela se agarrou ao beijo, prolongou-o o máximo que pôde, tentou imbuir Grimm da coragem de amar, pois suspeitava de que ele precisaria. Então, esqueceu suas intenções nobres no instante em que sentiu o desejo crepitar entre eles.

Uma batida forte na porta apagou-o rapidamente.

Grimm recuou e se dirigiu a passos largos para a porta, nem um pouco surpreso por encontrar Balder parado ali fora.

— Esqueci de lhe dizer, rapaz. Jantamos às oito — Balder falou, olhando além dele para Jillian. — Ele andou beijando você, moça? Basta me dizer e eu tomarei providências.

Grimm fechou a porta sem responder e a trancou. Balder suspirou tão alto do lado de fora da porta que Jillian quase deu risada.

À medida que Grimm voltava para o lado dela, Jillian o avaliava. A tensão do dia era evidente; mesmo sua habitual postura orgulhosa parecia diminuída. Quando ela considerou tudo pelo que o homem tinha passado nas últimas horas, se sentiu terrível. Ele estava ocupado cuidando dela quando provavelmente seria melhor que ficasse algum tempo sozinho para repassar todos os choques que esse dia tinha trazido. Jillian acariciou o rosto dele.

— Grimm, se não se importa, você acha que eu poderia descansar um pouco antes de conhecer mais gente? Talvez eu pudesse jantar no meu quarto esta noite e enfrentar esse castelo amanhã.

Ela não estava errada. A expressão dele era uma mistura de preocupação e alívio.

— Tem certeza de que não se importa de ficar sozinha? Tem certeza de que está bem o suficiente?

— Grimm, estou me sentindo maravilhosamente bem. Tudo o que estava errado comigo hoje de manhã já passou. Agora eu só gostaria de relaxar, mergulhar em um longo banho de banheira e dormir. Suponho que você provavelmente tenha lugares com os quais gostaria de se familiarizar de novo.

— Você é notável, sabia disso, moça? — Ele alisou o cabelo dela e colocou uma mecha solta atrás da orelha.

— Eu amo você, Grimm Roderick — ela disse intensamente. — Vá encontrar o seu povo e ver o seu lar. Não tenha pressa. Sempre vou estar aqui esperando você.

— O que eu fiz para merecer você? — As palavras irromperam dele de repente.

Ela pressionou os lábios contra os dele.

— Eu me faço a mesma pergunta o tempo todo.

— Eu quero ver você hoje à noite, Jillian. Eu preciso ver você.

— Vou deixar a porta aberta. — Ela abriu um sorriso deslumbrante que prometia a lua e as estrelas quando ele viesse.

Grimm lançou um último olhar terno e saiu.

— Vá até ele. Não posso — Ronin disse, com urgência.

Os dois homens olharam pela janela para Grimm, encostado tranquilamente na muralha em frente ao castelo, olhando para a aldeia. A noite tinha caído, e luzes minúsculas na aldeia cintilavam como o reflexo das estrelas que pontilhava do céu. O castelo tinha sido construído para proporcionar uma visão desimpedida da aldeia. Um terraço amplo de pedra contornava o perímetro, a leste e a oeste. Inclinava-se em camadas até as muralhas fortificadas. O terraço em si era cercado por um muro baixo, cuja altura propiciava uma visão direta por cima do vale. Grimm estava sentado sozinho na muralha havia horas, alternando o olhar entre o castelo atrás dele e o vale adiante.

— O que você espera que eu diga? — grunhiu Balder. — Ele é seu filho, Ronin. Você vai ter que falar com ele em algum momento.

— Ele me odeia.

— Então fale com ele e tente ajudá-lo a superar isso.

— Não é assim tão fácil! — Ronin exaltou-se, mas, em seus olhos azuis, Balder enxergou medo. Medo de que, se Ronin falasse com o filho, poderia perdê-lo de novo.

Balder olhou para o irmão por um momento e então suspirou.

— Eu vou tentar, Ronin.

༄ꙮ༄

Grimm observou o vale se recolher por aquela noite. Os aldeões tinham começado a acender velas e a fechar persianas, e, de onde ele estava empoleirado no muro baixo, podia ouvir as notas fracas de pais chamando seus filhos para entrar nas cabanas aconchegantes, e fazendeiros guardando os animais antes de eles mesmos irem para a cama. Era uma cena de paz e harmonia. Lançava um olhar ocasional por cima do ombro na direção do castelo, mas nem mesmo uma gárgula espreitava. Era possível, ele admitiu, que aos catorze anos fosse imaginativo. Era possível que anos de correr e de se esconder tivessem colorido suas percepções, até que tudo parecesse desolado e estéril, mesmo um passado que antes tivesse sido alegre. Sua vida tinha mudado tão abruptamente naquele dia fatídico que bem poderia ter enviesado suas memórias.

Até podia aceitar que tinha esquecido como Tuluth realmente era. Podia aceitar que o castelo nunca tivesse sido de fato ameaçador, mas e quanto a seu pai? Ele o tinha visto com os próprios olhos, agachado sobre o corpo da sua mãe. Será que ele, em seu choque e tristeza, havia interpretado mal também aquele evento? Assim que a possibilidade se apresentou, ele a estudou de todos os ângulos, aprofundando sua confusão.

Encontrara o pai nos jardins do lado sul, cedo pela manhã, hora em que Jolyn caminhava pelos arredores para dar boas-vindas ao dia. Estava a caminho de se encontrar com Arron para ir pescar. A cena estava dolorosamente gravada em sua mente: Jolyn espancada e destruída, seu rosto uma massa de hematomas, Ronin curvado sobre ela, rosnando, sangue em toda parte, e aquela maldita faca incriminadora em mãos.

— Lindo, não? — Balder interrompeu o debate interno.

— É — respondeu Grimm, levemente surpreso por Balder ter se juntado a ele. — Não me lembro desse lugar assim, Balder.

Balder colocou a mão reconfortante no ombro dele.

— Isso é porque nem sempre foi assim. Tuluth cresceu tremendamente ao longo dos anos, graças aos esforços do seu pai.

— Agora que paro para pensar, eu também não me lembro de você — Grimm disse pensativamente. — Eu lhe conhecia quando era garoto?

— Não. Passei a maior parte da vida sem lugar fixo. Visitei Maldebann duas vezes quando você era pequeno, mas apenas brevemente. Há seis meses, o navio em que eu navegava foi destruído em uma tempestade e me jogou nas margens da velha Alba. Pensei que isso significasse que era hora de ver o que tinha sobrado do meu clã. Sou o irmão mais velho do seu pai, mas tinha vontade de conhecer o mundo, então persuadi Ronin a se tornar o *laird*, o que funcionou muito bem.

Grimm fez uma careta.

— Isso é discutível.

— Não seja tão duro com Ronin, rapaz. Ele não queria nada mais do que sua volta para casa. Talvez suas lembranças dele estejam tão descoloridas quanto suas memórias de Tuluth.

— Talvez — Grimm concedeu, firmemente. — Mas talvez não.

— Dê uma chance a ele, é tudo o que estou pedindo. Conheça-o novamente e faça um novo julgamento. Havia coisas que ele não teve tempo de explicar para você antes. Deixe que ele conte agora.

Grimm retesou as costas para tirar a mão do tio de cima do ombro.

— Basta, Balder. Quero ficar sozinho.

— Prometa que vai dar a ele uma chance de falar com você, rapaz — Balder insistiu, sem se abalar pela dispensa de Grimm.

— Eu ainda não fui embora, fui?

Balder inclinou a cabeça e recuou.

⚜

— Bem, não durou muito — Ronin se queixou.

— Falei o que tinha que falar. Agora faça a sua parte — resmungou Balder.

— Amanhã — Ronin procrastinou.

Balder o encarou fixamente.

— Você sabe que é tolice tentar falar as coisas quando as pessoas estão cansadas, e o rapaz deve estar exausto, Balder.

— Berserkers só ficam cansados depois de terem passado pela fúria — Balder respondeu no ato.

— Pare de agir como meu irmão mais velho — Ronin retrucou.

— Bem, pare de agir como meu irmão mais novo. — Dois pares de olhos azul-gelo travaram uma batalha e Balder, por fim, deu de ombros. — Se você não vai enfrentar esse problema, então concentre sua mente neste outro: Merry ouviu Jillian falar para o rapaz que deixaria a porta destrancada. Se não pensarmos em alguma coisa, aquele seu filho vai provar dos prazeres sem pagar o preço.

— Mas ele já os provou. Nós sabemos disso.

— Não deixa de ser errado. E a proibição pode encorajá-lo a se casar com ela ainda mais cedo — Balder apontou.

— O que você sugere? Trancá-la na torre? O garoto é um Berserker, pode passar por cima de qualquer coisa.

Balder pensou um momento, depois sorriu.

— Ele não vai passar por cima de uma desculpa nobre, será que vai?

Passava da meia-noite quando Grimm seguiu apressado pelo corredor até os aposentos de Jillian. Merry tinha garantido que Jillian passara uma tarde em repouso, sem mais acessos de mal-estar. Tinha comido como uma faminta, a criada duende havia assegurado.

Ele deixou seus lábios se curvarem no grande sorriso que dava sempre que pensava em Jillian. Precisava tocá-la, dizer que queria se casar com ela, se ela ainda o aceitasse. Ansiava por se confidenciar com ela. Ela tinha uma mente lógica; talvez pudesse ajudá-lo a ver as coisas nas quais ele não conseguia encontrar sentido pelo fato de estar perto demais dos sujeitos envolvidos. Permanecia firme em sua posição de que ela nunca deveria saber o que ele realmente era, mas poderia conversar com ela sobre muito do que tinha acontecido — ou *parecia* ter acontecido — quinze anos antes sem trair seu segredo. O passo de Grimm acelerou quando ele virou no corredor que levava aos aposentos dela, e teve de se conter para não correr.

Parou abruptamente quando avistou Balder, trabalhando energicamente em uma rachadura na pedra, passando uma mistura de barro e pedra moída.

— O que está fazendo aqui? — Grimm franziu o cenho, indignado. — Estamos no meio da noite.

Balder deu de ombros de um jeito inocente.

— Cuidar deste castelo é um trabalho em tempo integral. Felizmente, não necessito de muito sono hoje em dia, mas, pensando nisso, o que você está fazendo aqui? Seus aposentos ficam para lá — indicou uma espátula meio cheia na outra direção —, caso tenha esquecido. Você não estaria pretendendo arruinar uma moça inocente, estaria?

Um músculo pulsou no maxilar de Grimm.

— Certo. Devo ter me perdido por aí.

— Bem, então dê a volta, rapaz. Acho que vou trabalhar nesta parede nesta noite — Balder disse, indiferente. — A noite *inteira*.

ↄ﹏☽◉☾﹏ↄ

Vinte minutos depois, Jillian enfiou a cabeça pelo vão da porta.

— Balder! — Ela puxou a manta sobre os ombros, olhando para ele com irritação.

Balder sorriu. Ela estava adorável, corada por causa do sono e obviamente com a intenção de escapulir para o quarto de Grimm.

— Precisa de alguma coisa, moça?

— O que diabos você está fazendo?

Ele deu a mesma desculpa esfarrapada que tinha dado a Grimm e se pôs a passar o revestimento vivamente.

— Ah — Jillian disse, em uma voz pequena.

— Quer que eu a acompanhe até a cozinha, moça? Posso lhe dar uma pequena mostra do castelo? Normalmente fico acordado a noite toda, e a única coisa que eu pretendo fazer é passar essa massa aqui. Essas fendas finas entre as pedras podem se tornar grandes rachaduras em um piscar de olhos se forem negligenciadas.

— Não. — Jillian o dispensou com um aceno. — Só ouvi um barulho e me perguntei o que era. — Ela lhe deu boa-noite e recuou.

Depois que ela fechou a porta, Balder esfregou os olhos. Pelos santos, seria uma maldita noite longa.

ↄ﹏☽◉☾﹏ↄ

No alto, acima de Tuluth, homens se reuniam. Dois deles se separaram do grupo principal e se aproximaram da beira do precipício, conversando em tom baixo.

— A emboscada não funcionou, Connor. Por que diabos você mandou apenas vinte homens atrás de um Berserker?

— Porque você disse que ele provavelmente estava a caminho de Tuluth — Connor desferiu de volta. — Não desejamos perder homens demais, podemos precisar deles depois. Além disso, quantos barris da nossa pólvora você desperdiçou só para fracassar?

Ramsay Logan fechou a cara.

— Não planejei tão bem quanto deveria. Ele não vai escapar da próxima vez.

— Logan, se você matar Gavrael McIllioch, haverá ouro suficiente para durar pelo resto dos seus dias. Estamos tentando há anos. Ele é o último que pode procriar. Que nós saibamos — ele acrescentou.

— Todos os filhos deles nascem Berserkers? — Ramsay observou as luzes piscarem e desvanecerem no vale.

O lábio de Connor se curvou com desgosto.

— Apenas os filhos em linhagem direta do *laird*. A maldição se confina na linha paterna primária. Ao longo dos séculos, nosso clã reuniu o máximo de informações possíveis sobre os McIllioch. Sabemos que eles têm apenas uma companheira de verdade, e, uma vez que essa companheira morra, permanecem celibatários pela duração de seus anos. Então, o velho não é mais uma ameaça. Até onde sabemos, Gavrael é o único filho dele. Quando ele morrer, será o fim. No entanto, durante várias vezes ao longo dos séculos, eles conseguiram esconder alguns deles de nós. É por isso que é imperativo que você entre no Castelo Maldebann. Eu quero o último dos McIllioch destruído.

— Você suspeita que o castelo esteja abarrotado de meninos de olhos azuis criados em segredo? É possível que Ronin tenha tido outros filhos além de Gavrael?

— Não sabemos — Connor admitiu. — Ao longo dos anos, ouvimos que há um salão, um lugar de adoração pagã a Odin. Dizem que fica bem no coração da montanha. — Seu rosto ficou lívido de fúria. — Malditos pagãos. Esta é uma terra cristã agora! Ouvimos que eles praticam cerimônias pagãs nesse lugar. E uma das criadas que capturamos, antes de morrer, nos disse que eles registram cada um dos seus descendentes impuros naquele salão. Você deve encontrá-lo e garantir que Gavrael seja o último.

— Você espera que eu entre sorrateiramente no covil de criaturas como essas e espione? Quanto ouro você disse que isso me traria? — Ramsay barganhou, com perspicácia.

Connor o observou com o fanatismo de um purista.

— Se você provar que ele é o último e tiver sucesso em matá-lo, pode dar o seu preço.

— Eu vou entrar no castelo e derrubar o último Berserker — Ramsay afirmou, com prazer.

— Como? Você já fracassou três vezes até agora.

— Não se preocupe. Não só vou chegar ao salão como vou roubar a companheira dele, Jillian. É possível que ela esteja grávida...

— Pelas lágrimas abençoadas de Cristo! — Connor estremeceu de nojo. — Depois de usá-la, mate-a — ele ordenou.

Ramsay ergueu a mão.

— Não. Vou esperar para ver se ela está grávida.

— Mas ela foi maculada...

— Eu a quero para mim. Ela é parte do meu pagamento — Ramsay insistiu. — Se ela estiver grávida dele, vou mantê-la sob guarda próxima até que ela dê à luz.

— Se for um filho, você o mata, e eu estarei lá para assistir. Você diz que odeia os Berserkers, mas, se pretende criá-los no seu clã, vejo que você possa ter uma opinião diferente.

— Gavrael McIllioch matou meus irmãos — Ramsay disse, firmemente. — Religioso ou não, não terei nenhum escrúpulo em matar o filho dele. Ou filha.

— Acho bom. — Connor McKane observou o vale na aldeia adormecida de Tuluth. — A cidade é muito maior agora, Logan. Qual é o seu plano?

— Você mencionou que existem cavernas na montanha. Uma vez que eu tenha capturado a mulher, vou lhe dar um pedaço da roupa que ela está usando. Você vai pegar esse pedaço de tecido e confrontar o velho e Gavrael. Eles não lutarão se souberem que eu tenho Jillian. Você o manda para as cavernas e eu cuido a partir de lá.

— Como?

— Eu disse que vou cuidar a partir de lá — Ramsay rosnou.

— Quero ver o corpo morto dele com meus próprios olhos.

— Você vai. — Ramsay caminhou com Connor para trás do abrigo de um rochedo. Os dois fitavam o Castelo Maldebann.

— Um desperdício e tanto de beleza e força com pagãos. Quando eles forem derrotados, os McKane tomarão Maldebann — Connor sussurrou.

— Quando eu tiver feito como prometi, os *Logan* tomarão Maldebann — Ramsay declarou, com um olhar gelado que desafiava Connor a discordar.

31

Quando Jillian acordou, na manhã seguinte, imediatamente tomou consciência de duas coisas: sentia uma falta terrível de Grimm e estava com o que as mulheres chamavam de "problemas da reprodução". Curvada de lado, abraçando a barriga, não podia acreditar que deixara de reconhecer seu mal-estar da manhã anterior. Embora suspeitasse de que estava grávida, devia estar tão distraída pensando em como colocaria Grimm no caminho de Maldebann que não tinha percebido que seu enjoo matinal era o mesmo de que as criadas de Caithness costumavam se queixar com frequência. A previsão de passar por aquilo todas as manhãs a deprimia, mas a confirmação de que estava grávida de Grimm substituiu seu desconforto por deleite. Mal podia esperar para compartilhar as notícias maravilhosas com ele.

Uma dor repentina e alarmante no estômago quase a fez reavaliar a alegria. Ela emitiu um gemido alto de autopiedade. Curvar-se em posição fetal ajudava, assim como o consolo de que, de acordo com o que ela ouvira, o mal-estar costumava ter curta duração.

E tinha. Após cerca de trinta minutos, passou tão depressa quanto a tomara de assalto. Ela ficou surpresa ao descobrir que se sentia forte e saudável, como se não tivesse sofrido náusea alguma. Escovou seus longos cabelos, amarrou-os em uma fita e depois ficou sentada observando, tristonha, a ruína de seu vestido de noiva. Tinha partido de Caithness com nada além do vestido no corpo. Os únicos artigos de vestuário em seus aposentos eram isso e o tartan do clã Douglas que Grimm tinha usado para embrulhá-la. Bem, ela não se negaria a um desjejum por falta de roupas, decidiu rapidamente. Não quando seu estômago andava tão temperamental.

Alguns instantes e vários nós estratégicos mais tarde, estava enrolada em um tartan à moda escocesa e pronta para seguir até o Grande Salão.

❧◦◦◦❧

Ronin, Balder e Grimm já estavam no desjejum, comendo em um silêncio tenso. Jillian gorjeou um alegre bom-dia; o grupo melancólico claramente necessitava de uma forte dose de alegria.

Os três homens se levantaram, ansiosos pela honra de assentá-la. Ela concedeu o privilégio a Grimm com um sorriso encantador.

— Bom dia — ela ronronou, os olhos vagando sobre ele avidamente. Ela se perguntou se a descoberta recente do filho deles crescendo no seu ventre brilhava nos olhos dela. Ela simplesmente *tinha* que conseguir pegá-lo sozinho logo!

Ele ficou imóvel, uma cadeira puxada à espera dela.

— Bom dia — ele sussurrou roucamente, tomado por um deslumbre estúpido pelo brilho que Jillian irradiava. — Ah, Jillian, você não tem nenhuma outra roupa, não é? — Ele viu a forma como ela estava vestida com o tartan do kilt dele e sorriu com ternura. — Eu me lembro de ver você vestida assim quando era pequenina. Você estava determinada a ser exatamente como seu pai. — Ele a sentou, as mãos persistentes nos ombros dela. — Balder, você pode pedir às criadas que encontrem algo que Jillian possa vestir?

Foi Ronin quem respondeu.

— Tenho certeza de que alguns dos vestidos de Jolyn possam ser reformados. Eu os guardei... — Seus olhos se nublaram de tristeza.

Jillian ficou surpresa quando a mandíbula de Grimm assumiu um contorno tenso. Ele caiu em seu assento e curvou as mãos ao redor de sua caneca com tamanha força que os nós dos dedos ficaram esbranquiçados. Embora Grimm houvesse contado a ela algumas coisas sobre sua família, não falou sobre como Jolyn tinha morrido. Também não mencionou o que Ronin fizera para escavar uma fenda tão ampla entre eles dois. Pelo que tinha visto do pai, não havia nada de remotamente estranho ou insano a respeito dele. Parecia um homem bondoso, cheio de arrependimentos e ansiando por um futuro melhor com o filho. Ela percebeu que Balder observava Grimm tão atentamente quanto ela.

— Você já ouviu a fábula do lobo em pele de cordeiro, rapaz? — Balder perguntou, olhando para Grimm com desagrado.

— Já — ele rosnou. — Sou bem familiarizado com essa fábula desde criança. — Mais uma vez, ele desferiu um olhar de fúria para Ronin.

— Então você deve entender que às vezes funciona ao contrário; também existe algo como cordeiro em pele de lobo. Às vezes as aparências podem ser enganosas. Às vezes é preciso reexaminar os fatos com o crivo da maturidade.

Jillian olhou para eles com curiosidade. Havia uma mensagem sendo transmitida ali que ela não entendia.

— Jillian adora fábulas — murmurou Grimm, conduzindo o assunto em uma nova direção.

— Bem, conte-nos uma, moça — encorajou Ronin.

Jillian corou.

— Não, de verdade, eu não poderia. São as crianças que gostam tanto das fábulas.

— Bah, crianças, ela diz, Balder! — Ronin exclamou. — Minha Jolyn adorava fábulas e nos contava frequentemente. Vamos, moça, nos conte uma história.

— Bem... — ela hesitou.

— Conte-nos uma. Vá em frente — exortaram os irmãos.

Ao lado dela, Grimm deu uma golada profunda em sua caneca e a bateu com força sobre a mesa.

Jillian estremeceu por dentro, mas se recusou a reagir. Ele andava carrancudo e pisando duro desde que tinham chegado, e ela não conseguia entender por quê. Buscando uma forma de diminuir a tensão palpável, ela vasculhou seu estoque de fábulas e, tomada por um impulso travesso, selecionou um conto.

— Era uma vez um leão poderoso, heroico e invencível. Ele era o rei dos animais, e sabia bem disso. Um pouco arrogante, poderíamos dizer, mas um bom rei mesmo assim. — Ela fez uma pausa e sorriu calorosamente para Grimm.

Ele franziu o cenho.

— Esse poderoso leão estava andando na floresta das terras baixas uma noite quando espiou uma mulher adorável...

— Com ondas de cabelos dourados e olhos cor de âmbar — Balder interrompeu.

— Ora, sim! Como você sabia? Já ouviu essa, não ouviu, Balder?

Grimm revirou os olhos.

Jillian reprimiu o desejo de rir e continuou.

— O poderoso leão estava hipnotizado pela beleza dela, pelos modos gentis e pela bela canção que ela estava entoando. Ele se aproximou com passos leves e silenciosos para não assustá-la, mas a moça não teve medo. Ela via o leão pelo que era: uma criatura poderosa, corajosa e honrada, com um rugido muitas vezes temível, mas que possuía um coração puro e destemido. A arrogância dele, ela poderia ignorar, porque sabia, por ver o próprio pai, que a arrogância era frequentemente parte integrante de uma força extraordinária. — Jillian lançou um olhar furtivo para Ronin; ele estava sorrindo amplamente.

Extraindo forças do divertimento de Ronin, ela olhou diretamente para Grimm e continuou.

— O leão ficou inebriado. No dia seguinte, ele procurou o pai da mulher e fez o juramento de entregar seu coração e pedir a mão dela em casamento. O pai da mulher estava preocupado com a natureza bestial do leão, apesar do fato de sua filha não ter problema algum com isso. Sem que a filha soubesse, o pai concordou em aceitar a corte do leão, contanto que a fera permitisse que lhe removessem as garras e arrancassem os dentes, e assim ele seria domado e civilizado. O leão estava irremediavelmente apaixonado. Ele concordou, e assim foi feito.

— Outro Sansão e Dalila — murmurou Grimm.

Jillian o ignorou.

— Quando o leão veio insistir pela mão da filha, o pai dela o espantou dali com paus e pedras, pois a fera já não era mais uma ameaça, não mais uma criatura temível.

Jillian fez uma pausa de efeito, e Balder e Ronin aplaudiram.

— Maravilhosamente contada! — Ronin exclamou. — Essa também era uma favorita da minha esposa.

Grimm fechou a cara.

— Esse é o fim? Qual diabos é a moral dessa história? — ele questionou, ofendido. — Que amar torna um homem mais fraco? Que ele perde a mulher que ama quando ela o vê em situação vulnerável?

Ronin lançou-lhe um olhar depreciativo.

— Não, rapaz. A moral dessa fábula é que mesmo o poderoso pode ser humilhado por amor.

— Espere... tem mais. A filha — Jillian acrescentou calmamente —, comovida pela confiança completa que o leão demonstrou, fugiu da casa do pai e se casou com seu rei leão. — Agora ela compreendia o medo de Grimm. Qualquer segredo que estivesse escondendo, Grimm receava que, depois que ela descobrisse, fosse deixá-lo.

— Ainda acho que é uma história terrível! — Grimm trovejou, gesticulando com raiva. O movimento atingiu sua caneca e a fez voar por sobre a mesa, para respingar vinho de cidra em Ronin. Grimm fitou a mancha vermelha brilhante se espalhando sobre a camisa branca de linho de seu pai por um longo e tenso momento. — Com licença — ele falou asperamente, empurrando a cadeira para trás, e, sem outro olhar, saiu do salão às pressas.

— Ah, moça, ele pode dar trabalho às vezes, eu receio — Ronin disse, conciliativo, esfregando a camisa com um pano.

Jillian mexia involuntariamente em seu desjejum.

— Eu gostaria de entender o que está acontecendo. — Ela atirou um olhar esperançoso para os irmãos.

— Você não perguntou a ele, perguntou? — observou Balder.

— Eu queria, mas...

— Mas você entende que ele pode não ser capaz de dar respostas porque ele mesmo parece não as ter, não é?

— Eu só queria que ele falasse comigo sobre isso! Se não para mim, pelo menos para o *senhor* — ela disse a Ronin. — Há tanto trancado dentro dele, e não tenho ideia do que fazer a não ser dar tempo ao tempo.

— Ele ama você, moça — Ronin assegurou. — Está evidente nos olhos dele, na forma como ele a toca, na maneira como se move quando você está por perto. Você é o centro do coração dele.

— Eu sei — ela disse simplesmente. — Não duvido de que ele me ame, mas confiança é parte integrante do amor.

Balder virou um olhar penetrante para o irmão.

— Ronin vai falar com ele hoje, não vai, irmão? — Ele se levantou da mesa. — Vou providenciar uma camisa limpa para você — ele acrescentou e deixou o Grande Salão.

Ronin tirou a camisa encharcada de cidra e a pendurou sobre a cadeira. Depois enxugou o corpo com um pedaço de linho. A cidra o tinha encharcado completamente.

Jillian o observava com curiosidade. Seu tronco era definido e poderoso. Seu peito era amplo, escurecido por anos do sol das Highlands e polvilhado de pelos como o de Grimm. Como o de Grimm, era livre de cicatrizes ou marcas de nascença, uma vasta extensão ilibada de pele azeitonada. Jillian não pôde evitar olhar para ele, perplexa pelo fato de não haver uma única cicatriz sobre o tronco de um homem que tinha supostamente travado dezenas de batalhas sem proteção maior que o tartan, se ele lutasse da maneira habitual dos escoceses. Até mesmo o pai dela tinha uma cicatriz ou duas no peito. Ela fitou sem compreender até se dar conta de que Ronin não estava se movendo, mas observando-a.

— A última vez que uma moça bonita olhou para o meu peito foi há mais de quinze anos — ele brincou.

O olhar de Jillian voou para o rosto dele. Ele a encarava com ternura.

— Quanto tempo faz que sua esposa morreu?

Ronin assentiu.

— Jolyn foi a mulher mais bonita que já vi. E um coração mais verdadeiro eu nunca conheci.

— Como você a perdeu? — ela perguntou gentilmente.

Impassível, Ronin a considerou.

— Foi na batalha? — ela insistiu.

Ronin estudou a camisa.

— Temo que esta camisa esteja arruinada.

Ela tentou outra rota, uma pela qual ele poderia estar disposto a enveredar.

— Mas certamente em quinze anos você conheceu outras mulheres, não é?

— Só existe uma para nós, moça. Depois que ela se vai, nunca pode haver outra.

— Quer dizer que você nunca esteve com... em quinze anos você... — ela interrompeu, envergonhada pela direção que a conversa estava tomando, mas não conseguia suprimir sua curiosidade. Sabia que os homens muitas vezes se casavam de novo depois que suas esposas faleciam. Se não se casassem, era considerado natural que tivessem amantes. Esse homem estava dizendo que estava completamente sozinho havia quinze anos?

— Só existe uma aqui. — Ronin bateu um punho contra o peito. — Nós só amamos uma vez, e não somos bons para uma mulher se não há amor — ele disse, com dignidade. — Ao menos o meu filho sabe disso.

Os olhos de Jillian se fixaram no peito dele novamente, e ela explicou a causa da sua consternação:

— Grimm disse que os McKane abriram seu peito com um machado de guerra.

O rosto de Ronin se desviou para longe.

— Eu me curei bem. E isso foi há quinze anos, moça. — Ele deu de ombros, como se fosse explicação suficiente.

Jillian se aproximou mais e estendeu uma mão curiosa.

Ronin se afastou.

— O sol que escureceu minha pele cobriu as cicatrizes. E há também o cabelo — ele se apressou a acrescentar.

—◂ 268 ▸—

Apressou-se demais, para o receio de Jillian.

— Mas eu não vejo nem mesmo uma *sugestão* de cicatriz — ela protestou. De acordo com Grimm, o machado tinha sido enterrado até a cunha grossa do punho. A maioria dos homens não poderia sobreviver a um ferimento desses. E, se sobrevivesse, haveria a elevação grossa de uma cicatriz esbranquiçada. — Grimm disse que você esteve em muitas batalhas. Seria de se imaginar que tivesse pelo menos uma ou duas cicatrizes para mostrar. Pensando bem — ela ponderou, em voz alta —, Grimm também não tem cicatrizes. Em lugar nenhum. Na verdade, acho que nunca vi nem mesmo um cortezinho naquele homem. Ele nunca se machuca? Nunca erra quando barbeia aquele queixo teimoso? Não bate o dedo do pé? Nunca machuca uma cutícula? — Ela sabia que sua voz estava subindo, mas não podia evitar.

— Nós, os McIllioch, gozamos de excelente saúde. — Ronin mexeu nervosamente com o tartan do kilt, desamarrou uma ponta e a passou cruzada sobre o peito.

— É o que parece — Jillian respondeu, sua mente distante. Ela se fez recuar com esforço. — Milorde...

— Ronin.

— Ronin, existe algo que você gostaria de me falar sobre o seu filho?

Ronin suspirou e a considerou sombriamente.

— Ah, existe — ele admitiu. — Mas eu não posso, moça. Ele é quem deve contar.

— Por que ele não confia em mim?

— Não é que ele não confie, moça — Balder disse, entrando no Grande Salão com uma camisa limpa. Como Grimm, ele se movia em silêncio. — É que ele não confia em si mesmo.

Jillian olhou para o tio de Grimm. O olhar dela disparou entre ele e Ronin. Havia algo indefinível perturbando o fundo da mente dela, mas Jillian simplesmente não conseguia decifrar o que era. Ambos a observavam intensamente, quase esperançosos, mas o que estavam esperando? Perplexa, Jillian terminou a cidra e colocou o cálice sobre uma mesa próxima.

— Acho que vou procurar Grimm.

— Só não vá procurar no salão central — Balder disse rapidamente, olhando para ela com atenção. — Ele raramente vai lá, mas, se vai, é porque deseja ter um pouco de privacidade.

— O salão central? — Jillian enrugou as sobrancelhas. — Pensei que este fosse o salão central. — Ela acenou o braço para o Grande Salão, onde tinham feito a refeição.

— Não, este é um salão frontal. Eu me refiro ao que corre pelos fundos do castelo. Na verdade, fica dentro do coração da própria montanha. É onde ele costumava ir quando era menino.

— Ah. — Ela inclinou a cabeça. — Obrigada — acrescentou, mas não sabia por que motivo o estava agradecendo. O comentário enigmático parecia ter sido emitido para dissuadir, mas ensejava suspeitas de que se tratava de um convite para bisbilhotar. Ela balançou a cabeça rapidamente e pediu licença, consumida pela curiosidade.

Depois que ela saiu, Ronin sorriu para Balder.

— Ele nunca foi lá quando era menino. Ele nem viu o Salão dos Lordes ainda! Você é um desgraçado — exclamou, admirado.

— Eu sempre lhe disse que eu é que fiquei com a inteligência nesta família — Balder se vangloriou e serviu aos dois outro cálice de cidra. — As tochas estão acesas, Ronin? Você o deixou destrancado, não foi?

— É claro que sim! Você não foi o *único* que ficou com a inteligência nesta família. Mas, Balder, e se ela não for capaz de entender? Ou pior, não puder aceitar?

— Aquela mulher tem a cabeça em cima dos ombros, irmão. Ela já está explodindo de perguntas, mas segura a língua. Não porque seja mansa, mas por amor ao seu menino. Ela está morrendo de vontade de saber o que aconteceu aqui quinze anos atrás e está esperando pacientemente que Gavrael conte. Então, vamos dar a ela as respostas de outra forma para ter certeza de que ela estará preparada quando ele finalmente falar. — Balder parou e olhou para o irmão severamente. — Você não costumava ser covarde, Ronin. Pare de querer que ele venha até você. Vá até ele como você gostaria de ter ido anos atrás. Faça isso, Ronin.

⚬~∞~⚬

Jillian foi direto para o salão central, ou o máximo em linha reta quanto foi capaz. Perambular pelo Castelo Maldebann era semelhante a andar por uma cidade desconhecida. Ela navegou por corredores confusos, seguindo na direção que esperava que fosse levar à montanha, determinada a encontrar o salão central. Era óbvio que Balder e Ronin desejavam que ela visse. Isso lhe daria respostas sobre Grimm?

Após trinta minutos de procura frustrada, Jillian andou em círculos por uma série de corredores sinuosos e virou em uma esquina que se abriu para um segundo Grande Salão, ainda maior que o outro onde ela havia tomado o desjejum. Deu um passo hesitante à frente; o salão era definitivamente antigo — talvez tão antigo quanto as pedras erguidas pelos místicos druidas.

Convenientemente, alguém havia acendido archotes — os irmãos interferentes, ela concluiu, com gratidão —, pois não havia uma janela que fosse naquela parte da estrutura, e como poderia haver? Esse Grande Salão ficava, de fato, no ventre da montanha. Ela estremeceu, abalada pela ideia. Atravessou o salão enorme lentamente, atraída por misteriosas portas duplas incrustradas na parede na outra extremidade. Elevavam-se majestosamente acima dela, envoltas em faixas de aço, e, acima da abertura em arco, letras garrafais haviam sido entalhadas.

— *Deo non fortuna* — ela sussurrou, conduzida pelo mesmo impulso de falar aos sussurros que havia sentido na capela de Caithness.

Ela pressionou as portas imensas e susteve a respiração quando elas se moveram, revelando o salão central que Balder tinha mencionado. De olhos arregalados, avançou com o passo onírico de um sonâmbulo, fascinada pelo que havia diante de si. Linhas fluidas decoravam o corredor e atraíam os olhos fortemente para cima. Ela girou devagar, arqueando a cabeça para trás e se maravilhando com o teto. Imagens e murais cobriam a vasta expansão, algumas delas tão vibrantes e realistas que suas mãos imploravam para que ela os tocasse. Um calafrio a percorreu. Ela tentava compreender o que estava vendo. Será que estava diante de séculos da história dos McIllioch? Jillian arrastou o olhar para baixo, apenas para descobrir novas maravilhas. As paredes do corredor tinham retratos. Centenas deles!

Jillian deslizou ao longo da parede. Demorou apenas alguns instantes para perceber que estava percorrendo uma genealogia histórica, uma linha do tempo feita em retratos. As primeiras imagens eram esculpidas em pedra, algumas diretamente na parede, com nomes esculpidos logo abaixo — nomes estranhos, que ela não fazia ideia de como pronunciar. Percorrendo o caminho na parede, os métodos de representação se tornavam mais modernos, assim como as roupas. Era evidente que muito cuidado tinha sido destinado a reparar e restaurar os retratos para conservá-los ao longo dos séculos.

Conforme se progredia pela linha do tempo rumo ao presente, os retratos se tornavam mais graficamente detalhados, o que aprofundava a sensação crescente de confusão que Jillian sentia. As cores eram mais vivas, aplicadas com mais minúcias. Seus olhos se lançavam entre retratos, ela avançava e voltava, comparando retratos de crianças com seus retratos adultos subsequentes.

Ela devia estar enganada.

Incrédula, Jillian fechou os olhos por um minuto, em seguida os abriu lentamente e recuou alguns passos para estudar uma seção inteira. Não podia ser. Apanhou uma tocha e se aproximou, espiando atentamente onde havia um grupo de meninos nas saias da mãe. Eram meninos lindos, morenos e de olhos castanhos, que certamente se tornariam homens perigosamente belos.

Ela avançou para o retrato seguinte, e lá estavam eles novamente: homens de cabelos escuros, olhos azuis, uma beleza perigosa.

É notório que olhos não mudam de cor.

Jillian percorreu seus passos de volta e estudou a mulher no retrato. Era uma mulher deslumbrante, de cabelos acobreados, com cinco meninos de olhos castanhos em suas saias. Jillian então avançou para a direita; era a mesma mulher ou sua gêmea idêntica. Cinco homens agrupados em torno dela em várias poses, todos olhando diretamente para o artista, sem deixar nenhuma dúvida quanto à cor dos seus olhos. Azul-gelo. Os nomes abaixo dos retratos eram os mesmos. Andou mais pelo salão, desnorteada.

Até encontrar o século dezesseis.

Infelizmente, os retratos levantavam mais perguntas do que traziam respostas, e ela ficou de joelhos no salão por um longo tempo, pensando.

Horas se passaram antes que ela conseguisse refletir sobre tudo aquilo de modo satisfatório. Quando terminou, nenhuma pergunta restava em sua mente — era uma mulher inteligente, capaz de exercitar seus poderes de raciocínio dedutivo com muita facilidade. E esses poderes lhe diziam que, embora desafiasse cada pensamento racional seu, simplesmente não havia nenhuma outra explicação. Ela estava sentada sobre os joelhos, vestida com uma manta xadrez desarrumada, segurando uma tocha quase consumida em um salão cheio de Berserkers.

32

Grimm caminhava pelo terraço se sentindo um idiota. Sentara à mesa e fizera a refeição com seu pai, conseguindo manter uma conversa civilizada até a chegada de Jillian. Então Ronin mencionara Jolyn, e Grimm sentiu a fúria lhe subir tão rapidamente que quase se atirou do outro lado da mesa e agarrou o velho pela garganta.

Mas Grimm era inteligente o bastante para perceber que grande parte da raiva que ele sentia era de si mesmo. Ele precisava de informações e tinha medo de perguntar. Precisava falar com Jillian, mas o que poderia dizer a ela? Ele mesmo não tinha respostas. *Confronte seu pai*, sua consciência exigia. *Descubra o que realmente aconteceu.*

A ideia o aterrorizava. Se descobrisse que estava errado, seu mundo inteiro ficaria radicalmente diferente.

Além disso, ele tinha outras coisas com que se preocupar. Precisava se certificar de que Jillian não descobriria o que ele era, e precisava alertar Balder de que os McKane estavam nos seus calcanhares. Precisava levar Jillian a algum lugar seguro antes que eles atacassem, e precisava descobrir por que ele, seu tio e seu pai eram todos Berserkers. Parecia coincidência demais, e Balder não parava de aludir a informações que Grimm não possuía. Informações que ele não podia pedir.

— Filho.

Grimm girou no lugar.

— Não me chame assim — ele retrucou, mas o protesto não carregava seu veneno habitual.

273

Ronin expirou ruidosamente.

— Precisamos conversar.

— É tarde demais. Você disse tudo o que tinha a dizer anos atrás.

Ronin cruzou o terraço e se juntou a Grimm na beira do muro.

— Tuluth é linda, não? — ele perguntou, baixinho.

Grimm não respondeu.

— Rapaz, eu...

— Ronin, você...

Os dois homens se encararam com olhos inquisidores. Nenhum dos dois notou quando Balder entrou no terraço.

— Por que você foi embora e nunca mais voltou? — As palavras explodiram dos lábios de Ronin com a angústia reprimida de quinze anos de espera.

— Por que eu fui embora? — Grimm repetiu, incrédulo.

— Foi porque você estava com medo do que iria se tornar?

— O que *eu* me tornei? Eu nunca me tornei o que você é!

Ronin olhou para ele boquiaberto.

— Como você pode dizer isso se tem os olhos azuis? Você tem a sede de sangue.

— Eu sei que sou um Berserker — Grimm respondeu, sem inflexão na voz. — Mas eu *não* sou louco.

Ronin piscou.

— Eu nunca disse que era.

— Você me disse. Na noite da batalha você me disse que eu era exatamente como você — ele se lembrou, amargamente.

— E você é.

— Eu não sou!

— Sim, você é...

— Você matou a minha mãe! — Grimm rugiu, com toda a angústia construída a partir de quinze anos de espera.

Balder avançou naquele instante, e Grimm encontrou o foco desconfortável de dois pares de olhos azuis intensos.

Ronin e Balder trocaram um olhar de espanto.

— Foi *por isso* que nunca voltou para casa? — Ronin disse, cuidadosamente.

Grimm respirou fundo. Perguntas explodiam de dentro dele, e, agora que tinha começado a fazê-las, ele achava que poderia não parar nunca.

——◄ 274 ►——

— Como foi que eu ganhei olhos azuis, para começo de conversa? Como é que vocês dois também são Berserkers?

— Você é realmente estúpido, não é? — Balder zombou. — Ora, não consegue somar dois e dois, ainda, rapaz?

Cada músculo no corpo de Grimm sofreu espasmos. Milhares de perguntas colidiam com centenas de suspeitas e dezenas de memórias suprimidas, e tudo se unia para o impensável.

— Meu pai é alguma outra pessoa? — ele questionou.

Ronin e Balder o observavam, balançando a cabeça em negativa.

— Bem, então por que você matou minha mãe? — Grimm rugiu. — E não venha me dizer que nascemos assim. Você pode ter nascido louco o suficiente para matar a própria esposa, mas eu não.

O rosto de Ronin ficou rígido de fúria.

— Não posso acreditar que você pense que eu matei Jolyn.

— Eu encontrei você sobre o corpo dela — Grimm persistiu. — *Você estava segurando a faca.*

— Eu a removi do coração dela. — Ronin disse, entredentes. — Por que eu iria matar a única mulher que amei? Como você, dentre todas as pessoas, poderia pensar que eu seria capaz de matar minha verdadeira companheira? Você poderia matar Jillian? Mesmo no meio de uma fúria Berserker, você poderia matá-la?

— Nunca! — Grimm trovejou a palavra.

— Então você percebe que entendeu errado.

— Você avançou contra mim. Eu poderia ter sido o próximo!

— Você é meu filho — Ronin sussurrou. — Eu *precisava* de você. Eu precisava tocar você; saber que estava vivo; para me tranquilizar de que os McKane não tinham pego você também.

Grimm olhou para ele sem entender.

— Os McKane? Está me dizendo que os McKane mataram minha mãe? Os McKane não atacaram até o pôr do sol. Minha mãe morreu pela manhã.

Ronin o observou com uma mistura de espanto e raiva.

— Os McKane estavam espreitando nessas colinas por todo o dia. Eles tinham um espião entre nós e tinham descoberto que Jolyn estava grávida de novo.

Um olhar de horror atravessou o rosto de Grimm.

— Minha mãe estava grávida?

Ronin esfregou os olhos.

— Sim. Nós pensamos que não teríamos mais filhos. Foi inesperado. Ela não tinha engravidado desde você, e isso já fazia quase quinze anos. Teria sido um bebê temporão, mas estávamos muito ansiosos... — Ronin parou de falar abruptamente. Engoliu em seco várias vezes. — Eu perdi tudo em um só dia — ele disse, os olhos brilhando intensamente. — E, durante todos esses anos, pensei que você não voltava para casa porque não entendia o que era. Eu me odiei por ter falhado com você. Pensei que me odiasse por ter feito de você quem você é e por não estar presente para lhe ensinar a lidar com isso. Passei anos lutando contra o ímpeto de ir atrás de você e reclamá-lo como meu filho, impedir que os McKane o encontrassem. Você conseguiu desaparecer com bastante eficiência. E agora... agora eu descubro que todos esses anos em que fiquei observando você, aguardando seu retorno, você estava me odiando. Você estava por aí achando que eu matei Jolyn! — Ronin virou as costas amargamente.

— Os McKane mataram minha mãe? — Grimm sussurrou. — Por que eles se importariam se ela estava grávida?

Ronin balançou a cabeça e olhou para Balder.

— Como foi que criei um filho de raciocínio tão lento?

Balder encolheu os ombros e revirou os olhos.

— Você ainda não entendeu, não é, Gavrael? O que eu queria lhe dizer em todos esses anos: nós, homens do clã McIllioch, *nascemos* Berserkers. Qualquer filho nascido da linha direta do *laird* é um Berserker. Os McKane nos caçam há mil anos. Eles conhecem nossas lendas quase tão bem quanto nós. A profecia era de que nós seríamos praticamente destruídos, reduzidos a três. — Ele acenou com os braços em um gesto que englobava os três homens ali naquele terraço. — Mas um rapaz voltaria para casa, trazido por sua verdadeira companheira, e destruiria os McKane. Os McIllioch se tornariam mais poderosos do que nunca. *Você* é o rapaz.

— N-n-nascido Berserker? — Grimm gaguejou.

— Sim — responderam os dois homens, em um só fôlego.

— Mas eu me tornei um — Grimm debateu. — Lá em cima, na Fenda de Wotan. Eu invoquei Odin.

Ronin sacudiu a cabeça.

— Só pareceu que foi assim. Foi o primeiro sangue na batalha que despertou o Berserker em você. Normalmente, nossos filhos não se transformam até os dezesseis anos. A primeira batalha acelerou sua mudança.

Grimm agachou, sentando-se na beira do muro, e enterrou o rosto nas mãos.

— Por que você nunca me disse o que eu era antes de eu me transformar?

— Filho, nós não escondemos isso de você. Começamos a contar histórias quando você ainda era pequeno. Você ficava fascinado, lembra? — Ronin parou de falar e começou a rir. — Eu me lembro de você correndo por aí, tentando "se tornar um Berserker" por anos. Estávamos satisfeitos de que você acolhesse sua herança com braços tão abertos. Vá, vá e olhe no maldito Salão dos Lordes, Gavrael...

— Grimm — Grimm corrigiu, teimosamente, apegando-se a alguma parte de sua identidade... qualquer parte.

Ronin continuou como se não tivesse sido interrompido.

— Há cerimônias que realizamos lá, quando passamos adiante os segredos e ensinamos nossos filhos a lidar com a fúria Berserker. Sua hora estava se aproximando, mas de repente os McKane atacaram. Perdi Jolyn e você foi embora, sem olhar para o oeste, na direção de Maldebann, na minha direção. E agora eu sei que você estava me odiando, me acusando da coisa mais vil que um homem poderia fazer.

— Nós treinamos nossos filhos, Gavrael — disse Balder. — Intensa disciplina: treino mental, emocional e físico. Nós os instruímos a comandar o Berserker, não a ser comandado por ele. Você perdeu esse treinamento, no entanto devo dizer que, mesmo sozinho, se saiu bem. Sem nenhum treinamento, sem qualquer entendimento da sua natureza, você se manteve honrado e se tornou um Berserker e tanto. Não se martirize por ter visto as coisas aos catorze anos com os olhos estreitos de um garoto de catorze anos.

— Então eu devo repopular Maldebann com Berserkers? — Grimm de repente se fixou nas palavras de Ronin sobre a profecia.

— Isso foi profetizado no Salão dos Lordes.

— Mas Jillian não sabe o que eu sou — Grimm disse, sem esperança. — E qualquer filho que ela tiver será igualzinho a mim. Nunca vamos poder... — Era incapaz de terminar o pensamento em voz alta.

— Ela é mais forte do que você pensa, rapaz — Ronin respondeu. — Confie nela. Juntos, vocês podem aprender sobre a nossa ancestralidade. É uma honra ser um Berserker, não uma maldição. Grande parte dos maiores heróis de Alba foi do nosso tipo.

Grimm ficou em silêncio um longo tempo, tentando recolorir quinze anos de pensamentos.

— Os McKane estão vindo — ele disse, finalmente, apegando-se a um fato sólido em meio a uma paisagem interna inundada por coisas intangíveis.

Os olhos dos dois homens voaram para as montanhas circundantes.

— Você viu algo se mover nas montanhas?

— Não. Eles andaram me seguindo. Já tentaram me enfrentar três vezes. Estão nos nossos calcanhares desde que saímos de Caithness.

— Maravilhoso! — Balder esfregou as mãos, em uma alegre antecipação. Ronin parecia encantado.

— A que distância eles estavam atrás de você?

— Desconfio que a menos de um dia.

— Então eles estarão aqui a qualquer momento. Rapaz, você precisa ir encontrar Jillian. Leve-a ao coração do castelo e explique. Confie nela. Dê-lhe a chance de compreender e analisar as coisas. Se você soubesse a verdade anos atrás, quinze anos teriam sido desperdiçados?

— Ela vai me odiar quando descobrir o que eu sou — Grimm declarou, amargurado.

— Está tão certo quanto estava de que eu tinha matado Jolyn? — Ronin perguntou, incisivo.

Os olhos de Grimm voaram para os dele.

— Não tenho mais certeza de nada — ele disse, sombriamente.

— Você tem certeza de que a ama, rapaz — Ronin afirmou. — Estou certo de que ela é a sua companheira. Nunca nenhuma verdadeira companheira rejeitou seu amado Berserker. Nunca.

Grimm assentiu e se virou para o castelo.

— Certifique-se de que ela esteja dentro do castelo, Gavrael — Ronin falou alto para as costas dele. — Não podemos arriscá-la na batalha.

Depois de Grimm ter desaparecido dentro de Maldebann, Balder sorriu.

— Ele não tentou corrigi-lo quando você o chamou de Gavrael.

O sorriso do Ronin era alegre.

— Eu reparei — ele disse. — Prepare os aldeões, Balder, e eu vou despertar os guardas. Vamos acabar com as rivalidades hoje. Todas elas.

33

Era início da tarde quando Jillian finalmente se levantou no Salão dos Lordes. Uma sensação de paz a envolvia quando ela sanou a última de suas questões. De repente, muitas coisas que ela ouvira seus irmãos e Quinn conversarem quando Grimm estava em sua casa faziam sentido, e, ao refletir, ela suspeitava de que uma parte sua sempre soubesse.

Seu amado era um guerreiro lendário que havia se desprezado, removido a si mesmo de suas raízes, mas, agora que ele estava em casa e tinha levado algum tempo para explorar que raízes eram essas, podia enfim fazer as pazes consigo mesmo.

Ela caminhou pelo salão uma última vez, sem deixar de notar a expressão radiante das esposas dos McIllioch. Ficou por um longo instante sob o retrato de Grimm e seus pais. Jolyn tinha sido uma beldade de cabelos castanhos. Seu sorriso paciente irradiava amor. Ronin a observava com adoração nos olhos. No retrato, Grimm estava ajoelhado na frente de seus pais sentados, parecendo o menino de olhos castanhos mais feliz do mundo.

As mãos de Jillian se moveram para sua barriga em uma celebração atemporal; ela se perguntava como seria trazer outro menino como Grimm ao mundo. Como ela teria orgulho. Junto de Grimm, Balder e Ronin, eles ensinariam à criança o que ela poderia ser e como seria especial — um dos guerreiros particulares de Alba.

— Ah, moça, me diga que você não está prenhe! — cuspiu uma voz cheia de ódio.

O grito de Jillian ricocheteou das paredes de pedra fria quando a mão de Ramsay Logan se fechou no ombro dela com força ferrenha e dominadora.

— Não consigo encontrá-la — Grimm afirmou, tenso.

Ronin e Balder se viraram como se fossem um só quando ele entrou estrondosamente no Grande Salão. Os guardas estavam prontos, os aldeões tinham sido despertos e até o último homem de Tuluth estava preparado para lutar contra os McKane.

— Você olhou dentro do Salão dos Lordes?

— Sim, um olhar breve, o suficiente para me assegurar de que ela não estava lá. — Se tivesse procurado mais, poderia nunca ter se arrastado dali, tão fascinado que ficara por sua ancestralidade antes desconhecida.

— Você procurou no castelo todo?

— Sim. — Ele enterrou as mãos nos cabelos, manifestando seu pior medo.

— É possível que os McKane tenham entrado aqui e a levado de alguma forma?

Ronin expirou ruidosamente.

— Qualquer coisa é possível, rapaz. Chegaram entregas da aldeia hoje à tarde. Diabos, qualquer um poderia ter entrado sorrateiramente com eles. Afrouxamos um pouco nossas defesas ao longo de quinze anos de paz.

Um grito súbito da casa de guardas exigiu a atenção instantânea de todos.

— Os McKane estão vindo!

Connor McKane entrou a cavalo no vale, tremulando uma bandeira com o tartan dos Douglas, o que, embora tenha deixado a maior parte dos McIllioch confusa, encheu Grimm de raiva e medo. O único exemplar de tartan dos Douglas que um McKane poderia ter obtido era o do corpo de Jillian. Ela vestia o tecido azul e cinza durante o desjejum, naquela manhã mesmo.

Os aldeões estavam eriçados para lutar, ansiosos para vingar a perda de seus entes queridos havia quinze anos. Quando Ronin se preparava para dar ordens de avançarem, Grimm o fez parar pousando a mão em seu braço.

— Eles estão com Jillian — afirmou, com uma voz que soava como a morte.

— Como você pode ter certeza? — O olhar de Ronin voou para o dele.

— É o meu tartan que eles estão acenando. Jillian estava vestida com ele durante o desjejum.

Ronin fechou os olhos.

— De novo não — ele sussurrou. — Não novamente. — Quando abriu os olhos, eles queimavam com o fogo da determinação. — Não vamos perdê-la, rapaz. Escoltem o *laird* McKane adiante — ele ordenou ao guarda.

280

As tropas McIllioch emanavam hostilidade, mas recuaram para permitir a abordagem que ele pretendia fazer. Quando Connor McKane parou diante de Ronin, ele franziu as sobrancelhas.

— Eu sabia que você iria se curar do machado de guerra, seu diabo, mas não achei que fosse se recuperar tão bem de eu ter matado sua linda e prostituta esposa. — Connor arreganhou os dentes em um sorriso. — *E* o seu filho ainda no ventre dela.

Embora a mão de Ronin se fechasse ao redor do punho da espada, ele não a sacou.

— Liberte a moça, McKane. Ela não tem nada a ver conosco.

— A moça pode estar prenhe.

Grimm ficou rígido sobre o lombo de Occam.

— Ela não está — ele respondeu, friamente. *Certamente ela teria contado!*

Connor McKane analisou a expressão dele com atenção.

— É o que ela diz, mas não confio em nenhum de vocês dois.

— Onde está ela? — Grimm exigiu.

— Em segurança.

— Leve-me, Connor, leve-me no lugar dela — Ronin ofereceu, para perplexidade de Grimm.

— Você, velho? — Connor cuspiu. — Você já não é mais ameaça; já cuidamos disso há anos. Você não terá mais filhos. Agora, ele... — Connor apontou para Grimm — ... ele é um problema. Nossos espiões nos dizem que ele é o último Berserker vivo, e a mulher que pode ou não estar grávida é a companheira dele.

— O que você quer de mim? — Grimm disse, em voz baixa.

— A sua vida — McKane disse simplesmente. — Ver o último McIllioch morrer é tudo o que nós sempre quisemos.

— Não somos os monstros que vocês acham que somos. — Ronin olhou furiosamente para o líder dos McKane.

— Vocês são pagãos. Pagãos, blasfemadores contra a única religião verdadeira...

— Você não tem moral para julgar! — exclamou Ronin.

— Não pense em debater a palavra do Senhor comigo, McIllioch. A voz de Satanás não me tenta do curso de Deus.

Os lábios de Ronin se arreganharam em um rosnado.

— É quando o homem pensa que conhece os caminhos de Deus melhor que o próprio Deus que centenas morrem...

— Liberte Jillian e poderá ter a minha vida. — Interrompeu Grimm. — Mas ela sai em segurança. Você vai confiá-la a... — Grimm olhou para Ronin.
— Ao meu pai. — Ele tentou olhar nos olhos de Ronin quando nomeou seu progenitor, mas não conseguiu.

— Eu não recuperei você para perdê-lo de novo, rapaz — Ronin murmurou duramente.

— Que reunião comovente — Connor ironizou. — Mas perdê-lo você vai. E, se a quer, Gavrael McIllioch, o último dos Berserker, vá lá e a liberte você mesmo. Ela está lá em cima. — Ele apontou para a Fenda de Wotan.
— Nas cavernas.

Horrorizado, Grimm passou os olhos pela face escarpada do penhasco.
— Onde nas cavernas? — Foi tomado de pavor por pensar em Jillian perambulando pela escuridão, margeando perigos que ela nem desconfiava existirem lá: túneis desmoronados, pedras escorregadias, fossos mortais.

— Encontre-a você mesmo.
— Como vou saber que isso não é uma armadilha? — Os olhos de Grimm brilhavam perigosamente.

— Você não saberá — disse McKane, sem rodeios. — Mas, se ela estiver lá, está muito escuro e há muitas escarpas perigosas. Além disso, o que ganho por despachar você para as cavernas?

— Elas podem estar preparadas para explodir — Grimm disse, firmemente.

— Então é melhor você buscá-la depressa, McIllioch — Connor McKane provocou.

Ronin sacudiu a cabeça.
— Precisamos de uma prova de que ela está lá. E viva.

Connor despachou um guarda com uma torrente de palavras sussurradas.

Algum tempo depois, a prova foi oferecida. O grito penetrante de Jillian rasgou o ar tenso do vale.

જી∽⌒✿⌒∾

Ronin observou em silêncio Grimm subir o desfiladeiro rochoso até a Fenda de Wotan.

Balder estava bem para trás nas fileiras, as feições ocultas por um manto pesado que impediria os McKane de perceber que havia ainda mais um Berserker vivo e sem companheira. Ronin havia insistido para que não revelassem sua existência, a menos que fosse necessário para salvar vidas.

De diferentes pontos de vista, os irmãos admiravam o rapaz que ia subindo pela fenda. Tinha abandonado Occam e escalava a própria face do penhasco com habilidade e facilidade que revelavam o desempenho sobrenatural de um Berserker. Depois de anos ocultando o que era, agora exibia sua superioridade ao inimigo. Ele era um guerreiro, metade homem, metade fera, nascido para sobreviver e suportar. Quando alcançou o topo do penhasco e desapareceu sobre a borda, os dois clãs organizaram seus cavalos nas linhas de batalha, fitando o espaço que os separava com um ódio tão palpável que se sustentava no ar tão grosso e opressivo como a fumaça que preenchera aquele vale quinze anos antes.

Até que Jillian e Grimm — ou, Deus não permitisse, um McKane — alcançassem a beira do precipício, nenhum dos lados avançaria. Os McKane não tinham vindo a Tuluth para perder mais um integrante de seu clã; tinham vindo para subjugar Gavrael e eliminar o último dos Berserkers.

Os McIllioch não se mexiam, pois temiam por Jillian.

O tempo se estendia dolorosamente.

Grimm entrou silenciosamente no túnel. Todos os seus instintos exigiam que chamasse por Jillian, mas isso apenas alertaria quem quer que a estivesse prendendo. A memória dos gritos terríveis tanto enregelava seu sangue quanto o fazia ferver por vingança.

Entrou no túnel devagar, deslizando com o passo leve e silencioso de um gato-selvagem, farejando o ar como um lobo. Todos os seus instintos animais despertaram com uma perfeição fria e predatória. Em algum lugar, tochas ardiam; o cheiro era inconfundível. Grimm seguiu o odor por corredores sinuosos, as mãos estendidas na escuridão. Embora o interior dos túneis fosse negro como piche, sua visão intensificada lhe permitia discernir a inclinação do chão da caverna. Contornando fossos profundos e se abaixando para passar sob tetos que desmoronavam, navegou por túneis escorregadios, seguindo o faro.

Virou em um túnel que se abria para um longo corredor reto, e lá estava ela, seus cabelos dourados reluzindo à luz dos archotes.

— Pare bem aí — Ramsay Logan advertiu. — Ou ela morre.

Era a visão de um de seus piores pesadelos. Ramsay estava com Jillian no fim do túnel. Ela estava amordaçada e amarrada. Vestia o tartan dos McKane, e a visão daquelas cores no corpo dela encheu Grimm de fúria. A questão de quem a tinha despido e vestido de novo o torturava. Ele a avaliou rapidamente, certificando-se de que o que fosse que a tivesse feito gritar não tinha arrancado sangue ou deixado algum sinal visível de ferimento. A lâmina que Logan estava segurando em sua garganta não tinha penetrado a pele delicada. Ainda.

— Ramsay Logan. — Grimm mostrou-lhe um sorriso arrepiante.

— Não está surpreso em me ver, hein, Roderick? Ou devo dizer McIllioch? — ele cuspiu o nome como se tivesse encontrado uma coisa imunda na língua.

— Não, não posso dizer que esteja surpreso. — Grimm se aproximou furtivamente. — Eu sempre soube que tipo de homem você é.

— Eu disse pare, seu desgraçado. Não vou hesitar em matá-la.

— E então o que você faria? — Grimm revidou, mas parou logo em seguida. — Você nunca passará de mim, então de que vai servir matar Jillian?

— Eu teria o prazer de livrar o mundo dos monstros McIllioch que ainda vão nascer. Se eu não sair, os McKane irão destruí-lo quando você sair.

— Solte-a. Liberte-a e você poderá ter a mim — Grimm barganhou. Jillian se debateu nos braços ferrenhos de Ramsay, deixando claro que não queria nada daquilo.

— Receio que não possa fazer isso, McIllioch.

Grimm não disse nada. Seus olhos eram assassinos. Cerca de vinte metros se interpunham entre eles, e Grimm se perguntava se a fúria Berserker poderia fazê-lo cruzar o espaço e libertar Jillian antes que Ramsay pudesse feri-la.

Era perigoso demais para arriscar, e Ramsay estava contando com isso para contê-lo. Porém algo ali não fazia sentido. O que Logan esperava ganhar? Se ele matasse Jillian, Ramsay sabia que Grimm se entregaria à fúria e o faria em pedaços. Qual era o plano de Logan? Grimm começou a fazer perguntas, a tentar ganhar minutos preciosos.

— Por que você está fazendo isso, Logan? Eu sei que tivemos nossos desentendimentos no passado, mas foram insignificantes.

— Não tem nada a ver com nossas divergências e tudo a ver com o que você é. — Ramsay zombou. — Você não é humano, McIllioch.

Grimm fechou os olhos, pois não queria ver o horror que tinha certeza que se estamparia no rosto de Jillian.

— Quando você descobriu? — Manter Ramsay falando poderia lhe revelar informações sobre o que o maldito estava pretendendo. Se fosse sua vida em jogo e somente a sua, ele poderia garantir a segurança de Jillian, pois morreria alegremente para salvá-la, mas, se Ramsay planejasse matar os dois, Grimm morreria lutando por ela.

— Eu me dei conta no dia em que você matou o gato-selvagem. Eu estava nas árvores e vi você depois de ter se transformado. Hatchard o chamou pelo seu verdadeiro nome. — Ramsay balançou a cabeça em repulsa. — Todos esses anos na corte e eu nunca fiquei sabendo. Ah, eu sabia quem era Gavrael McIllioch... diabos, acho que todo mundo sabe, menos a sua cadelinha aqui. — Ele riu quando Grimm enrijeceu. — Cuidado ou eu a corto.

— Então não foi você que tentou me envenenar? — Grimm avançou tão graciosamente que não parecia estar se movendo.

Ramsay deu uma gargalhada ruidosa.

— Aquela seria uma boa solução. Diabos, sim, eu tentei envenená-lo. Até isso saiu pela culatra; você escapou de alguma forma, mas naquele dia eu não sabia que você era um Berserker, senão não teria perdido meu tempo.

Grimm se encolheu. Pronto. A declaração estava feita, mas o rosto de Jillian estava virado para o lado oposto ao da faca e ele não conseguia ver a expressão dela.

— Não — Ramsay continuou. — Eu não tinha ideia. Eu só o queria fora da corrida por Jillian. Veja, eu preciso da moça.

— Eu tinha razão. Você precisa do dote dela.

— Você não tem ideia. Eu estou tão endividado com *laird* Campbell que ele está com os títulos das minhas terras nas mãos. No passado, os Logan eram contratados como mercenários, mas não tem havido boas guerras ultimamente. Sabe quando fomos contratados pela última vez? Pare de se mexer! — Ramsay rugiu.

Grimm parou, impassível.

— Quando?

— Há quinze anos. Pelos McKane, seu desgraçado. E há quinze anos Gavrael McIllioch matou meu pai e três dos meus irmãos.

Grimm não sabia. A batalha era um borrão em sua mente, sua primeira fúria Berserker.

— Em uma batalha justa. E, se o seu clã se vendia como mercenário, não estava nem lutando por uma causa, mas assassinando em troca de dinheiro. Se estavam em Tuluth, atacaram meu lar e massacraram minha gente...

— Vocês não são gente. Vocês não são *humanos.*

— Jillian não faz parte disso. Solte-a. Sou eu que você quer.

— Ela é parte disso se estiver prenhe, McIllioch. Ela jura que não está, mas acho que vou ficar com ela só para garantir. Os McKane me falaram muito sobre monstros como vocês. Sei que os meninos nascem Berserkers, mas não se transformam até ficarem mais velhos. Se um menino sair do ventre dela, é um menino morto. Se for menina, quem sabe. Eu posso deixá-la viver. Ela poderia ser um brinquedo bonito.

Grimm finalmente conseguiu um vislumbre do rosto de Jillian, tomado por uma máscara de horror. Então aí estava. Ela sabia e era fim de conversa. O medo e a repulsa que ele vira em seus pesadelos na verdade foram um presságio. O ímpeto de luta quase se esvaiu de Grimm ante a reação de Jillian, e teria se esvaído se ela não estivesse em perigo. Agora ele poderia morrer. Seria até melhor se morresse, pois por dentro era como se já não tivesse mais vida, mas não Jillian; ela tinha que viver.

— Ela não está grávida, Ramsay.

Será que não estava? Memórias das náuseas repentinas na cabana entraram no primeiro plano de sua mente. É claro que Ramsay não poderia saber, mas a mera possibilidade de Jillian carregar o filho dele provocou uma descarga de exultação pelo corpo de Grimm. Sua necessidade de protegê-la, já poderosíssima, tornou-se o único foco da sua mente. Ramsay podia ter a vantagem, mas Grimm se recusava a deixá-lo vencer.

— Como se você fosse me dizer a verdade — Logan escarneceu. — Só há uma forma de descobrir. Além do mais, quer ela esteja ou não, vai se casar comigo do mesmo jeito. Quero o ouro do dote. Entre ela e o que os McKane me pagam, nunca mais terei que me preocupar com riqueza. Não se aflija: vou mantê-la viva. Enquanto ela respirar, Gibraltar fará qualquer coisa para mantê-la feliz, o que significa um suprimento infinito de riquezas.

— Seu filho da puta. Deixe-a ir!

— Você a deseja? Venha buscá-la — Ramsay provocou.

Grimm deu um passo à frente, observando a distância. No instante em que hesitou, Ramsay moveu a lâmina, perfurou a pele de Jillian e gotas de sangue escarlate caíram.

O Berserker, fervilhando de fúria, entrou em ação.

Ao mesmo tempo em que se perguntava por que Ramsay se atreveria a atiçar a aparição do Berserker, o instinto o fez atacar. Ele estava considerando se cortar para despertar a fúria quando Ramsay o fez em seu lugar. Um salto o levou dez passos adiante. Grimm tentou parar, sentindo que poderia ser uma armadilha desconhecida, mas o chão da caverna desapareceu sob seus pés e ele mergulhou num abismo que não existia quando brincava naqueles túneis em sua infância. Uma queda profunda o suficiente para matar até mesmo um Berserker.

— Já vai tarde, seu desgraçado — Ramsay enunciou, com um sorriso. Segurou a tocha acima do poço anteriormente oculto e perscrutou tão fundo quanto as chamas lhe permitiam. Esperou cinco minutos inteiros, mas não ouviu nenhum som. Quando selecionou sua armadilha, Ramsay havia lançado pedras no buraco para testar a profundidade. Nenhuma das pedras havia emitido som, de tão profunda que era a fenda aberta até o coração da terra. Se Grimm não tivesse se rasgado em pedaços nas paredes rochosas, a queda em si estilhaçaria cada osso em seu corpo. Contornando o poço, ele arrastou Jillian para fora das cavernas.

⌒⌒⌒

— Está feito! — Logan Ramsay exclamou. — *Laird* McKane! — rugiu. Parou na beira da Fenda de Wotan, ergueu os braços e bradou um grito de vitória que foi ecoado no mesmo instante por todos os McKane. O vale ressoou com um trovão triunfante. Entusiasmado, Ramsay soltou as mãos de Jillian e lhe removeu a mordaça. Em seguida, tomou a boca dela em um beijo brutal e triunfante. Ela ficou rígida, revoltada, e lutou contra ele. Irritado com a resistência dela, ele a empurrou, e Jillian caiu de joelhos.

— Levante-se, cadela estúpida — gritou Ramsay, empurrando com o pé. — Eu mandei levantar! — ele rugiu novamente, quando ela respondeu ao chute se encolhendo em posição fetal. — Eu não preciso de você agora, de qualquer forma — murmurou, admirando o vale que seria seu lar. A adulação se estendia pelo vale, um reflexo de sua poderosa conquista. Ele acenou com o braço novamente, exultante pelo assassinato.

Ramsay Logan havia derrotado um Berserker usando apenas uma das mãos. Seu nome viveria nas lendas. O abismo era tão profundo que nem sequer um dos monstros de Odin poderia sobreviver à queda. Ramsay havia coberto o fosso cuidadosamente com feixes finos de madeira e depois jogado pó de pedras por cima. Um plano brilhante, na sua opinião.

— Brilhante — Ramsay informou à noite.

Atrás de Ramsay, Grimm piscou, tentando clarear a névoa vermelha da sede de sangue. Uma parte da sua mente que parecia perdida em um corredor infinito o lembrava de que ele queria atacar o homem próximo à mulher em posição fetal, não a mulher em si. A mulher era seu mundo. Quando avançasse, devia ter cuidado, muito cuidado, pois até mesmo tocá-la durante a fúria Berserker poderia ser a morte dela. Um pequeno roçar de mão poderia estilhaçar o maxilar dela; a menor carícia no seio seria suficiente para lhe esmagar as costelas.

Para aqueles que estavam a cavalo no vale abaixo, ouvindo o grito de vitória de Ramsay Logan, a criatura pareceu explodir do meio da noite com uma velocidade tão grande que foi impossível identificar. Um borrão de movimento irrompeu no ar, agarrou Ramsay Logan pelos cabelos e quase lhe arrancou a cabeça antes que alguém pudesse sequer gritar um alerta.

Como Jillian estava caída no chão, os clãs reunidos abaixo não podiam vê-la rolar, assustada pelo som leve e sibilado que a lâmina fez antes de partir o ar e encontrar a garganta de Ramsay. Porém a criatura nos penhascos a viu se mover e esperou pelo julgamento dela, resignado à condenação.

Era o pior que Jillian poderia ver dele, o animal percebeu. Em pleno auge da fúria Berserker, ele se elevava sobre ela, seus olhos azuis incandescentes. Estava ferido e ensanguentado por causa de uma queda encerrada abruptamente em um afloramento rochoso irregular, e segurava a cabeça cortada de Ramsay Logan em uma das mãos. Ele a encarava, arfando, inspirando grandes porções de ar em seu peito, à espera. Será que ela gritaria? Cuspiria nele, iria vociferar, renunciá-lo? Jillian St. Clair era tudo o que ele sempre quisera na vida inteira, e, enquanto ele esperava que ela gritasse pelo horror que ele lhe causava, Grimm sentiu algo dentro dele tentando morrer.

Mas o Berserker não se acalmaria tão facilmente. A selvageria dentro dele aumentou em sua força total e a fitava através de olhos azul-gelo vulneráveis, implorando o amor dela sem palavras.

Jillian ergueu a cabeça lentamente e olhou para ele por um momento longo e silencioso. Ela se sentou e inclinou a cabeça para trás, de olhos arregalados.

Berserker.

A verdade que ele tinha lutado tanto para esconder estava suspensa entre eles, totalmente desnuda.

Apesar de Jillian saber o que Grimm era antes daquele momento, ficou imobilizada brevemente pela visão dele. Uma coisa era saber que o homem que ela amava era um Berserker — e outra totalmente diferente era ver com os próprios olhos. Ele a observava com a expressão tão desumana que, se ela não tivesse olhado dentro dos olhos dele, poderia não ter encontrado nada de Grimm ali, mas ali, no fundo das íris azuis fulgurantes, vislumbrou tanto amor que balançou sua alma. Ela sorriu para ele em meio às lágrimas.

Um som doloroso de incredulidade escapou da boca dele.

Jillian lhe abriu o sorriso mais deslumbrante que poderia ter conseguido naquele momento, e colocou o punho fechado sobre o coração.

— E a filha se casou com o rei leão — ela disse, em tom claro.

Uma expressão de descrença cruzou o rosto do guerreiro. Ele arregalou os olhos azuis e a encarou em silêncio.

— Eu amo você, Gavrael McIllioch.

Quando ele sorriu, seu rosto ardia de amor. Ele jogou a cabeça para trás e gritou sua alegria para o céu.

O último dos McKane morreu no vale de Tuluth, no dia 14 de dezembro de 1515.

34

— Eles estão chegando, Falcão! — Adrienne apressou-se para o Grande Salão, onde Falcão, Lydia e Tavis estavam ocupados decorando o lugar para o casamento. Como a cerimônia seria realizada no dia de Natal, haviam combinado as decorações costumeiras com os verdes e vermelhos alegres da temporada. Grinaldas delicadas de pinhas e frutinhas silvestres secas tinham sido ornamentadas com laços de veludo vermelho e fitas cintilantes. As melhores tapeçarias adornavam as paredes, incluindo uma que Adrienne tinha ajudado a tecer no ano anterior, que exibia um presépio com uma Nossa Senhora radiante embalando o menino, um São José orgulhoso e os Reis Magos olhando para a frente.

Naquele dia, o salão estava livre de juncos, as pedras cinzentas do chão haviam sido esfregadas à perfeição. Mais tarde, apenas alguns momentos antes do casamento, eles soltariam pétalas de rosa secas sobre as pedras para exalar um aroma floral e primaveril no ar. Raminhos de visco dependuravam-se de cada viga. Adrienne olhou para as folhagens e depois espiou Falcão, que estava em cima de uma escada, amarrando uma coroa de flores na parede.

— O que são esses raminhos adoráveis que você pendurou aí, Falcão? — Adrienne perguntou, o retrato da inocência.

Do alto, Falcão olhou para ela.

— Visco. É uma tradição natalina.

— Como o visco é associado ao Natal?

— As lendas dizem que o deus escandinavo da paz, Balder, foi morto por uma flecha feita de visco. Os outros deuses e deusas amavam tanto Balder que imploraram para que a vida dele fosse restaurada, e que o visco fosse dotado de um significado especial.

— Que tipo de significado especial? — Adrienne piscou para ele com expectativa.

Falcão desceu a escada rapidamente, feliz em demonstrar. Beijou-a com tanta paixão que as brasas do desejo, sempre latentes quando ela estava perto do marido, se acenderam em chamas.

— Aquela que passa por baixo do visco deve ser beijada completamente.

— Humm. Eu gosto dessa tradição, mas o que aconteceu com o pobre Balder?

Falcão sorriu e plantou outro beijo nos lábios dela.

— Balder voltou à vida e os cuidados de visco foram legados à deusa do amor. Cada vez que um beijo é dado sob o visco, o amor e a paz se fortalecem no mundo dos mortais.

— Adorável! — exclamou Adrienne. Seus olhos brilharam de malícia. — Então, na essência, quanto mais eu beijar você debaixo deste ramo — ela apontou para cima —, mais bem eu faço para o mundo. Pode-se dizer que estou ajudando toda a humanidade, cumprindo o meu dever...

— Seu dever? — Falcão arqueou uma sobrancelha.

Lydia riu e também puxou Tavis debaixo de um galho.

— Parece uma boa ideia para mim, Adrienne. Talvez, se beijássemos o suficiente, poderíamos colocar fim a todas as escaramuças desta terra.

Os minutos seguintes pertenceram aos amantes, até que a porta se abriu de repente e um guarda anunciou a chegada dos convidados.

O olhar de desespero de Adrienne vasculhou o Grande Salão para ver se algo ainda restava por fazer. Queria tudo perfeito para a noiva de Grimm.

— Como eu digo mesmo aquilo? — ela perguntou para Lydia freneticamente. Adrienne andava tentando aprimorar seu gaélico para que pudesse recebê-los com um adequado "Feliz Natal".

— *Nollaig Chridheil* — Lydia repetiu lentamente.

Adrienne repetiu várias vezes, em seguida enlaçou seu braço no de Falcão alegremente.

— Meu desejo se tornou realidade, Falcão — ela disse, presunçosa.

— Qual foi esse maldito desejo afinal? — Falcão questionou, descontente.

— Que Grimm Roderick encontrasse a mulher que ia curar seu coração como você curou o meu, amor. — Adrienne nunca chamaria um homem de "radiante"; parecia uma palavra feminina, mas, quando seu marido baixou os olhos brilhando carinhosamente para ela, Adrienne sussurrou um fervoroso "obrigada" na direção da imagem do presépio. Então, ela acrescentou uma bênção silenciosa sobre todos e quaisquer dos seres responsáveis pelos eventos que a tinham carregado por cinco séculos até que ela o encontrasse. A Escócia era um lugar mágico, rico em lendas, e Adrienne as abraçava porque os temas subjacentes eram universais: o amor perdurava e podia curar a todos.

⌒◯⌒

Foi um casamento tradicional, se é que algo assim poderia acontecer entre uma mulher e um homem de lendas — um Berserker, nada menos, com mais dois guerreiros épicos entre os espectadores. As mulheres conversavam para lá e para cá e os homens faziam brindes. No último minuto, Gibraltar e Elizabeth St. Clair chegaram. Tinham partido em viagem como dois possuídos no momento em que receberam a mensagem de que Jillian iria se casar em Dalkeith-Upon-the-Sea.

Jillian ficou eufórica em ver seus pais. Elizabeth e Adrienne a ajudaram a se vestir enquanto decidiam que os dois "pais" deviam levar a noiva até o altar para o noivo. Ronin já tinha solicitado a honra, mas Elizabeth afirmou que Gibraltar nunca se recuperaria se não lhe permitissem escoltá-la também. Sim, ela sabia que Jillian não esperava que fossem capazes de chegar a tempo, mas ali estavam, e era o fim do assunto.

A noiva e o noivo não se viram até o momento em que Gibraltar e Ronin acompanharam Jillian descendo a elaborada escada que terminava no Grande Salão, depois de uma longa pausa no topo que permitia a todos admirar e emitir exclamações ao ver a noiva radiante.

O coração de Jillian estava trovejando quando seus dois "pais" tiraram os braços dela dos seus e a entregaram para o homem que seria seu marido. Grimm estava magnífico, vestido com o tartan cerimonial, seus cabelos pretos arrumados para trás e presos com uma trança perfeita. Jillian não deixou de notar quando o olhar de Ronin mirou a padronagem do kilt. Por um momento ele parecia atônito, depois em êxtase, pois Grimm vestia o traje completo dos McIllioch para o dia de seu casamento.

Ela não tinha pensado que o dia poderia ter sido mais perfeito até que o padre começou a cerimônia. Após o que pareceram anos de orações e bênçãos tradicionais, ele passou para os votos:

— Você, Grimm Roderick, promete...

A voz profunda de Grimm o interrompeu. Orgulho ressaltava cada palavra.

— Meu nome é Gavrael. — Ele respirou fundo, e em seguida continuou enunciando claramente o seu nome. — Gavrael Roderick Icarus McIllioch.

Calafrios subiram pela coluna de Jillian. Lágrimas brotaram dos olhos de Ronin, e o salão caiu em silêncio por um instante. Falcão sorriu para Adrienne, e lá no fundo do salão, onde poucos o tinham visto até então, estava Quinn de Moncreiffe, que assentiu satisfeito. Depois de todo aquele tempo, Grimm Roderick estava em paz com o que ele era.

— Você, Gavrael Roderick...

— Sim.

Jillian o cutucou.

Ele arqueou uma sobrancelha e franziu a testa.

— Bem, minha resposta é *sim*. Precisamos passar por tudo isso? Sim, eu aceito. Juro que nenhum homem nunca disse um "sim" com mais fervor do que eu. Só quero estar *casado* com você, moça.

Ronin e Balder trocaram olhares bem-humorados. Mantê-los separados certamente tinha elevado o entusiasmo de Gavrael para os laços matrimoniais.

Os convidados começaram a murmurar entre si, e Jillian sorriu.

— Deixe o padre fazer a parte dele, pois eu gostaria de ouvir você falar tudo. Ainda mais a parte de "amar e respeitar".

— Ah, eu amo e quero devorar você, moça — Gavrael disse, perto do ouvido dela.

— Respeitar! E se comportar. — Ela deu um tapinha brincalhão nele e assentiu de forma encorajadora para o padre. — Continue.

E então eles se casaram.

✦✦✦

Kaley Twillow entrou correndo no salão, se levantou nas pontas dos pés e tentou ansiosamente ver por cima das cabeças. Sua preciosa Jillian iria se casar e ela não conseguia ver uma maldita coisa. Não ia dar certo.

— Olhe em quem está esbarrando — vociferou um convidado irado quando ela estrategicamente acotovelou alguns pontos sensíveis para conseguir atravessar a multidão.

— Espere a sua vez de cumprimentar a noiva! — reclamou outro quando ela lhe pisou o pé.

— Eu praticamente criei essa noivinha, e que Deus me perdoe, mas eu não vou ficar sentada lá no fundo incapaz de ver, então *mexa* o seu traseiro! — Ela o fulminou com o olhar.

Um pequeno caminho apareceu quando permitiram relutantemente sua passagem.

Enfiando o busto e os quadris avantajados entre um grupo de guardas, criou um pequeno furor, e dezenas de homens lançaram olhares afiados para a mulher curvilínea. Finalmente ela empurrou, atravessando a última onda de convidados, e irrompeu ao lado de um homem cuja altura e porte belos a fizeram perder o fôlego. Seus cabelos pretos e grossos estavam riscados de prateado, o que revelava sua idade madura e, na experiência dela, significava uma posição social madura.

Lançou um olhar provocante para o homem de cabelos negros pelo canto dos olhos, depois virou a cabeça para saboreá-lo inteiro.

— Minha nossa, e quem seria o senhor? — Ela vibrou seus cílios longos com admiração.

Os olhos azul-gelo de Balder sorriram com prazer ao notar a mulher voluptuosa que obviamente estava encantada em vê-lo.

— O homem que estava esperando por você a vida inteira, moça — ele disse, com a voz rouca.

⟡

A festa do casamento começou assim que os votos foram trocados. Jillian ansiava para fugir com o marido no instante em que a cerimônia terminou. Com Balder e Ronin monitorando seus encontros com Gavrael nas últimas duas semanas, eles não tinham conseguido passar tempo nenhum juntos. Porém Jillian não queria ferir os sentimentos de Adrienne, visto que ela obviamente tinha dedicado grande cuidado para garantir que aquele fosse um casamento dos sonhos, então, obedientemente, ficou para cumprimentar e sorrir. No momento em que ela e Gavrael tinham selado sua união com um beijo, Jillian fora arrebatada dos lábios dele, puxada em uma direção pela multidão alegre e depois não pôde fazer mais nada que não fosse observar, impotente, seu marido ser arrastado para o outro lado.

Estavam casados, os mais velhos e mais sábios tinham dado seus conselhos, e agora teriam tempo suficiente para estar um com o outro. Jillian tinha revirado os olhos e colocado um sorriso no rosto, agradecendo os votos de felicidade.

Finalmente, o pão foi quebrado e o banquete começou, desviando a atenção dos convidados para além dos recém-casados. Adrienne ajudou Jillian a sair de fininho do salão, mas em vez de levá-la aos seus aposentos, como

Jillian esperava, a mulher deslumbrante e incomum a levou para o gabinete de Dalkeith. A luz dos globos acesos a óleo e de dezenas de velas aliadas a uma lareira acolhedora fazia daquele cômodo um refúgio quente e aconchegante, apesar dos montes de neve branca que se acumulavam do outro lado da janela.

— Parece que poderemos ter uma verdadeira chuvarada de neve. — Adrienne lançou um olhar para os flocos que caíam ao mesmo tempo em que atiçava o fogo.

Jillian piscou sem entender.

— Uma o quê?

— Uma chuvarada. Ah... — Adrienne parou um instante e, em seguida, deu risada. — Uma grande tempestade. Você sabe, às vezes podemos ficar ilhados dentro de casa um tempo por causa da neve.

— Você não é desta parte do país, é? — Jillian franziu a testa, tentando decifrar aquele sotaque estranho.

Mais uma vez a anfitriã riu.

— Não exatamente. — Ela acenou para Jillian se juntar a ela diante da lareira. — Diga a verdade. Aqueles dois não são os maiores pedaços de mau caminho que você já viu? — Adrienne olhava para um quadro em cima da cornija de carvalho entalhado da lareira e suspirou, sonhadora.

Jillian seguiu o olhar da sua anfitriã para cima e encontrou um retrato lindamente fiel de Gavrael e Falcão.

— Minha nossa. Não sei o que significa "pedaço de mau caminho", mas eles certamente são os homens mais bonitos que eu já vi.

— Sem dúvida — Adrienne concordou. — Sabia que eles reclamaram durante todo o tempo em que isso foi pintado? Homens. — Ela revirou os olhos e fez um gesto para a pintura. — Como eles poderiam culpar uma mulher por querer imortalizar todo esse esplendor masculino visceral?

As mulheres falaram baixinho por um tempo, sem perceber que Falcão e Gavrael tinham entrado no gabinete atrás delas. Os olhos de Gavrael demoraram-se na esposa e ele começou a caminhar adiante, determinado a arrebatá-la antes que alguma outra pessoa o levasse dali.

— Relaxe. — Falcão pousou a mão na manga dele para contê-lo. Distância suficiente separava os homens de suas esposas, sendo que as mulheres ainda não podiam ouvi-los, mas a voz de Adrienne foi escutada claramente:

— Foi tudo culpa daquele bobo da corte das fadas. Ele me arrastou através do tempo para o passado... não que eu esteja reclamando, se é que você me entende. Eu amo este lugar e eu adoro meu marido, mas originalmente eu sou do século XX.

Os dois homens sorriram quando Jillian olhou para ela duas vezes.

— De quinhentos anos no futuro? — exclamou ela.

Adrienne assentiu com a cabeça. Seus olhos dançavam. Jillian observou-a atentamente e se aproximou mais.

— Meu marido é um Berserker — ela confidenciou.

— Eu sei. Ele nos contou logo antes de partir daqui rumo a Caithness, mas eu não tive oportunidade de fazer perguntas a ele. Grimm consegue mudar de forma? — Adrienne tinha ares de quem estava prestes a pegar papel e tinta para começar a rabiscar anotações. — No século XX, há muita controvérsia sobre o que exatamente eles eram e o que eram capazes de fazer. — Adrienne parou ao se dar conta dos dois homens espreitando da porta. Seus olhos cintilaram maliciosamente, e ela piscou para o marido. — No entanto, *havia* um consenso geral sobre uma coisa, Jillian. — Ela sorriu diabolicamente. — Os Berserkers eram reconhecidos como donos de uma resistência lendária: tanto na batalha como na c...

— Já entendemos, Adrienne. — Falcão a interrompeu, os olhos negros cintilando de divertimento. — Agora, talvez devamos deixar o próprio Gavrael mostrar o resto a ela.

⁂

Os aposentos de Gavrael e Jillian ficavam no terceiro andar de Dalkeith. Adrienne e Falcão os acompanharam, soltando indiretas não tão sutis de que os recém-casados poderiam fazer tanto barulho quanto desejassem; com os pisos intermediárias, os foliões no salão não ouviriam nada.

Quando a porta se fechou atrás deles e estavam finalmente sozinhos, Gavrael e Jillian olhavam um para outro por sobre toda a extensão emplumada de uma cama larga de mogno. O fogo soltava fagulhas e crepitava na lareira. Do lado de fora da janela, a neve caía em flocos fofos.

Grimm a considerou com ternura... e seus olhos deslizaram para baixo, como frequentemente faziam ultimamente, para o volume quase imperceptível na barriga dela. Jillian notou o olhar possessivo e lhe mostrou um sorriso deslumbrante. Desde a noite do ataque, quando ela lhe dissera que iriam ter um bebê, ela o pegava sorrindo a quase toda hora com pouca ou nenhuma provocação. Encantava-a esse deleite intenso que Grimm sentia sobre o bebê que crescia no ventre dela. Quando ela deu a notícia, depois que voltaram das cavernas para Maldebann, ele ficou sentado, piscando e balançando a cabeça, como se não pudesse acreditar que aquilo fosse verdade. Quando segurou o rosto dele na concha das mãos e o puxou para um beijo, ela ficou atônita ao notar um vislumbre de umidade nos olhos dele. Seu marido era o melhor dos homens: forte, porém sensível; capaz, mas vulnerável — e como ela o amava!

Enquanto ela o observava agora, os olhos dele escureceram de desejo e uma descarga de expectativa a fez estremecer.

— Adrienne disse que podíamos ficar presos dentro do castelo um tempo por causa da neve — disse Jillian, sem fôlego, sentindo-se de repente estranha. Estar sempre acompanhada naquelas últimas semanas quase a tinha feito enlouquecer. Para compensar, tinha tentado empurrar seus pensamentos quentes e indisciplinados para um canto isolado da mente. Agora estavam resistindo contra o confinamento, libertando-se e exigindo atenção. Ela queria o marido imediatamente.

— Que bom. Espero que caia três metros de neve. — Gavrael avançou para perto da cama. Naquele momento, seu único desejo era entrar na esposa e se reassegurar de que ela era, de fato, sua. Esse dia estava sendo o culminar de todos os seus sonhos: estava casado com Jillian St. Clair. Gavrael baixou os olhos para ela, maravilhado ao ver como ela tinha mudado sua vida: ele tinha um lar, um clã e um pai, a esposa que sempre sonhara ter, um bebê precioso a caminho e um futuro promissor. Ele, que sempre se sentira um pária, agora tinha laços. E devia tudo isso a Jillian. Ele parou a centímetros dela e desferiu um sorriso preguiçoso e sensual. — Não consigo supor quais barulhos você desejaria fazer enquanto estamos presos por causa da neve. Detestaria desapontar nossos anfitriões.

O constrangimento de Jillian derreteu em questão de segundos. Contornando todas as sutilezas, ela subiu a mão na coxa musculosa e soltou o kilt do corpo dele. Seus dedos voaram para os botões da camisa e, em questão de instantes, ele estava diante dela como da forma como a natureza o havia feito — um guerreiro poderoso, de ângulos definidos e músculos rígidos.

Seu olhar desceu e se fixou sobre o que certamente devia ser a bênção mais generosa da natureza. Ela umedeceu os lábios, um gesto sem palavras que representava todo o desejo, alheia ao efeito que causava nele.

Gavrael gemeu e estendeu a mão para ela. Jillian escorregou em seus braços, curvou a mão sobre o membro grosso e quase ronronou de prazer.

Os olhos dele se incendiaram, depois estreitaram quando ele se moveu com a graça e o poder de um gato da montanha, arrastando-a para a cama. Um suspiro áspero escapou dele.

— Ah, eu senti sua falta, moça. Achei que fosse ficar louco de tanto querer você. Balder não me deixava nem beijá-la! — Gavrael trabalhava rapidamente nos botões minúsculos do vestido de noiva. Quando ela apertou os dedos ao redor dele, Grimm prendeu-lhe as mãos com apenas uma das suas. — Não consigo pensar quando você faz isso, moça.

— Não pedi para você pensar, meu grande guerreiro musculoso — ela brincou. — Tenho outros planos para você.

Gavrael lançou um olhar arrogante, que claramente alertava que ele estava no comando por enquanto. Com as mãos que o distraíam temporariamente contidas, ele se demorou nos botões, salpicou beijos em cada centímetro de pele à medida que ela era revelada. Quando seus lábios retornaram aos dela, ele a beijou com uma intensidade selvagem. As línguas se encontraram, recuaram e se encontraram novamente. Ele sentiu o gosto de brandy e canela. Jillian seguiu a língua dele, apanhou-a com a sua e a atraiu para sua boca. Quando ele se estendeu de corpo inteiro acima dela, músculos sobre pele de seda, a maciez acomodando sua dureza em perfeita simetria, ela suspirou de prazer.

— Por favor — ela implorou, movendo o corpo sedutoramente embaixo dele.

— Por favor o quê, Jillian? O que você gostaria que eu fizesse? Diga-me exatamente, moça. — Seus olhos de pálpebras pesadas brilhavam com interesse.

— Eu quero que você... — Ela gesticulou.

Ele mordiscou o lábio inferior, recuou e piscou inocentemente.

— Receio não entender. O que foi isso?

— Aqui. — Ela fez outro gesto.

— Fale, Jillian — ele sussurrou, com a voz carregada. — Diga. Sou seu e recebo suas ordens, mas só sigo instruções explícitas. — O sorriso perverso que ele desferiu soltou a última das restrições em Jillian, deixando-a livre para se entregar em um pouco de travessuras próprias.

Então ela disse a ele, o homem que era sua lenda particular, e ele atendeu a cada um de seus desejos secretos, com a boca, com o corpo e oferecendo prazer. Ele idolatrava o corpo dela com sua paixão, celebrava o filho no seu ventre com beijos suaves, beijos que perdiam a delicadeza e se tornavam quentes, famintos contra os quadris dela, e ardiam com uma onda de calor entre as coxas dela.

Mergulhando as mãos nos cabelos pretos e grossos, ela ergueu o corpo junto ao dele, gritando seu nome de novo e de novo.

Gavrael.

Depois que já não tinha mais exigências — ou elas simplesmente tinham sido saciadas além dos pensamentos coerentes —, ele se ajoelhou na cama, puxou-a montada sobre ele e envolveu as longas pernas dela ao redor de sua cintura. As unhas dela marcaram suas costas quando ele a abaixou sobre o membro rígido, um centímetro delicioso após o outro.

— Você não pode machucar o bebê, Gavrael — ela lhe assegurou, ofegando baixinho. Ele a segurava de modo a proporcionar apenas um gostinho minúsculo do que ela queria tão desesperadamente.

— Eu não estou preocupado com isso — ele a tranquilizou.

— Então por que... você... está... indo tão *devagar*?

— Para ver seu rosto — ele respondeu, com um sorriso preguiçoso. — Eu adoro ver seus olhos quando fazemos amor. Vejo cada gota de prazer, cada grama de desejo refletido neles.

— Eles vão parecer ainda melhores se você apenas... — Ela se pressionou contra o corpo dele usando os quadris. Rindo, ele a conteve com as mãos fortes ao redor da cintura.

Jillian quase choramingou.

— Por favor!

Mas ele continuou no seu próprio ritmo — e como ele era doce — até ela achar que já não podia mais suportar. Então, abruptamente, ele se enterrou profundamente no interior dela.

— Eu amo você, Jillian McIllioch. — O sorriso que acompanhou as palavras era desinibido, os dentes brancos reluziam sobre a face morena.

Ela pôs um dedo nos lábios dele.

— Eu sei — Jillian garantiu.

— Mas eu queria dizer as palavras. — Gavrael pegou o dedo entre os lábios e o beijou.

— Estou vendo — ela brincou. — Você pode dizer todas as palavras de amor, enquanto eu tenho que dizer todas as obscenas.

Ele fez um grunhido no fundo da garganta.

— Eu *adoro* quando você me fala o que quer que eu faça com você.

— Então faça isso... — A sequência sussurrada de palavras se dissolveu em um grito satisfeito quando ele realizou a exigência.

Horas depois, o último pensamento consciente dela foi que não deveria esquecer de mencionar que o "consenso geral" sobre os Berserkers não chegava nem perto da realidade.

Epílogo

— Eu não entendo — disse Ronin, observando os garotos. Ele balançou a cabeça. — Nunca aconteceu antes.

— Eu também não, pai, mas talvez eu seja diferente de todos os homens McIllioch que vieram antes. Ou isso, ou há algo diferente em Jillian. Talvez sejamos nós dois.

— Como você consegue acompanhá-los?

Gavrael riu, um som rico.

— Jillian e eu conseguimos.

— Mas eles sendo, você sabe, como eles são, tão jovens, não se metem em travessuras o tempo todo?

— Isso sem mencionar em lugares impossivelmente altos. Estão sempre fazendo coisas inacreditáveis, e, se me perguntar, são só um tiquinho espertos demais para o bem de todo mundo. É quase mais do que se esperaria que qualquer Berserker pudesse acompanhar. É por isso que eu acho que seria útil ter o avô deles por perto também — Gavrael observou, enfaticamente.

O rubor de prazer no rosto de Ronin era inconfundível.

— Quer dizer que você quer que eu fique aqui com você e Jillian?

— Maldebann é o seu lar, pai. Eu entendo que você tenha sentido que Jillian e eu precisávamos da privacidade dos recém-casados, mas eu gostaria que você ficasse aqui em definitivo. Você e Balder; os garotos também precisam do tio-avô. Lembre-se, nós, os McIllioch, pertencemos às lendas, e como eles irão compreender as lendas sem os melhores dos nossos Berserkers para ensiná-los? Pare de visitar todas essas pessoas que você tem visitado e *volte para casa*. — Gavrael o estudou pelo canto dos olhos e soube que Ronin não

— 301 —

deixaria Maldebann novamente. O pensamento lhe deu grande satisfação. Seus filhos tinham que conhecer o avô. Não apenas como um visitante intermitente, mas como uma influência constante.

Em um silêncio contente que beirava o espanto, Gavrael e Ronin observavam os três meninos brincando no gramado. Quando Jillian entrou na luz do sol, seus filhos ergueram os olhos como se fossem um só, como se pudessem sentir a presença dela. Eles pararam de brincar e se reuniram ao redor da mãe, competindo por sua atenção.

— Ora, que bela visão — Ronin disse, reverentemente.

— Verdade — Gavrael concordou.

Jillian bagunçou os cabelos dos três filhos pequenos e sorriu para os três pares de olhos azul-gelo.

Uma lenda nórdica
(O crepúsculo dos deuses)

A lenda conta que *Ragnarök* — a batalha final dos deuses — anunciará o fim do mundo.

A destruição acometerá o reino dos deuses. Na última batalha, Odin será devorado por um lobo. A terra será destruída pelo fogo, e o universo afundará no mar.

Reza a lenda que essa destruição derradeira será seguida pelo renascimento. A terra ressurgirá da água, exuberante e transbordando de vida nova. É profetizado que os filhos dos Aesir mortos voltarão para Asgard, o lar dos deuses, e reinarão novamente.

Nas montanhas da Escócia, o Círculo dos Anciãos afirma que Odin não aceita assumir riscos, que ele trama desafiar o destino gerando sua raça de guerreiros Berserkers nas linhagens escocesas, escondidos profundamente. Lá esperarão pelo crepúsculo dos deuses, o momento em que Odin os invocará para lutar por ele uma vez mais.

Reza a lenda que os Berserkers caminham entre nós até hoje...

Agradecimentos

Perseguir um sonho é um empreendimento arriscado, mas um feito consideravelmente mais rico quando há a companhia e o conselho da família e dos amigos. Meus sinceros agradecimentos à minha mãe, que me dotou de sua formidável força de vontade e me ensinou a nunca desistir dos meus sonhos; e ao meu pai, que demonstra diariamente a nobreza, o cavalheirismo e a força infinita de um verdadeiro herói.

Minha profunda gratidão a Mark Lee, um repositório das trivialidades do universo, cujas curiosidades bizarras alimentam a alma do escritor, e às moças especiais da RBL Romantica, por sua amizade, visão e, é claro, a "Fazenda Pilha de Músculos".

Agradecimentos especiais a Don e Ken Wilber, da Wilber Law Firm, que criaram o ajuste perfeito para minhas duas carreiras profissionais, o que lhes permitiu trabalhar uma em síntese com a outra.

Eternos agradecimentos à minha irmã, Elizabeth, que mantém meus pés no chão de tantas maneiras cruciais, e à minha agente, Deidre Knight, cuja orientação profissional e amizade enriqueceram tanto a minha escrita quanto a minha vida.

E, finalmente, aos livreiros e leitores que fizeram do meu primeiro romance um sucesso.

Impresso no Brasil pelo Sistema Cameron da Divisão Gráfica da
DISTRIBUIDORA RECORD DE SERVIÇOS DE IMPRENSA S.A.